HEYNE <

MONICA JAMES

ADDICTED TO SIN

... und ich gehöre dir

Aus dem Englischen
von Silvia Kinkel

WILHELM HEYNE VERLAG
MÜNCHEN

Die Originalausgabe erschien 2016 unter dem Titel
Wicked Dix bei Bookouture.

Der Verlag weist ausdrücklich darauf hin, dass im Text enthaltene externe Links vom Verlag nur bis zum Zeitpunkt der Buchveröffentlichung eingesehen werden konnten. Auf spätere Veränderungen hat der Verlag keinerlei Einfluss. Eine Haftung des Verlags ist daher ausgeschlossen.

Dieses Buch ist auch als E-Book erhältlich.

MIX
Papier aus verantwortungsvollen Quellen
FSC® C014496
FSC www.fsc.org

Verlagsgruppe Random House FSC® N001967

Taschenbucherstausgabe 09/2017

Printed in Germany
Umschlaggestaltung: Nele Schütz Design, München
unter Verwendung von shutterstock/Tonhom1009
Satz: KompetenzCenter, Mönchengladbach
Druck und Bindung: GGP Media GmbH, Pößneck
ISBN 978-3-453-54591-5

www.heyne.de

Mum und Dad … dank euch bin ich die, die ich bin.
Ich liebe euch.

Gegenwart …

»Wie konntest du?«, keucht das Mädchen, dessen Herz ich soeben in tausend Stücke gebrochen habe.

»Ich kann das erklären.« Das stimmt nicht. Nichts würde hinreichend rechtfertigen, warum ich hier bin.

»Nun?« Die einzelne Träne, die sich langsam den Weg über ihre blasse, zarte Wange sucht, betont, was für ein verdammter Mistkerl ich bin.

»Ich … ich …« Fuck! Was versuche ich eigentlich zu sagen? Wo soll ich anfangen? Wann genau war der Moment, als das hier alles den Bach hinunterging?

»Wie ich es mir dachte.« Sie macht auf dem Absatz kehrt und will in Richtung Tür eilen.

»Madison, warte! Lass mich bitte ausreden!«

»Wieso, Dixon? Um mir noch mehr von deinen Lügen anhören zu müssen?«

»Maddy, bitte«, flehe ich und umklammere verzweifelt ihren Arm.

»Nein!«, kreischt sie zurückweichend. Anscheinend stößt meine Berührung sie ab.

»Tu das nicht. Bitte tu das nicht.«

Meine Stimme verrät meine Angst. Das einzig Gute, Anständige in meinem Leben ist drauf und dran, durch diese Tür zu marschieren, und ich könnte es ihr nicht verübeln, wenn sie nie zurückkehrt. Deshalb werde ich, wenn es sein muss, vor ihr auf die Knie fallen und um Gnade winseln.

»*Was* soll ich nicht tun?«, schreit sie und streicht sich mit bebenden Fingern das lange Haar zurück.

Ich habe das verdient.

Ich bin ein Playboy.

Und ich bin ein Feigling.

Ich habe die Liebe dieses wunderschönen Engels *nicht* verdient. Aber ich wollte sie so sehr, dass ich dachte, scheiß auf die Konsequenzen. Aber jetzt habe ich alles vermasselt.

»Tut mir leid. Es ist nicht so, wie du denkst.« Ist es doch.

Ich habe mich in dieser Absteige mit ihrer Schwester verabredet – eine Schwester, die die personifizierte Sünde ist.

»Hoffentlich, denn dann müsste ich mir eingestehen, dass ich nicht weiß, wer du eigentlich bist.«

Noch nie haben mich Worte tiefer getroffen.

»Ich bin noch derselbe Mann wie heute Morgen. Derselbe Mann, der dich mehr liebt als sein Leben. Das hat sich nicht geändert. Das wird sich nie ändern«, beschwöre ich sie und gehe auf sie zu, weil ich sie einfach berühren muss. Aber sie weicht zurück, und aus ihren Augen spricht Abscheu.

»Dann verrate mir nur eins … was machst du hier?«

Ich könnte lügen, das mache ich ja schließlich die ganze Zeit. Aber wenn man nicht länger zwischen den Lügen und der Wahrheit unterscheiden kann, ist es an der Zeit, Farbe zu bekennen.

Mein Schweigen zementiert meine Schuld.

»Sag mir, dass es nicht das ist, wofür ich es halte, und ich vergesse, dich je hier gesehen zu haben.«

In diesem Moment scheint alles widerzuhallen – die Uhr an der fleckigen Wand schlägt im selben Takt wie mein pochendes Herz, mein schweres Atmen ist synchron mit dem stürmischen Wind, der draußen tobt, aber vor allem stimmt die Sturzflut der Tränen, die Madisons Wangen hinunterläuft, mit meiner ertrinkenden Seele überein.

»Dixon?« Ihre Unterlippe zittert, während sie darauf wartet, dass ich diese Situation in Ordnung bringe.

Jede Faser meines Körpers sagt mir, ich solle lügen, aber ich kann nicht. Ich tue das einzige Anständige, das ich je in meinem Leben getan habe.

Ich sage gar nichts.

»Das dachte ich mir«, flüstert sie nach einem Moment des Schweigens mit gebrochener Stimme.

Als sie die Tür aufreißt, steht in ihren wunderschönen grünen Augen nichts als Trauer. »Leb wohl, Dr. Mathews. Danke, dass du der größte Fehler meines Lebens warst«, stößt sie schluchzend hervor.

Ich möchte so vieles sagen, tue es aber nicht. Ich stehe einfach nur wie betäubt da und sehe, wie mich das Beste verlässt, das es in meinem Leben gibt. Und zum ersten Mal tue ich das Richtige.

Ich lasse sie gehen.

ERSTER TEIL

Vorher …

1

Eier

Dixon

»Und dann hat er gesagt … sorry, ich brauche einen Moment«, schnieft Goldlöckchen und spreizt die zitternden Finger.

»Nehmen Sie sich so viel Zeit, wie Sie brauchen, Ms. Kibard.« Ich werde einfach weiter an der morbiden Zeichnung eines Teddybären feilen, aus dem mit einem Schrotgewehr die Füllung hinausgepustet wurde.

Nachdem sie sich wieder gefangen hat, fährt Ms. Kibard fort: »Und dann hat er gesagt, dass er mich verlässt, wenn ich noch einen einzigen Teddybären kaufe.« Sie umklammert ihren augenlosen, zotteligen, krank aussehenden Teddy, als sei er der Heiland persönlich. »Können Sie sich das vorstellen?«

Darauf kannst du deinen Arsch wetten. Aber ich nicke nur mit ungerührter Miene. Schließlich ist das mein Job.

»Es ist nicht meine Aufgabe, über jemanden zu urteilen, Ms. Kibard. Lassen Sie uns darüber sprechen, warum Teddybären … Sie so faszinieren.«

Ja, das *ist* genauso lächerlich, wie es klingt, aber es lässt mich zumindest mein eigenes Drama vergessen.

Zehn Tage sind es nun. Zehn ganze Tage, an denen ich die unschuldigste, ehrbarste Person belüge, die mir je begegnet ist. Zehn Tage, an denen ich mich mehr hasse, als ich es je für möglich gehalten habe.

Ich bin kein guter Mensch, das weiß ich. Bevor ich Madison Roberts kennenlernte, habe ich bezweifelt, überhaupt so etwas wie Moral und Ethik zu kennen oder eine Seele zu besitzen. Aber für eine Sekunde, den Bruchteil einer Sekunde hat sie mir das Gefühl gegeben, es gäbe für mich noch Hoffnung. Als könne ich doch ein guter Mensch sein.

Aber diese Hoffnung ging zum Teufel, als mich die Sünden meiner Vergangenheit zwangen, das Schoßhündchen zu spielen. Und jetzt sind mir die Hände gebunden. Gebunden durch Juliet Harte – den Antichristen auf Highheels.

Das ist mein Schicksal, weil ich ihrem sündigen Verhalten erlegen bin. Sich – mit Pocken übersät – Celine Dion als Endloswiederholung anzuhören wäre weniger schmerzhaft als das, was Juliet von mir verlangt. Mein Schwanz rollt sich zusammen und geht freiwillig auf Exerzitien, wenn ich nur daran denke, diese Hure jemals wieder anzufassen.

»Sehen Sie das auch so, Dr. Mathews?«

Mich auf die Katastrophe vor mir konzentrierend, überlege ich krampfhaft, was Ms. Kibard gerade gesagt hat.

»Blabla, Bär. Blabla Teddy. Blabla Daddy.«

Ich verdränge mein eigenes Elend für einen Moment und stütze das Kinn auf die Finger. »Ich würde gern über Ihren Teddybären sprechen.« Mein Blick fällt auf das teuflische Stoffknäuel, und ich hoffe, dass es funktioniert, denn ich habe nicht ein Wort mitbekommen von dem, was sie gesagt hat. »Von wem haben Sie diesen …« – Lumpen möchte ich sagen, entscheide mich aber für – »… diesen kleinen Kerl bekommen?«

Wir Menschen sind ungemein ausdrucksstarke Wesen, und die kleinste Veränderung der Miene enthüllt für gewöhnlich, was unter der Oberfläche lauert. Ms. Kibard bildet da keine Ausnahme.

Als Goldlöckchens Kinn zu zittern beginnt, kenne ich die Antwort bereits. »Mein Vater.« Sie presst den schmuddeligen Teddy fest an ihre Brust.

Woher ich wusste, wie die Antwort lautet? Nun, weil ich ein Mann bin.

Wir Männer sind Riesenarschlöcher. Wenn wir unsere Töchter nicht selbst verkorksen, dann erledigt das der Sohn eines anderen Mannes für uns.

Der Gedanke dreht mir den Magen um, denn wenn es stimmt, was Juliet sagt – dass sie von *mir* schwanger ist –, dann ist dieses Kind dazu verdammt, zu einem hinterhältigen Bastard oder einem Psychopathen heranzuwachsen, einem manipulativen, völlig bekloppten Mistkerl.

Die Tatsache, dass Juliet mit halb Manhattan geschlafen hat, gibt mir ein winziges bisschen Hoffnung, dass dieses Kind nicht von mir ist. Aber falls doch …

Mich schaudert's.

Aber damit kann ich mich jetzt nicht beschäftigen. Ich kann mich nur auf ein Drama nach dem anderen konzentrieren. Und dass Goldlöckchen mir vorweint, ihr Vater habe diesen Teddy als Sündenbock benutzt, um sie unsittlich zu berühren, hat wahrlich keine Priorität.

Heute Abend bin ich zum Essen bei Sebastian und Rachel in ihrer Luxusvilla in Westchester County eingeladen. Als wir uns vor zehn Tagen kennenlernten, mochte ich die beiden sofort. Und unter normalen Umständen wäre ich begeistert, einen Abend mit Madisons Eltern zu verbringen. Aber die heutigen Umstände sind alles andere als normal.

Das schwere Handy in meiner Tasche verhöhnt mich, indem es mich daran erinnert, dass ich vor etwa zwanzig Minuten eine SMS von der Schlampe bekommen habe. Eine Nachricht, die jegliche Hoffnungen zerstörte, dass sie vielleicht doch nur Witze macht.

Sie lautete: *Ich habe einen Juckreiz, den nur du lindern kannst.* Genau dasselbe hat sie schon einmal gesagt.

Aber dieses Mal habe ich geantwortet: *Dagegen kannst du dir eine Salbe besorgen.*

Schluck das erst einmal, du arrogantes Miststück. Aber als sie nur Sekunden später zurückschrieb, machte sie klar, wer diese Freak-Show moderiert und das Sagen hat.

Die einzige Salbe, die ich will, ist die, die aus deinem Schwanz kommt.

Die Romantik ist eindeutig tot. Juliet Harte hat sie an jenem Tag umgebracht, als sie ihren boshaften Mund öffnete, und ich selig meinen Schwanz hineinschob.

Ich nehme die Brille ab und massiere mit zwei Fingern meinen Nasenrücken. Wie zur Hölle soll ich das machen? Auf der einen Seite wird die Frau neben mir sitzen, die ich verehre, während diejenige, die ich verachte, auf der anderen sitzt und zweifellos versuchen wird, mir unauffällig unter dem Tisch einen runterzuholen.

Ich bin angeschissen.

»Das ist in Ordnung, Tracey. Du weißt, dass es sich gut anfühlt.«

Verblüfft hebe ich den Kopf, weil sich das angehört hat, als sei soeben die besessene Regan MacNeil aus *Der Exorzist* in mein Büro gekrochen. Was sich vor mir abspielt, unterstreicht einfach nur, was für eine Woche ich hinter mir habe.

»Ms. Kibard?«, frage ich und lehne mich verwirrt nach hinten, da ich statt Goldlöckchen den augenlosen Teddybären sehe.

Der Bär tanzt vor Goldlöckchens Gesicht herum, artikuliert jedes Wort einzeln. »Tracey ist nicht hier. Du redest jetzt mit Johnny. Möchtest du ihre Muschi ficken?«

»*Wie bitte?*«, frage ich den … Teddybären entsetzt, obwohl das Ganze nicht der Komik entbehrt.

»Du hast mich gehört. Sie mag es hart.« Der Bär kreist mit den Hüften, für den Fall, dass ich die verstörende Mitteilung nicht kapiert habe.

Ich fahre mir mit der Hand durchs Gesicht.

Während Johnny, der Bär, Traceys Missbrauch in der Kindheit detailliert beschreibt, sinke ich immer tiefer in meinen Sessel. Aber immerhin höre ich zu und gebe mich interessiert, denn das hier wird das einzig Normale an meinem heutigen Tag sein.

»Du darfst sie anfassen. Sie will das.« Anscheinend kann dieser Bär nicht nur sprechen, sondern arbeitet auch als Zuhälter.

Gütiger Gott.

Frustriert lehne ich den Kopf nach hinten.

Womit habe ich das nur verdient? Nein, genauer lautet die Frage, dank wem habe ich das verdient. Und diese Person, diese Hure, hat mich in meinem eigenen Spiel geschlagen. Ein Spiel, von dem ich mir dummerweise eingebildet hatte, es zu beherrschen.

Aber jetzt wird mir klar, dass ich die ganze Zeit ihre Marionette gewesen bin. Ich habe ihr direkt in die Hände gearbeitet. Und jetzt, wo meine Eier in ihrer Gewalt sind, fürchte ich mich vor dem, was sie mit ihnen tun wird, wenn sie Aufschlag hat.

2

Sodbrennen

Dixon

Durch den Flur von Madisons Apartmentblock zu gehen verschafft mir normalerweise ein wohliges Kribbeln.

Aber heute Abend verursacht es mir Sodbrennen. Ich ziehe am Kragen meines weißen Hemds. Unsichtbare Hände scheinen mir die Luft abzuschnüren, je näher ich Maddys Wohnungstür komme.

Wie soll ich das schaffen? Maddy ins Gesicht zu lügen ist eine Sache, aber vor ihren Eltern zu lügen, wenn die Ursache der Lüge nur Zentimeter neben mir sitzt, ist eine andere Kiste. Meine Fassade bröckelt bereits, und ich weiß nicht, wie lange ich sie noch aufrechterhalten kann.

Ich reiße mich zusammen, atme tief durch und klopfe an ihre Tür. Sie öffnet nur eine Sekunde später, und sofort fühle ich mich wie ein noch größeres Arschloch.

»Dixon«, haucht sie und streicht sich eine seidige Haarlocke hinters Ohr. Ein rosiger Schimmer schießt ihr in die Wangen, und sie nagt nervös an ihrer verführerischen Unterlippe.

Falls ich je schon einmal etwas so Süßes gesehen habe, kann ich mich jedenfalls nicht daran erinnern.

Ich war von dem Moment an von Madison Roberts verzaubert, als ich sie zum ersten Mal sah, und ich schäme mich nicht zu sagen, dass es seither so geblieben ist. Ich habe sie gerettet, als so ein Neandertaler sie anmachte. Keine Ahnung, warum ich mich damals genötigt sah, mich einzumischen, aber ich bin froh, dass ich es getan habe.

Nach ein paar Fehlentscheidungen – wie zum Beispiel Juliet bei mehr als einer Gelegenheit zu vögeln – kam ich zur Vernunft und wusste, dass diese wunderbare, schöne Frau die Einzige ist, die ich will. Sogar wenn ich mich mit Juliet »getroffen« habe, war Madison stets in meinem Kopf. Ich wünschte nur, ich hätte früher auf so etwas wie gesunden Menschenverstand gehört.

Ich hätte mich sogar mit Freundschaft zufrieden gegeben, wenn das alles gewesen wäre, was sie für mich empfinden konnte.

Sobald ich sie besser kennenlernte, wusste ich jedoch, dass ich sie mehr brauche als die Luft zum Atmen. Und ich bin ein verdammt glücklicher Hurensohn, da sie genauso fühlt.

Ihre Stärken und Schwächen inspirieren mich dazu, ein besserer Mensch zu werden.

»Madison.« Während sie weiter an ihrer Unterlippe nagt, gehe ich auf sie zu und umfasse ihre schlanke Taille. »Du siehst umwerfend aus.«

Ihre Wangen werden noch eine Spur rosiger, ein Farbton, der dem ihres Sommerkleides ähnelt. »Danke.«

»Nein, ich danke …« – ich beuge mich vor und schnuppere an ihrer Wange – »… dir«, vollende ich den Satz dicht an ihrem Ohr. Ein leises Stöhnen entrinnt ihrer Kehle, und sofort wirft sich der Alphahund in mir stolz in die Brust. Wunderbar, dass sie mir nach allem, was sie durchgemacht hat, immer noch genügend traut, um diese Nähe zwischen uns zuzulassen.

Als ich über ihre Schulter schaue, sehe ich ihre Reisetasche unschuldig auf dem Boden stehen und runzle die Stirn. Normalerweise würde ich mich über diesen Anblick mehr freuen als ein naschhaftes Kind in der Konditorei, aber in Anbetracht der Umstände habe ich das wohl kaum verdient. Maddy spürt meine Irritation sofort.

»Ich dachte, ich könnte bei dir bleiben, weil du viel näher zu meinen Eltern wohnst. Aber das muss nicht sein. Bitte entschuldige, dass ich einfach davon ausgegangen bin«, fügt sie rasch hinzu und senkt den Blick.

»Hey«, murmele ich, hebe mit zwei Fingern ihr Kinn und versinke in diesen großen, smaragdgrünen Augen. »Entschuldige dich niemals dafür, dass du über Nacht bleiben willst. Du bist in meiner Wohnung immer willkommen. Und in meinem Bett.«

Meine Bemerkung ist so kühn, dass sie mühsam schluckt. »Es ist nur … ich wollte es nicht einfach voraussetzen. In letzter Zeit …« Sie beendet den Satz nicht.

»Was?«, dränge ich sie sanft.

»Du warst in letzter Zeit so abgelenkt. Ich habe dich diese Woche kaum zu Gesicht bekommen. Habe ich irgendetwas falsch gemacht?« Sie sieht mich bedauernd an, weil sie offenbar glaubt, zu viel gesagt zu haben, und ich bedaure, zu wenig gesagt zu haben.

Ich habe mich zwar mächtig angestrengt, mein schlechtes Gewissen zu verbergen, aber sie hat es gespürt, so wie ich es mir dachte.

»Nein, Maddy, nein. Du hast nichts falsch gemacht.« Ich

umfasse ihre Wangen, suche ihren Blick. »Ich bin derjenige, der etwas falsch gemacht hat.« Sie schaut mich an, wartet auf eine Erklärung. Aber ich kann nicht.

»Bitte entschuldige, du hast völlig recht«, fahre ich schließlich fort. »Ich hatte nur so viel zu tun bei ... der Arbeit.« Mein Zögern ist ihr nicht entgangen, aber sie bedrängt mich nicht.

»Okay. Solange du dir sicher bist.«

Ich streiche mit dem Daumen über ihre Unterlippe. »Ja, *angelo*, was dich betrifft, bin ich mir völlig sicher.« Ihr Lächeln erhellt sogar die düsterste Nacht.

Ich küsse sie auf die Stirn. »Komm schon, lass uns gehen.« Sie nickt.

Ich schnappe mir ihre Tasche und werfe sie über meine Schulter. »Jesus, was hast du denn eingepackt? Eine Leiche?«

Sie lacht. »Noch nicht.« Ich weiß, dass sie auf Juliet anspielt, und kann mir ein Grinsen nicht verkneifen.

Wenn mein Leben doch nur so einfach wäre.

Hand in Hand gehen wir zu meinem Wagen, während Madison mir erzählt, wie ihre Woche verlaufen ist. Ich bin ein fürchterlicher Freund, denn als ich bei einigen Themen nachhake, sagt sie, dass ich sie dasselbe schon vor einer Woche gefragt habe.

»Bist du sicher, dass alles in Ordnung ist?«, fragt sie mich, während wir an der Ampel warten.

»Ja, wieso?«

Statt einer Antwort streckt sie die Hand aus und beruhigt meine auf das Lenkrad trommelnden Finger.

Ich lächle sie an. »Es geht mir gut. War heute ein harter Tag. Ich habe meinen ersten Teddybären therapiert.«

»Wie bitte?« Sie weicht zurück und verzieht das Gesicht. Vermutlich habe ich als Zuschauer der Showeinlage mit dem Teddy genauso ausgesehen.

Ich grinse. Madison ist einfach anbetungswürdig. »Das willst du gar nicht wissen.«

Als sie mit ihrem Sicherheitsgurt herumspielt, frage ich mich, was sie so beschäftigt. Und schon bekomme ich die Antwort. »Ich hatte heute Therapie.«

»Oh?« Natürlich hatte sie das. Heute ist Dienstag. Reiß dich zusammen, du Idiot.

»Ja.« Sie lässt mich zappeln, wartet darauf, dass ich das Gespräch führe.

»Wie ist es gelaufen?« Wir haben die unausgesprochene Vereinbarung, nicht über ihre Sitzungen zu sprechen. Deshalb bin ich neugierig, warum sie es erwähnt hat.

»Dr. Canetti denkt, dass ich gute Fortschritte mache. Sie hat vorgeschlagen, dass ich meine Gefühle aufschreiben soll.«

»Das ist eine gute Idee«, antworte ich und fahre auf die Schnellstraße.

»Also habe ich es getan.«

»Und? Hat es geholfen?«

»Ja, ein bisschen. Ich will Beth damit konfrontieren. Ich meine Juliet.«

Dieser Name ist wie ein Tritt in meine Eier. »Womit genau konfrontieren?«

Sie rutscht auf ihrem Sitz hin und her, atmet stoßweise. »Damit, dass sie so … gemein zu mir war, als wir noch Kinder waren.«

Warum hat sie gezögert? Was wollte sie eigentlich sagen?

»Maddy…« Ich halte den Blick auf die Straße gerichtet. »Ich kenne Juliet nicht…« Lügen! Lügen! Lügen! »Aber nach allem, was ich weiß, wäre sie sogar zu ihrer eigenen Mutter gemein.«

»Ihre Mutter ist tot.«

»Exakt. Das ist vermutlich besser, als sich mit einem Satansbraten herumschlagen zu müssen.«

»Dixon!«, ermahnt sie mich. »Das ist abscheulich.« Ihr mühsam unterdrücktes Kichern verrät jedoch ihre Zustimmung.

»Kommst du damit klar, sie heute Abend zu sehen?«

Sie hebt die zarten Schultern. »Keine Ahnung. Sie macht mir nicht mehr so viel Angst. Mein Brud-, ihr Verlobter«, korrigiert sie rasch, »dagegen schon.«

Ich umklammere das Lenkrad so fest, dass meine Knöchel weiß hervortreten.

Zum Glück beehrt uns dieses zwielichtige Ungeziefer von einem Bruder heute nicht mit seiner Anwesenheit, denn dann hätte sich dieses Dinner in ein Grillfest verwandelt, auf dem ich seinen Arsch erst geröstet und dann in dünne Scheiben geschnitten hätte.

Nie zuvor habe ich gegenüber zwei Menschen solche Abneigung verspürt wie bei Juliet Harte und ihrem schwanzlutschenden Partner Dylan Roberts. Es heißt, Unheil zieht Unheil an. Nun, diese beiden Individuen sind die unheilvollsten Bastarde, die ich kenne.

»Du musst ihn niemals wiedersehen. Und falls doch, dann bin ich dein Bodyguard.«

Sie lächelt, und ich überschlage mich bei dem Anblick fast wie ein sabbernder, verliebter Trottel.

»Ich steh auf deinen Body, also abgemacht«, antwortet sie frech.

Mir wird schwindeliger als einem Schulmädchen auf einem One-Direction-Konzert. »Nun, in dem Fall gehört er dir, wann immer du willst.«

»Heute Nacht?«

Beinahe hätte ich einen Schwerlaster gestreift, der auf der anderen Fahrbahn unterwegs ist. Rasch lenke ich zurück auf meine Spur und schaue zu dem kichernden scharfen Weib auf dem Beifahrersitz. »Nächstes Mal warnst du mich bitte vor.«

»Wie möchtest du denn vorgewarnt werden?« Sie klimpert mit diesen unglaublich langen Wimpern. »Ich brauche ganz dringend ärztliche Hilfe, Dr. Mathews, die nur du geben kannst.«

Ich möchte diesen frechen Mund küssen, bevor ich sehe, wie er sich vor Lust öffnet, während ich sie lecke.

»Vorsicht, sonst wende ich sofort den Wagen und das Einzige, was mein Mund heute Abend schmecken wird … bist du.« Jetzt bleibt ihr das Kichern im Hals stecken.

Als sich ihre rosa Zunge zeigt, mit der sie die Unterlippe befeuchtet, unterdrücke ich ein Stöhnen. Der Anblick erinnert mich daran, dass ich wegen meiner Lüge jetzt wie ein Mönch lebe. Die paar Mal, die ich Madison im Laufe dieses Albtraums gesehen habe, war ich so von Schuldgefühlen geplagt, dass ich sie nicht anfassen konnte, ohne mir dafür am liebsten die Hände abzuhacken. Ich verdiene sie nicht, aber ich will sie – so sehr. Und danach zu urteilen, wie sie die Beine zusammenpresst und sich an den Sitz klammert, wage ich zu behaupten, dass sie mich auch will – sehr.

Plötzlich ist es in meinem BMW verdammt warm geworden, und ich konzentriere mich angestrengt auf die Straße vor mir, vor lauter Angst, was passieren wird, wenn ich sie anschaue und sie meinen Blick erwidert.

Zum Glück biege ich nur wenige Augenblicke später auf das eingezäunte Gelände des knapp dreizehn Hektar großen Grundstücks am Seeufer ein. Das dreigeschossige weiße Haus ist gelinde gesagt beeindruckend. Der Kies der langen Zufahrt knirscht unter meinen Reifen. Der weitläufige Rasen vor dem Haus ist saftig grün, und je näher wir dem gigantischen Anwesen kommen, desto besser verstehe ich, warum Juliet so ist, wie sie ist.

Ihr Leben lang besaß sie anscheinend alles, was man sich nur wünschen kann, und dieser Reichtum hat sie zu einem verwöhnten kleinen Balg gemacht. Und was passiert, wenn jemand alles hat? Er will immer noch mehr, denn *mehr* ist nie genug.

Madison ist das genaue Gegenteil.

Sie hat im Laufe ihres Lebens viel Elend durchgemacht, bevor Sebastian in ihre Welt trat. Sie und ihre Mom hatten es schwer. Sie weiß, wie es ist zu hungern. Und deshalb weiß sie jetzt ihr Glück zu schätzen, weil sie keine undankbare Teufelin ist. Sie hat eine Seele.

Ich parke den Wagen und gönne mir einen Moment, um diesen spektakulären Anblick zu genießen. »Was sagtest du noch, wie viele Schlafzimmer es hat?«

Madison schnallt den Sicherheitsgurt ab und schaut ebenfalls durch die Windschutzscheibe auf das Anwesen. »Sieben. Außerdem fünf Badezimmer, einen Salzwasser-Swimmingpool, ein Kino, ein hundertachtzig Quadratmeter großes Gästehaus und, für den Zeitvertreib, einen Tennisplatz samt Zuschauerrängen.«

»Kein Wunder, dass Sebastian so gut in Form ist«, sage ich. Madison verpasst mir einen freundschaftlichen Klaps auf den Arm.

Wir steigen aus, und als sie ihre zarte Hand in meine schiebt, bin ich der glücklichste Mann auf Erden. Die Marmortreppe ist makellos poliert, und der große Balkonerker beschirmt die breite Eingangstür. Madison bleibt gar keine Zeit, die Klingel zu betätigen, denn ihre Mutter reißt in dem Moment die Tür auf, als wir die letzte Stufe erreichen.

»Du hast es geschafft!«, ruft Rachel, kommt herausgestürmt und umarmt Madison.

»Mom!« Die Verlegenheit ist Madison deutlich anzuhören.

»Entschuldige, aber ich kann mich nicht erinnern, wann ich dich in letzter Zeit in einem Monat zweimal gesehen habe. Ich freue mich so.« Sie zwinkert mir über Madisons Schulter hinweg zu, und ich muss lächeln.

Schließlich löst sie sich von ihrer Tochter und strahlt mich an. »Wie schön, Sie wiederzusehen, Dixon. Danke, dass Sie die Einladung angenommen haben.«

»Ich danke Ihnen, Rachel.«

Sie beugt sich vor, um mir einen Luftkuss zu geben, aber meine Mutter würde sich im Grabe umdrehen, wenn ich ihr nicht auf beide Wangen einen Kuss hauchen würde. Ein zartes Rosa schießt ihr in die Wangen. Ein Rosa, dass mich an das ihrer Tochter erinnert …

»Aber bitte, kommt doch rein.« Rachel macht eine einladende Handbewegung.

Sie heißt uns in ihrem bemerkenswerten Zuhause willkommen, das der vermutlich schönste Wohnsitz ist, den ich je gesehen habe. Von dem großen, sich öffnenden Foyer gehen fünf Flure ab, die wer weiß wohin führen. Ich kann es kaum erwarten, das herauszufinden.

Wir folgen Rachel durch das extravagante Wohnzimmer und einen Flur entlang. »Kommt durch. Sebastian ist in der Küche und kocht.«

Ich ziehe die Brauen hoch, und Rachel lacht. »Er ist ein viel besserer Koch als ich. Glauben Sie mir, wenn ich am Herd stehen würde, gäbe es am Ende Tiefkühlpizza.«

Als wir die Küche betreten, schlägt mir der Geruch von frischer Tomatensauce, Oregano und geschmolzenem Mozzarella entgegen – drei meiner Lieblingsdüfte auf dieser Welt. Gerüche, die mich an meine Mutter erinnern.

»Sieh mal, wen ich vor der Haustür gefunden habe«, zieht Rachel ihren Mann auf, der sich mit einem breiten Lächeln vom Herd zu uns umdreht.

»Button! Du siehst wunderschön aus.« Er wischt die Hände an einem Küchentuch ab, bevor er Maddy fest in die Arme schließt.

»Danke. Was auch immer du da kochst, es duftet köstlich.« Sie steht auf ihren zarten Zehenspitzen und späht ihm über die Schulter.

»Da Dr. Mathews Italiener ist …« – sein Blick richtet sich auf mich –, »… wollte ich mich ein bisschen an der italienischen Küche versuchen.« Er streckt die Hand aus, und wir tauschen einen festen Händedruck.

Ein Mann mit einem festen Händedruck hat Eier in der Hose.

»Madison hat recht, es duftet köstlich. Aber bitte, nennen Sie mich Dixon.«

Sebastian nickt erfreut.

»Ich hoffe, Sie mögen Rotwein.« Ich überreiche ihm die sechshundert Dollar teure Flasche Cabernet Sauvignon.

Sebastian stößt einen leisen Pfiff aus und studiert das Etikett. »Sie haben einen guten Geschmack. Aber das wissen wir ja bereits.« Er wirft einen liebevollen Blick auf die strahlende Madison. »Der passt perfekt zum Abendessen. Liebes, würdest du die Flasche öffnen? Meine Tomatensauce verkocht mir sonst.«

Rachel nickt, und Sebastian tritt wieder an den Herd. »Und? War viel Verkehr?«, fragt er, während er uns den Rücken zuwendet und noch ein paar Blätter frisches Basilikum in die Sauce wirft.

»Ganz okay. Und da Dixon am Steuer saß, können wir froh sein, in einem Stück hier angekommen zu sein«, scherzt Maddy und grinst mich an, während sie über die Theke langt, um eine Tomatenscheibe zu stibitzen.

Gebannt sehe ich zu, wie sie sich die rote Frucht in den Mund schiebt und ein paar verirrte Tropfen von der Lippe leckt.

»Das glaube ich dir nicht. Ich wette, dass Dixon ein ausgezeichneter Autofahrer ist«, höre ich Rachel wie durch Watte im Hintergrund sagen. Ich reiße den Blick von Madison los, die sich unschuldig die Finger ableckt.

Mein Schwanz entscheidet sich in genau diesem Moment, aus dem Winterschlaf zu erwachen. Echt typisch.

»Nicht wahr, Dixon? Dixon?«

Dass mein Name wiederholt wird, ist ein sicheres Zeichen,

dass ich etwas Wichtiges verpasst habe. Aber für mich ist in diesem Moment nur wichtig, dass Madison diese Vorstellung noch einmal gibt – aber dieses Mal würde ich gern die Tomate sein.

Madisons gerötete Wangen und das verschämte Lächeln machen mich jedoch darauf aufmerksam, dass von mir eine Antwort erwartet wird. Aber wie soll ich jetzt etwas sagen können? Diese Schönheit vor meinen Augen verschlägt mir die Sprache. Das lange, seidige Haar und die weichen, rosigen Lippen – ich kann nur daran denken, was diese Lippen alles tun könnten.

Und weil ich ein Masochist bin, wandere ich mit den Augen hinunter auf ihre umwerfenden Brüste, die sich bei jedem Atemzug heben. Erinnerungen daran, was ich mit diesen wunderbaren vollen Brüsten schon gemacht habe, lassen mich wünschen, jetzt nicht zusammen mit Madisons Eltern in einem Raum zu sein – ihren Eltern, die vermutlich nur Sekunden davon entfernt sind, mich rauszuwerfen, weil ich ihre Kleine gerade mit den Augen ausziehe.

»Völlig richtig, Rachel. Ihre Tochter ist in guten Händen.« Während ich antworte, weicht mein Blick nicht eine Sekunde von Maddy, und ich bin froh, wenigstens mit halbem Ohr zugehört zu haben.

Ihr rosiges Glühen verrät mir, dass sie genauso erregt ist wie ich.

»Daran hege ich keinen Zweifel«, sagt Rachel und stellt ein Glas Wein vor mir auf die Theke. Sie scheint nicht zu bemerken, dass ich in Erwägung ziehe, das Dinner zu überspringen und direkt zum Dessert überzugehen – dem Dessert zwischen Madisons Schenkeln.

»Ich freue mich so, dass wir alle zusammen sein können! Nur schade, dass Dylan arbeiten muss. Aber Juliet müsste jede Minute hier sein.«

Bei ihren Worten zieht sich mein Schwanz sofort zusammen wie eine verschrumpelte Pflaume. Juliet ist das Gegenteil von Viagra.

Madison scharrt unbehaglich mit der Schuhspitze über den Boden.

»Maddy, würdest du Dixon schon ins Esszimmer führen? Das Essen ist fast fertig«, sagt Sebastian über die Schulter hinweg, während Rachel damit beschäftigt ist, noch ein paar Dinge aus dem Schrank zu holen.

Madison nickt wortlos. Wie können ihre Eltern nur übersehen, dass sie sich sofort in sich zurückzieht?

Ich folge ihr in ein riesiges Esszimmer, von dem aus man einen Blick über den Pool hat. Sobald sie stehen bleibt, schließe ich sie in die Arme.

»Alles in Ordnung?«, frage ich und küsse sie zärtlich auf die Schläfe.

Sie dreht sich in meiner Umarmung um und antwortet: »Es geht mir gut. Ich wünschte nur, wir könnten zu Abend essen, ohne dass Dylan ein einziges Mal erwähnt wird.«

»Ich weiß, *angelo*.« Für einen Moment bleiben wir aneinandergeschmiegt stehen, brauchen beide diesen Trost.

In Gedanken versunken betrachte ich den Pool, als Maddy plötzlich flüstert: »Woran hast du gedacht? Vorhin in der Küche«, fügt sie rasch hinzu.

Statt einer Antwort erwidere ich: »Und woran hast du gedacht?«

Sie atmet schneller. »Ich … ich glaube, wir haben an das

Gleiche gedacht«, haucht sie mit dieser zarten Stimme, deren Klang mir mittlerweile verrät, dass sich in ihrem Unterleib gerade ein Feuer ausbreitet.

»Ach ja? Und das wäre?« Ich spüre das Pochen des Herzens in ihrer Brust. Die Luft ist aufgeladen mit Elektrizität, und wir sind beide kurz vorm Explodieren.

Tapfer schaut sie zu mir hoch. »Dass wir dem Gästehaus einen Besuch abstatten sollten.«

Mein Schwanz salutiert und klatscht mit dem sich aufbäumenden Verlangen ab, flachgelegt zu werden.

»Du …« – ich tippe ihr an die Nasenspitze – »… kannst Gedanken lesen. Sollen wir uns rausschleichen, bevor die Vorspeise serviert wird?«

Sie kichert, wird aber sofort wieder ernst. »Nein. Aber vielleicht vor dem Dessert?«

Ich stöhne, als sie die Hand zwischen uns schiebt und über die Schwellung streicht, die in ihrer Gegenwart an der Tagesordnung ist.

»Das passt mir sehr gut, denn ich weiß schon, was ich nehme.«

Ihre Pupillen verdunkeln sich, und sie schluckt nervös. »Vielleicht …« Sie stöhnt, als ich mich vorbeuge und ihr Ohrläppchen in meinen hungrigen Mund sauge. »… sollten wir das ganze Essen überspringen?«, schlägt sie vor und spricht damit meine Gedanken aus.

»Ich würde mich nicht beschweren.«

Ihr leises Wimmern hüllt uns in eine Decke der Glückseligkeit, während ich mich ihren langen, gebogenen Hals hinabküsse. Meine Selbstbeherrschung schwindet, und ich muss meine ganze Stärke aufbringen, um sie nicht nach draußen zu ziehen und meine Worte in die Tat umzusetzen. Mein Schwanz ist hart wie Stahl, und wenn sie weiterhin diese unschuldigen Geräusche macht, werde ich damit den Hackbraten tranchieren können.

»Ah, Dixon«, schreit sie leise auf, als ich ihren pulsierenden Hals entlangknabbere. Aber ich kann einfach nicht aufhören.

Ich bin nur Momente davon entfernt, mit der Hand unter ihrem Rock erwischt zu werden, aber das ist nicht gerade der Eindruck, den ich bei ihren Eltern hinterlassen will. Ich brauche eine Unterbrechung oder zumindest eine eiskalte Dusche. Bedauerlicherweise bekomme ich eines davon. Die kalte Dusche wäre mir lieber gewesen.

»Ist das eine Privatparty? Oder kann man mitmachen?«

3

Friss mich

Dixon

Erschrocken löst sich Madison von mir, während ich die Frau anstarre, die mein Leben zerstört.

»Oh, bitte, wegen mir braucht ihr nicht aufzuhören.« Juliets schrille Stimme lässt sich mit der einer sterbenden Hyäne vergleichen, die unter Blähungen leidet.

»Be- … Juliet«, korrigiert sich Madison hastig und bleibt dicht neben mir.

Juliet nickt uns zu, und ihr durchtriebener Blick bleibt auf mir ruhen. »Wie schön, Sie wiederzusehen, Dr. Mathews.« Ihre rubinroten Lippen verziehen sich zu einem geheimnistuerischen Lächeln – ein Geheimnis, in das ich leider eingeweiht bin.

Wenn Blicke töten könnten, wäre Juliet nur noch ein Haufen rauchender Asche. So aber entscheide ich mich, sie zu ignorieren und schaue zum stilvoll gedeckten Tisch. Dankbar stelle ich fest, dass jeweils zwei Gedecke einander gegenüber aufgelegt sind und für eine fünfte Person am Kopfende gedeckt ist.

»Hier«, sage ich und ziehe für Madison einen Stuhl heraus.

Bevor sie sich setzt, rückt sie ihr Kleid zurecht. »Danke.«

Ich küsse sie auf den Scheitel und setze mich neben sie. Juliet lasse ich verlegen mitten im Zimmer stehen. Sie versteht den Wink und lässt sich missmutig auf dem Stuhl mir gegenüber nieder.

»Hoffentlich habt ihr Hunger mitgebracht«, sagt Rachel und trägt, dicht gefolgt von Sebastian, das Essen herein.

Als er Juliet entdeckt, beginnen seine Augen zu leuchten. »Bonbon, ich habe dich gar nicht klingeln hören.«

»Entschuldige, Dad. Ich bin mit meinem Schlüssel reingekommen.«

Er stellt eine riesige Form mit Lasagne mitten auf den Tisch, beugt sich dann vor und küsst Juliet auf den Kopf. »Kein Grund, sich zu entschuldigen. Das hier wird immer dein Zuhause sein. Ebenso wie deines, Button.« Juliet sieht aus, als würde sie am liebsten über den Tisch langen und Madison die Augen auskratzen.

Ich denke zurück an unsere erste Sitzung, als ich ursprünglich dachte, Juliets Vater sei die Ursache ihrer Sucht. Aber nachdem ich Sebastian kennengelernt habe, steht für mich fest, dass er nichts mit der Abartigkeit seiner Tochter zu tun hat. Bleibt also die Frage, wer oder was dann die Ursache war. Dieses Haus mag ja in materieller Hinsicht reich sein, aber emotional hat etwas gefehlt, sodass Juliet zu der wurde, die sie ist.

»Was macht die Morgenübelkeit? Hast du immer noch Probleme?«, fragt Rachel unschuldig und setzt sich.

Als Juliet die Hand auf ihr Bäuchlein legt, steigt mir die Galle hoch, und ich verabscheue mich noch mehr, weil die geringe Möglichkeit besteht, dass dieses Kind von mir ist.

»O Rachel«, schleimt Juliet und sieht mich dabei an. »Wenn dieses Kind nach seinem Vater kommt, wird es mir bis zum Ende Schwierigkeiten machen.«

Rachel kichert, und ich starre die grinsende Juliet wütend an.

»Greift zu, alle miteinander«, sagt Sebastian und zeigt auf das Essen. Bedauerlicherweise ist mir der Appetit vergangen.

Madisons Schweigsamkeit beweist, dass sie sich immer noch unwohl fühlt, aber sie greift lächelnd nach meinem Teller.

»Du musst mich nicht bedienen.«

»Ich möchte aber.« Wieder schießt ihr die Röte in die Wangen, was mich an unser Gespräch von vorhin erinnert.

Unauffällig schiebe ich die Hand unter den Saum ihres Kleides und fahre mit den Fingerspitzen über die zarte Haut an den Innenseiten ihrer Schenkel. »Dann leg mir einfach etwas auf den Teller«, antworte ich und genieße, dass sie unter meiner Berührung eine Gänsehaut bekommt.

»Wie wäre es mit etwas von allem?« Der Teller in ihrer Hand zittert leicht.

»Klingt gut. Es sieht alles sehr köstlich aus.« Ich betone das Ende meines Satzes, indem ich ihren Schenkel sanft drücke. Nur ich kann ihr verhaltenes Stöhnen hören, da Sebastian und Rachel mit Juliet über das Baby reden. Madison lädt mir eine ordentliche Portion Lasagne auf den Teller, dazu Hackbraten, Salat und Knoblauchbrot, während ich weiter ihren Schenkel streichle.

»Dixon, Sie müssen mir gleich verraten, ob diese Lasagne so gut ist wie die Ihrer Mutter«, wendet sich Sebastian lachend an mich, als Madison den vollgehäuften Teller vor mich stellt.

Ich betrachte die Speisen und antworte lächelnd: »Allein

vom Duft her kommt sie der schon sehr nahe. Sie wäre stolz auf Sie gewesen.«

Dass ich in der Vergangenheitsform spreche, macht ihm bewusst, dass sie nicht mehr lebt.

»Oh, tut mir leid. Sie ist verstorben?«

Ich nicke und winke ab, als Zeichen, dass es keinen Grund gibt, sich zu entschuldigen. »Sie ist vor knapp einem Jahr an Brustkrebs gestorben.«

Rachels freundliches Gesicht wird ganz sanft. »Wie traurig. Tut mir sehr leid, das zu hören. Was ist mit Ihrem Vater?« Sie greift nach ihrem Weinglas.

Unbehaglich rutsche ich auf meinem Stuhl herum. Mein Vater ist ein heikles Thema. »Mein Vater lebt noch«, antworte ich und greife in der Hoffnung zu meiner Gabel, mein Unbehagen auf diese Weise überspielen zu können. »Er ist in New Jersey.« Ich erwähne nicht, wo genau dort.

»Stehen Sie sich nahe?«, fragt Rachel, die mein Unbehagen offenbar nicht bemerkt. Alle am Tisch schweigen und warten auf meine Antwort.

Ich kann mich nicht davor drücken, und gelogen habe ich in dieser Woche schon genug. »Früher ja, aber nach dem Tod meiner Mutter erlitt er einen Zusammenbruch und jetzt …« Ich kann das einfach nicht aussprechen. Ich kann unmöglich sagen, dass er jetzt ein Fremder für mich ist.

Madison schiebt ihre Hand in meine. »Ich würde ihn gern eines Tages kennenlernen.«

Nein, ganz bestimmt nicht. Aber ich lächle, weil es nett gemeint ist. »Sicher. Eines Tages«, antworte ich ausweichend und lasse ihre Hand los.

Dank meines unübersehbaren Rückziehers ist die Atmosphäre im Raum plötzlich beklommen.

Sebastian räuspert sich. »Also, Button, hast du entschieden, was du an deinem Geburtstag machen möchtest?«

Das ist genau der Themenwechsel, den ich brauche.

»Das ist doch erst Ende nächsten Monat«, wiegelt sie ab.

»Am dreißigsten, um genau zu sein«, fügt Rachel hinzu und nippt an ihrem Wein.

Madison sieht ihre Mom gespielt tadelnd an.

»Erinnerst du dich noch? Als du klein warst, wolltest du an deinem Geburtstag unbedingt nach Rom«, sagt Sebastian, während er seinen Hackbraten klein schneidet.

»Tatsächlich?« Auch das ist mir neu.

»Ja.« Sie zuckt mit den Schultern. »Ich habe mir die Stadt so schön vorgestellt. Und es hieß, dass es sich für die Biscotti dort zu sterben lohnt.«

Ihr neckendes Grinsen ist eine Anspielung darauf, als wir bei Dolci's zum ersten Mal gemeinsam Biscotti gegessen haben. Das erste Mal, dass ich mich wie ein richtiger Gentleman gefühlt habe und nicht wie ein Schuft. Ich habe diese Gefühle vermisst und möchte sie wieder aufleben lassen. Spontan verkünde ich: »Dann ist es hiermit abgemacht. Wir fliegen an deinem Geburtstag nach Rom.«

Maddy lacht, aber das Lachen bleibt ihr im Hals stecken, als sie merkt, dass ich es ernst meine. »Nein, das kann ich nicht annehmen. Das ist zu viel.«

Ich schüttle beharrlich den Kopf. »Unsinn, wir werden fliegen, *angelo*. Du brauchst nichts weiter als deinen Pass und einen Koffer. Um alles andere kümmere ich mich.«

»Dixon …«

Aber ich bringe sie mit einem bestimmten Gesichtsausdruck, der ihr sagt, wie aussichtslos ihr Kampf ist, zum Schweigen.

Madison sieht Rachel an. »Mom!«

Aber die hebt nur die Hände, offenbar will sie sich nicht einmischen.

Fast hätte ich über diesem Hin und Her vergessen, dass Juliet mir gegenüber sitzt – aber nur fast.

»Da Sie so großzügig Reisen nach Rom anbieten, kommt es auf einen Passagier mehr doch sicher nicht an. Ich packe auch nicht viel ein.« Sie lacht herausfordernd, als sei es nur ein Scherz, aber ich weiß es besser.

Langsam wende ich ihr den Kopf zu, sehe sie fest an und sage: »Drei sind einer zu viel.«

»Unter gewissen Umständen kann man zu dritt viel Spaß haben.« Sie grinst arrogant, während ich angewidert den Mund verziehe.

Maddy nippt nervös an ihrem Wein, ich dagegen mache keinen Hehl aus meiner Abneigung gegen ihre Stiefschwester.

Kaum zu glauben, dass es mir einmal Spaß gemacht hat, diese Frau zu ficken. Das blonde Haar trägt sie zu einem strengen Knoten hochgesteckt, was ihre feinen, aber harten Gesichtszüge noch betont. Ihr Körper hat abgesehen von dem Babybäuchlein überhaupt nichts Weiches, Feminines wie der von Maddy. Ganz davon zu schweigen, dass sie ein totales Miststück ist.

Ich muss völlig verrückt gewesen sein.

Nichts an ihr zieht mich an, und wenn ich die Erinnerungen an sie ausradieren könnte, würde ich es tun. Leider geht das nicht. Leider ist sie ein Mahnmal dafür, was für ein Trottel ich bin.

Wir essen weiter und plaudern nett. Wenn Juliet etwas sagt, ignoriere ich sie oder flüstere Maddy etwas ins Ohr. Meistens sind es banale Dinge wie: »Schmeckt dir der Wein?«, oder »Das Essen ist köstlich«, aber ich achte darauf, dabei ihr Bein zu streicheln oder mit den Lippen ihre Ohrmuschel zu streifen. Allesamt Dinge, die sie dazu bringen zu erröten oder sich kaum merklich zu winden. Dinge, die auch Juliet das Blut in die Wangen schießen lassen, aber vor Zorn.

Wer hätte gedacht, dass es mein neuer Lieblingszeitvertreib werden könnte, sie zu ärgern?

»Wer ist bereit fürs Dessert?«, trällert Rachel schließlich, während ich mit den Fingern gefährlich nahe an Madisons köstlicher Hitze entlangfahre.

»Ich weiß, dass ich es bin«, flüstere ich. Sie saugt kaum hörbar die Luft ein, was meinen interessierten Schwanz sofort wachrüttelt.

Als ich mir gerade eine lahme Entschuldigung zurechtlege, damit Maddy und ich uns davonschleichen können, fragt Rachel: »Maddy, könntest du mir helfen, die neue Kaffeemaschine zu bedienen? Sebastian meint, die habe ihm zu viel technischen Schnickschnack.«

Sebastian lacht und gibt seiner Frau einen Klaps auf den Hintern, ehe sie zur Küche geht.

Maddy sieht mich so entschuldigend an, dass ich sie lächelnd auf die Lippen küsse. »Zum Glück hast du deinen Pyjama eingepackt.«

Sie lehnt sich gegen meinen Mund. »Habe ich nicht.«

Beinahe hätte ich mich vor Aufregung verschluckt, während Maddy selbstzufrieden aufsteht. Mein Blick fällt auf ihre langen Beine, und lebhafte Bilder, wie sich diese Beine vor mir spreizen, überfluten mein Gehirn. Ich brauche diese Frau dringend an meiner Zunge und in meinem Mund.

Aber ich spiele den Unbeteiligten und stehe ebenfalls auf, da ich nicht vorhabe, mich länger als nötig mit Juliet in einem Raum aufzuhalten. »Ich gehe so lange nach draußen, eine Zigarette rauchen.«

»Okay. Bis gleich.« Maddy beugt sich vor und haucht mir einen Kuss auf die Lippen. Viel zu flüchtig, aber für den Moment werde ich mich wohl damit trösten müssen.

Sebastian redet mit einer wenig begeisterten Juliet über das Baby. Ich entschuldige mich, eile nach draußen und spüre ihre Adleraugen in meinem Rücken.

Da ich nicht weiß, wie lange Maddy beschäftigt sein wird, schlendere ich den Kiesweg entlang in Richtung See. Bisher war der Abend erträglich, aber ich fürchte, er ist noch lange nicht vorbei.

Während ich nachdenklich eine Marlboro rauche, schaue ich in die Weite. Die unergründliche Schwärze des Sees birgt die Geheimnisse dessen, was hier geschehen ist. Manche wünsche ich zu kennen. Bei anderen wäre es mir lieber, sie nicht erfahren zu haben.

»Ich lasse all deine Träume wahr werden.«

Und einfach so wird diese friedliche Stimmung zerstört.

»Heißt das, du willst dich einem fahrenden Zirkus anschließen?«, erwidere ich unverhohlen und mache mir nicht einmal die Mühe, mich umzudrehen.

»Das meinst du doch gar nicht so.« Ihre Schuhe knirschen

auf dem Kies, signalisieren, dass sie näher kommt – was mein Stichwort ist, die Beine in die Hand zu nehmen.

Ohne eine Sekunde darüber nachzudenken, sage ich klar und deutlich: »Ich hätte keine Skrupel, dich mit meinem Wagen über den Haufen zu fahren.«

Ihr blumiger Duft, nachdem ich mich einst verzehrt habe, wird von der sanften Brise zu mir getragen, und weckt so viele Erinnerungen – Erinnerungen, die ich am liebsten aus meinem Gedächtnis streichen würde.

»Warum bist du so grausam?«

Bevor ich antworte, nehme ich einen tiefen Zug von meiner Zigarette. »Was soll ich sagen … du bringst eben das Beste in mir hervor. Das hast du immer getan.«

Sie ignoriert meine Unverfrorenheit. »Es ist dir doch nicht ernst mit unserer kleinen Halbwaisen, oder?«

»Wenn du damit Madison meinst, doch, es ist mir sogar sehr ernst.« Noch immer kehre ich ihr den Rücken zu, da mich ihr Anblick krank macht.

»Dixon …«

Als ich ihre Hand auf meiner Schulter spüre, wirbele ich herum und knurre: »Fass mich *nicht* an!«

Meine Feindseligkeit scheint sie zu überraschen. »Was zum Teufel ist los mit dir? Es gab eine Zeit, da hast du es sehr genossen, mit mir zusammen zu sein. Es genossen, mich zu ficken«, fügt sie hinzu und fährt mit dem Fingernagel meinen Arm hinunter.

Ich fühle mich, als würde sie mir ein Messer ins Fleisch rammen, und schlage ihre Hand fort. »Was diese Phase meines Lebens betrifft, plädiere ich auf Unzurechnungsfähigkeit.«

Verwirrt verzieht sie das Gesicht, und als ich sehe, wie ihr die Kinnlade hinunterfällt, füge ich hinzu: »Ich muss völlig irre gewesen sein, dich freiwillig anzufassen. Und so informativ dieses Gespräch auch sein mag, ich habe Besseres zu tun – zum Beispiel, dich nicht anzusehen.«

Ich stoße den Rauch aus und mache Anstalten, an ihr vorbeizugehen, aber sie hält mich zurück. »Du scheinst unser kleines Geheimnis zu vergessen. Ein Geheimnis, das deine Karriere zerstören kann.« Selbstzufrieden verschränkt sie die Arme vor der Brust und sieht mich herausfordernd an.

Diese Geste macht mich noch wütender, und mein letzter Rest Selbstbeherrschung geht zum Teufel. »Weißt du was«, schleudere ich ihr ins Gesicht, »erzähl es von mir aus, wem du willst.« Ich breite die Arme aus. »Es interessiert mich nicht mehr. Lieber das, als von dir dazu erpresst zu werden, dein Toyboy zu sein.«

Damit hat sie nicht gerechnet, und das ist ein Grund zu feiern. Aber meine Jubelfeier ist nur von kurzer Dauer.

»Ich sage es deinem kostbaren *angelo*«, droht sie und zieht damit diesen Kosenamen in den Dreck.

Ich verenge die Augen. »Nur zu. Aber noch besser: *Ich* werde es ihr sagen. Lieber diese Alternative als das, was du von mir verlangst.«

Das hektische Pulsieren ihrer Halsschlagader kann nur bedeuten, dass sie Angst hat oder, Gott bewahre, unser Streit sie erregt. »Und was genau wäre das?«, fragt sie und leckt sich rasch über die Lippen.

»Ich habe nicht den leisesten Schimmer! Vor zehn Tagen hast du mich in die Enge getrieben, und weißt du, was passiert, wenn man das mit einem wütenden Hund macht?« Sie schüttelt den Kopf, und ihre Brust hebt sich deutlich bei jedem Atemzug. »Er beißt zu.«

Juliet fährt sich mit der Hand an die Kehle. »Ich kenne Ihre Bisse ziemlich gut, Dr. Mathews. Ich erinnere mich an jeden einzelnen.«

Ich fixiere sie mit meinem Blick und knurre: »Geh mir aus dem Weg, bevor ich dich im Affekt im See ertränke.« Ich bin überrascht, dass sie ruhig zur Seite tritt, und verschwende keine Zeit, von ihr wegzukommen.

»Ach, übrigens ...« Ihr selbstgerechter Ton lässt mich jedoch noch einmal innehalten. »Hast du schon die guten Nachrichten gehört?«

»Du wanderst aus nach Afrika?«

Sie ignoriert meine spitze Bemerkung. »Nächstes Wochenende zieht Dylan bei mir ein. Ich weiß, das ist früher, als alle erwartet haben. Soll ich die süße Madison fragen, ob sie uns beim Einleben hilft?«

Und da ist er – ihr Trumpf. Die einzige Sache, mit der sie mich immer in der Hand haben wird.

Leider ist sie die Einzige, die diesen Bastard von Maddy fernhalten kann. Und das weiß sie auch. Mein angeschlagener Ruf mag mir vielleicht egal sein, aber eine verletzte Maddy – ich würde alles tun, um das zu verhindern.

Langsam drehe ich mich um und atme dreimal tief durch, bevor ich antworte. »So wahr mir Gott helfe, aber wenn einer von euch sie auch nur anfasst, bringe ich euch beide um.«

Juliet verzieht die Mundwinkel zu einem boshaften Grinsen. »Ich glaube nicht, dass du in der Position bist, mir zu drohen.«

Mit wenigen Schritten bin ich bei ihr und packe sie an den Oberarmen. »Das ist keine Drohung. Das ist ein Versprechen«, stelle ich klar und schüttle sie heftig.

Aber das stachelt ihre Boshaftigkeit nur an. »Oh, ich liebe es, wenn du hart rangehst.«

»Das ist kein Witz. Es geht um mein Leben. Und um *Madisons* Leben, das du mit deinem verdammten Spielchen versaust.« Ungewollt drücke ich ihre Arme noch fester, will sie zur Vernunft bringen.

Sie beißt sich auf die Unterlippe und neigt den Kopf zur Seite. »Deine Ergebenheit ist echt vorbildlich, aber völliger Quatsch. Wenn ich Madison von den außertherapeutischen Aktivitäten mit deinen Patientinnen berichte, wird sie wohl kaum darauf erpicht sein, mit dir ins nächstbeste Flugzeug nach Rom zu steigen. Sie würde deinen männlichen Hurenarsch sofort fallenlassen. Tief in meinem Innern bin ich zudem davon überzeugt, dass dir deine Karriere *nicht* egal ist. Falls die Medien oder deine Kollegen von unserer Geschichte Wind bekommen, bist du erledigt. Alles, wofür du so hart gearbeitet hast, wäre dann zerstört. Wir wissen beide, dass du es Madison nicht sagen wirst, Dixon. Ich lasse es darauf ankommen.«

Dieses … Miststück.

»Was willst du?«, presse ich zwischen zusammengebissenen Zähnen hindurch und hasse sie dafür, dass sie recht hat.

Mit selbstbewusster Miene antwortet sie: »Du weißt, was ich will.«

Allein bei der Anspielung auf das, was sie vorhat, dreht sich mir den Magen um. »Dazu wird es nicht kommen. Was ist die zweite Option?«

Offenbar sauer, weil ich mich immer noch wehre, lacht sie spöttisch. »Das ist keine Gameshow. Du spielst nach meinen Regeln – oder du verlierst.«

Wie kommt sie darauf, dass ich gewinnen könnte, wenn sie mich an den Eiern hat? »Ich habe doch verloren, sobald ich deinem Vorschlag zustimme!«

Mit einer wegwerfenden Handbewegung tut sie meine Bedenken ab. »Stell dich nicht so an. Du bist weich geworden. Aber ich weiß …« – sie tritt dicht an mich heran und umfasst meinen Schwanz –, »… wie hart du sein kannst.«

Ich schlucke meinen Widerwillen herunter und entscheide mich, offen zu reden. »Also … wenn ich dich ficke und dein kleiner Hurenbock werde, hältst du diesen Psycho von Maddy fern?« Ich versuche trotz des Schmerzes, weil sie meine Eier knetet, zu atmen.

Sie nickt, und ihr Griff wird immer fester, im Gegensatz zu meinem Schwanz. »Ja, und außerdem bleibt dein Geheimnis hinter Schloss und Riegel.« Sie deutet auf ihren Mund und tut dann so, als würde sie einen unsichtbaren Schlüssel wegwerfen. »Niemand muss erfahren, was für ein Weiberheld du in Wahrheit bist. Du kannst mit Little Bo Peep glückliche Familie spielen, und sie wird nie erfahren, dass du für ihre Freiheit fickst. Und für deine.«

Auf meine Freiheit würde ich pfeifen. Ich bin nur allzu bereit, für meine Sünden zu bezahlen, wenn das bedeutet, Maddy den Schmerz zu ersparen, ihren Bruder jemals wiedersehen zu müssen.

Denn das würde sie zerstören. Endlich hat sie einen Ort gefunden, den sie als ihr Zuhause bezeichnen kann. Einen Ort, an dem sie sich sicher fühlt und nicht das Bedürfnis hat, nachts ihre Schlafzimmertür abzuschließen. Wenn dieser Verrückte jedoch in ihren Apartmentblock zieht, wird das die Vergangenheit heraufbeschwören und Maddy zugrunde richten.

Aber ich werde nicht Juliets Gummipuppe sein, sondern einen Ausweg finden. Komme, was wolle, aber ich lasse mich nicht von dieser Frau ins Verderben treiben, die mich nur haben will, weil sie mich nicht bekommen kann.

Es geht nicht um körperliche Befriedigung, sondern nur um Kontrolle.

Für den Moment lasse ich sie deshalb in dem Glauben, gewonnen zu haben. »Fein«, knurre ich und befreie mich aus ihrem Griff.

Juliet grinst triumphierend. »Sagte ich vorhin, dass Dylan nächste Woche bei mir einzieht? Ich Dummerchen, diese Schwangerschaftshormone machen Brei aus meinem Gehirn. Eigentlich wollte ich sagen, dass er es in Erwägung gezogen hat, ich ihm jedoch abgeraten habe. Ich meine, ich möchte schließlich nicht in Sünde leben.«

Mir kommt ein sarkastisches Lachen über die Lippen. »Dafür ist es ein bisschen zu spät.« Mein Blick fällt auf ihren Bauch.

Stolz umfasst sie ihr schwellendes Bäuchlein. »Nun ja, rein technisch gesehen ist das unsere Sünde und nicht Dylans. Ich versuche, meine Vergangenheit wiedergutzumachen und mit meinem zukünftigen Ehemann einen Neuanfang zu haben.«

Ich fahre mir durch mein störrisches Haar, bleibe in den Locken hängen. »Es gibt gar nicht genügend Leben, damit einer von uns beiden seine Vergangenheit wiedergutmachen könnte, Juliet.«

Sie schürzt die Lippen, muss meine Bemerkung anscheinend erst verdauen. »Vermutlich hast du recht.« Sie tritt auf mich zu und fährt mit dem Zeigefinger über meine Wange. »In dem Fall, hol mich Samstagmorgen ab.«

Ich schlage ihre Hand fort. Ich will sie nirgendwo treffen, aber ihre Entschlossenheit zeigt mir, dass ich keine Wahl habe. »Dir ist schon klar, dass du im selben Apartmenthaus wohnst wie Maddy, oder? Ich werde auf keinen Fall zu dir kommen. Wenn ich bei dieser Scharade mitspielen soll, dann machen wir es auf meine Weise.«

»Auch gut. Du suchst den Ort aus, und ich erledige den Rest.«

Ich überlege, in welcher Gegend sich Madison nur selten aufhält, und sage: »Wir treffen uns an der Ecke Warren Street und West Broadway, Tribeca.«

Sie nickt glücklich. »Ich liebe es, wenn du die Kontrolle übernimmst. Das zeigt mir, dass sich unter dieser langweiligen Pantoffelhelden-Oberfläche ein Mann verbirgt, der mich gefickt hat, bis ich nicht einmal mehr wusste, wie ich heiße.«

Beschämt wende ich den Kopf ab.

Juliet kommt noch einen Schritt näher, und ich schließe die Augen, werde ganz krank von dem, was sie als Nächstes sagt. »Du wirst ihn wieder finden müssen, denn dieser Mann ist dein wahres Ich, und nicht dieses kastrierte Miststück, in das sie dich verwandelt hat. Auf die eine oder andere Weise werde ich dir helfen, diesen Mann zu finden, denn tief drin … wissen wir beide, dass es dir guttut. Du bist der Sünde verfallen, Dixon. Wir beide sind das.«

Als sie gerade die Hand hebt, um mir über die Wange zu

streicheln, höre ich hinter mir eine unsichere Stimme, die mir das Herz zerreißt.

»Ist alles in Ordnung?«

Ich packe Juliet am Handgelenk und drücke ihren Arm hinunter. Sie grinst verschlagen.

»Ja, alles bestens.« Ich reiße mich zusammen, drehe mich um und stehe vor einer verwirrten Madison. Bevor sie auch nur die Chance hat, mich noch einmal zu fragen, schlage ich vor: »Sollen wir reingehen?«

Sie wirkt verloren, verwirrt und ärgerlich, nickt jedoch.

»Ich komme auch gleich«, trällert Juliet süffisant hinter meinem Rücken. »Ich rufe nur noch schnell Dylan an. Er wollte kurz vorbeischauen, aber ich sage ihm, dass er sich keine Umstände machen soll.«

Für den Bruchteil einer Sekunde schließe ich die Augen, bleibe jedoch ruhig. Madison dagegen scheint bei der bloßen Erwähnung ihres Bruders weiche Knie zu bekommen. Ich lege den Arm um ihre zitternden Schultern und führe sie weg von der hinterhältigen Hure, die cleverer ist, als ich gedacht habe. Mit dieser Bemerkung will sie demonstrieren, wer hier das Sagen hat. Wie leicht sie alles zerstören kann, was mir wichtig ist.

»Bist du sicher, dass alles in Ordnung ist?«, fragt Maddy mit ihrer zarten Stimme, während wir auf das Haus zugehen.

»Ja, alles bestens.« Ich ziehe sie noch fester an mich.

»Was wollte Juliet?«

Mein Schwanz schmerzt immer noch von ihrem Griff. »Nichts Wichtiges. Bist du bereit für das Dessert?«, frage ich und möchte jede Spur von ihr am liebsten abschrubben.

Sie windet sich geschickt aus meiner Umarmung. »Mir ist der Appetit vergangen.«

Bevor ich sie fragen kann, ob mit *ihr* alles in Ordnung ist, geht sie ins Haus. Nur eine Sekunde später folge ich ihr, setze mich hin und mache Smalltalk. Aber die ganze Zeit muss ich daran denken, worauf ich mich eingelassen habe.

Habe ich soeben meine Seele dem Teufel verkauft?

4

Die Wahrheit und nichts als die Wahrheit

Dixon

Am nächsten Tag bin ich sauer, ungeduldig und total nervös.

Da sie mich beinahe in flagranti mit Juliet erwischt hatte, beklagte sich Madison über Kopfschmerzen und bat mich, sie nach Hause zu fahren. Ich wusste, dass sie log, aber ich bin der Letzte, der sich dazu ein Urteil erlauben kann.

Schließlich lüge ich die ganze Zeit.

Im Gegensatz zu dem, was Juliet denkt, bin ich nicht der Sünde verfallen. Dank Maddy bin ich nicht länger dieser Mann.

Voller Schuldgefühle greife ich zu meinem Handy.

Wie geht es deinem Kopf?

Das ist ein lahmer Versuch, aber ich muss wissen, ob sie noch mit mir redet.

Besser. Ihre knappe Antwort sagt mir, dass ich mich ins Knie ficken soll. Ich muss das in Ordnung bringen. Lass uns dieses Wochenende etwas Schönes unternehmen.

Ich bin dankbar, dass sie antwortet: *Als da wäre?*

Keine Ahnung. Du darfst aussuchen.

Den ganzen Samstag und Sonntag mit dir zu verbringen wäre für mich schön.

Normalerweise hätte mich ihre Antwort glücklich gemacht, aber jetzt fühle ich mich wie ein totales Arschloch.

Samstagvormittag kann ich nicht, aber ab Samstagnachmittag gehöre ich dir.

Was hast du Samstagvormittag vor?

Ich stöhne innerlich, während ich nach einer Antwort suche. Nichts Wichtiges.

Als Antwort erhalte ich nur ein kurzes *Okay.*

Ich ruiniere meine Beziehung, aber ich tue das für Maddy, rufe ich mir in Erinnerung.

Dann hole ich dich so gegen vier ab? Zehn Minuten später starre ich immer noch auf mein Handy und warte auf ihre Antwort.

Ich lege meine Stirn in dem Moment auf die Tischplatte, als Ms. Vale an die Tür klopft. »Dr. Mathews, ich habe den Kaffee und die Kopfschmerztabletten, um die Sie gebeten haben. Du liebe Güte, geht es Ihnen nicht gut?«, fragt sie beim Betreten meines Büros.

»Doch. Stellen Sie einfach alles auf den Tisch, Ms. Vale«, antworte ich und mache mir nicht einmal die Mühe, den Kopf zu heben. Ihre vorsichtigen Schritte verraten, dass sie sich mir nähert, als sei ich ein Tiger im Käfig. »Ist noch was?«, frage ich, als sich die Schritte nicht wieder entfernen.

Sie räuspert sich. »Ich, es ist nur … bitte entschuldigen Sie meine Neugier, aber ist alles in Ordnung?«

»Es ging mir nie besser.«

Sie glaubt mir kein Wort, bedrängt mich aber nicht. »Wenn Sie das sagen. Aber …« Sie bricht unerwartet ab. »Vielleicht möchten Sie ein frisches Jackett anziehen, bevor Chad heute Mittag kommt.« Und dann fügt sie flüsternd hinzu: »Sie haben noch Thunfischsalat von letzter Woche auf dem Revers.«

»Den habe ich mir für später aufgehoben«, antworte ich

und kann nicht verbergen, dass mich mein schlampiges Äußeres anwidert. »Bitte verschieben Sie den Termin auf nächste Woche.«

So wie ich aussehe und rieche, kann ich Chad unmöglich gegenübertreten. Keine Ahnung, warum er sich überhaupt mit mir treffen will, aber es kann warten. Mein Kopf ist nicht klar, und ich würde es sowieso nur vermasseln.

»Okay, Dr. Mathews. Ihr Zehn-Uhr-Patient wartet übrigens am Empfang.«

Ist es erst zehn? Ich muss doch schon länger als eine Stunde hier sein. Schließlich hebe ich den Kopf und begegne ihrem besorgten Blick. »Wer ist es?«

Ihr verhaltenes Lächeln verrät mir schon, dass es kein angenehmer Kandidat ist. »Paul Childs.«

Stöhnend lasse ich meinen Kopf wieder auf die Tischplatte sinken. »Großartig. Bitte bringen Sie das Febreze rein, sobald er wieder weg ist.«

»Natürlich. Ich gebe Ihnen noch ein paar Minuten, bevor ich ihn reinschicke.« Die Tür schließt sich, was mir verrät, dass sie gegangen ist.

Ich hebe den Kopf, lasse ihn aber nur Minuten später erneut sinken, als Paul in mein Büro spaziert kommt. Er saugt an einem Schnuller und trägt offenkundig eine Erwachsenenwindel unter der Hose.

Der heutige Tag kann mich mal.

Als mich Finch gefragt hat, ob wir uns statt wie üblich am Freitag heute Abend treffen können, habe ich begeistert zugestimmt. Das ist viel besser als allein zu trinken, was ich nämlich gemacht habe, seit dieses ganze Fiasko losging.

»Heilige Scheiße! Wie heißt dein neues Rasierwasser? Eau de Hundekot?«

»Ich freu mich auch dich zu sehen, Hunter.« Ich zeige ihm den Stinkefinger.

»Ich kann nichts dafür, dass du stinkst wie die Muschi einer Hure in Tijuana am Sonntagmorgen.«

Ich entscheide mich, mit dem Erwachsenen zu reden, und wende mich Finch zu. »Hey, Mann, was macht die Familie?«

»Der geht's gut, Dix. Gabriella fängt an zu laufen«, antwortet er und schafft es nicht, das Lächeln aus seinem Gesicht zu wischen.

»Ist ja super. Du musst irre stolz sein.« Ich signalisiere unserer Stammkellnerin, dass ich das Gleiche wie immer nehme. Scotch. Pur.

Wie üblich ruiniert Hunter unseren Austausch von Höflichkeiten. »Ja, im Gegensatz zu dir, Dix, steht Gabriella auf ihren eigenen Beinen.«

Ich schaue die Bar entlang, frage mich, wo mein verdammter Scotch bleibt. Aber sofort schiebt Hunter sich in mein Blickfeld.

Ich gebe auf. »Was soll das denn heißen?«

»Es soll heißen …« – er prostet mir mit seinem Budweiser zu –, »… dass du Rückgrat zeigen und dieser Fotze sagen musst, dass sie verschwinden soll.«

Finch verschluckt sich an seiner Cola. Und ich bin endgültig davon überzeugt, dass Hunter in seinem früheren Leben ein Poet gewesen ist.

»So einfach ist das nicht. Ich habe euch erklärt, warum ich das nicht machen kann«, knurre ich und kann meine eigene Stimme nicht ertragen.

Stur schüttelt er den Kopf. »Nein, du hast mir nur ein paar lahmarschige Entschuldigungen aufgetischt«, widerspricht er. »Pflaumenkuchen wird das verstehen …«. Es amüsiert mich, dass Hunter Madison immer noch so nennt. Dieser Spitzname ist entstanden, als Hunter, wie er leibt und lebt, entschied, für Maddy eine alberne, aber erschreckend genaue Entsprechung in der Welt der Nahrungsmittel zu finden.

»Was?«, unterbreche ich ihn. »Dass ich alles gefickt habe, was sich bewegt, bevor ich sie kennengelernt habe? Und dass ›alles‹ auch meine Patientinnen beinhaltet und, ach ja, dass ihre teuflische Stiefschwester möglicherweise von mir schwanger ist?«

»Möglicherweise könntest du es ein bisschen subtiler ausdrücken?«, schlägt er vor und fährt sich über seine Bartstoppeln.

»Und wie?«, frage ich und warte auf seinen genialen Beitrag.

Er zuckt mit den Schultern. »So wie … keine Ahnung. ›Hey, Honigkuchen, warst du beim Friseur? Nein? Also, was immer du gemacht hast, du siehst einfach toll aus und wow, es betont, wie schlank du bist. Mir gefallen übrigens deine Schuhe.«

Über diesen Blödsinn muss ich laut lachen. »Das bringt es nicht.«

»Wieso nicht? Mädchen mögen diesen Mist«, behauptet er und schlürft sein Bier.

»Maddy ist nicht irgendein Mädchen. Sie wird mich zur Rede stellen. Ich bin sicher, dass sie bereits etwas ahnt.«

Hunter atmet hörbar aus und nickt. »Richtig. Genau deshalb musst du es ihr sagen.«

Ich fahre mir mit der Hand durchs Gesicht.

Hunter hat recht. Ich muss es ihr sagen, aber ich bin einfach nicht darauf vorbereitet, sie zu verlieren. Und genau das wird passieren, wenn ich ihr die Wahrheit sage. Gestern habe ich Juliet gegenüber behauptet, ich würde es Madison selbst sagen, aber täte ich das wirklich, wenn es hart auf hart kommt? Juliet hat meinen Bluff natürlich sofort durchschaut. Ich stecke fest. Und das hasse ich.

»Und was denkst du, Finch?« Er ist sehr schweigsam, was normalerweise bedeutet, dass er nachdenkt.

Er tippt auf den Rand seines Glases. »Abgesehen von der miesen Ausdrucksweise bin ich ausnahmsweise Hunters Meinung.«

Hunter boxt triumphierend in die Luft. »Hölle, ja«, sagt er und fügt hinzu: »Kann ich das schriftlich haben?«

Wieder ignoriere ich Hunters Theatralik. »Du denkst, ich sollte es ihr sagen?«

»Ich finde, du solltest es *beiden* sagen«, lautet Finchs weiser Rat.

Scherzhaft verziehe ich das Gesicht, da mir diese Option am Allerwenigsten gefällt.

»Du versuchst, ehrenhaft zu sein, Dix, aber an dieser Frau ist nichts Ehrenhaftes. Sie behauptet, dass sie niemandem dein Geheimnis verraten würde, aber glaubst du ihr das? Was das betrifft, hat sie nicht gerade eine Erfolgsbilanz.«

»Ganz davon zu schweigen, dass ihre Vagina dich zum Frühstück verspeisen würde«, wirft Hunter ein in dem Versuch, hilfreich zu sein. Finch und ich sehen ihn angewidert an.

Er hebt die Hände. »Was? Ich sage doch nur …«

»Hör einfach auf … irgendwas zu sagen«, erwidere ich stöhnend.

Er grummelt und widmet sich seinem Bier.

»Du glaubst also nicht, dass sie Wort hält?«, wende ich mich an Finch.

Sein ungläubiger Blick sagt alles. »Tut mir leid, aber du bist besser dran, wenn du Maddy die Wahrheit sagst und mit den Konsequenzen umgehst, als auf Zehenspitzen um eine tickende Zeitbombe herumzuschleichen. Immerhin erpresst Juliet dich, mit ihr Sex zu haben. Da hast du deine Antwort.«

Ich seufze und hasse es, dass er recht hat.

Hunter hält anscheinend den Moment für gekommen, sich wieder einzumischen. »Du musst es ihr ja unheimlich besorgt haben, Kumpel. Die meisten Mädels, mit denen ich geschlafen habe, würden eher für immer auf Sex verzichten, als mich zu erpressen, es noch einmal mit ihnen zu machen.«

Ich verdrehe die Augen. »Das hat nichts mit Sex zu tun, sondern mit Macht.«

»Wenn das so ist, warum hypnotisierst du sie dann nicht mit deinem Psychogeschwätz, damit sie aufhört, deinen Schwanz zu wollen?«

»Ich bin kein Hypnotiseur, du Schwachkopf. Aber du hast nicht ganz unrecht. Ich könnte ihr ein paar Therapiesitzungen anbieten, wenn man bedenkt, dass sie ja deswegen ursprünglich zu mir gekommen ist. Dann finde ich einfach heraus, was in ihr vorgeht und deaktiviere anschließend ihre Besessenheit von meinem Schwanz.«

Hunter nickt und wirkt hochzufrieden mit sich. »Genau mein Gedanke. Und du behauptest, ich würde nie etwas für dich tun.«

Nachdenklich reibe ich mir übers Kinn. Das könnte tatsächlich funktionieren. Der einzige Nachteil ist, dass ich dafür in ihren Kopf eindringen muss, ein Ort, an dem ich lieber nicht sein möchte. Ganz davon abgesehen glaube ich, dass verdammt viele Sitzungen nötig sein werden, um herauszufinden, was mit dieser verkorksten Frau los ist. All das erfordert unterm Strich zu viel Zeit, die ich mit dieser Frau allein wäre.

Finch erkennt mein Dilemma und sagt: »Sei einfach ehrlich, Dix. Madison die Wahrheit zu sagen ist der richtige Schritt.«

Ich stürze meinen Scotch hinunter, kaum dass er vor mir steht. Finch hat recht, aber wenn ich ihr die Wahrheit sage und nichts als die Wahrheit, werde ich sie für immer verlieren.

Meine Tasche vibriert, was bedeutet, dass ich eine SMS bekommen habe. Während ich mein Handy hervorziehe, halte ich die Luft an, weil ich hoffe, dass sie nicht von Juliet ist. Erleichtert atme ich aus. Die Nachricht ist von Madison.

Mir ist etwas Witziges eingefallen, was wir Samstag machen können.

Zu behaupten, dass ich erleichtert bin, weil sie noch mit mir redet, ist untertrieben.

Ach ja?

Japp. Ich möchte tanzen gehen.

Tanzen? So wie Gesellschaftstanz ;)

LOL! Nein, du alter Sack. Lass uns ins Cherry Pop gehen.

Erinnerungen daran, als ich sie zum letzten Mal dort gesehen habe, schießen mir durch den Kopf, und ich tippe sofort: Okay, klingt gut.

Mary möchte mitkommen. Ist das okay?

Klar. Ich schaue zu Hunter und grinse. Ich bringe Hunter mit.

Wir können uns auf einen interessanten Abend gefasst machen. ☺

Und ob wir das können.

»Also«, sage ich und schaue Hunter an, während ich mein Handy wieder in die Tasche schiebe. »Bist du immer noch auf dem Trip zu behaupten, dass alle Frauen dir was Böses wollen?«

Er trinkt einen großen Schluck Bier, bevor er antwortet: »Bin ich nie gewesen.«

Ich hebe eine Augenbraue, und er grinst. »Ich kann mir ums Verrecken nun mal keine Namen oder Gesichter merken.«

Es gab eine Zeit, da war ich nicht anders.

»Super. In dem Fall kannst du es Samstag auf einen neuen Versuch ankommen lassen.«

»Was ist Samstag?«, fragt er misstrauisch.

Ich signalisiere dem Barkeeper, dass ich noch einen Scotch möchte, und antworte: »Wir gehen ins Cherry Pop.«

Er sieht mich verständnislos an. »Und warum sollte ich da hin wollen? Ich dachte, du würdest dir lieber in die Eier treten lassen, als noch einmal in diesen Laden zu gehen.«

»Maddy auf der Tanzfläche zu sehen ist den Schmerz wert«, verrate ich. Bilder ihres heißen, verschwitzten Körpers lassen mich nach unten greifen und das tanzende Teil in meiner Hose zurechtrücken.

Aber einfach so zerstört Hunter meine Fantasie. »Und wie passe ich da rein? Soll ich auch auf der Tanzfläche zeigen, was ich kann?«

»Nein, du Idiot. Ihre Freundin kommt mit, und ich dachte, du könntest dich um sie kümmern.«

Er reibt sich durchtrieben die Hände. »Ist ihre Freundin heiß?«

Als ich an den feurigen Rotschopf denke, muss ich lachen. »Ja, auf eine verrückte, ein bisschen psychotische Weise ist sie heiß.«

Hunter sieht aus, als hätte er soeben beim Lotto für geile Kerle gewonnen. »Klingt genau nach meinem Typ von Frau.«

Unfähig, mein Grinsen zu unterdrücken, antworte ich: »Viel Glück damit.«

»Herausforderung angenommen, Dr. Mathews.«

Er hat ja keine Ahnung, worauf er sich einlässt.

»Und jetzt zurück zum Thema. Was unternimmst du wegen der Hure?«

Ich stöhne. Was für eine Art, meine gute Laune zu verderben. »Keine Ahnung.« Als Finch den Kopf schüttelt, füge ich hinzu: »Ich weiß nicht, was ich machen soll, aber ich bin …«

»Ein Weichei«, beendet Hunter den Satz für mich.

Da leugnen nichts bringt, nicke ich nur. »Ja, Mann. Genau das bin ich.«

Das Gespräch mit den Jungs hat mir endgültig bestätigt, was ich zu tun habe. Ich weiß, dass die Konsequenzen nicht gerade rosig sein werden, aber ich muss ein Mann sein und es beiden Frauen sagen.

»Juliet sage ich es am Samstag«, verkünde ich.

Hunter verschluckt sich an seinem Drink. »Sie kommt am Samstag mit? Glaubst du nicht, dass das ein bisschen peinlich wird?«

»Ja, Hunter, das würde echt peinlich werden. Mit Juliet

bin ich Samstagmorgen verabredet«, stelle ich klar und frage mich immer noch, was sie vorhat.

»Wieso?«, blaffen mich Finch und Hunter an.

»Keine Ahnung. Aber es ist an der Zeit, dass ich dieser Fotze sage, sie soll sich verpissen.« Ich hebe mein Glas und stürze den Scotch hinunter, spüre das feierliche Brennen, das nach Sieg schmeckt. Ein Geschmack, den ich so vermisst habe!

5

So wahr mir Gott helfe

Dixon

Mit meiner dunklen Sonnenbrille, den zerrissenen Jeans und dem Yankee Sweater fühle ich mich wie ein Hochstapler. Aber ich mische mich perfekt unter die Touristen in New York, und genau das habe ich gewollt.

Noch immer habe ich nicht die geringste Ahnung, was gleich passieren wird, und das ist gefährlich, wenn Juliet involviert ist. Davon abgesehen bin ich nicht in der Stimmung, ihren Mist auch nur eine Sekunde länger zu tolerieren. Was ich gesagt habe, war ernst gemeint. Ihr kleines Spielchen muss ein Ende finden. Und zwar heute.

»Guten Morgen, Dr. Mathews.« Uaah. Ihre Stimme lässt mich widerwillig zusammenfahren.

»An diesem Morgen ist nichts gut. Was willst du, Juliet?« Ich drehe mich um und sehe sie an.

Sie hat echt die Frechheit zu grinsen. »Weißt du, es gab eine Zeit, da waren unsere Morgen sehr gut.«

»Das ist lange her.«

»Nicht allzu lange«, widerspricht sie und bleibt zum Glück auf Abstand.

»Was hast du vor?«, frage ich und gehe nicht darauf ein, mit ihr in Erinnerungen zu schwelgen.

»Das wirst du schon sehen.« Sie macht auf dem Absatz

kehrt und schlendert die Straße hinunter, erwartet offenbar, dass ich ihr folge.

Abstand haltend schlurfe ich mit gesenktem Kopf hinter ihr her, da ich Angst habe, jemandem zu begegnen. Ich weiß nicht, wie sie das macht, aber sie hat so eine königliche Haltung an sich, dass sogar die unhöflichsten New Yorker beiseitetreten, um ihr Platz zu machen. Möglicherweise haben die meisten ein Auge auf ihre Brüste, die dank dessen, was in ihrem Bauch heranwächst, noch üppiger sind als sonst. Was auch immer, sie alle sollten überprüfen lassen, ob sie noch ganz richtig im Kopf sind – einschließlich mir.

»Da wären wir«, verkündet sie und bleibt vor einem Schuhgeschäft stehen.

Ich schaue hoch und mache ein finsteres Gesicht. »Wenn ich dein Fußmodell sein soll, ist bei mir Schluss.«

Sie lacht leise. »Nein, Dummerchen.« Bevor ich die Chance habe, mich abzuwenden, dreht sie meine Wange nach links. Als ich den Namen des Geschäfts lese, gucke ich noch mürrischer.

Babylicious.

»Ich gehe da nicht rein«, knurre ich und schiebe ihre Hand von meinem Gesicht fort.

Meine Weigerung scheint sie ehrlich zu verletzen. »Warum nicht? Ich dachte, du möchtest daran teilhaben.«

»Da liegst du falsch. Und zwar völlig«, füge ich hinzu und schüttle energisch den Kopf. Sie wollte sich mit mir treffen, um *Babykleidung* zu kaufen? Ist sie bescheuert? In Anbetracht meiner aktuellen Zwangslage kenne ich die Antwort. *Zur Hölle, ja!*

Wenn das keine ambivalenten Signale sind, dann weiß ich

auch nicht. Erst behauptet sie, mit mir ins Bett zu wollen. Und jetzt soll ich für ihr Kind den Daddy spielen?

»Dixon, es ist *dein* Kind.« Sie umfasst ihren kleinen Bauch, während mir schon wieder die Galle hochkommt.

»Woher soll ich wissen, ob das stimmt?«, frage ich und spüre, wie meine Gelassenheit wegbricht. »Ehrlich gesagt bezweifle ich, dass du überhaupt weißt, wer der Vater ist.«

Sie weicht zurück, offenbar gekränkt von meiner Behauptung. »Unabhängig davon, was du von mir denkst – ich *war* dir treu. Im Gegensatz zu dir bin ich nicht fremdgegangen.«

»Fremdgehen würde implizieren, dass wir beide eine Beziehung gehabt hätten«, erwidere ich spöttisch. »Die hatten wir aber nie. Wir haben gefickt. Das ist alles.« Ich weiß nicht, wie oft ich ihr das sagen muss, bevor es in ihr Gehirn vordringt, denn bisher ist das offenbar nicht geschehen.

»Rede dir das nur weiter ein«, erwidert sie selbstgefällig und verschränkt die Arme vor der Brust. »Ja, ich habe mit Dylan eine On-off-Beziehung …« – allein die Erwähnung dieses Namens lässt mich vor Wut mit den Zähnen knirschen – »… aber als wir beide zusammen waren, habe ich nur mit dir geschlafen. Du kannst es abstreiten, so oft du willst, aber es ist dein Kind, ob dir das gefällt oder nicht.«

»Es gefällt mir nicht.«

Ihre kleine Ansprache hat mich nicht gerade besänftigt, aber ich kann nicht leugnen, dass ein kleiner Teil von mir ihr glaubt. Zum ersten Mal, seit dieses Martyrium anfing, glaube ich tatsächlich, dass sie die Wahrheit sagt.

Ich habe nie großartig darüber nachgedacht, wie es wäre, Vater zu sein. Wie sollte ich auch? Was für eine Art Vorbild soll ich abgeben?

»Du musst so schnell wie möglich abtreiben«, erkläre ich, da dies vermutlich die humanste Entscheidung ist, die ich diesem Kind angedeihen lassen kann.

»Was?« Beschützend hält sie die Hände vor den Bauch. »Aber es ist *unser* Kind!«

»Es ist ein Monster!«, fahre ich sie an und mache mir nicht einmal die Mühe, leise zu sprechen. Das Beste an New York ist, dass es die New Yorker nicht kümmert, was um sie herum passiert. »Warum zum Teufel tust du das? Was willst du von mir?«

»Ich will *dich*. Das wollte ich schon immer«, antwortet sie und kommt einen Schritt auf mich zu. So ernst, wie ich sie noch nie gesehen habe, gesteht sie: »Ist es denn so ein Verbrechen … dass ich dich liebe? Ich möchte ein normales Leben führen. Und zwar mit dir.«

Ihr Geständnis schnürt mir die Kehle zu.

Sie liebt mich? Seit wann? Sie hat nicht die geringste Ahnung von der Liebe, und offen gesagt halte ich ihr Gerede für Quatsch. Das ist nur ihre Masche, mich zu manipulieren. Sie will, dass alle Männer vor ihr kriechen und den Boden küssen, auf dem sie geht. Die Zuneigung von mir, Dylan, ihrem Vater und zu Gott weiß wem noch zu bekommen, lässt sie glauben, die Kontrolle zu haben. Wir sind alle nur Schachfiguren in ihrem narzisstischen Spiel, füttern ihr Bedürfnis, geliebt zu werden.

Ich nehme meine Sonnenbrille ab und gifte sie an. »Ich denke, ich habe meine Gefühle für dich klar zum Ausdruck gebracht.«

Ihre aufgesetzte Ehrlichkeit verschwindet auf der Stelle und enthüllt die echte Juliet Harte, die ich kenne. »Hast du vergessen, dass ich dich zerstören kann?« Ihr Gesicht ist eine boshafte Grimasse.

Jetzt vermag ich meine Gehässigkeit nicht länger zurückzuhalten. »Und genau das beweist, dass du mich nicht liebst. Wenn man jemanden liebt, erpresst man ihn nicht. Ich bin fertig mit dir.«

»Du bist *was*?«, fragt sie in hitzigem Ton.

»Ich werde da nicht mitmachen, Juliet. Es ist mir egal, welche Geheimnisse du von mir kennst. Ich lasse mich nicht auf diese Weise erpressen. Ich verliere in jedem Fall, aber so liegt es wenigstens in meiner Hand und nicht in deiner.«

Damit hat sie nicht gerechnet. »Du setzt wirklich alles aufs Spiel – deine Karriere, deinen Ruf, deine kostbare Maddy?«

Ich lächle zynisch und antworte im Brustton der Überzeugung: »Ja.« Dann trete ich dicht an sie heran und knurre: »Lieber ficke ich mein Leben … als dich.« Ihr klappt die Kinnlade herunter – ein Anblick, den ich bis in alle Ewigkeit feiern werde.

»Ich hasse Maddy. Sie hat mir *alles* genommen«, faucht sie eine Sekunde später gehässig.

Ich hatte also recht. Bei alldem geht es um Macht, und zwar um Macht über Madison und nicht über mich. Ich bin nur Mittel zum Zweck. Wie … interessant.

Mir fällt wieder ein, was Juliet am Abend ihrer vorgespielten Verlobungsparty zu mir gesagt hat: *»Ich bin es leid, immer nur den Kürzeren zu ziehen. Nie bin ich gut genug für irgendjemanden, und ich habe die Nase voll davon, ewig nur die zweite Geige zu spielen. Ganz besonders, wenn es um sie geht.«*

Was hat Maddy ihr nur angetan?

Plötzlich fallen mir Hunters Worte wieder ein. Ich könnte

ihr eine Therapie anbieten, diesem Albtraum ein Ende setzen. Aber was werde ich während dieses Prozesses verlieren? Zweifellos ein Stück meiner Seele.

Ich muss raus aus dieser Sache.

Ich setze die Brille wieder auf und wende mich zum Gehen.

»Ich werde ihr alles erzählen.«

Juliets Verzweiflung ist offenkundig, aber ehrlich gesagt bin ich damit durch, mir deshalb Sorgen zu machen. Soll sie doch zur Hölle fahren.

»Nicht wenn ich es ihr zuerst erzähle.«

6

Für den Sieg

Madison

»Was gefällt dir daran nicht?«, frage ich und ziehe am Saum meines kurzen schwarzen Kleides.

Mary schlenkert mit den Beinen, während sie durch die *Cosmo* blättert. Sie schaut kurz hoch und zuckt mit den Schultern. »Du siehst aus, als würdest du nach Stunden bezahlt.«

»Hey!« Ihre Ehrlichkeit verschlägt mir die Sprache.

»Was? Du hast gefragt.« Sie blättert weiter, völlig unbeeindruckt von der Tatsache, dass ihr heute alles ungefiltert über die Lippen kommt.

Seufzend wende ich mich dem zu, was sich noch in meinem Kleiderschrank befindet. Die Auswahl ist armselig und schreit nicht gerade »verschling mich« – aber genau das will ich.

Während der vergangenen zwei Wochen war Dixon nicht er selbst. Ich weiß zwar nicht, was los ist, aber ich kenne die Ursache.

Beth.

Seit die beiden sich begegnet sind, ist Dixon distanziert, abgelenkt und angespannt. Er behauptet, es sei alles in Ordnung, aber ich glaube ihm nicht. Und ich weiß, dass Beth der Grund dafür ist.

»Würdest du bitte aufhören, dich da hineinzusteigern? Er ist völlig verrückt nach dir, Maddy«, sagt Mary, die offenbar meine Gedanken lesen kann.

»Ich kann nichts dafür. Ständig habe ich dieses flaue Gefühl im Bauch.« Ich reibe mit der Hand über meinen Saltos schlagenden Magen.

»Das nennt man Hormone.«

Grinsend wirbele ich herum. »Das ist nicht witzig.«

Sie zuckt unschuldig mit den Schultern. »Sollte es auch nicht sein.«

Mary hat ja teilweise recht. Ich hätte nie gedacht, dass ich so sein kann, aber ich vermisse tatsächlich die körperliche Nähe zu Dixon. Als sei man von etwas abgeschnitten, nachdem man es zum ersten Mal geschmeckt hat – ein süchtig machender Geschmack.

Schon wieder werde ich von Verunsicherung gequält und beschwöre alle möglichen Gründe herauf, warum Dixon mich nicht berührt. Womöglich fragt er sich, ob er mit der falschen Schwester zusammen ist, nachdem er Beth kennengelernt hat.

Ich werde nie so sein wie sie. Mir fehlt ihr Selbstvertrauen. Oder ihre sexuelle Leistungsfähigkeit. Aber nachdem er ihr begegnet ist, möchte er vielleicht genau das und nicht mich. Und das ist auch der Grund, warum ich mich aus meiner Wohlfühlzone hinausbewege und anders aussehen will, als ich in Wahrheit bin.

»Wir werden heute Abend Spaß haben, okay?«

Marys Bemerkung reißt mich aus meinen Gedanken und ich lächle. »Es wird toll«, erwidere ich, dankbar für die Ablenkung. »Ich kann es kaum erwarten, dass du Debbie kennenlernst. Ich meine Hunter.« Sein von einem Porno inspirierter Spitzname bringt mich jedes Mal zum Grinsen.

Sie verdreht wenig begeistert die Augen. »Mit einem Namen wie Hunter kann er nur ein Trottel sein.«

Ich beiße mir auf die Lippe, um nicht zu lachen. »Dieser Abend verlangt nach Unmengen Tequila.«

Begeistert springt Mary auf und marschiert in Richtung Küche, und dieses Mal halte ich sie nicht zurück.

Ich habe Dixon eine SMS geschickt, dass Mary und ich im Cherry Pop auf ihn warten, denn ich will schon ein paar Cocktails intus haben, bevor ich ihm in *diesem* Outfit gegenübertrete.

Auch wenn ich laut Mary damit aussehe wie eine Prostituierte, habe ich mich entschieden, mein kleines schwarzes Kleid anzuziehen, das mehr etwas von klein als von Kleid hat. Aber ich will Dixon zeigen, dass auch ich ein bisschen unartig sein kann. Nicht so unartig wie Beth, aber unartig genug, um ihn hoffentlich dazu zu bringen, mich wieder anzufassen.

Ich erinnere mich noch daran, als ich Dixon nach unserer dreimonatigen Trennung hier gesehen habe. Diesen animalischen Blick von Verlangen und Besitzen werde ich ihm hoffentlich auch heute Abend abringen können.

»Runter damit!«, übertöne ich die Stimme von Beyoncé, führe das Glas an meine Lippen und stürze den Inhalt hinunter, bevor Mary überhaupt die Chance hat, mich zum langsamen Trinken zu ermahnen. Ich weiß, dass ich das nicht tun sollte, denn ich bin schon ganz schön angetrunken, aber jedes weitere Glas steigert mein so dringend benötigtes Selbstvertrauen.

Ich knalle das leere Glas auf die Theke und wische mir mit dem Handrücken über den Mund, wobei ich vermutlich den roten Lippenstift verschmiere.

»Maddy, wie wäre es, wenn wir uns ein Mineralwasser bestellen?« Mary winkt den Barkeeper heran.

Mir schwebt allerdings etwas anderes vor. »Wie wäre es, wenn wir für dich Wasser und für mich noch einen Tequila bestellen?«, schlage ich vor und zeige auf die drei verschwommenen Marys.

»Ich habe ganz vergessen, wie süß du bist, wenn du getrunken hast. Das bekomme ich nicht gerade oft zu sehen.«

»Ich auch nicht«, stimme ich zu und hickse. Rasch halte ich mir die Hand vor den Mund, und Mary kichert.

»O mein Gott! Das ist mein Lied!«, schreie ich, als *Telephone* von Lady Gaga aus den Lautsprechern plärrt.

Ich packe Marys Handgelenk, ziehe sie auf die Tanzfläche und schiebe jeden beiseite, der mir im Weg steht. Sobald wir unsere eigene kleine Tanzoase gefunden haben, geben wir uns der Musik hin und bewegen uns zu dem peppigen Sound. Ich schließe die Augen und lausche dem Text und gehe auf in den Worten *I got my head and my heart on the dancefloor*.

Ich tanze, als würde niemand außer Dixon mir zusehen. Jedes Kreisen der Hüfte, Schleudern der Haare, jedes Wackeln mit dem Hintern ist für ihn. Plötzlich spüre ich, dass sich fremde Finger um meine Taille legen. Ich reiße die Augen auf und wirbele aus der Umarmung eines Mannes, denn die Nähe macht mir Angst. Mary tanzt ein paar Schritte von mir weg mit einem Latino Swayze, ich kann sie also nicht herbeiwinken.

Diese Art von Nähe kann ich nur bei Dixon ertragen, weil ich weiß, dass er mir nie wehtun würde. Aber der ungezähmte Ausdruck in den Augen dieses Fremden verrät, dass er viel zu viel getrunken hat und vermutlich Party macht, statt klar zu denken.

Als er wieder nach mir greift, schießen meine Dämonen, die ich mit Hilfe der Therapie unter Kontrolle zu bekommen versuche, brüllend an die Oberfläche, und ich mache dicht. Ich stehe wie erstarrt und kneife die Augen fest zu. Es ist meine Schuld. Was habe ich denn erwartet, wenn ich dieses Kleid anziehe und so aufreizend tanze? Mary hatte recht, ich sehe tatsächlich aus wie eine Hure. Kein Wunder, dass mein Bruder mich … Es ist meine Schuld.

Gerade als mir langsam der Boden unter den Füßen weggezogen wird, eilt mein Retter zu Hilfe und macht alles wieder gut.

»Madison!«

Ich reiße die Augen auf und eile in die Sicherheit von Dixons Armen. »Alles okay?« Angst, Wut und Erleichterung schwingen in seiner tiefen Stimme mit.

Zu aufgewühlt, um antworten zu können, nicke ich nur und berge mein Gesicht in seiner Halsbeuge.

Die laute Musik schluckt einen Teil seines Austausches mit dem Mann, der mich betatscht hat, aber ich kann deutlich die Worte verstehen: »Wenn du sie noch einmal anfasst, ziehe ich dir bei lebendigem Leib die Haut ab und verfüttere dich an meinen Hund.«

Als Dixon mich von der Tanzfläche führt, folge ich ihm voller Vertrauen. Sein energisches Auftreten verrät, wie wütend er ist. Das Einzige, was ihn davon abhält, zurückzugehen und den Typen zu blutigem Brei zu schlagen, bin ich. Er weiß, dass ich ohne ihn sofort zusammenbrechen würde.

Er ist zu meiner Welt geworden, und das macht mir eine Heidenangst.

»Bist du sicher, dass alles okay ist?«, fragt Dixon, bleibt abrupt stehen und hält mich eine Armlänge von sich weg.

Erst jetzt, nachdem ich nicht mehr blind vor Angst bin, bemerke ich, wie super er aussieht in den schwarzen Stiefeln, der engen Jeans und der Weste mit Stehkragen, die seine gebräunten Unterarme frei lässt. Darunter trägt er ein hellgraues, eng anliegendes T-Shirt, dessen oberer Knopf offen ist.

»Ja, es geht mir gut«, bestätige ich, sobald ich sprechen kann, ohne zu lallen.

Er verengt die wunderschönen blauen Augen und fährt sich mit der Hand durch das strubbelige Haar.

»Wirklich«, füge ich hinzu und kuschele mich wieder in seine Arme. Dankbar spüre ich, dass er die Umarmung erwidert.

»Wo sind Mary und Hunter?«, frage ich, nachdem sich mein rasender Puls beruhigt hat.

Seine Brust schwillt an, als er antwortet: »Ich habe Hunter gebeten, mit ihr an die Bar zu gehen, denn sie war nur Sekunden davon entfernt, diesen Dreckskerl umzubringen. Aber dieser Wichser gehörte mir.«

Ich löse mich von ihm und lege die Hand auf seinen muskulösen Unterarm, da ich fürchte, er könnte zurückgehen und diesen Typen mehr als nur zusammenstauchen.

»Tut mir leid. Ich hätte nicht so viel trinken sollen. Es ist meine Schuld.« Beschämt senke ich den Blick.

»Hey.« Er legt den Finger unter mein Kinn, bringt mich dazu, ihn anzusehen. »Wenn dich so ein Arschloch gegen deinen Willen betatscht, ist das nicht deine Schuld.«

Ich nicke und stöhne ganz leise, als er mit dem Daumen über meine Unterlippe streicht.

»Aber apropos trinken, ist etwas passiert? Normalerweise trinkst du nie. Ist alles in Ordnung?« Sein kluger Blick tastet jeden Zentimeter meines Gesichts ab, als würde er ein Geheimnis entziffern wollen.

»Ja, es ist alles in Ordnung.«

»Okay. Wenn du dir sicher bist …« Meine Antwort scheint ihn zu erleichtern. Er führt mich zu einer Sitznische und lässt die ganze Zeit den Arm um mich gelegt. Als ich mich nach Mary umsehe, fragt Dixon scheinbar beiläufig: »Du hast heute mit niemandem gesprochen, oder?«

Verwirrt hebe ich die Brauen und sehe ihn an.

»Ich meine, mit deiner Mom? Mit Juliet?«, fügt er hinzu. Wenn ihm ihr Name über die Lippen kommt, ist es, als würde mir ein scharfer Dolch in die Seite gerammt.

Wieso fragt er nach ihr? Und wichtiger noch, was spielt es für eine Rolle, ob ich mit ihr gesprochen habe? »Nein, ich habe mit keiner von beiden geredet. Warum?«

Seine Schultern entspannen sich merklich. »Nur so.«

Als ich ihn weiter anstarre, erklärt er: »Ich weiß doch, wie sehr du Juliet verabscheust, und habe mich einfach gefragt, ob sie der Grund dafür ist, dass du trinkst, tanzt und dich so …« – er tastet mit den Augen meinen Körper ab – »gewagt anziehst.«

Sein begehrlicher Blick verdrängt alle Gedanken an Beth. Er gibt mir das Gefühl, noch entblößter zu sein, als ich mir sowieso schon vorkomme. »Gefällt dir mein Kleid?«, frage ich und hoffe, dass meine Nervosität mich nicht verrät.

Als er den Kopf zur Seite neigt und langsam mit der Zunge über seine Oberlippe fährt, weicht meine Nervosität dem Verlangen, ihn zu küssen, bis ich keine Luft mehr bekomme. Leider werden Tagträume immer unterbrochen.

»Ist dir eigentlich klar, wie dämlich du dich anhörst, sobald du den Mund aufmachst?«, faucht Mary den grinsenden Hunter an, mit dem sie in die Nische gestürmt kommt.

»Du könntest deinen Mund immer aufmachen. Ich habe genau das Richtige, um ihn mit Lebenserfahrung zu füllen«, erwidert er tatsächlich.

Dixon richtet den Blick gen Himmel, während Mary verächtlich zischt: »Nicht in diesem Leben, du widerliches Schwein.«

Als Dixon ihre Antwort hört, verziehen sich seine Mundwinkel zu einem Lächeln. »Wie schön, dass ihr euch so gut versteht«, sagt er belustigt, während ich ein Grinsen nicht unterdrücken kann.

»Hör auf, mich zu veralbern, Doc. Ich sollte dir eins überbraten, weil du mich mit diesem Perversen allein gelassen hast«, warnt Mary ihn, und ihr Ton verrät, dass er das nächste Opfer ihrer Wut sein wird.

Als Dixon schnell die Hand vor seine Weichteile legt, muss ich schallend lachen.

»Okay, wie wäre es, wenn wir uns etwas zu trinken besorgen?«, schlage ich vor und lege kichernd den Arm um Marys Schultern.

Sie nickt begierig. »Hauptsache, es radiert die letzten fünf Minuten aus meinem Bewusstsein.« Sie stürmt aus der Sitzecke in Richtung Bar. Dabei schiebt sie einen grinsenden Hunter aus dem Weg.

Mit nichts als Verehrung in den Augen verkündet er: »Ich glaube, sie mag mich.« Dann schaut er ihr nach und beißt sich freudig in den Fingerknöchel.

Sein Humor lässt mich schmunzeln.

»Ich glaube, du irrst dich gewaltig, mein Freund«, erwidert Dixon und schüttelt den Kopf.

Wir gehen ebenfalls Richtung Bar, und ich stelle erstaunt fest, dass Hunter vorauseilt, um schnell bei Mary zu sein.

»Sie gefällt ihm«, flüstert mir Dixon ins Ohr, legt den Arm um meine Taille und bugsiert mich durch die Menge.

Die Berührung erregt mich sofort. »Ich weiß jedenfalls ganz sicher, dass sie ihn nicht leiden kann«, erwidere ich und erschauere, als er leise in mein Ohr lacht. Hunter quetscht sich zwischen die Wartenden und lächelt triumphierend, als er neben Mary in der Schlange steht.

Er blickt zu Dixon und fragt mit Gesten, ob er auch etwas zu trinken möchte. Der nickt. Als Hunter mich ansieht, winke ich ab. Für heute hatte ich genug Alkohol.

Wir verziehen uns mehr an den Rand. »Die Antwort auf deine Frage lautet ja.« Sein warmer Atem streicht über meinen Nacken, als er sich dicht zu mir beugt.

»W-welche Frage?«, stottere ich und vergesse alles außer den Gefühlen, die er bei mir hervorruft.

»Die du mir vorhin gestellt hast. Dein Kleid gefällt mir. Sehr sogar«, fügt er hinzu und lässt seine Hand etwas tiefer auf meinen Po wandern.

Bevor ich antworte, atme ich dreimal tief durch. »Oh. Diese Frage. Danke.«

»Nein, ich danke dir. Obwohl es egal ist, was du anziehst, du siehst immer aus wie eine Göttin.« Seine raue Stimme ist voller Verlangen.

Als er langsam meine rechte Pobacke umfasst, beginnt das Feuer in mir außer Kontrolle zu geraten. »Normalerweise hätte ich etwas anderes angezogen«, gestehe ich und entscheide anzusprechen, was mich seit ein paar Wochen quält.

»Warum? Du bist perfekt, so wie du bist.«

Aber genau das ist das Problem. Ich will nicht perfekt sein. Ich will nicht, dass er mich behandelt, als sei ich aus Glas. Ich will, dass er mich lustvoll verschlingt, während ich um mehr bettle.

»Ich … dachte nur … wenn ich vielleicht anders aussehe, ein bisschen aufreizender … keine Ahnung, so wie Juliet …« Schließlich fasse ich mir ein Herz und fahre fort: »Dass du dann vielleicht …« Aber schon schrumpft mein Mut wieder zusammen und versteckt sich irgendwo.

»Vielleicht was?«, fragt er und verharrt mit seiner Hand.

Achselzuckend starre ich auf meine Pumps. »Dass du mich dann vielleicht … mehr willst.«

»*Was*?« Der Schock ist nicht zu überhören. »Wie kommst du denn darauf, Madison?«

Wieder zucke ich mit den Schultern und finde es plötzlich schrecklich, ihm das gesagt zu haben.

Er dreht mich zu sich um. »Schau mich an«, befiehlt er.

Ich tue es.

»Du bist die einzige Person, die ich will. Juliet …« – als er gequält das Gesicht verzieht, beginne ich meine Theorie sofort anzuzweifeln – »… will ich ganz sicher *nicht*. Ich möchte nichts mit ihr zu tun haben, und dass du glaubst, du müsstest so aussehen wie sie, um meine Zuneigung zu gewinnen …« Er macht eine Pause, schaut wütend zur Seite und fährt dann fort: »… ist grotesk. Sie ist der Inbegriff dessen, was ich *nicht* will. Niemals. Aber du …« Zärtlich umfasst er meine Wangen. »Du bist genau diejenige, die ich will. Mit der ich zusammen sein möchte.«

Seine Worte sind genau das, was ich gebraucht habe, trotzdem beunruhigt mich Beths unverhohlene Begeisterung für Dixon. »Ich glaube, du gefällst ihr«, gestehe ich, und meine Unterlippe zittert.

Wütend und angewidert löst er sich von mir. »Auf dieser Welt gibt es nicht genügend Scotch, um diese beängstigende Vorstellung wegzuspülen.« Er öffnet den Mund und schließt ihn wieder, als würde er etwas scheußlich Schmeckendes probieren.

»Sie ist das reinste Gift. Ich traue ihr nicht, schon gar nicht, wenn sie in deiner Nähe ist.«

Er fixiert mich mit seinem entschlossenen Blick und fügt hinzu: »Du hast nicht den geringsten Grund zur Sorge. Ich habe nicht vor, mich auch nur in ihrer Nähe aufzuhalten.« Ich glaube ihm, trotzdem geht mir sein seltsames Verhalten nicht aus dem Kopf. Wenn es nicht an Beth liegt, dann … vielleicht an mir? Ist ihm meine Vergangenheit zu viel?

Mit dem letzten mir verbliebenen Mut stoße ich hervor: »Aber du warst in letzter Zeit so kühl! Du hast mich kaum berührt.« Ich wende den Blick ab, es ist mir peinlich, ihm meine Ängste zu gestehen. »Ich dachte …« Aber er lässt mich nicht ausreden. Mit festem Griff legen sich seine langen Finger um mein Handgelenk, und er zieht mich durch das Gewühl der Leute hinter sich her. Ich kann kaum Schritt halten und versuche ihm zu signalisieren, dass er stehen bleiben soll, indem ich meine andere Hand auf seine lege. Aber das tut er nicht.

Er zieht mich einen langen dunklen Flur entlang. Je weiter wir kommen, desto schäbiger wird es. Überall stehen Liebespaare, die sich leidenschaftlich befummeln, während sie die Wände als behelfsmäßiges Lustlager nutzen. Ich versuche wegzuschauen, aber als ich den Kopf zur anderen Seite drehe, bekomme ich dort genauso viel nackte Haut und gierige Münder zu sehen.

»Dixon, wohin gehen wir?«, protestiere ich, jedoch erfolglos, da die laute Musik meine Beschwerde schluckt.

Als ich gerade erneut Einwände erheben will, öffnet Dixon die letzte Tür auf der rechten Seite und schiebt mich hinein. Ich versuche mich zu orientieren, ziehe meinen Arm aus seiner Umklammerung und warte darauf, dass sich meine Augen an das Schummerlicht gewöhnen. Sobald ich etwas erkennen kann, stelle ich fest, dass wir uns in einem kleinen Veranstaltungsraum befinden. Rote Samtsofas sind längs der Wände verteilt, und in einer Zimmerecke entdecke ich eine Stange. Es kommt mir so vor, als würde dieser Raum für private Tanzvorführungen genutzt – Striptease und Poledance.

»Was …« Aber meine Frage geht unter im Zuschlagen der Tür und dem unmissverständlichen Klicken eines Schlosses.

Ich wirbele herum und sehe Dixon mit dem Rücken gegen die Tür gelehnt, jenen Ausdruck in den Augen, den ich so sehr vermisst habe. »Sag mir, was du möchtest«, fordert er mich auf und macht sich gar nicht erst die Mühe, seine Dominanz zu verbergen.

»Ich … ich …«, stottere ich, weil mir plötzlich die Worte fehlen.

»Jetzt ist nicht der Moment, schamhaft zu sein. Sag es mir.« Er stößt sich von der Tür ab, einen Ausdruck ungezähmter Lust in den Augen.

Ich weiche zurück, fürchte mich vor dem, was ich in Gang gesetzt habe.

»Was möchtest du, *angelo*? Sag's mir«, drängt er und macht deutlich, dass er nicht innehalten wird, bis ich es ihm verrate.

Mich der Herausforderung stellend, gestehe ich schüchtern: »Ich zerbreche schon nicht, Dixon. Ich will, dass du mich anfasst. Ich möchte, dass du meine Vergangenheit vergisst und mich auf die Weise berührst, von der ich weiß, dass du es willst.«

Meine Worte scheinen für ihn wie eine Ohrfeige zu sein. »Deine Vergangenheit hat nichts damit zu tun.«

Ich gebe nicht nach. »Was ist es dann? Wenn es weder Juliet noch meine Vergangenheit sind, warum willst du mich dann nicht anfassen?«

Er beißt die Zähne zusammen. »Ich will dich anfassen. Immerzu.« Er ballt die Fäuste, um seine Behauptung zu untermauern.

»Warum tust du es dann nicht? Ich verstehe es nicht.«

Er fährt sich durchs Haar. »Ich will dich nicht drängen, falls du noch nicht so weit bist.«

Dixon hat recht. Ich bin noch nicht bereit, mit ihm zu schlafen, aber für alles andere schon. Dazu bin ich bereit, seit ich das erste Mal gespürt habe, dass er mich auf eine Weise verehrt, wie es niemand je zuvor getan hat. Meine Wangen glühen bei der Erinnerung daran, und das Stöhnen, das Dixon von sich gibt, zeigt mir, dass er genauso empfindet.

Wortlos geht er zu einem der roten Sofas und setzt sich mit weit gespreizten Beinen. Nach ein paar qualvollen Momenten des Schweigens winkt er mich mit dem Finger zu sich. Ich zögere nicht. Mein Absätze klappern laut, wie das Echo meines pochenden Herzens. Nur Zentimeter vor ihm bleibe ich stehen, mache mir gar nicht erst die Mühe, mein heftiges Atmen zu verbergen, denn meine sich hebende und senkende Brust verrät meine Erregung ohnehin.

»Hast du unter diesem Kleidchen etwas an?«, fragt Dixon, lehnt sich lässig zurück und breitet die Arme auf der Rückenlehne aus.

»Nur Unterwäsche«, antworte ich zaghaft.

Er nickt gelassen. »Zieh sie aus.«

»W-was?«

Sein Mundwinkel wandert zu einem süffisanten Grinsen nach oben. »Du hast mich verstanden. Das ist es doch, was du willst, nicht wahr?«

Er hat recht. Ich habe darum gebeten und würde als Heuchlerin dastehen, wenn ich jetzt einen Rückzieher mache.

Bevor ich kneifen kann, fasse ich unter mein Kleid und ziehe so diskret wie möglich meinen schwarzen Spitzentanga herunter. Ich steige aus dem Höschen und umklammere es mit zitternden Fingern.

Dixon streckt die Hand aus, und ich lege es darauf.

Ein bisschen verschämt, aber vor allem erregt sehe ich zu, wie er es an seine Nase führt. »Du duftest köstlich, Madison. Ich möchte eine Kostprobe.«

Bevor ich meine Zustimmung geben kann, schiebt er sich den Tanga in die Gesäßtasche und legt sich so auf das Sofa, dass sein Kopf auf der Armlehne ruht. Ich schlucke, als ich die große Beule vorn an seiner Jeans sehe. »Steig auf.«

»Was?«, frage ich verständnislos.

Als er mir den Kopf zuwendet, um mich anzusehen, tanzen unsere Blicke Tango in einem nur für uns gespielten Stück. »Du hast mich gehört. Beweg deine süße Muschi auf mein Gesicht.«

Ich schlucke. Seine Worte drücken genau das aus, was ich will.

»Aber wenn du nicht möchtest …«, fügt er gönnerhaft hinzu, als er mein Zögern bemerkt.

»Nein, ich will«, werfe ich schnell ein, als er Anstalten macht, sich wieder aufrecht hinzusetzen. »Ich weiß nur nicht, wie.« Ich komme mir dumm vor, aber ich habe wirklich keine Ahnung, wie ich auf ihm sein soll, ohne herunterzufallen.

»Ich halte dich, *angelo*«, versichert er. Sein Selbstvertrauen setzt meine Angst außer Kraft, also streife ich meine Pumps ab und gehe zu ihm.

»So ist's gut.« Er legt sich wieder hin und streckt die Hand aus, die ich vorsichtig ergreife. Er bedeutet mir, rittlings auf ihn zu steigen und hochzurutschen, bis ich über seinem Gesicht schwebe, die Knie zu beiden Seiten seines Kopfes.

Er stöhnt leise, als er nach oben schaut, wo alles seinem Blick preisgegeben ist. »Das könnte ich mir den ganzen Tag anschauen.« Ohne jede Eile schiebt er den Saum meines Kleides hoch, bis es zusammengerafft knapp unterhalb meines Bauchnabels endet.

Ich bin jetzt völlig entblößt und fühle mich unartig, weil es mir gefällt.

Mit seinen kurzen Fingernägeln fährt er die Außenseiten meiner Schenkel hinauf und hinunter. »Beug dich nach vorn und stütz dich an der Wand ab«, weist er mich an.

Ich tue wie befohlen.

Ich schwebe dicht über seinem Gesicht und fürchte, ihn zu ersticken.

Aber Dixon lässt nicht zu, dass meine Ängste diesen Augenblick überschatten. »Komm schon, Maddy.« Er packt mich fest um die Taille. »Du kannst mich doch nicht einfach nur scharfmachen.« Sein warmer Atem badet meine geschwollene Klitoris, und ich kann mich nicht länger dagegen wehren.

Mit zitternden Knien lasse ich mich langsam hinab, aber Dixon packt mich noch fester und zwingt meine Schenkel nach unten. Mir bleibt keine andere Wahl, und ich sinke auf sein Gesicht. Er stöhnt leise auf, und ich versuche mich aufzurichten, fürchte, dass ich ihm wehgetan habe. Aber er hält mich so fest, dass ich nicht mehr fliehen kann. Mit den Fingern leitet er mich dann an, die Hüften zu bewegen, und ich tue es.

Anfangs sind meine Bewegungen vorsichtig und langsam, aber unfähig, Dixons Lockungen zu widerstehen, werde ich immer schneller. Die Handflächen Halt suchend gegen die Backsteinwand gepresst, wiege ich mich auf seinem Gesicht, während Dixon leckt, saugt und … mich mit seiner geschickten Zunge fickt. Je tiefer er eintaucht, desto schneller bewege ich mich, und es dauert nicht lange, da reite ich stöhnend und wild auf seinem Gesicht, galoppiere ekstatisch auf die Ziellinie zu.

Seine Bartstoppeln verstärken die Wonne, und in meinem Innern baut sich eine bittersüße Qual auf. Der Raum ist erfüllt von animalischen Geräuschen, und der Geruch nackten Verlangens lässt mich keuchen und mehr wollen … mehr … mehr! Die Augen fest zugepresst, verlasse ich mich auf meine anderen Sinne, und diese Blindheit ist ein unglaubliches Aphrodisiakum. Das Gefühl, einem anderen Menschen ein solches Urvertrauen entgegenzubringen, lässt mich vor Lust und Erleichterung schreien.

Ich will das Tempo verringern, fürchte, Dixon zu fest zu reiben, aber seine Hände halten mein Fleisch gepackt, steuern die Geschwindigkeit und den Druck meiner Hüften, sodass ich nicht aufhören kann.

»Ahhh«, wimmere ich, als mein Inneres sich aufzulösen droht. Mein animalisches Keuchen scheint Dixon anzuspornen; er züngelt wie wild und saugt mich aus.

Sein leidenschaftliches Stöhnen ist Musik für meine Ohren, aber ich giere danach, mich umzudrehen und ihm den gleichen Genuss zu bieten wie er mir. Ich löse eine Hand von der Wand und greife hinter mich, aber sofort packt mich Dixon am Handgelenk. Diese Geste sagt mir deutlich, dass es jetzt nur um mich geht. Als er mich wieder loslässt und meine empfindlichste Stelle gierig in sich aufnimmt, füge ich mich kampflos.

Dixons heißer Mund versengt mein Fleisch. Er packt meine Pobacken und spreizt mich weit, sodass ich mich noch mehr öffne. Ich schreie vor Lust auf. Er nutzt es, dass ich so großzügig exponiert bin, und gräbt sein Gesicht noch tiefer in mich hinein. Ich hebe die Hüften an, will ihn damit necken, dass er nicht mehr an mich herankommt. Ich schaue hinunter, sehe den wilden, besitzergreifenden Ausdruck in seinen Augen und die feuchtglänzenden, mit meinem Saft überzogenen Lippen.

»Komme wieder runter«, befiehlt er. Als ich zögere, schlägt er mich auf den Po.

Erschrocken schreie ich auf, aber der Schreck wandelt sich sofort in schamlose Lust. »Zwing mich nicht, es zu wiederholen, Maddy«, warnt er und will mich herunterziehen. Mit aller Kraft stemme ich mich dagegen.

»Und wenn ich es nicht tue?« Ich habe keine Ahnung, wo dieses Selbstbewusstsein plötzlich herkommt, aber ich nehme es dankend an und fahre behutsam über meine geschwollene Klitoris. Seine Augen folgen der Bewegung, und dieser Blick elektrifiziert mich unglaublich.

Als ich gerade tiefer eintauchen will, schlägt er mich auf die andere Pobacke, etwas fester als beim ersten Mal. »Das gehört mir«, knurrt er, hebt den Nacken und schlingt die Arme um meine zitternden Oberschenkel. Dann saugt er lange und fest an meiner Spalte. Er hat gewonnen, und ich lasse mich wieder auf sein Gesicht sinken.

Er leckt mich so heftig, dass mir Tränen in die Augen steigen, peitscht meine Klitoris. Die Empfindung macht, dass ich unkontrolliert aufschreie und alle Vorbehalte über Bord werfe. Da mir keine andere Wahl bleibt, lasse ich meine aufsteigende Erleichterung hinausströmen. Nichts hat sich je süßer angefühlt.

Das ist es, wonach ich lechze. Was ich brauche. Niemand kann mich so fühlen lassen. Niemand.

Minutenlang glaube ich zu schweben, satt und zufrieden. Aber dann fällt mir wieder ein, wo ich bin, und ich hebe leicht beschämt die Hüften.

Als ich hinunterschaue, werde ich von einem zufriedenen Grinsen begrüßt. »Wir sollten das gelegentlich wieder machen.«

Als ich sehe, dass seine Lippen immer noch feucht glänzen von meinem Saft, bin ich mehr als nur ein bisschen verlegen.

»Du wirst ja ganz rot«, sagt Dixon gelassen, während ich merke, wie mein Gesicht förmlich glüht.

Gott sei Dank rutscht er hoch und setzt sich hin, ermöglicht meinen butterweichen Knien sich zu bewegen, und ich versuche, möglichst grazil von meinem Hochsitz herunterzusteigen. Bevor ich mich nach hinten in die Kissen fallen lasse, um zu Atem zu kommen, ziehe ich mein Kleid wieder herunter.

»Du bist wunderschön.«

Ich wende mich Dixon zu und lächle. »Danke.«

Seine Haare sind verstrubbelt, und mich überkommt der Drang, mit den Fingern hindurchzufahren. Also tue ich es.

Er schließt die Augen, und ein leises Stöhnen entrinnt seiner Kehle. Der Ausdruck von Glückseligkeit in seinem Gesicht verrät mir, was für eine Idiotin ich war, Dixons Gefühle infrage zu stellen. Alles beruhte nur auf meiner Unsicherheit. Ich weiß, wie viel ich ihm bedeute, und dass meine Vergangenheit für ihn keine Rolle spielt. Vielleicht hatte er einfach nur Stress im Job, und ich habe etwas in sein Verhalten hineininterpretiert, das gar nicht da ist.

Dinge wie Beth.

»Tut mir leid.«

»Wie bitte?«, fragt er und reißt die Augen weit auf. »Was meinst du?«

»Dass ich so ein Mädchen bin«, antworte ich und spiele mit seinen Locken.

»Ich habe keine Ahnung, was du damit sagen willst, aber es ist okay.« Er beugt sich vor und küsst mich auf die Stirn. »Sollen wir nach Hause gehen?«

Ich nicke und spüre plötzlich, wie mir von dem vielen Alkohol jetzt doch ein bisschen schummrig wird.

Anscheinend bemerkt Dixon mein Unwohlsein, denn er schmunzelt. »Ich schlage vor, dass wir morgen früh ein bisschen joggen gehen.«

Stöhnend vergrabe ich mich in den Sofakissen. »Und ich schlage vor, dass wir es lieber sein lassen.«

»Das steht nicht zur Diskussion. Und davon abgesehen wirst du mir morgen früh dankbar sein.« Lächelnd steht er auf.

»Wieso?«

»Würdest du nicht lieber vor deinem Kater wegrennen, als ihn hinauszukotzen?«

Ich werde blass, weil er recht hat. »Also schön, du hast gewonnen.«

»Du …« – er beugt sich vor und nimmt mich gefangen, indem er die Hände rechts und links neben meinem Kopf aufstützt – »… solltest mittlerweile wissen, dass ich immer gewinne.« Sein Blick streicht über meinen Körper und verharrt auf meiner wogenden Brust.

»Nicht immer.« Ich schlucke mühsam.

Er leckt sich über die Oberlippe. »Bei den wichtigen Sachen schon.« Er beugt sich noch näher an mich heran und fügt hinzu: »Dein Höschen, das in meiner Hosentasche steckt, bestätigt das.«

Meine Zunge ist gerade zentnerschwer, deshalb nicke ich nur.

Sein raues Lachen beschleunigt meinen Puls zu einem ungesunden Stakkato. Was macht dieser Mann nur mit mir?

Als er langsam die Lücke zwischen uns schließt und mich zärtlich küsst, weiß ich, was es ist. Und dieses *was* macht mir eine Heidenangst.

7

Weggehen

Dixon

Ich schaue hinunter auf meinen aufgerichteten Schwanz, seufze und verfluche dieses teuflische Ding.

»Fick dich, Mann. Fick dich und den Tag, an dem ich dir erlaubt habe, die Kontrolle über mein Leben zu übernehmen.«

Meine Zähne klappern, als ich versuche, meinen Ständer unter der allmorgendlichen eiskalten Dusche zur Räson zu bringen. Heute ist es noch schlimmer als sonst, weil Madison in meinem Bett liegt – mit nichts als meinem Einstein-T-Shirt am Körper.

Jedes Mal, wenn sie mir in der Nacht zu nahe kam und versuchte, ihren heißen, geschmeidigen Körper um mich zu wickeln, bin ich vorsichtig weggerutscht, bis ich praktisch an der Bettkante lag. Ich hatte furchtbare Angst, mich nicht zurückhalten zu können und sie bis zur Besinnungslosigkeit zu vögeln. Und ich weigere mich, das zu tun, weil sie etwas Besseres verdient hat. Sie verdient Blumen und Kerzen und dieses ganze Mädchenzeug. Aber ehrlich gesagt, kann ich unmöglich etwas so Reines nehmen, ohne ihr vorher meine Sünden zu gestehen.

Bei dem Gedanken an meine Sünden schrumpft mein Schwanz und lässt mich mit einem akuten Fall von dicken

Eiern zurück, was in letzter Zeit irgendwie ständig vorkommt.

Ich beende das Duschen und ziehe meine Laufklamotten an. Rasieren schenke ich mir und fahre nur durch die vom Schlafen verwuschelten Haare. Auf dem Weg ins Schlafzimmer weide ich mich am Anblick von Madisons nackten Beinen, die um die Laken gewickelt sind. Mein Shirt reicht ihr bis knapp unter den Po, und wenn sie sich bewegt, wird es hochrutschen und pure Perfektion entblößen.

Als mir klar wird, dass ich sie begaffe wie ein Perverser, räuspere ich mich laut und hoffe, dass sie von allein aufwachen wird, denn so erregt, wie ich bin, möchte ich ihr lieber nicht zu nahe kommen. Gott sei Dank verrät ihr schläfriges Gähnen, dass sie wach ist.

Während sie langsam zu sich kommt, suche ich meine Laufschuhe.

»Uaah, wie spät ist es denn?«, krächzt sie. Sie ist so anbetungswürdig, dass ich lächeln muss.

»Zeit für dich aufzustehen.« Ich setze mich auf die Bettkante und ziehe die Schuhe an, vermeide immer noch, sie anzusehen, denn all das nackte Fleisch ist für die missliche Lage in meiner Hose nicht hilfreich.

»Ich kann nicht glauben, dass das mit dem Laufen dein Ernst war.«

»Wenn es um Fitness geht, mache ich nie Witze«, konstatiere ich und bringe endlich den Mut auf, mich umzudrehen und sie anzusehen.

Ich hatte recht. Sie wirkt so unschuldig und rein, in meine weißen Laken gewickelt. Aber wenn ich daran denke, wie sie gestern Abend auf meinem Gesicht geritten ist, wird mir klar, dass unter dieser Reinheit ein Bedürfnis verborgen liegt, das nur ich erfüllen kann. Diese Tatsache gibt mir das Gefühl, der glücklichste Hurensohn auf Erden zu sein.

»Komm schon, Dornröschen. Während du dich fertig machst, koche ich uns Kaffee.« Ich zwicke sie in den großen Zeh, bis sie sich kichernd windet. Dann eile ich in die Küche und überlasse sie dem Duschen und Anziehen.

Während die Kaffeemaschine die Luft mit den Inhaltsstoffen des Koffeins tränkt, brüte ich darüber, dass ich Maddy immer noch nicht von Juliet erzählt habe. Okay, gestern Abend war wohl kaum der richtige Zeitpunkt, aber ihre Vermutung, dass etwas im Busch sei und es mit Juliet zu tun habe, hat mich überaus nervös gemacht. Und als sie mir dann ihre Ängste gestand, hat es mir fast das Herz zerrissen. Wie falsch sie doch damit lag – und andererseits genau richtig.

Ich will es ihr nicht sagen, aber was bleibt mir anderes übrig? In Wahrheit bin ich überrascht, dass Juliet Madison noch nicht angerufen hat, um ihr meinen »Fehltritt« unter die Nase zu reiben.

Ich schenke mir eine Tasse Kaffee ein und trinke sie leer, ohne wirklich etwas zu schmecken. Wie soll ich es ihr sagen, und wo soll ich anfangen? Im Grunde spielt es keine Rolle, denn ich bin in jedem Fall geliefert. Ich brauche einen Plan B, denn Plan A ist Mist.

»Der Kaffee duftet gut.«

Ich setze ein Lächeln auf und drehe mich zu ihr um. Als ich sie jedoch in dem dunkelblauen BH und den engen Laufshorts sehe, verpuffen meine quälenden Gedanken auf der Stelle. »Wo ist der Rest deines Oberteils?«, stottere ich, unfähig, den Blick von ihrer gebräunten schlanken Taille abzuwenden.

Sie lacht, was mit ihrer Brust schwindelerregende Dinge tut. »Das nennt sich Crop Top. So etwas ziehen die Leute jetzt beim Laufen an.«

Man sollte es Schwanzfopper nennen, antworte ich im Stillen.

»Ja, aber ich wette, dass die anderen darin nicht so gut aussehen wie du.« Wie kann sie erwarten, dass ich in der Lage bin, mich auf irgendetwas anderes als ihre spärlich bedeckten Vorzüge zu konzentrieren?

»Dixon?«

»Hmm?«, antworte ich geistesabwesend und ziehe sie mit den Augen aus.

»Du gaffst.«

»Das würdest du auch tun.«

Als sie jetzt auch noch rot wird, muss ich an gestern Abend denken und kann ihr nicht länger widerstehen. Ich stelle meinen Kaffeebecher auf die Arbeitsplatte und bin mit zwei Schritten bei ihr. Bevor sie auch nur reagieren kann, ziehe ich sie in meine Arme und presse meinen Mund auf ihren. Ich habe sie überrumpelt, und sie bleibt für einen Moment reglos, aber als ich ihre Lippen mit der Zunge öffne, explodiert ihr Mund um mich herum.

Ich möchte sie bei lebendigem Leib verspeisen, also verschlinge ich sie, als wäre es meine letzte Mahlzeit – und auf gewisse Weise ist sie das auch. Sobald dieser Tag vorbei ist, werde ich nur noch nach ihrer Liebe hungern.

So leidenschaftlich war ich noch nie mit ihr, aber ihr zartes Wimmern und die gierig über meinen Körper gleitenden

Hände verraten, dass ihr meine Dominanz gefällt. Ich küsse sie wie von Sinnen, packe ihr langes Haar und halte sie gefangen. Der Duft ihres Fleisches überwältigt mich. Ich hebe sie hoch und setze sie auf die Arbeitsplatte. Sofort öffnet sie die Beine, heißt mich zu Hause willkommen.

Unsere Münder halten nicht inne, rauben einander die Luft. Aber wofür brauche ich schon Luft, wenn Madison meine Lebensquelle ist?

Mein ungeduldiger Schwanz verlangt danach, aus seinem Gefängnis auszubrechen, also schiebe ich mein Becken nach vorn, presse meinen Ständer gegen ihre empfindlichste Stelle. Als sie jedoch hörbar die Luft einsaugt und erstarrt, bedaure ich meine Heftigkeit.

»Es tut m …« Die Worte ersterben in meinem Mund, als sie nach unten langt und über meinen Schwanz streichelt.

Ihre Hände auf ihm zu spüren ist genau das, wonach ich mich verzehre. Obwohl ich es nicht verdiene, brauche ich das so sehr. Sie betrachtet mich mit neugierigen Augen, während sie auf jungfräuliche Weise meine Erregung liebkost und auszukosten scheint, wie er sich anfühlt. Ohne jede Eile arbeitet sie sich hinauf und wieder hinunter. Ihre zaghaften, ein wenig unsicheren Bewegungen übersteuern mein Gehirn, und wenn ich nicht sofort die Notbremse ziehe, werde ich wie ein pubertierender Teenager in meiner Hose kommen. Das wäre superpeinlich.

»Madison …« Ich versuche mich von ihr zu lösen, meine Hüften wegzuziehen, aber sie überrascht mich damit, dass sie mich festhält.

»Ich möchte … ich möchte dich in den Mund nehmen«, gesteht sie und beißt sich sofort auf die Unterlippe.

Mein Schwanz steht kerzengerade, ist mehr als bereit loszulegen. Aber mein Gewissen versetzt mir einen Schlag in die Magengrube, sagt mir, dass ich das nicht von ihr annehmen kann, bevor ich ihr die Wahrheit gesagt habe. Wenn sie wüsste, wo mein Schwanz schon gesteckt hat, wäre sie ganz bestimmt nicht erpicht darauf, mich mit ihrem keuschen Mund zu verwöhnen. Und einfach so zeigt mein Schwanz mir den Stinkefinger und verkrümelt sich.

»Du willst nicht, dass ich das tue?« Sie runzelt die Stirn.

Mit bedauernden Fingern schiebe ich ihre Hand behutsam aus meinem Schritt. »Natürlich will ich …«

»Aber?«

»Aber …« Ich bin ein verlogener, unwürdiger Bastard. »Aber nicht jetzt.«

Sie wirkt enttäuscht, bedrängt mich jedoch nicht. Als sie sich hinter ihren Haaren versteckt, weiß ich, dass ich ihre Gefühle verletzt habe. Bei dem Versuch, sie und ihre Anständigkeit zu beschützen, habe ich ihr unabsichtlich das Gefühl gegeben, nicht gewollt zu sein.

Ganz super.

»Maddy …«

»Können wir los?«, unterbricht sie mich und bemüht sich, ungerührt zu wirken.

Ich könnte jetzt den berühmten Satz sagen: »Es liegt nicht an dir, sondern an mir.« Aber ich war selbst schon auf der Zuhörerseite bei diesem Sermon und kann nur sagen, dass er Mist ist. Wie auch immer die Wahrheit aussieht, diese Situation ist erniedrigend, und ich sollte besser die Klappe halten, als ihr so eine Entschuldigung aufzutischen.

Also nicke ich nur.

Als sie von der Theke herunterspringt und sich mit der Entschuldigung verzieht, dass sie sich noch fertig anziehen müsse, weiß ich, dass ich es vermasselt habe.

Und als wir durch den Central Park joggen, weiß ich, dass Madison sauer auf mich ist.

Ihre knappen Antworten sind ein sicheres Zeichen, dass sie überlegt, mir zu sagen, ich solle in die entgegengesetzte Richtung laufen. Ich kann ihr das nicht verübeln. Aber das ist genau der Anstoß, den ich brauche. Ich habe es lange genug aufgeschoben. Sie muss es erfahren.

Doch zum ersten Mal in meinem Leben fehlen mir die Worte. Keuchend vor innerer Anspannung laufe ich neben ihr her und weiß, dass es keine Möglichkeit gibt, den Schlag abzufedern, den ich ihr gleich versetzen werde. Hunters Rat fällt mir ein, und obwohl es vermutlich nichts bringt, das Ganze möglichst schön zu verpacken, ist es einen Versuch wert.

Zuerst werde ich meine Gefühle für sie darlegen und ihr dann schildern, was für ein moralisch minderwertiger Drecksack ich bin. Hoffentlich konzentriert sie sich auf den positiven statt auf den negativen Teil. Aber das ist Wunschdenken. Sobald sie die Wahrheit kennt, wird sie nichts mehr mit mir zu tun haben wollen.

»Schön hier.« Nicht gerade die Einleitung, die ich mir vorgestellt habe, aber es muss genügen.

Maddy wendet mir den Kopf zu und nickt, wartet darauf, dass ich fortfahre. Tue ich aber nicht. Sie schnaubt und legt einen Zahn zu, läuft mir davon. Normalerweise würde ich jetzt ihren Hintern taxieren, aber heute ist der Anblick zu deprimierend, da ich ihn wahrscheinlich nie wieder zu Gesicht bekommen werde.

Ich hole sie ein, aber sie setzt sich wieder ab, läuft mit wilder Entschlossenheit.

»Maddy, wegen vorhin …«

»Mach dir darüber keine Gedanken«, erwidert sie atemlos und meidet Blickkontakt.

»Tue ich aber. Ich muss dir etwas sagen.«

Sie dreht sich im Laufen zu mir um. »Was musst du mir sagen?«

Mein Herz beginnt zu rasen. »Ich muss dir die Wahrheit sagen.«

»Die Wahrheit worüber, Dixon?« Sie verlangsamt ihre Schritte und sieht mich an, bittet mich wortlos um eine Erklärung.

Ich werde ebenfalls langsamer. »Ich … erinnerst du dich, dass du mich gefragt hast, ob ich Juliet kenne?«

Sobald mir der Name ihrer Stiefschwester über die Lippen kommt, bleibt sie abrupt stehen und nickt langsam. Ihre Augen verraten, dass sie ängstlich, besorgt und verwirrt ist, und dieser Anblick, sei er auch noch so schmerzhaft, spornt mich an weiterzureden.

Ich fahre mir mit beiden Händen durchs Haar und seufze. Wir stehen uns direkt gegenüber, und es gibt kein Zurück mehr.

»Na ja … ich habe gelogen.«

Sie weicht einen Schritt zurück, ihre Brust hebt und senkt sich so schnell, dass ich fürchte, Maddy wird jeden Moment ohnmächtig. »Du hast … was?«

Angeblich soll die Wahrheit befreiend sein. Ich kann nur

hoffen, dass es stimmt. »Ich habe gelogen, Maddy. Ich kenne sie.«

Sie blinzelt.

»Ich kenne Juliet«, stelle ich erneut klar, falls sie mich missverstanden hat.

»Du …«, stößt sie hervor und wird blass.

Vor mir bricht eine Welt zusammen, und ich gestehe: »Ich kenne sie … weil ich … verdammt …« Ich verstumme, stemme die Hände in die Hüften und atme tief durch. Das ist wie ein Pflaster abziehen – man muss es in einem Ruck tun. »Ich kenne sie, weil ich … sie war …«

»Sunny?«

Dieses eine Wort, das normalerweise Licht und Wärme vermittelt, verdunkelt sofort Maddys Gesicht. Ich brauche mich nicht umzudrehen, um zu sehen, wer hinter mir steht, denn es gibt nur einen Menschen, der Maddy so nennt. Das war sein Spitzname für sie, seit sie Kinder waren.

Instinktiv strecke ich den Arm nach Maddy aus, die wie zu Stein erstarrt ist. Sie atmet flach und schnell, blinzelt und reißt dann die Augen weit auf, als könne sie nicht glauben, wer vor ihr steht. Aber sobald ihr Gehirn verarbeitet hat, dass es dieses Arschloch von ihrem Bruder ist, bricht sie zusammen.

Ihr Körper beginnt so stark zu zittern, dass ich fürchte, sie könne jeden Moment das Bewusstsein verlieren. Ich schließe sie in die Arme, und nie zuvor habe ich sie so ängstlich gesehen.

»Du bist es«, besitzt der Wichser die Unverfrorenheit zu sagen. Ich möchte ihm am liebsten die Zunge herausschneiden, während Maddy den Kopf an meiner Brust birgt.

»Lass uns gehen, Maddy«, flüstere ich.

Dass sie nicht reagiert, macht mir Sorgen. Und zu allem Überfluss gesellt sich diesem Ärger noch eine weitere Plage hinzu.

»Dr. Mathews. Was für eine angenehme Überraschung.« Diese Überraschung ist alles andere als angenehm, und Juliets spöttischer Ton verrät, dass sie genau das liebt.

»Wir wollten gerade gehen«, sage ich und lege den Arm noch fester um Maddys zitternde Schultern, während ich mich der Antichristin und ihrer rechten Hand zuwende.

»Ach wirklich? Wie schade. Aber wir finden sicher bald Gelegenheit, uns auszutauschen.« Juliet schürzt die Lippen, und ihr hochmütiger Blick ruht die ganze Zeit auf mir.

Nie zuvor habe ich jemanden mehr gehasst als sie in diesem Moment. Ich weiß, worauf sie anspielt, und es ist alles meine Schuld.

»Dazu wird es nicht kommen«, widerspreche ich entschieden, und meine Nasenflügel sind zornig gebläht.

Schließlich sagt Maddy etwas, und ihre Stimme ist kaum mehr als ein Flüstern. »W-wieso?«, fragt sie, entzieht sich meiner Umarmung und wendet sich tapfer dem bösartigen Duo zu.

Dylan zieht Maddy mit den Blicken fast aus, und es juckt mir in den Fingern, meine Faust in sein Gesicht zu rammen.

Juliet mustert Maddy mit eiskalten Augen. »Oh, hat Rachel es dir nicht gesagt?«

»Mir was gesagt?«

Juliet schmiegt sich an Dylan und reißt ihn aus seinem tranceähnlichen Starren. Er bedenkt Juliet daraufhin mit einem Blick, als sei sie eine Krankheit. Aber entweder registriert sie seine Abneigung nicht, oder es ist ihr egal. »Dylan zieht bei mir ein. Ihr werdet Nachbarn«, verkündet sie fröhlich und verbalisiert damit Maddys größten Albtraum.

»Wann?«, ist alles, was Maddy über die Lippen bekommt, während sie erneut gegen mich sackt.

»Diese Woche«, antwortet Dylan lächelnd. »Das bedeutet, dass ich dich besuchen kann, wann immer ich will, Sunny. Ist das nicht toll?« Seine Worte triefen von Widerwärtigkeit, und ich beiße die Zähne zusammen, weil ich nur noch Sekunden davon entfernt bin, ihm seinen ekelerregenden Kopf abzureißen.

Es ist mir egal, wer zuschaut, ich werde ihn umbringen. Ich werde dieses Pärchen mit meinen bloßen Händen töten.

Als ich mich gerade auf die beiden stürzen will, packt Maddy meinen Unterarm und hält mich zurück. Ich wirbele zu ihr herum, aber ihre Miene ist undurchdringlich. »Lass uns gehen, Dixon.«

Gehen? Ist sie verrückt geworden? Ich werde auf keinen Fall gehen, ohne den Kopf ihres Bruders unter dem Arm zu haben.

Aber sie zieht an mir, und ich sehe in ihrem verängstigten Gesicht den verzweifelten Wunsch, von hier zu fliehen. Also schiebe ich meine Wut beiseite und stelle Maddys Sicherheit an die erste Stelle. Als wir uns zum Gehen wenden, um von diesem Haufen Scheiße wegzukommen, flüchtet sie in meinen Arm.

»Tschüss! Lasst uns nächste Woche mal zusammen Kaffee trinken«, trällert Juliet, und in ihrer Stimme schwingt reiner Triumph.

Ich ignoriere sie und eile davon, bevor ich die beiden

doch noch im Affekt töte. Sobald wir in sicherer Entfernung sind, bleibt Maddy plötzlich stehen und läuft mit der Hand vor dem Mund zu einem blühenden Busch.

»Maddy?«

»Ich muss mich übergeben.« Im nächsten Moment beugt sie sich nach vorn und kotzt den kompletten Inhalt ihres Magens aus.

»Verdammt!« Ich eile ihr zu Hilfe, aber sie streckt die Handfläche hinter sich aus, signalisiert mir zurückzubleiben.

Eine scheinbare Ewigkeit lang höre ich sie würgen. Aber ich respektiere ihren Wunsch und warte, marschiere hilflos den Weg auf und ab. Das ist meine Schuld. Wegen mir geht es ihr so schlecht. Auch dass ihr Bruder in ihr Apartmenthaus einzieht, ist meine Schuld. Ich bringe diesem Mädchen nichts als Kummer, und ich weiß nicht, wie ich das stoppen soll.

»Madison?«, frage ich und zucke zusammen, als ich sehe, wie ihre nach vorn gebeugte Gestalt zittert. »Geht es wieder?«

Sie antwortet nicht.

Wie soll ich das in Ordnung bringen? Wie kann ich dafür sorgen, dass all das aufhört? Die naheliegende Lösung hat Maddy mir gerade untersagt.

Warum eigentlich?

»Maddy, warum hast du mich zurückgehalten? Dieses Arschloch hat es verdient, umgelegt zu werden!« Meine Wut nimmt schon wieder überhand, während ich weiter auf und ab stampfe wie ein Tiger im Käfig.

Langsam richtet sie sich auf, wischt sich mit dem Handrücken über den Mund und dreht sich um. Sie wirkt verloren, verängstigt und am Boden zerstört. »Das geht nicht! Wenn du dich mit ihm prügelst, wird meine Mom davon erfahren.«

Jetzt verstehe ich gar nichts mehr. »Na und? Sie soll es erfahren! Sie sollte wissen, was dieses Tier dir angetan hat!« Wenn Rachel es wüsste, wäre dieser ganze Mist endlich ausgestanden. Möglicherweise wird Madison mir zwar nie verzeihen, dass ich sie belogen habe, aber zumindest wüsste ich, dass sie sicher ist. Es wäre dann ihre Mutter, die sie vor diesen Monstern – einschließlich mir – beschützt.

Maddy wendet das Gesicht ab, verbirgt ihre Scham. »Ich will nicht, dass sie es erfährt, Dixon. Es würde sie umbringen. Ich kann ihr das nicht antun.«

Jetzt platzt mir endgültig der Kragen. Ich schlage mit der Faust gegen einen Baum und brülle frustriert: »Willst du mich verarschen? Indem du schweigst, schützt du diesen Saukerl!« Meine Hand brennt – ich bin ziemlich sicher, dass ich sie mir gerade verstaucht habe. Aber das könnte mir nicht gleichgültiger sein, der Schmerz fühlt sich göttlich an.

Überrascht von meiner heftigen Reaktion zuckt Maddy zusammen. »Nicht, Dixon.« Sie schaut zu der kleinen Menschenmenge, die sich langsam um uns bildet, fleht mich mit Blicken an, keine Szene zu machen, aber es ist zu spät.

Genervt hebe ich die Hände gen Himmel. »Was soll ich nicht tun? Für deine Freiheit kämpfen? Bist du es denn nicht leid, ständig Angst zu haben? Ich schon!« Ich will, dass sie kämpft. Ich will, dass sie mir beweist, dass ich mich getäuscht habe und sie durch den ganzen Mist nicht zerstört wird. Denn wenn sie ihren Ängsten nachgibt, bleibt mir keine andere Wahl – ich werde zur Sünde getrieben. Dann werde ich zur Sünde getrieben, um sie zu schützen.

Tränen steigen ihr in die Augen, und sie nagt an ihrer Unterlippe. »Tut mir leid. Ich kann das jetzt nicht.«

»Was kannst du nicht?«, brülle ich und packe sie an den Oberarmen, als sie weglaufen will – weg von mir. »Du kannst nicht immer weglaufen, Maddy.«

Die Situation gerät außer Kontrolle, aber ich vermag nichts dagegen zu tun.

»Au, du tust mir weh.« Sie will sich aus meinem Griff befreien, aber ich halte sie fest.

»Hey, Bruder, lass sie los«, sagt so ein guter Samariter und will sich einmischen. Aber als ich mich umdrehe und ihn wütend anstarre, bleibt er stehen und hebt beschwichtigend die Hände.

»Lass mich gehen!«, schreit Maddy und kämpft wie verrückt, um sich loszureißen. Aber ich kann nicht den einzigen Menschen, der mir je etwas bedeutet hat, einfach so gehen lassen, denn wenn sie das macht, wird sie nicht zurückschauen.

»Nicht bevor du für dich selbst einstehst, Madison. Er darf nicht länger die Kontrolle über dich haben!« Und sie darf nicht länger die Kontrolle über *mich* haben.

Ihr lautes Schluchzen ist wie ein Tritt in die Eier, und mir wird klar, wie grob ich die Frau behandle, die mir angeblich so viel bedeutet. Was zum Teufel mache ich hier?

Rasch lasse ich sie los, und mein Blick fällt auf ihren zarten Arm, der rot ist an der Stelle, wo ich sie gepackt habe. Hörbar sauge ich die Luft ein. Was habe ich getan? Angewidert betrachte ich meine ausgestreckten Handflächen und erkenne, dass ich nicht besser bin als ihr Bruder.

Ich trete einen Schritt vor und flehe sie an: »Maddy, es tut mir so leid. Bitte vergib mir.«

»Nicht …«, weint sie und streckt mir abwehrend die Hand entgegen. Ihre Augen schwimmen in Tränen, und jede einzelne versetzt mir einen Stich ins Herz.

»Tut mir leid. Ich wollte dir nicht wehtun. Ich bin so ein Idiot. Ich hasse es einfach nur, dass er diese Wirkung auf dich hat. Dass er dich immer noch kontrolliert.« Meine zitternde Stimme ist voller Verzweiflung.

Sie schnieft und stößt ein verbittertes Lachen aus. »Und da dachtest du, dass du noch eins draufsetzt und selbst die Kontrolle über mich übernimmst.«

»Wie bitte? Nein, das würde ich nie tun«, keuche ich und balle die Hände neben dem Körper zu Fäusten. »Das war nie meine Absicht. Es tut mir leid. Ich habe es vermasselt. Bitte, komm mit nach Hause, und wir reden in Ruhe über alles.«

Als sie nicht antwortet und nur auf ihre Sneakers starrt, offenbar unfähig, meinen Anblick zu ertragen, gibt mir das den Rest. »Bitte, es tut mir leid. Ehrlich.« Falls ich jemals so große Angst hatte, dann kann ich mich jedenfalls nicht daran erinnern.

Bedrückende Stille legt sich über uns, und ich kenne ihre Antwort, noch bevor sie etwas sagt.

»Ich kann das jetzt nicht. Auf Wiedersehen, Dixon.« Diese abschließenden Worte brechen auch noch das letzte Stück meines Herzens.

Mühsam schlucke ich. »Auf Wiedersehen? Maddy, warte!«

Ich greife verzweifelt nach ihr, aber sie weicht zurück und schüttelt den Kopf.

»Nein!«

Das ist nicht das Ende. Nein, nicht so. »Bitte, lass es mich erklären …« Ich bin bereit, ihr alles zu sagen. Diese Option ist wesentlich besser, als dass sie denkt, ich würde sie für einen Feigling halten, weil sie sich nicht wehrt. »Es gibt einen Grund, warum …«

Sie fällt mir ins Wort, zieht sich wütend immer weiter zurück. »Ich sagte nein! Lass mich einfach in Ruhe. Ich brauche Zeit zum Nachdenken.«

»Worüber?«

»Über alles. Über meinen Bruder …« Sie beendet den Satz nicht, eine neue Flut Tränen rinnt ihr über die Wangen.

Dass sie einfach so geht, bringt mich um. »Maddy, nein. Tu das nicht. Bitte, *angelo*. Es tut mir leid«, flehe ich.

Aber meine Entschuldigung genügt nicht. »Ja. Mir auch.« Damit macht sie kehrt, und wie ich es vorhergesagt habe, schaut sie nicht zurück.

8

Lass Taten sprechen

Dixon

»Hi, ich bin's … noch mal.« Pause. »Es … tut mir leid … wirklich. Ich weiß, dass es gar nicht genug Arten gibt, mich zu entschuldigen, denn was ich getan habe …« Wieder Pause. »Was ich getan habe, ist unverzeihlich. Ich hasse mich dafür, dich so grob angefasst zu haben, und ich würde mir sofort die Hand abhacken, wenn du mir dann verzeihst …« Das laute Piepen an meinem Ohr und die gönnerhafte Stimme, die mich darauf aufmerksam macht, dass Madisons Mailbox voll ist, zementieren nur die Tatsache, dass sie nie wieder mit mir reden wird. Ehrlich gesagt kann ich ihr keinen Vorwurf machen.

Ich habe die ganze Sache in den Sand gesetzt, und dabei habe ich ihr noch nicht einmal mein niederträchtigstes Geheimnis verraten. Bei dem Versuch, uns zu retten, habe ich sie weggestoßen und nun, drei Tage später, sagt ihr Schweigen alles.

Ich habe es mit E-Mails, Textnachrichten und Anrufen versucht, bin an ihrem Apartmenthaus vorbeigefahren, in der Hoffnung, sie zu sehen. Ich bin sogar darauf verfallen, vor ihrer Arbeitsstelle zu kampieren, und habe die wütenden Blicke ihrer besten Freundin ignoriert, aber nichts. Sie ist wie vom Erdboden verschwunden, und das beunruhigt mich.

Ich weiß, dass sie nie etwas Dummes tun würde, aber sie will offenbar nicht gefunden werden. Sie will nicht, dass *ich* sie finde.

Aber so darf es nicht enden. Ich könnte Rachel kontaktieren, aber dann würde ich auch erzählen, worüber wir gestritten haben. Stöhnend reibe ich mir durchs Gesicht und spüre meine pieksigen Barthaare.

Ein Klopfen an der Tür erinnert mich daran, dass ich in der Praxis bin. Ich muss mich zusammenreißen. »Dr. Mathews?«

»Kommen Sie herein, Ms. Vale.« Seit diese Katastrophe ihren Ursprung nahm, scheint Susanna mich ständig zu belauern. Normalerweise würde mir das auf die Nerven gehen und jeden anderen würde ich feuern, aber ich weiß, dass sie nur um mein Wohl besorgt ist.

»Was kann ich für Sie tun?«, frage ich, als sie an der Tür verharrt.

»Dr. Turner wird jeden Moment hier sein, und ich wollte nur sichergehen, dass …«

Als sie verstummt und wegschaut, runzle ich die Stirn. »Sicher gehen, dass ich es nicht vergessen habe? Oder dass ich nicht in Unterhosen hier sitze?«, beende ich für sie den Satz und äußere durchaus plausible Bedenken.

Lächelnd tritt sie ein. »Also …« Nervös spielt sie an ihren Perlenohrringen. »… ja.«

»Es ist alles in Ordnung, Ms. Vale. Sehen Sie?« Ich stehe auf, um zu demonstrieren, dass ich anständig angezogen bin. Sie schüttelt verlegen den Kopf. »Tut mir leid, Dr. Mathews. Ich wollte nicht andeuten, dass Sie …« Wieder verstummt sie.

»Den Verstand verloren haben?«, helfe ich ihr aus der Klemme und setze mich grinsend wieder hin.

»Darf ich offen sein?« Sie tritt auf mich zu, und ihre klugen Augen sehen direkt in meine.

»Nun, ich finde ja, dass Susanna ein hübscher Name ist, aber wenn Sie lieber anders genannt werden möchten, werde ich dem gern nachkommen«, necke ich sie, versuche, mich hinter meinem Humor zu verstecken.

Sie ignoriert meine Witzelei. »Seit Sie mit Ms. Roberts zusammen sind, haben Sie sich verändert. Zum Besseren. Ich weiß, dass meine Worte unangemessen sind, da Sie mein Arbeitgeber sind und so weiter, aber Ms. Roberts bringt eine Seite in Ihnen zum Vorschein, die ich bisher nicht kannte. Sie macht Sie zu einem besseren …« Heute scheint der Tag der unvollendeten Sätze zu sein. Ich lehne mich in meinen Sessel zurück, und sie wirkt plötzlich schuldbewusst, als habe sie zu viel gesagt.

Aber ich helfe ihr aus der Patsche. »Menschen?«, schlage ich vor. Als sie den Blick senkt, weiß ich, dass sie genau das im Sinn hatte.

»Entschuldigen Sie, Dr. Mathews, dass ich mir herausgenommen habe, so etwas zu sagen.«

»Unsinn. Sie sagen die Wahrheit. Bevor ich Madison kannte, war ich ein selbstsüchtiger Mistkerl ohne jeden Respekt vor anderen, nicht einmal vor mir selbst. Aber sie hat mich zur Einsicht gebracht. Sie ist die stärkste Persönlichkeit, die ich kenne. Ich wünschte nur, sie könnte das sehen.« Ich seufze und spüre, wie sich die Last wieder auf meine Seele legt.

»Und was haben Sie jetzt vor?«, drängt Susanna behutsam.

»Es fehlt nicht mehr viel, und ich schlage mein Zelt vor

ihrer Haustür auf. Soll die Polizei mich doch abführen, aber ich muss ihr einfach sagen, dass es mir leidtut«, gestehe ich und fühle mich hilflos.

»Haben Sie schon mal überlegt, dass Sie vielleicht in die falsche Richtung gehen?«

Ich reiße den Kopf hoch. »Wie meinen Sie das?«

»Vielleicht hört Sie Ihnen nicht zu, weil Sie es nicht *hören*, sondern *sehen* will«, verrät sie mir orakelhaft.

»Wie denn?«

Ihre Mundwinkel gehen zu einem leisen Lächeln nach oben. »Keine Ahnung, Doktor. Sie sind ein kluger Mann, ich bin sicher, dass Sie es herausfinden werden.«

Während ich über ihre Bemerkung nachdenke, fügt Ms. Vale leise hinzu: »Da wir die Regeln gesellschaftlicher Umgangsformen sowieso gerade vernachlässigen ... Ihre Mutter wäre stolz auf Sie, Dixon. Und ich weiß, dass sie Maddy lieben würde.«

Die Erwähnung meiner Mutter und Maddy in einem Satz ist wirklich zu viel, und ich wische mir schnell über die Augen. »Das stimmt. Meine Mutter hätte sie geliebt. Zu schade, dass sie nicht ... hier ist«, füge ich hinzu. Plötzlich ist der Motor in meinem Kopf angesprungen.

Ich hab's! Ms. Vale hat recht. Das Problem besteht darin, dass ich die Sache falsch angehe. Worte bedeuten gar nichts, wenn sie nicht durch Taten unterstützt werden.

Ich springe auf, eile zu Susanna und lächle sie an. »Das ist total unangemessen, weil Sie meine Angestellte sind, aber ich fürchte, Worte können das nicht ausdrücken.« Bevor sie weiß, wie ihr geschieht, schließe ich sie in die Arme und drücke sie ganz fest.

Im ersten Moment ist sie völlig erstarrt, aber dann erwidert sie die Umarmung.

»Vielen Dank, Susanna.«

»Gern geschehen, Dixon.«

Wir lösen uns voneinander, bevor es peinlich wird, und sie lächelt. »Ich kümmere mich dann mal um den Kaffee, ehe Dr. Turner eintrifft. Möchten Sie auch Sojamilch?«

»Auch? Chad möchte Sojamilch?« Ich verziehe angewidert das Gesicht. Wann hat er sich denn in einen Ökofreak verwandelt?

Sie nickt. »Ja. Anscheinend achtet er auf seine Linie.«

Zweifellos geht sein neuer Fimmel auf die Hyäne Rebecca zurück. »Er sollte lieber auf seine Brieftasche achten.«

Susanna beißt sich auf die Unterlippe, um ein Grinsen zu unterdrücken. »Ich piepse sie an, sobald er da ist.«

Als sie geht, kehre ich an meinen Schreibtisch zurück und durchwühle die Schubladen nach einem leeren Blatt Papier. Dann schnappe ich mir meinen Kugelschreiber und tue etwas, das weder ich noch Millionen anderer Amerikaner seit langer Zeit getan haben – ich schreibe einen Brief.

Liebste Madison,
Worte können nicht zum Ausdruck bringen, wie leid mir alles tut. Ich verstehe, dass du wütend auf mich bist. Dazu hast du jedes Recht. Falls du mir noch eine Chance geben könntest, möchte ich dich bitten, mich am Sonntag, um 10.00 Uhr bei folgender Adresse zu treffen: 678 East Ave, New Brunswick, New Jersey.
Es ist Zeit, dass ich dir zeige, was ich fühle, statt es nur zu sagen.

Ich hoffe, dich dort zu sehen.
Dixon x

Als ich den Brief gerade unterschreibe, piepst Susanna mich an, um mir Chads Eintreffen mitzuteilen. Die Tür geht auf, und ich lege den Brief in die Schreibtischschublade.

»Dixon.«

Chad Turner ist ein vielbeschäftigter Mann, da er im Vorstand der Gesellschaft für Psychiatrie und Verhaltenswissenschaften sitzt. Normalerweise macht er keine Höflichkeitsbesuche, deshalb frage ich mich, warum er hier ist.

Ich stehe auf und strecke die Hand aus. »Freut mich, Sie zu sehen, Chad. Sie sehen gut aus.« Ich kann es mir nicht verkneifen, mich über ihn lustig zu machen.

Stolz zieht er an seinem Hosenbund. »Rebecca hat mich auf eine vegane Diät gesetzt. Das Essen mag ja widerlich sein, aber ich habe mich nie besser gefühlt. Ich hatte noch nie so viel Energie.« Als er den Satz mit einem anzüglichen Zwinkern beendet, schlucke ich meinen Ekel mit einem erzwungenen Lächeln herunter.

Wenn es um diesen Piranha geht, fehlt mir die Kraft für Smalltalk. »Also, was kann ich für Sie tun?«

»Das gefällt mir an Ihnen, Dixon, Sie reden nicht lange um den heißen Brei herum.«

Susanna klopft an, bevor sie mit dem Kaffee hereinkommt. Sie stellt alles auf den Tisch und verschwindet sofort wieder.

Während Chad nach seiner Tasse greift, sagt er: »Ich nehme an, Sie haben die bedauerlichen Neuigkeiten über Dr. Rubin Gold gehört?«

»Nein, habe ich nicht.« Der glückliche Mistkerl hat dieses Jahr den *Gerald Harriet Fellowship Award* eingeheimst. Er dürfte jetzt mit billigem Wein und noch billigeren Frauen feiern.

Chad wirkt ziemlich verlegen, als er mir mitteilt: »Nun ja, er wurde festgenommen … in einer kompromittierenden Situation in Mexiko, ein paar Tage nach der Preisverleihung.«

»Oh.« Mein Interesse ist geweckt.

»Ja. Sein offenkundiger Konsum illegaler Drogen, Alkoholisieren einer Minderjährigen und, ähm, ungebührlicher Umgang mit einer … Ziege hat uns keine andere Wahl gelassen, als ihm den Titel abzuerkennen.«

Ich ziehe eine Braue hoch. Eine Ziege? Und ich dachte, *ich* hätte Probleme. »Und was jetzt?«, frage ich.

»Um das Gesicht zu wahren, hat die Gesellschaft entschieden, so zu tun, als habe die Preisverleihung nie stattgefunden. Wir organisieren eine neue Veranstaltung.«

Typisch.

»Und davon abgesehen, wer mag es nicht, sich in Schale zu werfen und ein paar Drinks mit Kollegen zu nehmen?«

Fürwahr.

Noch immer ist mir schleierhaft, warum er mir das erzählt, also spiele ich mit. »Nun, das sind interessante Neuigkeiten. Lassen Sie es mich wissen, falls ich irgendwie behilflich sein kann.«

Er nippt an seinem Spülwasser und antwortet: »Das können Sie tatsächlich. Deshalb bin ich hier.«

Ich beuge mich vor, um zu signalisieren, dass ich aufmerksam zuhöre.

»Ich möchte Sie als Kandidaten für den Preis nominieren.«

»Wirklich?« Ich verberge meine spontane Freude, denn die Sache hat sicher einen Haken.

Er nickt energisch. »Ja. Ich finde Ihre Methoden ziemlich originell. Sie erinnern mich an mich selbst in dem Alter. Ich glaube, Sie haben gute Chancen zu gewinnen. Ihre Forschungen suchen ihresgleichen. Ich wollte Sie nächstes Jahr sowieso vorschlagen, aber da sich nun diese Gelegenheit ergeben hat, konnte ich nicht widerstehen. Sie treten gegen fünf andere Ärzte an.«

Da ich nicht weiß, was ich sagen soll, halte ich den Mund. Chad scheint es ernst zu meinen, und ich kann auch keinen versteckten Unterton aus seinen Worten heraushören. Das hier ist verdammt noch mal unglaublich.

Als Chad ursprünglich mit der Idee zu mir kam, mich vielleicht nächstes Jahr für den Preis zu nominieren, war ich überaus dankbar, aber jetzt bin ich begeistert. Das ist alles, was ich immer wollte, und noch mehr. Ich verspüre keinerlei Mitleid mit Dr. Gold, denn seine Lüsternheit hat mir soeben meine Freikarte beschert.

»Vielen Dank, Chad.«

»Das Vergnügen ist ganz meinerseits, Dixon. Sobald der Termin feststeht, melde ich mich. Bleiben Sie in der Zwischenzeit sauber. Unser Branche braucht nicht noch mehr schlechte Publicity.«

Ich versuche, meine Anspannung zu verbergen. »Blitzsauber«, versichere ich und hoffe, dass er keine Gedanken lesen kann. Denn zu meinem persönlichen Umgang zählen zwar keine Ziegen, aber dafür ein Miststück. Wenn irgendjemand von meinem unmoralischen Verhalten Wind bekommt, bin ich ruiniert. Von nun an ist es zwingend, dass Juliet den Mund hält.

Das Klingeln von Chads Handy verschafft mir die Atempause, die ich brauche. Er entschuldigt sich, bevor er rangeht. »Oh, Darling, ich bin gerade bei Dixon. Kann ich dich zurückrufen?«

Als würde mich das Universum damit verhöhnen, was mir im Bruchteil einer Sekunde genommen werden kann, denn sein »Darling« ist ein weiterer Nagel zu meinem Sarg.

Er beendet das Gespräch und steht auf. »Ich mache mich besser auf den Weg. Wir reden bald wieder.«

Während wir uns die Hände schütteln, gelingt es mir, gefasst zu bleiben. »Unbedingt. Und danke, Chad. Das ist wirklich eine Ehre.«

»Nichts zu danken. Wir sollten uns mal abends auf einen Drink treffen. Ich bin sicher, dass sich Rebecca freuen würde, Ihre entzückende bessere Hälfte wiederzusehen.«

Ja, darauf wette ich. »Klingt toll. Ich sehe in meinem Terminkalender nach und melde mich bei Ihnen.«

»Großartig.« Mit diesen Worten verlässt er mein Büro, während ich erleichtert den angehaltenen Atem ausstoße.

Das sind die besten Neuigkeiten, die ein Arzt bekommen kann. Diese Auszeichnung kann Schwindelerregendes für meine Karriere bewirken, aber die schmutzigen kleinen Geheimnisse, die wie ein Damoklesschwert über meinem Kopf hängen, könnten meine Karriere auch ruinieren. Genauer gesagt, *Juliet* könnte meine Karriere ruinieren. Und zu behaupten, dass es mir nichts ausmacht, wenn sie alles herausposaunt, wo diese lebensverändernde Möglichkeit zum Greifen nah ist, wäre gelogen.

Ich öffne die Schreibtischschublade und hole den Brief an Madison hervor. Das ist der erste Schritt, mein Leben zurückzubekommen. Während ich den Umschlag an sie adressiere, merke ich, dass der zweite Schritt meine Hand zittern lässt. Dieser Schritt, der unausweichlich war seit dem Tag, an dem mir Ms. Juliet Harte begegnet ist.

9

Ausgehungert

Dixon

Nachdem ich meinen Brief der Hoffnung mit einem letzten Blick bedacht habe, stecke ich ihn in den Briefkasten. Jetzt liegt mein Schicksal in Madisons Händen. Allerdings erinnert mich der riesige Apartmentblock, der hinter mir aufragt, daran, dass es auch noch in den Händen einer anderen Person liegt.

Vorhin habe ich etwas getan, von dem ich dachte, dass ich es nie wieder tun würde – ich habe Juliet eine SMS geschickt. Die Nachricht war kurz und einfach.

Wir müssen reden.

Ihre Antwort lautete: Komm um 19.00 Uhr zu mir.

Als ich auf meine Armbanduhr schaue, stelle ich fest, dass es fünf nach sieben ist. Zeit, die Suppe auszulöffeln.

Die Fahrt mit dem Aufzug ist so angenehm, wie man es sich nur vorstellen kann, wenn man auf dem Weg zu seiner verschmähten zukünftigen Ex ist. Dass diese Ex im selben Gebäude wohnt wie die aktuelle Ex, setzt dem Ganzen quasi die Krone auf. Diese Situation nagt an meinen ohnehin schon blank liegenden Nerven.

Ich klopfe an Juliets Tür und rechne irgendwie damit, dass sie mir nackt öffnet. Gott sei Dank tut sie es nicht.

»Hallo, Dixon. Bitte, willst du nicht hereinkommen?« Sie

geht zur Seite und heißt mich willkommen in der Höhle der Verdammnis.

Ich trete ein und schlucke die Erinnerungen an all die ekelhaften Dinge herunter, die ich mit ihr an dieser Wand, auf dem Sofa, dem Tisch, dem Perserteppich und, Gott bewahre, dieser antiken Skulptur gemacht habe.

»Kann ich dir einen Drink anbieten?«

Das Schließen der Tür hinter mir fühlt sich an wie ein Todesurteil, aber ich überwinde meinen Widerwillen und nicke. »Scotch, wenn du welchen hast.«

»Natürlich. Bitte, setz dich doch.« Sie zeigt auf das Ledersofa. Ich werde bleich und hoffe, dass sie es neu hat polstern lassen.

Während sie sich in der Küche zu schaffen macht, ziehe ich meine Krawatte aus, denn ich bekomme kaum noch Luft. Angestrengt erinnere ich mich daran, dass ich das hier für einen guten Zweck tue. Ich kann nur hoffen, dass mich der gute Zweck nicht in die Sünde führt.

»Bitte sehr.« Mit zwei Drinks in den Händen kommt sie ins Zimmer zurück. Dankbar nehme ich ihr meinen ab und achte sehr darauf, dass unsere Finger sich nicht berühren.

»Also, was kann ich für dich tun, Dixon? Dass du herkommst, ist eine ziemliche Überraschung. Du machst mich neugierig.« Sie bleibt auf Abstand und setzt sich auf das Sofa mir gegenüber. Dann schlägt sie die Beine übereinander und schenkt mir ihre volle Aufmerksamkeit.

»Dr. Chad Turner hat mir heute einen Besuch abgestattet. Ich glaube, du bist in Boston seiner Verlobten begegnet?« Ich beobachte sie aufmerksam über den Rand meines Glases hinweg.

Sie nickt, und ein geheimnisvolles Lächeln umspielt ihre rubinroten Lippen.

»Nun, anscheinend ist mein Berufsstand voller abgefuckter Individuen, aber hey, dank der gestörten Zuneigung eines Arztes zu Nutztieren bin ich jetzt der aussichtsreichste Kandidat auf den *Gerald Harriet Award.*«

Juliet reißt die Augen auf und scheint … sich für mich zu freuen. »Das sind tolle Neuigkeiten! Gratuliere. Niemand verdient es mehr als du.«

»Danke. Es ist wirklich eine Ehre, und ehrlich gesagt, käme mir diese Auszeichnung sehr gelegen.« Ich nippe an meinem Scotch und sage dann endlich, weswegen ich hier bin. »Allerdings hast du die Macht, mich zu zerstören, Juliet, und das gefällt mir nicht. Du hast gezeigt, dass du nicht einlenken wirst, deshalb bin ich hergekommen, um die Bedingungen festzulegen. Falls ich zustimme, musst du schwören, niemals jemandem zu erzählen, was zwischen uns vorgefallen ist. Und dabei beziehe ich Madison mit ein.«

Sie setzt sich aufrecht hin. »Du weißt, was ich will.«

Ich schüttle den Kopf, spüre, wie mein Selbstvertrauen zunimmt. »Nein, das weiß ich nicht. Abgesehen von einigen vagen Andeutungen habe ich keine Ahnung. Du hast bisher niemandem von uns erzählt, deshalb frage ich mich, was genau du eigentlich willst. Angeblich geht es dir ums Ficken, aber dann soll ich mit dir Babykleidung kaufen gehen? Was hast du vor? Da du immer noch mit diesem Abschaum verlobt bist, willst du ihm anscheinend weiterhin vorspielen, das Kind sei von ihm. Aber ich nehme mal an, dass sein Schwanz deinen Heißhunger nicht zu stillen vermag. Was solltest du sonst für einen Grund haben, mich zu erpressen?«

Juliets Atmung wird schneller. Der tiefe Ausschnitt ihres pfirsichfarbenen Kleides zeigt die Wölbung ihrer Brüste, verrät ihre Aufregung. Ich habe sie also richtig eingeschätzt.

»Ich … ich …«, stottert sie und leckt sich über die trockenen Lippen.

»Komm schon, Juliet. Ich weiß, was dein gehässiger Mund kann. Sag's mir.« Gelassen stelle ich mein Glas auf den Sofatisch, stehe auf und gehe zu ihr. Obwohl sie sich nach hinten in die Kissen lehnt und mich unter ihren langen Wimpern ansieht, mache ich keine Anstalten, mich zu setzen. Ich stehe, dominiere sie, so wie sie es mag.

»Ich möchte dich ficken«, gesteht sie schließlich, aber ihre Stimme ist leise und zitternd.

Ich verschränke die Arme vor der Brust und nagele sie mit meinem Blick fest. »Das wird nicht passieren.«

»Dann haben wir keinen Deal«, stößt sie schnell hervor und setzt sich wütend wieder gerade hin.

»Schscht«, bringe ich sie herablassend zum Schweigen. Dann beuge ich mich vor und stütze die Hände rechts und links von ihr auf die Rückenlehne, sodass sie gefangen ist. Sie lässt sich erneut gegen das Leder fallen, ihr Atem streift über meine Wangen. »Aber … ich habe nicht gesagt, dass *ich dich* nicht ficken werde.«

Eine rosige Tönung legt sich auf ihre Gesichtszüge, und zum ersten Mal erfreut mich dieser Anblick.

»Steh auf«, befehle ich und schaue ihr in die Augen. Langsam gebe ich sie frei und setze mich neben sie auf das Sofa.

Für einen Moment wirkt sie verloren und unsicher; wenn ich es nicht besser wüsste, würde sie mir leidtun. Aber ich weiß, was unter der Oberfläche dieses hinterhältigen, intriganten Miststücks lauert.

Um nichts in der Welt werde ich diese Frau so behandeln, wie sie es von mir will. Aber ich fürchte, ich werde mir die Hände ein bisschen schmutzig machen müssen, wenn das, was ich geplant habe, funktionieren soll.

Nach reiflicher Überlegung bin ich heute zu dem Schluss gekommen, dass ich mir eine Scheibe von Juliet abschneiden und lügen, betrügen und stehlen muss, wenn ich dieses Spiel gewinnen will. Nur so erreiche ich, was ich will. Es ist der einzige Weg, damit sie mich in Ruhe lässt. Und der einzige Weg, Madison in meinem Leben zu behalten, denn in Anbetracht der Sachlage wird mir die Wahrheit nicht helfen. Ich habe eine Entscheidung getroffen, und es führt kein Weg zurück.

Das ist mein Plan B.

»Diese Unschuldsnummer wird langsam langweilig, Juliet.« Ich lehne mich ins Sofa und wende mich ihr zu. »Wir wissen beide, dass du auch nicht einen unschuldigen Knochen in deinem kleinen scharfen Körper hast.« Bei diesen Worten wird mir übel, aber ich mache weiter, denn für mich steht viel auf dem Spiel.

Meine Worte erzielen den gewünschten Effekt. »Nicht mehr. Ich bin fett. Dieses Baby verwandelt mich in ein Walross.« Sie zieht eine Schnute, und dieser Anblick ist alles andere als attraktiv.

Aber ich tue entsetzt. »Rede keinen Unsinn! Du siehst immer noch so appetitlich aus, dass man dich …« – ich lecke mir über die Oberlippe – »… fressen möchte. Apropos … bring mich nicht dazu, mich zu wiederholen.« Ich halte meine Stimme tief und verführerisch, hoffe, dass meine Anziehungskraft funktioniert.

Tut sie.

Endlich steht sie auf und streicht sich nervös über das Kleid. Zum ersten Mal erlebe ich Juliet schüchtern und nicht sofort die Gelegenheit ergreifend, sich nackt auszuziehen. Aber das wird sich gleich ändern.

»Zieh dich aus.« Ich lehne mich bequem zurück und schlage die Beine übereinander.

Ihre zitternden Finger verraten, wie nervös sie ist, aber sie führt meinen Befehl aus. Sie zieht das locker sitzende Kleid über den Kopf und lässt es zu Boden fallen, wo es mit einem leisen Rascheln neben ihren lackierten Zehennägeln landet. Ich raffe meine fünf Sinne zusammen und beginne den Tanz mit dem Teufel.

Sorgfältig darauf achtend, dass ich mir Zeit nehme, lasse ich meinen Blick ihren Körper hinaufwandern. Allerdings genieße ich den Anblick nicht, sondern muss mich zwingen weiterzumachen. Obwohl diese Aktion für einen guten Zweck ist, möchte ich mir am liebsten die Augäpfel herausreißen, weil ich das Gefühl habe, Maddy zu betrügen.

Als ich den Schnittpunkt ihrer Oberschenkel erreiche, verdränge ich die heftigen Erinnerungen an die Zeit, als dies mein Lieblingsplatz auf dieser Welt war. Juliet windet sich, als mein Blick auf ihr Bäuchlein fällt. Es in Fleisch und Blut zu sehen macht es real, aber ich kann nicht aufhören, nicht jetzt. Ihre Hände zucken über ihren Bauch, verraten, dass es ihr unangenehm ist, nackt zu sein.

»Siehst du? Ich hab's dir ja gesagt. Ich bin hässlich. Mein Körper ist nicht mehr so, wie du ihn in Erinnerung hast.

Deshalb gefällt *sie* dir, nicht wahr? Sie ist jung und schlank mit perfekter Haut und keine aufgeblähte, schwangere Kuh wie ich. Ich verliere meine Attraktivität. Das war eine miserable Idee.« Als sie sich beugt, um ihr Kleid aufzuheben, springe ich hoch, um sie zurückzuhalten.

»Unsinn.« Sie sieht mich mit einem Ausdruck von Unsicherheit in den Augen an. »Du bist immer noch unbeschreiblich schön, Juliet. Dein Körper ist lediglich weiblicher geworden, und das ist gar nicht übel.« Langsam nähere ich mich ihr, beruhige meine zum Zerreißen gespannten Nerven. Als ich vor ihr stehe, zwinge ich mich dazu, sie anzufassen, ohne mich dabei zu übergeben.

Lächelnd streichle ich ihre Wange. »Das sagt Dylan …« – ich bemühe mich angestrengt weiterzulächeln – »… dir doch bestimmt jeden Tag?«

Dylans offenkundige Abneigung gegenüber Juliet hat mich auf diese Idee gebracht.

Sie schmiegt sich in meine Berührung. »Nein, tut er nicht. Er fasst mich kaum noch an, behauptet, er wolle das Baby nicht verletzen, aber ich weiß, dass er lügt. Der Grund ist, dass ich zu fett bin.«

O du oberflächliche blinde Närrin. Er will dich nicht berühren, weil er auf jemand anderen scharf ist.

Dieser Gedanke spornt mich an.

»Weißt du was?« Ich streiche mit dem Daumen über ihre Unterlippe. »Selbst schuld. Ich finde ja, dass diese Rundungen deine entscheidenden Stellen betonen.« Bewusst lasse ich meinen Blick auf ihre riesigen Titten fallen.

»Findest du?«, fragt sie zögernd, und die Hoffnung schwingt unüberhörbar in ihrer Stimme.

Ich hole tief Luft und lüge, dass sich die Balken biegen. »Ja, das tue ich. Du bist schön. Eine Göttin. Das warst du schon immer. Und ich war ein Idiot, dich zurückzuweisen.« Unfähig, sie auch nur eine Sekunde länger anzusehen, trete ich hinter sie, da ich mit ihrer Rückseite besser umgehen kann als mit ihrer Vorderseite. Ich stehe nur Zentimeter von ihr entfernt und zwinge meine Finger, sich langsam über ihre Schultern und die Arme hinunter zu bewegen. Bei der Berührung bekommt sie sofort eine Gänsehaut, während sich mir fast der Magen umdreht.

»Das fühlt sich gut an«, säuselt sie wonnevoll.

Wie schön, dass wenigstens einer von uns seinen Spaß hat. Aber ich mache weiter. »Wie fühlst du dich dabei?«

»Glücklich.«

»Warum?«

»Weil es schön ist, sich gewollt zu fühlen.«

»Und du fühlst dich gewollt?«

»Ja.«

»Was glaubst du, woran das liegt?«

Ich spiele ein gefährliches Spiel. Aber es ist der einzige Weg, um zu gewinnen. Indem ich ihr die Illusion gebe, dass sie gewonnen hat, wird sie unachtsam werden, und ich kann, wie Hunter es ausgedrückt hat, mein Psychogeschwätz einsetzen, um sie fertigzumachen.

Hunters Rat erweist sich als höchst wertvoll. Je länger ich darüber nachgedacht habe, desto überzeugter wurde ich, dass er recht hat. Ich werde etwas tun, was ich in Bezug auf Juliet bisher noch nie getan habe. Ich werde den Kopf auf meinen Schultern benutzen statt das Teil zwischen meinen Beinen, um mich aus dem Schlamassel herauszuwühlen, den ich selbst geschaffen habe. Ich werde die Löwin zähmen und in ein hilfloses Kätzchen verwandeln. Ich beabsichtige, die Person zu enthüllen, die sie wirklich ist – etwas, das ich in dem Moment hätte tun sollen, als wir uns zum ersten Mal begegneten. Und indem ich das tue, werde ich sie zerstören.

»Weil alle *sie* an die erste Stelle setzen«, zischt sie wütend.

»Wen?«, flüstere ich.

»Du weißt, wen.« Als ich über ihren pochenden Puls am Hals streiche, stöhnt sie leise. Ich darf sie nicht vom Angelhaken lassen.

»Warum ist das deiner Meinung nach so?«

»Weil sie so verdammt perfekt ist«, faucht sie, während ich mich beherrschen muss, sie nicht zu erwürgen. »Sie hat mir meinen Vater, meinen Verlobten und jetzt auch noch dich weggenommen.«

Ich spüre, dass ich sie verliere, mir bleibt also keine andere Wahl. Ich schlucke meinen Widerwillen herunter und sauge das warme Fleisch an der Seite ihres Halses in meinen Mund. Der Geschmack und der Geruch lassen mich beinahe würgen, aber ich atme es weg, denke nur daran, warum ich hier bin.

Ich ziehe nur ganz sanft, aber das genügt schon. Dann löse ich mich von ihr und wische mir unauffällig mit dem Handrücken über den Mund. »Ich bin hier, oder etwa nicht?«, betone ich, und sie nickt schläfrig.

»Ja, das bist du.«

Meinen erleichterten Seufzer unterdrückend, fahre ich fort mit meinem Plan. »Also, können wir dann zu einer Einigung kommen? Wirst du versprechen, dein Geheimnis für dich zu behalten? Du weißt, was passiert, wenn du es jemandem erzählst, nicht wahr?«

Wieder nickt sie.

»Was wird dann passieren?«, frage ich, um mich zu vergewissern.

»Du bekommst Schwierigkeiten.«

»Und?«, dränge ich und lasse meinen warmen Atem über ihren gebeugten Nacken streifen.

»Und das mit uns wäre vorbei.«

Ich habe sie vollständig manipuliert. Jemandem etwas zu sagen, das er unbedingt hören will, kann diese Person dazu bringen, alles zu tun, was man selbst will. Und für jemanden, der so oberflächlich ist wie Juliet, liegt der Schlüssel zu ihrer Kapitulation darin, ihr das Gefühl zu geben, gewollt und begehrt zu sein.

»Und das willst du nicht, oder?«

Als sie nicht antwortet, beiße ich mir auf die Zunge, bevor ich mich vorbeuge und ihr Ohrläppchen zwischen meine Zähne nehme.

Sie stöhnt und wirft den Kopf zurück. »Nein.«

»Braves Mädchen. Du wusstest schon immer, wie du mich zufriedenstellst.« So unauffällig wie möglich schiebe ich meine Hand in die Innentasche meines Sakkos und hole Zettel und Stift hervor. »Du musst verstehen, dass ich mehr haben muss als nur dein Wort. Immerhin hast du bei etlichen Gelegenheiten gedroht, mich zu vernichten. Alles, was ich brauche, ist deine Unterschrift.« Ich fahre mit den Fingerspitzen ihren Arm hinunter und schiebe ihr den Kugelschreiber zwischen die Finger. Dann lege ich den anderen Arm um ihre Taille, damit die Hand mit dem Blatt vor ihrem Bauch ist.

»Was ist das?«, fragt sie und senkt langsam den Kopf, um zu sehen, was ich in der Hand halte.

»Nur etwas, damit ich mich besser fühle. Und du willst doch, dass ich mich gut fühle, oder? Sonst kann ich nicht dafür sorgen, dass du dich gut fühlst.« Ich spüre, wie sie sich zurückzieht, deshalb handle ich schnell, schiebe meine Hüften nach vorn und reibe mich zwischen ihren Arschbacken.

Es funktioniert.

Sie stöhnt und unterschreibt rasch die … Verschwiegenheitserklärung. Diese von meinem Anwalt aufgesetzte Erklärung besagt, dass ich juristisch gegen sie vorgehen kann, wenn sie irgendjemandem von uns erzählt. Ich bin überrascht, dass sie unterschreibt, ohne es vorher zu lesen. Anscheinend haben meine Verführungskünste gewirkt. Oder besser gesagt, es hat funktioniert, ihre Schwächen auszunutzen.

Nachdem ich bekommen habe, was ich will, löse ich mich ganz langsam von ihr, damit es nicht wie Flucht wirkt. Die rechtliche Seite habe ich jetzt unter Dach und Fach, nun muss ich noch die emotionale in den Griff bekommen.

Was auch immer in meiner Erklärung steht, wenn ich Juliet nicht kleinkriege, wird sie Maddy bis zum bitteren Ende zusetzen.

Juliet besaß von Anfang an die Kontrolle, schon als wir das erste Mal Sex hatten, und seither hat sie die sprichwörtlichen Hosen angehabt. Aber jetzt ist es an der Zeit, dieses Miststück in die Schranken zu weisen. Zeit, mir meine Eier zurückzuholen. Sie muss erfahren, wer der Chef ist.

»Ich sollte besser gehen«, flüstere ich ihr ins Ohr. Als sie protestieren will, füge ich hinzu: »Ich weiß, dass ich dich hungrig zurücklasse, aber ich möchte, dass du ins Bett gehst und an mich denkst, während du deine feuchte Muschi streichelst. Stell dir vor, meine Finger würden in deine Wärme eintauchen und über deine warmen Titten streicheln, während du es dir machst, bis du kommst. Kannst du das für mich tun?« Ich knabbere als Ermutigung an ihrem Nacken und ihrer Schulter.

»Ja«, stöhnt sie laut. »Ja, Dr. Mathews. Das kann ich tun.« Ihr Atem ist abgehackt, und ich höre, wie sie die Schenkel aneinanderreibt.

Und einfach so habe ich gewonnen.

Wir alle haben einen Auslöser, einen Knopf, auf den man drücken kann. Und in Juliets Fall ist der Auslöser Sex. Ich habe ihr das Gefühl gegeben, gewollt zu sein – und jetzt besitze ich Macht über sie.

Man nennt mich nicht umsonst den besten Psychiater von New York.

»Also gut, Ms. Harte«, sage ich zu ihr, als sei dies eine Therapiestunde. »Fassen Sie sich nicht an, bevor ich weg bin.« Weil ich nämlich nicht das geringste Interesse daran habe zu sehen, wie sie einen Orgasmus bekommt. Ich schnappe mir meine Krawatte und gehe langsam zur Tür, behalte Juliets zitternde Gestalt im Auge.

»Auf Wiedersehen, Ms. Harte.«

»Auf Wiedersehen, Dr. Mathews.«

Nachdem ich die Tür hinter mir geschlossen habe, fahre ich mir mit dem Handrücken über den Mund. Dann eile ich zum Aufzug und bete, dass ich Maddy nicht über den Weg laufe.

Zum Glück passiert das nicht.

Während ich nach Hause fahre, werfe ich im Rückspiegel einen Blick auf mein Gesicht. Habe ich ein schlechtes Gewissen, weil ich jemanden manipuliere, der keine Skrupel hat, mich zu manipulieren?

Kein bisschen.

Tief in meinem Innern habe ich immer gewusst, dass es dazu kommen würde. Die ganze Zeit habe ich nach »einem anderen Weg« gesucht. Und diese Möglichkeit ist mein anderer Weg. Um zu überleben, werde ich tun, was immer nötig ist.

Ein Stück meiner Seele zu verlieren ist ein akzeptabler Preis für ein Mädchen, das mein Leben lebenswert macht. Und davon abgesehen habe ich nie behauptet, der Held oder gar der gute Kerl in dieser Geschichte zu sein. Denn wer will schon gut sein, wenn es sich so *gut* anfühlt, *böse* zu sein?

10

Nachricht auf einem Bierdeckel

Dixon

Es ist Freitagabend, und ich bin zwar froh, dass ich nichts von Juliet gehört habe, aber die Funkstille seitens Madison setzt mir zu.

Ich weiß nicht, was ich erwartet habe. Eine Bestätigung, dass sie meinen Brief erhalten hat, wäre nett gewesen. Hoffentlich taucht sie Sonntag auf, andernfalls bin ich mit meinem Latein am Ende.

Finch liegt mit Grippe flach, bleiben also nur Hunter und ich, und das bedeutet für gewöhnlich Schwierigkeiten. Aber diese Woche hatte ich schon genug Schwierigkeiten, deshalb habe ich ihn zu Bier und Pizza in meine Wohnung eingeladen – das begrenzt die potenzielle Gefahr, in die wir uns begeben können.

»Wo ist die Pizza? Ich bin am Verhungern«, begrüßt mich Hunter, als er einfach so durch die Wohnungstür marschiert.

»Bitte, komm doch rein«, erwidere ich sarkastisch und schaue vom Sofa aus zu ihm hoch. Ich muss unbedingt daran denken, immer die Kette vorzulegen.

Er ignoriert meine spitze Bemerkung und lässt sich neben mir in die Kissen fallen. »Wie war deine Woche?«

Ich zucke mit den Schultern und schlürfe mein Bier. »Abgesehen davon, dass Maddy mir die kalte Schulter gezeigt hat, war es gut.«

Er lehnt sich zurück und wirkt überrascht. »Gut? Ich dachte, ich würde dich hier heulend vorfinden, während du dir Michael Bolton reinziehst.«

»Vielen Dank für dein Vertrauen in mich.«

»Hey, ich weiß einfach nur, wie besessen du von ihr bist, das ist alles. Warum geht es dir dann gut?«

Das Glück einer lebenslangen Freundschaft besteht darin, dass der andere dich besser kennt als du dich selbst. Da leugnen sinnlos ist, gestehe ich: »Ich habe Juliet gestern Abend gesehen.«

»Wie? Zufällig?« Die Abneigung in seiner Stimme ist nicht zu überhören.

»Nein, mir blieb nichts anderes übrig.«

Als ich mein Bier gerade an die Lippen führe, schnappt Hunter es mir weg. »Mein Gefühl sagt mir, dass ich das jetzt brauche.«

Ich widerspreche nicht.

»Dr. Chad Turner hat mich diese Woche aufgesucht, und – lange Rede kurzer Sinn – ich bin im Rennen für den *Gerald Harriet Award*.«

»Fick mich, Alter! Gratuliere!« Dann schweigt Hunter und grübelt vermutlich, warum ich Juliet sehen musste. »Aber was war nun mit Juliet, Dix?«

Obwohl ich nicht stolz bin auf das, was ich getan habe, beuge ich mich vor und schnappe mir die Erklärung vom Sofatisch. Ich reiche sie Hunter, dessen Augen beim Lesen immer größer werden. »Wie zur Hölle hast du sie dazu gebracht, das zu unterschreiben?«

Als ich wegschaue, stöhnt er. Plötzlich werde ich unsanft in die Realität zurückgeholt, weil mein Kopf nach vorn schnellt – dank des Schlages auf den Hinterkopf, den er mir verpasst hat. »Du blöder Wichser. So wahr mir Gott helfe, ich werde dir den Schwanz abschneiden, wenn du mir sagst, dass du sie gefickt hast.«

Besorgt um die Sicherheit meines besten Teils rutsche ich ein Stück von ihm weg. »Wie schon gesagt, danke für dein Vertrauen in mich.«

»Tut mir leid, aber diese Schlampe würde das hier doch niemals unterschreiben, ohne …« Als er mitten im Satz abbricht, sehe ich die Glühbirne über seinem Kopf leuchten. »Ich nehme das zurück. Du verdammter Hurensohn. Du hast deinen Verstand bei ihr eingesetzt, stimmt's?«

Ich nicke. »Genau wie sie nutze ich Sex – naja, die Illusion davon –, um zu bekommen, was ich will.«

»Heilige Scheiße.« Er stößt einen Pfiff aus und wirkt ehrlich beeindruckt von meinem Superhirn-Plan. »Man nennt dich wohl nicht umsonst Dr. Love.«

Grinsend verdrehe ich die Augen. »Niemand nennt mich so. Die juristische Seite habe ich abgedeckt, aber ich muss noch sicherstellen, dass Juliet Maddy nichts sagt.«

Nachdenklich schlürft Hunter sein Bier. »Dann ignorierst du Finchs Rat also völlig?«

Mich wie das letzte Arschloch fühlend, gestehe ich: »Ja und nein. Anders geht es nicht, Hunt. Ich darf Maddy nicht verlieren, aber das wird passieren, wenn ich ihr alles erzähle. Es gibt ein paar Dinge, die Menschen anderen nicht verzeihen können, und das ist eines davon. Und selbst, wenn sie es akzeptiert, würde es alles zwischen uns verändern. Sie wird mich nie wieder so ansehen wie vorher. Vor allem, falls es mein Kind ist.«

Hunter schüttelt sich. »Das Kind könnte tatsächlich von dir sein?«

Resigniert zucke ich mit den Schultern. »Möglicherweise.«

»Fuck.«

»Genau mein Gedanke. Verstehst du jetzt, warum ich das tue?«

Hunter nickt, obwohl er eine Spur enttäuscht wirkt. »Hab's kapiert, Mann. Aber Finch hatte recht. Wie kannst du Juliet trauen? Und wie weit wirst du gehen, um dein Geheimnis unter Verschluss zu halten?«

»Ich habe nicht umsonst einen Doktor in Psychologie.«

Er atmet tief aus. »Du folgst also meinem Rat und setzt dein Psychogeschwätz ein?«

Ich fahre mir mit der Hand durch die Haare und antworte: »Ja, Mann, das tue ich. Es gibt keine andere Möglichkeit. Mit der Wahrheit würde ich mir selbst ins Knie schießen. Es gibt nur *diese* Möglichkeit.« Ich sehe ihn eindringlich an und hoffe, dass er mir zustimmt. Und mir nicht sagt, dass ich so am Arsch bin, wie ich mich fühle.

»Du glaubst, dass sie darauf reinfällt?« Er sieht mich skeptisch an.

»Ist sie doch schon«, verkünde ich und reibe mir über den Nacken.

»Da fick mir doch einer 'nen Storch. Dein total unmoralischer Plan könnte also wirklich funktionieren. Du nutzt ihre Schwächen aus, um sie mürbe zu machen. Das ist genial.«

Jetzt fühle ich mich wie Dr. Evil und verspüre das dringende Bedürfnis, es ihm genauer zu erklären. »Ein solches

Arschloch bin ich nun auch nicht. Ich will hinter die Ursache ihres Problems kommen. Wie ich dann damit umgehe, steht allerdings noch nicht fest.« Mir ist klar, dass ich mein Wissen missbrauche, aber bleibt mir denn eine andere Wahl? Maddy die Wahrheit zu sagen ist keine Option mehr – war es im Grunde nie.

Hunter spricht eine Frage aus, die ich verzweifelt zu verdrängen versuche. »Das ist alles schön und gut, aber was ist mit dir? Möglicherweise kommst du damit durch, und Madison erfährt nie die Wahrheit, aber *du* weißt, was du getan hast. Du musst für immer damit leben, dass du den einzigen Menschen hintergangen hast, der dich nie anlügen würde. Kannst du das mit deinem Gewissen vereinbaren?«

Seufzend fahre ich mir durchs Gesicht. »Das ist der Preis, den ich zahlen muss. Aber besser das, als sie für immer zu verlieren. Und ich will mir nichts vormachen, Hunt.«

Er runzelt die Stirn.

»Ich wollte ihr die Wahrheit sagen, aber ich schaffe es nicht. Als würde mich eine höhere Macht davon abhalten«, gestehe ich. »Davon abgesehen wäre es natürlich sehr anständig, ihr die Wahrheit zu sagen, aber ich habe nie behauptet, dass ich anständig bin.« So, jetzt habe ich es ausgesprochen. Fühle ich mich besser?

Nein.

»Es ist deine Entscheidung, Dix«, erwidert er achselzuckend. »Ich kann nachvollziehen, warum du das tust, denn ich glaube nicht, dass Madison dir verzeihen würde. Aber du musst darüber nachdenken, was das mit *dir* macht. Früher oder später wirst du die Lügen nicht mehr von der Wahrheit unterscheiden können. Sei einfach vorsichtig, Kumpel.«

Ich möchte ihm sagen, dass er sich entspannen soll, aber ich kann es nicht. Genau diese Bedenken haben mich schon die ganze Woche geplagt. Aber es gibt keinen anderen Weg. Unter diesen Umständen gibt es keine Grauzone – nur schwarz und weiß.

Ich sage Maddy die Wahrheit – und verliere sie. Ich lüge Maddy an – und verliere mich selbst. Ich weiß, welche Option mir besser gefällt.

Ein Klopfen an der Tür verschafft mir die benötigte Atempause. »Das muss die Pizza sein.«

Hunter nickt geistesabwesend, schaltet den Fernseher ein, und auf dem Bildschein erscheint das Baseballspiel. Und einfach so ist unser Gespräch beendet.

Ich greife in meine Gesäßtasche, hole das Portemonnaie heraus und öffne die Wohnungstür. Davor steht Mr. Amos, mein Nachbar. Falls er nicht neuerdings als Pizzabote arbeitet, habe ich keine Ahnung, was er von mir will.

»N'abend, Mr. Amos.«

»Guten Abend, Dr. Mathews. Bitte entschuldigen Sie die Störung, aber anscheinend ist Ihre Post aus Versehen bei mir gelandet.« Er hält mir ein Bündel Briefe hin.

Mein Herz beginnt zu rasen. »Danke fürs Bringen. Das weiß ich ehrlich zu schätzen.«

»Kein Problem. Wir müssen einen neuen Postboten haben. George würde nie so ein Fehler unterlaufen.« Er zieht jedes Wort in die Länge. Je älter Leute werden, desto weniger existiert die Zeit für sie. Davon bin ich überzeugt.

»Ja, da haben Sie vermutlich recht.« Ich trete unruhig auf der Stelle, bis er den Wink versteht und sich umdreht.

»Na dann, gute Nacht. Tun Sie nichts, was ich nicht auch

tun würde.« Er zwinkert mir zu, während ich angestrengt lache und mich rasch verabschiede, bevor ich ihm noch die Tür vor der Nase zuknalle.

Ziemlich unhöflich, ich weiß, aber ich mache es irgendwann wieder gut. Rasch werfe ich einen Brief nach dem anderen über meine Schulter, fast alles Rechnungen.

»Komm schon«, murmele ich vor mich hin.

Während ich mein Zuhause mit unbedeutendem Müll übersäe, ruft Hunter: »Wo bleibt die Pizza?« Ich ignoriere ihn und durchkämme weiter die Briefe. Es muss etwas von ihr dabei sein!

Als ich den Stapel fast durchhabe, geht meine Hoffnung in Verzweiflung über, bis ich einen weißen Umschlag entdecke, auf dem in wunderschöner Handschrift mein Name steht. »Ja! Teufel auch, ja!«, rufe ich und reiße den Umschlag auf.

Nachdem ich tief durchgeatmet habe, schaue ich hinein – und verharre. In dem Umschlag steckt ein Bierdeckel. »Was zum Teufel …?«, fluche ich und runzle verwirrt die Stirn.

Ich drehe den Umschlag um, und der Bierdeckel fällt auf meine verschwitzte Handfläche. Dank meines seltsamen Verhaltens steht Hunter nun neben mir und betrachtet genauso verständnislos das, was ich in der Hand halte.

»Ich kapier das nicht«, sagt er und neigt den Kopf zur Seite.

»Ich auch nicht.« Warum schickt Maddy mir einen Bud-Light-Bierdeckel? Ist das ein Hinweis, dass sie sich in den Alkohol flüchtet, um mit unserem Streit umzugehen? Oder dass ich meinen Kummer ertränken soll, weil sie nicht kommen wird?

»Von wem ist das?«, fragt er, schnappt sich den Briefumschlag und dreht ihn um. Das bringt mich auf die Idee, dasselbe mit dem Bierdeckel zu tun.

Was ich dann sehe, lässt mich innerlich einen Lobgesang anstimmen.

Ich werde da sein …

Heilige Scheiße! Sie wird kommen.

Hunter schaut auf den Bierdeckel und seufzt verstehend.

Das ist unbeschreiblich. Und die Tatsache, dass sie es auf die Rückseite von etwas geschrieben hat, das sie gerade bei ihrem Nebenjob als Kellnerin greifbar hatte, zeigt, dass sie an mich denkt.

»Das«, sage ich und halte den Bierdeckel vor sein Gesicht, »ist all die Mühe wert, mein Freund. *Sie* ist all das wert.« Unfähig, meine Aufregung zurückzuhalten, umfasse ich Hunters Wangen und drücke ihm einen fetten Kuss auf die Lippen. Es ist kein Kuss im eigentlichen Sinne, mehr das Aufeinanderpressen der Lippen für einen Sekundenbruchteil.

»Igitt, hau ab! Spar dir deine Küsse für dein Mädchen!« Er schiebt mich weg und wischt sich grinsend über den Mund.

»Das ist einfach Wahnsinn«, erwidere ich und ignoriere seinen gespielten Ekel. »Das schreit nach einem Drink.«

»Das schreit nach zehn Drinks! Ich muss den Geschmack nach Doktor runterspülen.«

»Ach komm schon, es hat dir doch gefallen«, ziehe ich ihn auf und gehe in die Küche. Meine miese Laune verpufft wie nichts, und einfach so bin ich wieder der Alte.

Als ich den Kühlschrank öffne, zerstreut Hunter meinen letzten Rest Besorgnis. »Jetzt verstehe ich, warum die Hühner auf dich abfahren, Dix. Fünf Sekunden länger und *ich* würde dich erpressen, mit mir Sex zu haben.

Und plötzlich ist seltsamerweise alles wieder so, wie es sein sollte.

11

Unsichtbare Prellungen

Madison

Ich habe keinen Schimmer, was ich hier tue, aber der Masochist in mir lässt mich die Wagentür abschließen und zu der Adresse gehen, die Dixon mir geschrieben hat.

Sein Brief steckt in meiner Tasche, dort befindet er sich, seit ich ihn erhalten habe. Wer hätte gedacht, dass so etwas Simples wie ein Brief das Leben verändern kann? Aber genau das tut er.

Der erste handfeste Streit mit Dixon hat mir endgültig bestätigt, dass er in der Lage ist, mir das Herz zu brechen. Wie betäubt bin ich nach Hause geeilt, wusste nicht, wie es weitergehen soll. Ich habe mich von der Menschheit abgeschottet und meinen Kummer weggeschlafen. Als ich am nächsten Tag aufwachte, wurde ich von jeder Menge verpasster Anrufe und Textnachrichten empfangen, aber nachdem ich anfangs tief verletzt gewesen war, wich der Schmerz nun der Wut.

Dixon sagte, ich dürfe Dylan nicht länger die Kontrolle über mein Leben übernehmen lassen, aber ehrlich gesagt kam es mir so vor, als würde Dixon das Gleiche tun. Er entschuldigte sich dafür, mich so hart angefasst zu haben, aber das Schlimmste daran war, dass es sich anfühlte, als würde er in die Fußstapfen meines Bruders treten. Das hat die leichten blauen Flecke auf meinem Arm in den Hintergrund gerückt, denn es waren die unsichtbaren Prellungen, die wirklich wehtaten.

Aber Dixon ist hartnäckig, und je stärker ich ihn ignoriere, desto mehr scheint er einzulenken. Dabei habe ich nicht etwa die Gekränkte gespielt, um seine Aufmerksamkeit zu erringen. Ich musste nachdenken. Und wenn er in meiner Nähe ist, kann ich nicht klar denken.

Also bin ich in den letzten Tagen in mich gegangen und habe mit meinem Therapeuten darüber gesprochen, was ich tun soll. Dass Dylan im selben Gebäude wie ich wohnen wird, hat eine Menge Erinnerungen wachgerüttelt, von denen ich dachte, sie langsam überwunden zu haben. Wieder einmal fühle ich mich wie eine Gefangene in meinem eigenen Körper. Das Einzige, was meinen Verstand vor dem Durchdrehen bewahrt, ist das Lernen für die Prüfung. Wenn mich allerdings Fragen ins Stolpern brachten, musste ich sofort an meinen »persönlichen Tutor« denken, den ich jetzt nicht fragen konnte. Die Pflegepraktika, Teil meines dualen Studiengangs zur Krankenpflegerin, rücken stetig näher, und die Möglichkeit, meilenweit von New York weg zu sein, erscheint mir immer verlockender.

Ehrlich gesagt bin ich hier, weil ich nicht weiterweiß, was Dixon betrifft. Die vergangene Woche war schrecklich, und so sehr ich auch versuche, ihn zu vergessen, es gelingt mir einfach nicht. Nicht physisch, sondern emotional. Er ist so tief in meinem Herzen verwurzelt, dass ich mich ohne ihn verloren fühle. Und das hasse ich.

Heute werde ich mir anhören, was er zu sagen hat, denn ihn zu ignorieren, gelingt mir einfach nicht. Ich bin gespannt, warum ich hierherkommen sollte, und ich möchte Antworten auf die Frage, woher er Beth kennt.

So viele Emotionen stürmen auf mich ein, und wenn ich diesen Tag unversehrt überstehen sollte, würde das an ein Wunder grenzen.

Als ich die Zufahrt hinaufgehe und die breiten Schultern von Dr. Dixon Mathews sehe, werden meine Handflächen feucht. Er hält den Kopf gesenkt und wirkt so niedergeschlagen, wie ich mich gerade fühle. Ich zwinge mich weiterzugehen, bin gespannt, was als Nächstes passieren wird.

Sofort spüre ich wieder diese knisternde Anziehungskraft, die es vom ersten Moment an zwischen uns gegeben hat, und langsam wendet sich Dixon mir zu. Mir bleibt die Luft weg, denn wie verwirrt ich auch sein mag, ich freue mich riesig, ihn zu sehen.

Rasch ermahne ich mich, dass ich hier bin, um ernste Fragen zu klären, und schiebe die Freude beiseite. Ich zwinge meine Beine weiterzugehen, bis ich nur noch ein paar Meter von ihm entfernt bin.

Schweigend stehen wir da und sehen einander an. So viele unausgesprochene Worte hängen spürbar zwischen uns in der Luft! Wie soll ich diesen Tag nur überstehen, ohne in Tränen auszubrechen?

»Hallo, Madison.«

Seine Stimme reißt mich aus meiner Benommenheit, und ich nicke, wage nicht, etwas zu sagen.

»Danke, dass du gekommen bist. Sollen wir reingehen?«

Ich spüre, wie er mich durch die dunklen Gläser seiner Sonnenbrille eindringlich ansieht und auf meine Antwort wartet. Befürchtet er etwa, ich würde ablehnen? Oder hat er womöglich Angst, dass ich zustimme?

Mir ist schleierhaft, warum wir am Fuß der Eingangstreppe zum Sunnyfield Hospital stehen, aber ich habe eine Ahnung, dass es mit seinem Dad zu tun hat. Dixon hat mir so gut wie nichts über seinen Vater erzählt, nur dass er nach dem Tod seiner Frau einen Zusammenbruch erlitten hat. Deshalb ging ich davon aus, dass er in einem Pflegeheim untergebracht ist. Allerdings legt der Wachmann vor der vergitterten Glastür etwas anderes nahe.

Ich schaue hoch zu Dixon und nicke wieder nur, immer noch zu bang, meine Stimme zu benutzen.

Mit einem Seufzer wendet sich Dixon wieder dem Gebäude zu und steigt mit quälend langsamen Schritten die Treppe hinauf. Ich sehe ihm an, dass er nicht hineingehen will, aber er tut es trotzdem. Oben angekommen, bleibt er stehen und hält mir die Tür auf. Geräuschlos trete ich ein und bin sofort umfangen vom Geruch der Verzweiflung. Als ich mich umschaue, sehe ich überall Pastelltöne, Farben, die über die Einsamkeit der Bewohner dieser Wände hinwegspielen.

»Guten Tag, kann ich Ihnen behilflich sein?«, fragt eine junge Krankenschwester hinter einer Glasscheibe.

Dixon nimmt die Sonnenbrille ab, und in dem fluoreszierenden Licht wirken seine Augen kristallblau. »Mein Name ist Dixon Mathew. Ich möchte zu Pino Di Matteo.«

»Gehören Sie zur Familie?«

Dixon räuspert sich. »Ja. Ich bin sein Sohn.«

Ich verharre reglos, während die blonde Schwester lächelnd ein Anmeldebuch durch das Fach unter dem Fenster durchschiebt. »Würden Sie sich bitte beide eintragen? Ich stelle Ihnen Ihre Besucherausweise aus.«

Dixon notiert seinen Namen und schiebt mir dann das Buch hin, damit ich das Gleiche tun kann. Ich spüre die Wärme, die von seinem Körper ausgeht, ermahne mich jedoch, mich zu konzentrieren, da ich wissen möchte, warum wir hier sind. Die Schwester schiebt unsere Ausweise durch und beschreibt uns den Weg.

Während wir schweigend den Flur entlanggehen, hat Dixon die Hände tief in den Taschen seiner Jeans vergraben. Die Sauberkeit ist steril und streng, und je weiter wir kommen, desto offensichtlicher wird, wie irreführend der Name dieses Ortes ist. Die Menschen, an denen wir vorbeigehen, sitzen da und starren ins Leere, scheinen nicht einmal zu bemerken, dass wir hier sind oder dass sie um zwei Uhr nachmittags noch ihren Pyjama anhaben.

Am Ende des Ganges befindet sich eine weitere Tür. Der Pfleger in dem kleinen Raum daneben drückt auf einen Knopf und lässt uns in einen Bereich, der zum Glück nicht ganz so trostlos wirkt wie der, den wir gerade passiert haben. Die Wände hängen voller Bilder, von denen einige jedoch wirken, als hätten Kinder sie gemalt. Wo sind wir?

Vor Zimmer Nummer 59 bleiben wir stehen. Dixon atmet tief durch. Er verbirgt sein Unbehagen nicht, und plötzlich verstehe ich, warum wir hier sind. Unter diesen Umständen kommen Dixons Taten tausend Worten gleich. Er gewährt mir Zugang zu seiner verletzlichsten Realität, öffnet einen Teil von sich, von dem ich weiß, dass er ihn nie zuvor jemandem gezeigt hat. Ich habe meine Geheimnisse mit ihm geteilt, und jetzt ist es an der Zeit für ihn, sich zu revanchieren.

Ich möchte seine Hand nehmen, tue es jedoch nicht. Besser als jeder andere weiß ich, dass man in solch einer Situation das Gefühl haben muss, es allein zu schaffen. Sein schwerer Atem und der starr nach vorn gerichtete Blick lassen mich vermuten, dass er seinen Vater nicht mehr gesehen hat, seit er ihn hier zurückließ.

Noch einmal zögert er kurz und betritt dann das Zimmer seines Vaters. Ich folge ihm, aber nicht zu dicht, um ihm nicht die Luft zum Atmen zu nehmen. Das Zimmer ist bescheiden eingerichtet, mit einem Einzelbett, einem Nachtschränkchen, einem kleinen Tisch und einem Stuhl. Mich überkommt das Gefühl, dass dieser Raum nicht deshalb so spärlich möbliert ist, weil er zu klein ist, sondern weil dem alten Mann, der in dem abgewetzten braunen Sessel vor dem Erkerfenster sitzt, materielle Werte nicht viel bedeuten.

»Ciao, Papà.«

Die ohnehin schon beklemmende Stille wird noch drückender, und ich kann plötzlich das Schlagen eines Herzens hören – aber es ist nicht meines, sondern Dixons.

Dixons Vater rührt sich nicht. Er starrt aus dem Fenster und scheint die Anwesenheit seines Sohnes gar nicht zu registrieren.

Dixon fährt sich mit der Hand durchs Haar, packt die längeren Locken. »*Papà, sono io.* Dein Sohn.«

Verzweiflung und Flehen klingen aus seiner Stimme, aber all das stößt auf taube Ohren. Dixon wendet sich mir zu, wirkt beschämt, weil sein Vater ihn so offenkundig nicht wahrnimmt. Spontan strecke ich die Hand aus. Dixon schaut darauf hinunter, überrascht von dem Angebot, aber nach ein paar Sekunden ergreift er sie lächelnd. Ich biete ihm die Kraft, die er mir so oft gegeben hat.

Er drückt meine Finger sanft und lässt sie dann wieder los. »Na ja, du sagtest, du wollest meinen Dad kennenlernen …« Niedergeschlagen deutet er auf seinen reglosen Vater. »Das ist er.«

Mir wird bewusst, dass ich immer noch nichts gesagt habe. Aber was soll ich auch sagen? Keines meiner Worte könnte an dieser Situation etwas verändern. Also schweige ich weiterhin.

Dixon lässt sich auf das schmale Bett fallen, legt die Hände vors Gesicht. Ich kann nur ahnen, wie schwer das hier für ihn ist, also lasse ich ihn in Ruhe.

Ich gehe hinüber zu dem schmalen Regal, betrachte die Fotos in den staubigen Rahmen. Als mich von einem die klugen Augen des jungen Pino Di Matteo anschauen, weiß ich, woher Dixon seine Intelligenz hat. Und als ich das nächste Foto betrachte, weiß ich, wem er sein gutes Aussehen verdankt. Sein Vater ist nicht etwa unattraktiv, aber seine Mutter war eine wahre Schönheit, und wenn ich es nicht besser wüsste, würde ich sagen, sie sei Sophia Lorens Schwester gewesen. Mit langem schwarzem Haar, sinnlichen blauen Augen und der Figur eines Pin-up-Models muss sie allen Jungs den Kopf verdreht haben. Aber es war Pino Di Matteo, in den sie sich verguckte. Was mich nicht überrascht, denn mir ging es mit ihrem Sohn genauso. Mein Blick wandert weiter über das Regal, und ich wundere mich, dass ich kein Bild von Dixon sehe. Als ich jedoch einen auf dem Kopf liegenden Rahmen entdecke, ahne ich, wessen Bild darin steckt.

Die Symbolik dieser Geste bleibt natürlich auch Dixon nicht verborgen. »Ich habe es verdient«, sagt er, und seine Worte schneiden durch die Stille im Zimmer. »Ich habe ihn hier gelassen, damit er verrottet.«

Ich schaue ihn über die Schulter hinweg an und wünsche, meine ersten Worte wären bedeutungsvoller. »Vielleicht ist es umgefallen?« Aber wir wissen beide, dass dem nicht so ist.

Ohne nachzudenken, greife ich nach dem Rahmen, ertrage Dixons traurigen Blick einfach nicht länger. Aber ich halte sofort inne, als ich aus den Augenwinkeln sehe, wie Pino den Kopf hebt. Meine Hand verharrt mitten in der Bewegung, und wie gebannt blicke ich zu Pino, der sich langsam umdreht und mich mit seinen blauen gefühlvollen Augen anschaut.

Pino ist immer noch ein attraktiver Mann mit vollem grauem Haar und markanten Gesichtszügen, ähnlich denen von Dixon. »Ha-hallo, Mr. Di Matteo.« Ich drehe mich zu ihm um. »Mein Name ist Madison Roberts. Ich bin … ich bin Dixons …« Ich schaue zu Dixon, der den Blick senkt. »Ich bin Dixons Freundin«, sage ich leise. Dixon reißt den Kopf hoch, und im Nu ist seine Verletztheit der Freude gewichen.

Mag sein, dass ich sehr schnell verzeihe, aber das hier ist genau das, was ich gebraucht habe. Ich brauche es, dass er einmal besiegbar ist und zur Abwechslung ich ihn trösten darf.

»Freut mich, Sie kennenzulernen«, füge ich hinzu und gehe dann hinüber zu Pino. Es scheint mir so unhöflich, ihn zu überragen, also beuge ich mich vor und hauche ihm einen

Kuss auf die glatte Wange. Hoffentlich habe ich damit keine Grenze überschritten, aber für ihn als Italiener ist es vermutlich die übliche Begrüßung.

Als ich mich wieder aufrichte, ruht sein Blick immer noch auf mir. Das löst in mir jedoch kein Unbehagen aus. Es kommt mir eher so vor, als studiere er jeden Zentimeter meines Gesichts.

»Ihre Frau war wunderschön. Wie hieß sie?«, frage ich und hoffe, dass er auf mich reagieren wird.

Er schweigt jedoch und wendet sich wieder dem Fenster zu.

»Ihr Name war Angela«, antwortet Dixon anstelle seines Vaters. »Und du hast recht, sie war sehr schön – innerlich und äußerlich.«

Ich nicke.

Die bleierne Stille kehrt zurück, also schaue ich auch aus dem Fenster, weil mich interessiert, welche Aussicht Pino hat. Er blickt auf einen kleinen Gemüsegarten und ein Gewächshaus. Alles ist so grün und fruchtbar, dass ich verstehe, warum ihn die Aussicht fasziniert.

»Wir hatten zu Hause einen wunderbaren Gemüsegarten.« Ich fahre zusammen, als Dixon plötzlich hinter mir steht. Ich habe ihn nicht kommen hören. »Er war der ganze Stolz meines Vaters. Stunden hat er da draußen verbracht und sich um die Pflanzen gekümmert. Nicht wahr, *Papà*?«

Stille.

Dixon gibt sich wahrlich Mühe, aber sein Vater ist offenbar genauso stur und dickköpfig wie sein Sohn. Welche Probleme auch immer die beiden haben, sein Vater wird ihm nicht so schnell verzeihen.

Dixons tiefem Seufzen nach zu urteilen weiß er das auch. »Tut mir leid, *Papà*. Ehrlich. Ich wusste nach *Mammas* Tod einfach nicht, was ich tun sollte. Das ist natürlich keine Entschuldigung, aber hier bin ich nun. Ich möchte meine Fehler wieder gutmachen.« Und nach einem weiteren tiefen Atemzug gesteht er: »Ich werde nicht aufgeben, bis du mir verziehen hast.«

Ich beiße mir auf die Lippe, denn seine Worte spiegeln unsere Situation.

Aber sein Vater starrt nur aus dem Fenster. Er könnte Dixon beschimpfen, ihm sagen, was für eine Enttäuschung sein Sohn für ihn sei, aber sein Schweigen spricht Bände. Es gibt keine größere Strafe als diese Stille.

Dixon macht jedoch keinen Rückzieher. Er geht um den Sessel seines Vaters herum und hockt sich vor ihn. »Du kannst mich so viel ignorieren, wie du willst, aber Menschen, die ich liebe, gebe ich nicht auf.« Er wechselt einen kurzen Blick mit mir, und meine Wangen beginnen zu glühen. »Das habe ich von dir gelernt. *Ciao, Papà*. Bis nächste Woche.« Langsam erhebt er sich und beugt sich dann vor, um seinen ungerührten Vater auf die Stirn zu küssen. Dann schiebt er sich an mir vorbei und eilt wortlos hinaus.

Für einen Moment bleibe ich noch allein dort stehen, unglaublich gerührt von dem, was ich gerade mit angesehen habe. Dixons Worte klingeln mir noch in den Ohren, während ich mich von Pino verabschiede. »Auf Wiedersehen, Mr. Di Matteo. Es war nett, Sie kennenzulernen.« Ich wende mich zum Gehen, bleibe dann aber abrupt stehen, da ich mich nicht entfernen kann, ohne ihn wissen zu lassen, was ich fühle. »Ihr Sohn … Er ist ein guter Mensch. Ich hoffe, das werden auch Sie wieder erkennen können«, flüstere ich und überschreite damit wirklich eine Grenze.

Als ich mich gerade dafür entschuldigen will, dass ich mich in Dinge einmische, die mich nichts angehen, bemerke ich etwas, das mich zweimal hinschauen lässt. Im ersten Moment glaube ich, das helle Sonnenlicht würde mich blenden, sodass ich es mir nur einbilde. Aber dann stelle ich fest, dass meine Beobachtung der Realität entspricht.

Eine einzelne Träne läuft aus Pinos Auge – eine Träne der Hoffnung.

Ganz ruhig gehe ich zum Regal. Mit zitternden Fingern drehe ich den Bilderrahmen um und reibe über das staubige Glas. Was ich sehe, lässt auch meine Augen feucht werden. Es ist ein Schnappschuss aus glücklichen Tagen der Familie Di Matteo – eine Zeit, die nicht wiederkehren wird. Es ist das Foto von zwei stolzen, liebevollen Eltern mit einem neugeborenen Jungen im Arm.

Leise stelle ich das Bild hin und gehe hinaus, fest entschlossen, alles wieder zusammenzubringen.

12

Ich gehöre dir

Dixon

Wenn Madison mich bisher noch nicht für ein totales Arschloch gehalten hat, dann tut sie das jetzt mit Sicherheit.

Ich habe sie hergebracht, um ihr diesen Teil von mir zu zeigen. Einen Teil, den ich nie zuvor jemandem gezeigt habe. Ich wollte ihr demonstrieren, wie viel sie mir bedeutet, denn Worte genügen dazu nicht. Stattdessen zeige ich ihr den schwachen, egoistischen, feigen Bastard, der ich bin, weil ich meinen Vater da drin verrotten lasse.

Ich nehme einen Zug von meiner Zigarette und höre Maddy erst kommen, als sie schon um die Ecke des kleinen Gartenschuppens biegt, hinter dem ich mich verkrochen habe. Mitleiderregend. Ich kann ihr nicht einmal gegenübertreten. Sie bleibt ein paar Schritte entfernt stehen, sieht mich an und wartet auf eine Erklärung.

Ich atme tief aus und gestehe: »Madison, es tut mir leid. Alles. So bin ich.« Ich schlage mir auf die Brust. »Ich bin schwach. Ich bin egoistisch. Und ich bin ein Feigling. Ich verdiene all den Mist, der mir zugestoßen ist, weil ich kein guter Mensch bin. Das hier war ein Fehler. Tut mir echt leid.«

Ich schnipse meine Zigarette in den Dreck, bin bereit, wieder nach Manhattan abzuhauen und mein Elend in einer

Flasche Scotch zu ertränken. Aber als ich gerade gehen will, stellt Maddy sich mir in den Weg. Überrascht sehe ich sie an.

»Madison …?«

Ihr smaragdgrünen Augen sind weit aufgerissen.

»Ist alles …« Aber ich habe gar keine Chance, den Satz zu beenden. Mit einem Schritt ist sie bei mir, und nur eine Sekunde später presst sie ihre Lippen auf meine. Ich kann gar nicht Schritt halten mit dem wilden Rhythmus ihrer Küsse, aber das ist mir egal.

Sie schiebt mich rückwärts, bis ich gegen die grobe Holztür stoße. Der stechende Schmerz intensiviert das Gefühl, wie Maddy meinen Mund nimmt. Keine Ahnung, was über sie gekommen ist. Aber genau davon habe ich geträumt, danach habe ich mich gesehnt, seit sie mich verlassen hat.

Sie klammert sich an mich, giert danach, die ohnehin winzige Distanz zwischen uns zu schließen, und ich füge mich. Wie von Sinnen hebe ich sie hoch, und sie schlingt die Beine um meine Taille. Mein Schwanz hat gehungert und sehnt sich über alle Maßen nach ihr. Maddy stöhnt leise, als ich mich gegen ihr bebendes heißes Fleisch presse. Sie will das genauso sehr wie ich.

Blind suche ich nach dem Türgriff, triumphiere, als er sich quietschend bewegt. Ich trage sie in den Schuppen, drehe mich um und presse sie gegen die Tür. Nun ist sie die Gefangene. Wir küssen uns wie von Sinnen, und je länger ich sie küsse, desto härter werde ich. Es ist fast schon schmerzhaft; dieses Mal wird es nicht gehen, ohne dass ich komme.

Sie drückt sich an mich, ihr rasender Herzschlag im Einklang mit meinem. Nichts kann sich besser anfühlen. Aber als sie dann die Hand zwischen uns schiebt und meinen

Ständer streichelt, muss ich meine Einschätzung auf der Stelle korrigieren.

Wie ein typischer Mann kann ich nicht zwei Dinge gleichzeitig tun. Meine Küsse werden langsam und stockend, da ich mich nur noch darauf konzentriere, dass ihre kleine Hand an meinem Schwanz liegt.

»Oh, fuck, Maddy.«

Mein erregtes Fluchen ermutigt sie, und sie reibt noch fester. Ihr neu entdecktes Selbstbewusstsein überrascht mich, aber es gefällt mir – sehr.

Ich ziehe mich zurück, muss ihr einfach in die Augen sehen, um herauszufinden, was ihr durch den Kopf geht.

»Fühlt sich das gut an?«, keucht sie atemlos gegen meine Lippen.

»Ja.«

Dieses eine Wort spornt sie an, und sie massiert erregt meinen Schwanz.

Ich war nie ein großer Fan davon, es mit der Hand gemacht zu bekommen. Schließlich gibt es genügend andere Möglichkeiten, die ich bevorzuge. Aber das war, bevor ich Maddys zierliche Hand an meinem Schwanz gespürt habe.

»Dixon«, flüstert sie und drückt mich fest, sodass ich beinahe schon komme. »Ich möchte dich in den Mund nehmen.«

Diese sieben Worte, in genau dieser Reihenfolge, sind nun meine Lieblingsworte. Aber die Tatsache, dass wir in einem Gartenschuppen von der Größe einer Gästetoilette stehen, lässt sogar mein sexualisiertes Hirn zu dem Schluss kommen, dass ich *angelo* nicht erlauben kann, ihren ersten Blowjob zwischen Gartengeräten und Dünger zu erleben.

»Nicht hier.«

Sie seufzt, und im nächsten Moment sehe ich, wie ihr Selbstbewusstsein fortgespült wird.

»Ich will nicht, dass du in diesem Schmutz auf den Knien liegst«, erkläre ich rasch, weil ich diesen Augenblick nicht verderben will.

»Lass es.«

Ich runzle die Stirn. »Was soll ich lassen?«

»Hör auf, mich in Watte zu packen.« Sie rutscht von mir herunter und stellt die Füße fest auf den Boden.

»Du bist sauer auf mich, weil ich mir Gedanken über Hygiene mache?«

Ihr Mund zuckt. »Hör auf, mich auf ein Podest zu stellen. Ich bin kein rohes Ei. Und ich bin nicht perfekt. Niemand ist das.« Ist das ihre Art, mir zu sagen, dass sie mir verzeiht? »Also halt die Klappe, Dr. Mathews. Es passiert *jetzt*.«

Nun, wer bin ich denn, dass ich dem widersprechen könnte?

»Na gut, Ms. Roberts.« Nach vorn gebeugt flüstere ich: »Es ist an der Zeit, Taten sprechen zu lassen.«

Ein hübsches Rosa färbt ihre Wangen, und es macht mich noch spitzer, als ich es sowieso schon bin.

Sie ist nervös, also werde ich versuchen, ihre Wünsche zu respektieren und sie die Kontrolle übernehmen zu lassen. Aber als ihre rosa Zunge hervortanzt, um die Unterlippe zu befeuchten, verliere ich jede Zurückhaltung und nehme die Zügel in die Hand. Langsam beuge ich mich vor, sehe, wie ihr aufgeregtes Atmen mir ihre wundervollen Titten entgegenschiebt. Nur Zentimeter von ihrem Körper entfernt verharre ich. Ihr schneller Atem streicht über mein Gesicht, und als ich auch die letzte Distanz zwischen uns schließe, wird er noch schneller.

Ich umfasse ihr Gesicht und reibe meine Nase an ihrer. »Du duftest einfach göttlich.« Ungeschickt versucht sie den Knopf meiner Jeans zu öffnen. Aber seltsamerweise bereitet mir gerade ihre Unerfahrenheit ein berauschendes Vergnügen. Während sie meine Hose öffnet, küsst sie mich sanft. Ihr leises Stöhnen verrät, dass sie mich in hoch aufgerecktem Zustand vorgefunden hat. Die Unterwäsche spare ich mir immer, da meine Klamotten auch so schon eng genug sind.

»Darf ich dich anfassen?«

»Du brauchst nicht zu fragen. Ich gehöre dir.«

Meine Unterwerfung weckt das wollüstige Weib in ihr, und sie schiebt zaghaft die Hand in meine Hose. Als sie meinen kurz vor der Explosion befindlichen Ständer umfasst, stöhne ich leise. Dieses Gefühl ist der pure Segen. Sie schließt die Finger um den Schaft und gleitet an ihm hinauf und hinunter. Ihre etwas unbeholfenen, ruckartigen Bewegungen lassen mich die Hüften vorschieben, ermutigen sie, die Kontrolle zu übernehmen.

»Tut mir leid. Ich bin nicht sehr gut darin«, gesteht sie mit zaghafter Stimme.

»Rede keinen Unsinn. Es fühlt sich … wahnsinnig gut an.« Ich seufze und schließe die Augen.

»Es ist nur – du bist so groß. Ich habe das Gefühl, es nicht richtig zu machen.«

Genau diese Worte möchte jeder heißblütige Mann von seinem Mädchen hören, wenn sie die Hände um seinen Schwanz gelegt hat.

Mein abgehacktes Atmen mühsam unter Kontrolle haltend, schlage ich vor: »Versuch, eine lockere Faust zu machen und entspann dein Handgelenk.«

»So?«, fragt sie und befolgt meine Anweisungen.

»Ja, genau so.«

Sie lockert ihren Griff und beginnt mit wachsendem Selbstvertrauen meinen Schwanz zu massieren. Die Reibung ist ein bisschen stark, aber ich werde sie nicht korrigieren, denn ich spüre, wie sie langsam ihren Rhythmus findet.

»Du bist ein guter Lehrer, Dr. Mathews«, stößt sie atemlos hervor, und ihre Bewegungen werden immer schneller.

»Das liegt daran, dass du eine gute Schülerin bist, Ms. Roberts.« Ich schlucke mühsam, als sie mit dem Daumen über meine empfindliche Eichel fährt.

Wie gut sich das anfühlt! Aber wenn sie ihren Wunsch umsetzen will, muss sie es bald tun, denn es dauert nicht mehr lange, bis ich komme. Zum Glück bemerkt sie meinen verzweifelten Versuch, mich zu bremsen, und hält inne. Bevor ich protestieren kann, schiebt sie meine Hose hinunter, und mein Schwanz ragt in seiner ganzen Pracht hervor.

Ich öffne die Augen und sehe, dass sie nervös schluckt. »Wow.«

Normalerweise würden mir jetzt alle möglichen vulgären Bemerkungen auf der Zunge liegen, aber bei Maddy lächle ich nur. Ich streiche mit den Fingern durch ihr Haar und nicke ihr ermutigend zu. Sie beißt sich auf die Unterlippe und schluckt noch einmal, bevor sie vor mir auf die Knie geht. Diesen Anblick werde ich den Rest meines Lebens in Ehren halten.

Sie ist nur Zentimeter davon entfernt, meinen Schwanz in den Mund zu nehmen und badet ihn in ihrem warmen Atem.

Ich halte das Warten nicht länger aus. Fast unmerklich hebe ich die Hüften, flehe sie an, mich aus meinem Elend zu erlösen. Unter ihren langen Wimpern schaut sie zu mir hoch, leckt sich über die Lippen und streicht ihr Haar zurück, bevor sie ihren Mund auf mich senkt. Als ich spüre, wie sich ihre Lippen um meine pochende Eichel schließen, stoße ich ein animalisches Stöhnen aus. So lange habe ich darauf gewartet, aber meine Fantasie verblasst im Vergleich zur Realität.

Sie schiebt ihn zu schnell und zu tief hinein, muss würgen. Also lässt sie ihn ein ganzes Stück herausgleiten, bis nur ein Viertel von mir in ihrem Mund ist, und beginnt zu saugen. Sie lernt schnell.

Ich presse mir die Fäuste in die Seiten, will sie nicht zwingen, mehr von mir in sich aufzunehmen, als sie bereit ist. Aber sie spürt wohl, dass ich mich mühsam zurückhalte, denn das clevere Mädchen hebt die Hand und umfasst den Teil, den sie nicht in den Mund nehmen kann, mit der Hand.

Das ist mein Todesurteil. Ich werfe den Kopf zurück und schiebe die Hüften rhythmisch nach vorn. Als ich spüre, wie sie an meinem gierigen Schwanz würgt, ziehe ich die Hüften sofort zurück.

»Sorry«, nuschele ich.

Sie überrascht mich, indem sie den Griff um meine Schwanzwurzel lockert und den Kopf auf und ab bewegt, mich stückweise immer tiefer aufnimmt. »Entspann deine Kehle«, befehle ich mit heiserer Stimme. Sie folgt meiner Anweisung. »Das ist es.«

Als ich tief eindringe, jagen Wellen der Lust durch meinen Körper, und mein Schwanz pulsiert in ihrem Mund, ist bereit zu kommen. Aber ich will noch nicht, noch nicht.

Sie erhöht das Tempo und findet ihren Rhythmus, ihr Mund arbeitet synchron mit ihrer Hand. Ich bin schon unzählige Male bei einem Blowjob gekommen, aber irgendetwas an dem hier gibt mir das Gefühl, es sei mein erstes Mal. Als sie meine Eier umfasst und behutsam drückt, stöhne ich und versuche sie wegzuschieben. Aber sie schließt den Mund noch fester um mich und streichelt den Schaft schneller.

»Maddy … hör auf.« Es ist ein Flehen, ich kann es nicht länger zurückhalten.

Aber sie hört nicht auf. Sie neigt den Kopf tiefer, und als ich hinunterschaue, sehe ich, wie sie sich an meinem Schwanz labt, als sei er ein Lutscher. Ich kann es nicht länger verhindern und komme mit einem lauten, satten Stöhnen. Wieder überrascht sie mich, weil sie sich nicht zurückzieht, sondern weiter saugt und schluckt, bis ich ganz leer bin.

Ich möchte so viele Dinge sagen, aber das Einzige, was mir über die Lippen gelangt, ist: »Heilige Scheiße!« Nicht gerade poetisch, aber hey, ich bin so heftig gekommen, dass ich zu sonst nichts in der Lage bin.

Als mein Schwanz aus ihrem Mund gleitet, schaue ich hinunter, bewundere ihre geröteten Wangen und die geschwollenen feuchten Lippen. Verdammt, ist sie schön. Ich reiche ihr die Hand, und Maddy ergreift sie. Verlegen steht sie auf und streicht sich das zerzauste Haar zurück.

Normalerweise wäre das der Moment, in dem ich den Hosenstall schließe und mich mit irgendeiner Entschuldigung vom Acker mache. Aber alles, was ich jetzt will, ist Maddy zu umarmen und sie zu bitten, es noch einmal zu tun.

Ich ziehe meine Hose hoch und versuche, zu Atem zu kommen. Aber es ist zwecklos. Ich bin total platt – und verlegen, denn nachdem ich nun nicht mehr vor Lust winsele und seufze, wird mir bewusst, dass ich höchstens sechzig Sekunden gebraucht habe. Na super, jetzt hält Maddy mich bestimmt für einen von diesen Typen, die nach zwei Stößen kommen.

»Was ist los? Habe ich etwas falsch gemacht?«

Ich schaue sie entsetzt an. »Falsch? Willst du mich auf den Arm nehmen? Das war unglaublich.«

Sie errötet und wischt sich über die Lippen. »Es hat … Spaß gemacht.«

Meine Güte. Spaß und Blowjob in einem Satz ist eine im Himmel geschlossene Verbindung. Aber bevor ich die Hochzeit der beiden plane, muss ich etwas klarstellen.

Ich fahre mit dem Zeigefinger über Maddys Wange und frage: »Dann ist mit uns wieder alles okay?« Ängstlich suche ich in ihren Augen nach Hinweisen.

Sie schmiegt sich in meine Berührung und nickt. »Ja, mit uns ist wieder alles okay. Ich brauchte einfach nur Zeit.«

Nichts hat je süßer geklungen, und ich kann gar nicht mehr aufhören zu lächeln. Alles ist da, wo es sein sollte. Als ich jedoch Maddys errötetes Gesicht sehe und merke, dass sie immer noch außer Atem ist, weiß ich, dass eine Sache noch nicht in Ordnung ist.

»Komm her«, befehle ich und lasse meinen Blick auf ihren Lippen ruhen.

»W-wieso?« fragt sie.

Ich drücke sie gegen die Tür, küsse sie auf den Hals und flüstere: »Weil … ich jetzt an der Reihe bin.«

»Womit?«, fragt sie mit bebender Stimme, als ich an ihrem pochenden Puls knabbere.

»Dich zum Schreien zu bringen.«

13

Alles, was ich tue, tue ich für dich

Dixon

Ich komme mir albern vor, aber nach dem zweiten phänomenalen Blowjob von Maddy bin ich ihr verdammter Sklave. Ich wusste nicht, worauf sie Appetit hat, also habe ich von allem etwas gekauft. Aber als ich jetzt das Frühstücksangebot betrachte, weiß ich, dass sie vermutlich nur Kaffee möchte.

Keine Ahnung, wie, aber mein Plan hat funktioniert. Indem ich Maddy meine Schwäche zeigte, hat sie meine Stärke gesehen, und dank dieser einfachen Worte »Mit uns ist alles in Ordnung« konnte ich die nagenden Schuldgefühle erst einmal verdrängen. Ich habe getan, was ich tun musste, um zu überleben.

»Morgen.«

Diese Stimme lässt mich herumwirbeln und alles vergessen. »Guten Morgen. Ich habe dir Frühstück gemacht.«

»Das sehe ich.« Sie kichert beim Anblick der überladenen Küchentheke.

»Hast du das zubereitet?«, fragt sie, stibitzt eine Scheibe Frühstücksspeck und schwingt sich auf einen Hocker.

»Bis auf den Kaffee kann ich mir den Verdienst leider nicht anrechnen.« Ich stelle einen Porzellanbecher vor sie, aus dem Kaffeedampf in die Luft wabert.

Sie lacht. »Ich weiß ja nicht, womit ich das verdient habe,

aber danke.« Kaum sind ihr diese Worte über die Lippen gekommen, da errötet sie und greift schnell nach ihrer Tasse.

»Du weißt genau, was du getan hast.« Als sich ihre Ohren dunkelrot verfärben, erlöse ich sie aus ihrem Elend. »Abgesehen von dem wunderbaren Blowjob, sitzt du hier in meiner Küche und trinkst meinen Kaffee, obwohl ich dachte, dass du das nie wieder tun würdest. Ich habe dich so vermisst!«

Sie lächelt. »Ich dich auch.« Aber als ihr Lächeln langsam schwindet und sie den Blick senkt, weiß ich, was ihr durch den Kopf geht. »Dixon …« Sie kratzt mit dem Fingernagel am Henkel des Kaffeebechers. »Ich … woher kennst du Beth? Ich meine, Juliet.«

Und da ist sie, die Frage, vor der ich mich gefürchtet habe.

Mein Schweigen lässt sie nicht aufgeben. »Du sagtest, du …«

Ich unterbreche sie. »Ich weiß, was ich gesagt habe.« Und dann beginne ich, mein Lügengespinst zu weben, und halte mir die ganze Zeit vor Augen, warum ich es tun muss. »Sie war meine Patientin.«

»W-was?«, stößt Maddy hervor und sieht mich mit offenem Mund an.

»Sie kam in meine Praxis, weil sie Hilfe wegen eines Problems gesucht hat.«

»Was für ein Problem?«

»Ich sollte dir das nicht erzählen, wegen der ärztlichen Schweigepflicht, aber nun ja …« Ich massiere mir den Nacken. »Sie ist sexsüchtig.«

Maddys Mund klappt noch weiter auf. »Sie ist *was*?«

»Sexsüchtig. Juliet ist süchtig nach Sex.« Und noch vieles mehr.

Ich sehe Maddy an, wie sie meine Worte zu verarbeiten versucht und überlegt, ob ihr etwas einfällt, das darauf hingewiesen hätte. »Ich weiß nicht, was ich sagen soll.«

»Mir ist klar, dass das ein Schock ist, aber sie war nur zweimal bei mir, dann habe ich sie an einen Kollegen überwiesen.«

»Wieso?«

Reiß dich zusammen, Dixon. »Weil sie deutlich gemacht hat, dass sie an mehr interessiert war als nur an meinen Fähigkeiten als Therapeut.«

Maddy presst die Lippen aufeinander. »Dieses *Miststück*.«

»Und das passierte alles, bevor ich dich kennenlernte. Du kannst dir also meine Überraschung vorstellen, als ich entdeckte, dass ihr beide verwandt seid.«

»Warum hast du mir nichts gesagt?« Ihr Ton klingt vorwurfsvoll. Wenn sie doch nur die ganze Wahrheit kennen würde!

»Warum wohl?« Ich verschränke die Finger auf der Küchentheke.

»Naja, abgesehen von der Tatsache, dass ich fuchsteufelswild geworden wäre, vermutlich deshalb, weil du ein guter Arzt bist und dich an deine Schweigepflicht gehalten hast.«

Wenn sie wüsste, wie oft ich gegen diese Pflicht schon verstoßen habe … Aber ich nicke. Ich kann nicht glauben, wie gut mein Plan funktioniert. »Genau. Es tut mir leid, dass ich es dir nicht gesagt habe, aber das hatte seinen Grund.«

Als sie die Stirn runzelt, beuge ich mich vor und streichle ihr über die Wange. »Alles, was ich tue, tue ich für dich. Um dich zu beschützen.« Die ganze Geschichte mag ja totaler Bockmist sein, aber zumindest das entspricht der Wahrheit. Ich lüge, um sie zu beschützen.

Sie nickt langsam. »Es sollte mich nicht überraschen. Ich wusste immer, dass sie krank ist.«

Sie trägt ihr Herz wirklich auf der Zunge. »Warum sagst du das?«

Als sie nervös auf ihrem Hocker herumrutscht und überall hinsieht, nur nicht zu mir, weiß ich, dass irgendetwas nicht stimmt. »Maddy? Hey, sieh mich an«, insistiere ich. Ist mir ein Schnitzer passiert? Durchschaut sie meine Lügen?

Als sie mich schließlich mit Tränen in den Augen ansieht, bekomme ich Panik. Mein Plan war idiotensicher, aber ich hätte wissen müssen, dass Maddy keine Idiotin ist.

»Dixon, da du so ehrlich bist, sollte ich es auch sein.«

»Okay«, antworte ich nervös, und mein Herz beginnt zu rasen.

Sie trinkt einen Schluck Kaffee. »Wie du weißt, sind Beth und ich nicht gerade Freundinnen. Dafür gibt es einen Grund.«

Ich spüre es. In welches furchtbare Geheimnis auch immer sie mich gleich einweihen wird, ich werde Juliet noch mehr hassen, als ich es jetzt schon tue.

»Erinnerst du dich, dass ich dir erzählt habe …« sie atmet zitternd aus »… von der Nacht, in der Dylan mich … missbraucht hat?«

Was für ein hässliches Wort. Aber ich nicke.

Sie schnieft und ringt die Hände auf ihrem Schoß. »Ich habe dir gesagt, dass jemand es mit angesehen, ihn aber nicht aufgehalten hat.«

Ich spüre, wie mir die Galle hochsteigt und ich mich jeden Moment übergeben muss.

Sie atmet nervös ein und verschluckt sich fast. »Nun, dieser jemand war … Juliet.«

Nein, bitte nicht. Das kann nicht sein. Aber als ich die Tränen über ihre Wangen laufen sehe, weiß ich, dass es stimmt. Dieser gottverdammte Albtraum ist wahr. Ich *habe* den Teufel gefickt.

»Ich glaube, sie wusste die ganze Zeit Bescheid. Aber in jener Nacht hat sich bestätigt, dass sie im Bilde war und nichts unternommen hat, um mir zu helfen. Am nächsten Tag hat sie so getan, als habe sie nichts gesehen. Ich bin innerlich gestorben, und sie hat es nicht gekümmert. Sie war der einzige Mensch, mit dem ich darüber hätte reden können. Stattdessen verlobt sie sich mit meinem Bruder. Wie verkorkst ist das denn?« Sie lacht verbittert, und die Tränen laufen immer schneller.

Ich zittere vor Wut. Ich. Werde. Sie. Umbringen.

Mein Gehirn verkrampft sich bei dem Versuch, diese Information zu verarbeiten. Plötzlich wird mir klar, dass Juliet Madison hasst, weil sie in ihrem kranken Kopf diesen Gewaltakt als Akt der *Liebe* ansieht. Als ein Zeichen, dass er Madison mehr liebt als sie. Diese narzisstische, psychotische … Fotze.

»Sag etwas, bitte«, bettelt Maddy, als ich immer noch schweige.

Ihre Verzweiflung holt mich von einem sehr düsteren Ort zurück. »Du bist … die stärkste, tapferste Person, die ich kenne.«

»Ich fühle mich nicht tapfer.« Sie schnieft und putzt sich mit einem Papiertaschentuch die Nase.

»Doch, das bist du. Du kannst das nur überleben, weil du ein bemerkenswerter Mensch bist.«

Wieder treten ihr Tränen in die Augen, und ich stelle erleichtert fest, dass es Freudentränen sind. »Jetzt weißt du also alles. Jetzt weißt du, warum ich es meiner Mom nicht erzählen kann, denn es würde nicht nur sie umbringen, sondern auch Sebastian. Wenn ich irgendjemanden in mein Geheimnis einweihe, wird das meine ganze Familie zerstören. Und damit kann ich nicht leben. Mit diesem Schmerz ...« – sie presst die Faust auf ihr Herz – »... kann ich nicht gut leben. Ich tue es trotzdem seit über zehn Jahren. Aber ich kann nicht die Herzen meiner Mutter und meines Vaters brechen. Besser ich leide als die beiden.«

Ich vermag mich nicht zurückzuhalten, muss sie berühren, sie umarmen, ihr sagen, wie sehr ich ... sie liebe. *Liebe* ich sie? Jetzt, in diesem Moment, weiß ich, dass ich das tue. Ich glaube, ich habe es immer schon getan. Ich war nur zu blind, um es zu erkennen. Ich gehe um die Theke herum und schließe sie in die Arme. Sie weint leise, aber es scheinen Tränen der Erleichterung zu sein. Endlich konnte sie ihr Geheimnis mit jemandem teilen, und im Gegenzug belüge ich sie.

Ich halte sie, lasse sie um ihre verlorene Kindheit trauern, um die Madison Roberts, die sie hätte sein können.

Nach ein paar Minuten verebbt ihr Schluchzen, und sie löst sich verlegen von mir. »Tut mir leid. Es ist nur ... ich habe das noch nie jemandem gesagt. Nicht einmal meinem Therapeuten.«

»Danke für dein Vertrauen.« Ich küsse sie auf den Scheitel, hoffe die Wut zu verbergen, die in mir brodelt. »Wie sieht denn dein Plan für heute aus? Hast du Seminare?«

»Nein, heute nicht. Ich wollte lernen. Bald stehen die Praktika an, und ich möchte einen Platz in einem guten Krankenhaus.«

»Ich kann dir jederzeit eine Empfehlung ausstellen. Ich kenne da ein paar Leute.« Lächelnd wische ich mit dem Daumen ihre Tränen weg.

»Danke, aber ich möchte das allein schaffen.« Ich nicke verstehend. »Davon abgesehen sind alle Krankenhäuser gut. Sogar die in Colorado.«

Entsetzt ziehe ich mich zurück. »Du überlegst doch nicht etwa, nach Colorado zu gehen?« Plötzlich habe ich einen Kloß im Hals.

»Eine Weile lang habe ich das tatsächlich überlegt«, gesteht sie. »Aber das ist vorbei.«

Erleichtert atme ich auf. »Ich muss mich für die Arbeit fertig machen, aber möchtest du vielleicht hier lernen? Du hast die ganze Wohnung für dich.«

Sie wirkt beinahe erleichtert. Als ich mich gerade nach dem Grund frage, weist sie auf das Offensichtliche hin, indem sie sagt: »Zuhause fühlt sich momentan nicht wie zu Hause an.«

Ich presse die Zähne aufeinander. »Du kannst hierbleiben, solange du willst. Soll ich dir Unterlagen oder Kleidung holen?«

»Nein, ich komme klar. Ich habe bei Mary gewohnt und sowieso den größten Teil meiner Sachen im Auto.« Das erklärt, warum ich sie in der vergangenen Woche nie in ihrem Apartment erreichen konnte.

»Wunderbar, wenn das so ist, dann fühl dich ganz wie zu Hause.« Ich küsse sie auf die Nasenspitze und wende mich zum Gehen, weil ich plötzlich eine Idee habe.

»Was? Du willst nichts essen?« Sie zeigt auf die Berge von Essen.

»Nein. Ist alles für dich. Ich bin sowieso schon spät dran.«

»Auch gut, dann bleibt mehr für mich.« Sie beißt in eine Waffel, während ich sie rasch auf die Wange küsse.

»Verdirb dir nicht den Appetit. Heute Abend gehen wir essen, um zu feiern.«

»Was denn feiern?«, fragt sie mit vollem Mund.

»Ich bin für den *Gerald Harriet Award* nominiert.«

Erstaunt sieht sie mich an. »Was? Ich verstehe nicht …«

Nervös schaue ich zur Wanduhr. Die Zeit läuft mir langsam davon. »Ich erkläre dir alles heute Abend. Nur so viel: Ich schulde einer Ziege Dank.«

Sie zieht ein angeekeltes Gesicht, während ich mich vorbeuge, um nun auch noch ihre mit Sirup bekleckerten Lippen zu küssen. Gerade als sie ihre Zunge einsetzen will, ziehe ich mich zurück. »Spar dir deine Küsse für heute Abend auf.«

Bevor sie mich noch weiter in Versuchung bringen kann, eile ich durch den Flur zu meinem Schlafzimmer. Ich schließe die Tür hinter mir und lausche kurz, um sicherzugehen, dass Maddy mir nicht folgt. Als ich weiß, dass die Luft rein ist, greife ich zum Handy und wähle.

»Guten Morgen, Dr. Mathews.«

»Guten Morgen, Ms. Vale. Könnten Sie bitte meine Termine für heute Vormittag verschieben?«

»Natürlich. Ist alles in Ordnung?«

Ich schaue in den Spiegel und antworte: »Ja, alles in Ordnung. Es gibt nur ein Problem mit einem schädlichen Nager, um den ich mich kümmern muss.«

»O je.«

»Ist schon gut. Ich habe alles unter Kontrolle.«

Tief in meinem Innern habe ich immer gewusst, dass es Juliet war, die gesehen hat, was Madison passiert ist. Aber nachdem meine Vermutung nun bestätigt wurde, fühle ich mich nicht erleichtert, sondern sehr viel schlechter.

Als ich den Entschluss fasste, diesen Weg einzuschlagen, ging es um Schutz. Aber jetzt will ich Rache. Es geht nicht mehr um richtig oder falsch – meine Skrupel haben sich längst in Luft aufgelöst. Sie verschwanden in dem Moment, als Maddy mir die hässliche Wahrheit gestand.

Es wird mir ein Vergnügen sein, Juliet für das brennen zu sehen, was sie Maddy angetan hat, und ich werde erst ruhen, wenn nichts mehr übrig ist. Deswegen klopfe ich um 8.30 Uhr an einem Montagmorgen an Juliets Wohnungstür.

Sie öffnet nur eine Sekunde später. »Dixon? Was machst du denn hier?« Dass sie flüstert und nur durch den Türspalt späht, verrät mir, dass sie nicht allein ist.

Das erinnert mich an die Zeit, als sie unerwartet bei mir aufkreuzte und auf der Türschwelle masturbierte, während Maddy unschuldig drinnen schlief. Im Gegensatz zu ihr besitze ich den Anstand, meinen Standpunkt klarzumachen, ohne meinen Schwanz aus der Hose zu holen. »Entschuldige, dass ich nicht vorher angerufen habe. Bist du allein?«

»Nein. Dylan ist hier. Er schläft noch.«

Ich kann nicht glauben, dass sie ihr Bett freiwillig mit diesem Monster teilt.

»Ach, tatsächlich?« Ich schaue über ihre Schulter und mache mir nicht die Mühe, meine Stimme zu dämpfen.

»Ja. Was willst du?« Sie ist nervös, und weil sie die Situation nicht unter Kontrolle hat, will sie offenbar, dass ich verschwinde.

Es dauert nur einen Moment.

»Ich will ficken«, sage ich und stelle mir in Wahrheit vor, wie ich ihr den Hals umdrehe.

»Oh …« Sie leckt sich nervös über die Lippen.

Ich nicke und lasse meinen Charme spielen. »Aber da du gerade verhindert bist …« Ich wende mich zum Gehen und grinse, als sie mich zurückhält.

»Warte!« Sie reißt die Tür auf. »Es ist nur … jetzt ist gerade kein guter Zeitpunkt. Kannst du nicht später wiederkommen?«

Lässig rücke ich einen meiner Manschettenknöpfe zurecht. »Geht nicht. Ich arbeite den ganzen Tag und bin zum Abendessen verabredet. Ist schon okay. Und wenn Dylan da ist, bekommst du ja alles.«

Sie blickt über ihre Schulter und runzelt die Stirn. »Wohl kaum.«

Seufzend lehne ich mich gegen den Türrahmen und schaue auf ihre karierte Pyjamahose. »Hält er dich immer noch hin?«

Sie nickt unglücklich.

»Tss.« Ich schüttle den Kopf. »Keine Ahnung, was mit ihm los ist. Ich erinnere mich an eine Zeit, da war dein Bett nur fürs Ficken da und für nichts anderes.«

Die Furchen auf ihrer Stirn werden noch tiefer. »Jetzt erlebt dieses Bett nur Sex, wenn ich allein darin liege.«

»So wie letzte Woche?«

Sie wird tatsächlich rot. »Ja.«

»Gut. Wenn du von nun an unter die Decke schlüpfst, möchte ich, dass du an mich denkst.«

»Warum?« Ihr Atem wird schneller.

»Weil du weißt, dass ich der Einzige bin, bei dem du richtig heftig kommst«, antworte ich großspurig. »Sieht nicht so aus, als würde dein Verlobter diese Aufgabe sonderlich ernst nehmen. Wirklich schade.«

Als ich die Saat des Zweifels gesät habe, wird sie blass. Ich brauche nur noch abzuwarten, wie die Saat aufgeht. »Er ist eben müde von der Arbeit«, verteidigt sie ihn, unfähig zuzugeben, dass ihr Leben mit Dylan alles andere als perfekt ist.

Ich zucke mit den Schultern. »Das bin ich auch oft, aber dennoch liefere ich, wenn es darauf ankommt.«

Sie grübelt über meine Worte und gesteht dann mürrisch: »Du hast recht.«

Das ist echt zu leicht.

Indem ich ein ohnehin schon wackeliges Boot ins Schaukeln bringe, hoffe ich, dass Juliet Dylans Gefühle noch mehr anzweifelt, als sie es ohnehin schon tut. Tief in ihrem Innern weiß sie, dass er jemand anderen als sie will. Und in der Vergangenheit hat sie den Sex als ihre Trumpfkarte benutzt, um ihn auf ihre Seite zu ziehen. Aber jetzt, da das nicht mehr funktioniert, möchte ich, dass sie die Grundlage, auf der ihre »Beziehung« gebaut ist, infrage stellt. Sie so verzweifelt, dass ihr das Gras auf der anderen Seite grüner vorkommt. Und diese andere Seite bin ich. Ich werde ihr alles wegnehmen, was ihr wichtig ist, und mit ihrer Beziehung werde ich anfangen.

Mein Plan sieht nicht vor, dass sie ihre Beziehung zu Dylan beenden soll. Schließlich ist sie die Einzige, die ihn von Maddy fernhalten kann. Ich möchte nur, dass sie ihn an die kurze Leine legt. Er wird bei der Posse mitspielen, weil er sie als Fassade benutzt – um zu kaschieren, wen er wirklich will. Nach dem Motto: Wenn er Madison nicht haben kann, dann muss Juliet genügen. Ich will, dass sie sich dieser Tatsache jedes Mal bewusst ist, wenn sie ihn ansieht. Sie soll stets wissen, dass sie nur die zweite Wahl ist.

»Ich muss gehen. Und nicht vergessen: Denk an mich, wann immer es um deine Muschi geht.« Schon ist eine weitere psychologische Saat ausgestreut. Sie kann nicht kommen, ohne an mich zu denken. Dann wünsche ich viel Spaß beim Ficken mit dem Verlobten.

Sie beugt sich dicht zu mir und schnurrt: »Manchmal tue ich das.«

Wunderbar, ich habe es bereits zur Hälfte geschafft.

Ich grinse und beuge mich ebenfalls vor, sodass wir nur Zentimeter voneinander entfernt sind. »›Manchmal‹ reicht aber nicht aus. Tu es jedes Mal.«

»Okay, Dr. Mathews.« Sie atmet schnell und oberflächlich.

»Ausgezeichnet. Guten Tag, Ms. Harte.« Ich stoße mich vom Türrahmen ab.

»Dr. Mathews?«

»Ja.«

Sie zieht am Saum ihres ausgeleierten T-Shirts. »Glaubst du wirklich, dass es Dylan mit mir nicht ernst ist?«

Ich unterdrücke mein Grinsen. »Wie definierst du das Wort Verlobter?«

Sie grübelt über meine Frage, bevor sie antwortet. »Das ist jemand, der seine Zukünftige liebt, ehrt und sich um sie kümmert.«

»Und gibt Dylan dir dieses Gefühl?«

Sie runzelt die Stirn und schweigt.

Ich bringe meinen letzten Spielzug für heute an. »Wenn ich dein Verlobter wäre, würdest du jedenfalls nicht unbefriedigt und in diesem scheußlichen Pyjama hier draußen stehen und mit einem anderen Mann reden. Du wärst dann zu sehr damit beschäftigt, an meinem Schwanz zu saugen, splitterfasernackt und total befriedigt.«

Sie stöhnt leise und beißt sich auf die Unterlippe.

Überheblich zucke ich mit den Schultern. »Aber das ist ja nur meine Meinung.« Ich warte nicht auf ihre Antwort, sondern wende ihr den Rücken zu, weil ich das Grinsen nicht länger unterdrücken kann. Schritt eins war ein totaler Erfolg. Juliet wird von all dem heimgesucht werden, was ich gerade gesagt habe.

Ich glaube, dass sie Dylan in ihrem verdrehtem Kopf sogar liebt. Das hat sie schon immer getan. Aber die Dinge sind anders, als sie angenommen hat. Sie wird ihn nie verlassen, also beabsichtige ich, sie immer wieder mit der Nase darauf zu stoßen, dass in ihrer Beziehung etwas nicht stimmt. Ich glaube, er ist der einzige Mensch, der sie verletzen kann, und das will ich ausnutzen.

Auf dem Weg in die Praxis bastle ich bereits an meinem nächsten Schritt. Ich habe ihre Beziehung zerlegt, und jetzt ist es an der Zeit, etwas in Angriff zu nehmen, das sie fast genauso sehr liebt – ihre Eitelkeit.

14

Ahnungslos

Madison

Es ist Samstagnachmittag, und Dixon und ich spielen mein neues Lieblingsspiel – Strip-Lernen. Die Regeln sind einfach. Für jede richtige Antwort, die ich gebe, zieht Dixon ein Kleidungsstück aus. Für jede falsche darf er eines wieder anziehen.

Momentan trägt er nur noch eine Socke, Jeans und ein dunkelblaues T-Shirt. Er blättert durch das dicke Fachbuch und lächelt. »Idiopathische thrombozytopenische Purpura ist …?«

Ich denke kurz nach, bevor ich antworte. »Eine Autoimmunkrankheit, die die Thrombozyten betrifft. Es kommt zu einer erhöhten Blutungsneigung.«

Er wirkt beeindruckt. »Sehr gut.« Dann langt er nach unten und zieht die andere Socke aus. Ich versuche meine Enttäuschung zu verbergen, dass er sich nicht für das T-Shirt entschieden hat.

»Welche der folgenden Gelenke haben normalerweise eine Krümmung von 360 Grad? Das Knie. Die Schulter. Der Ellenbogen. Oder die Fingergelenke.«

Ich kenne die Antwort, aber ich bin zu abgelenkt, um mich zu konzentrieren, weil Dixon einfach so heiß aussieht. »Ähm, das Knie?«, antworte ich versonnen.

»Das Knie? Das wäre ziemlich schmerzhaft.«

Schmerzhaft? Schmerzhaft ist hier nur, dass er immer noch angezogen ist. »Hä?«, frage ich wie benebelt und schaue in seine amüsierten Augen.

Als er eine Braue hochzieht, weiß ich, dass ich endgültig aufgeflogen bin. Ich gebe mein Bestes, unschuldig auszusehen, muss aber grinsen.

»Also, Madison …« Seine Stimme enthält einen Schuss Versprechen. »Wenn du mich nackt sehen willst, hättest du nur fragen müssen.« Er legt das Fachbuch auf den Sofatisch, während ich mich zurücklehne und schlucke.

Er steht langsam auf, packt den Saum seines T-Shirts und zieht es sich über den Kopf. Sobald sein muskulöser Oberkörper nackt ist, presse ich die Beine zusammen und unterdrücke ein Stöhnen. Irgendwie ist es so gekommen, dass ich jede Nacht der vergangenen Woche in Dixons Bett verbracht habe. Anfangs war es, weil ich zu viel Angst hatte, nach Hause zu gehen, aber jetzt liegt es daran, dass ich ihm einfach nicht von der Seite weichen will. Ich fühle mich in seiner Nähe nicht nur sicher, sondern ich beginne mich auch auf eine Weise zu öffnen, die ich nie für möglich gehalten hätte. Wir haben ein bisschen rumgemacht, aber als er aufhörte, weil es zu heiß wurde, habe ich gemerkt, dass ich mehr wollte.

So wie in diesem Moment.

Er sieht umwerfend aus. Ich kann mich gar nicht sattsehen an seinen Bartstoppeln, die das Blau seiner Augen hervorheben. Oder an seiner muskulösen Brust, dem rebellischen Tattoo *Niemals sind wir ungeschützter gegen das Leiden, als wenn wir lieben*. Oder dem Waschbrettbauch, der noch betont wird durch den v-förmigen Haaransatz, der in seine tief sitzende Jeans hinabführt.

»Wenn du mich weiterhin so ansiehst, kann ich für mein Handeln nicht zur Rechenschaft gezogen werden.«

Seine Bemerkung stimmt mich nicht im Mindesten um, und ich fahre unbeirrt fort mit Blickficken. »Ist notiert.«

Ein lustvolles Knurren entrinnt seiner Brust, bevor er sich nach vorn beugt und mich auf das Sofa hinunterdrückt. Ich lasse mich bereitwillig fallen, heiße sein Gewicht auf mir willkommen. Er verschließt meine Lippen mit seinen und küsst mich mit solcher Wildheit, dass es mir den Atem raubt. Ich kann mit seinem Tempo nicht Schritt halten, also ergebe ich mich, erlaube ihm die totale Kontrolle. Er drängt sich tief in meinen Mund, umfasst meinen Nacken und packt mein Haar. Der Druck wird stärker, während meine Zunge sich mit seiner duelliert.

Mit einem immer stärker werdenden Kribbeln in meinem Bauch gibt mein Körper zu verstehen, was er will. Ich spreize die Beine, das Verlangen, ihn an mich gepresst zu spüren, ist fast unerträglich groß. Seine warme Haut setzt mein Fleisch in Brand, und ohne nachzudenken, packe ich den Saum meines Tanktops und ziehe es hoch. Dixon hört auf, mich zu küssen, drückt sich hoch und stützt sich auf die Handflächen.

Grinsend schaut er auf mich herunter. »Wenn du das ausziehst, haben wir ein Problem.«

Ohne zu zögern, setze ich mich hin und schiebe ihn behutsam fort, sodass er nach hinten fällt. Er beobachtet mich aufmerksam, und ich sehe, wie sich seine Brust hebt und senkt, während ich ein wenig schamhaft das Top über den

Kopf ziehe. Jetzt sitze ich in meinem schwarzen Spitzen-BH und der Jeans vor ihm.

Unter seinem prüfenden Blick fühle ich mich wie eine Göttin, deshalb bedecke ich meine Nacktheit nicht, wie ich es sonst tun würde. Es gefällt mir, dass ich diesen Ausdruck in seinen Augen hervorrufen kann, denn es zeigt mir, dass Dixon genauso fühlt wie ich.

Ich entwickle verrückte Gefühle für Dixon, und wenn ich an der Oberfläche kratzen würde, ließen sich diese Gefühle in Liebe übersetzen. Ich glaube, ich habe ihn immer schon geliebt, aber jetzt sind diese Gefühle tiefer geworden, und ich kann mir ein Leben ohne ihn nicht mehr vorstellen.

Er setzt sich hin, beugt sich vor und zieht mich auf seinen Schoß. Als seine Erektion gegen mich drückt, entweicht mir ein Stöhnen. Jeder Teil meines Körpers fühlt sich an wie Lava, und ich bin nur Sekunden davon entfernt, dass der Vulkan ausbricht. Dixon spürt meine Not und belohnt mich mit seinem typischen verschmitzten Lächeln, während er hinter mich greift und meinen BH öffnet. Der Spitzenstoff fällt herunter, und eine Sekunde später sind meine Brüste nackt. Nicht einen Moment unterbricht er unseren Blickkontakt. Unentwegt starrt er mich hungrig an.

Ich schiebe mich nach hinten, eine Spur verlegen, aber er legt die Hand um meine Taille und hält mich fest. »Dein Körper ist unglaublich, Madison. Fühl dich in meiner Anwesenheit niemals unbehaglich. Ich verehre dich. Dein Inneres und dein Äußeres.«

Seine leidenschaftlichen Worte schüren das Feuer in mir, und eine Gänsehaut lässt mich erschauern. Er fährt mit den Fingern über meine Arme, betrachtet sie eingehend. Als ich sehe, wie er mit dem Zeigefinger über meine Schulter, das Schlüsselbein und dann hinunter zu meiner Brust fährt, beschleunigt sich mein Atem, schiebe ich meine Brüste gefährlich nahe an seinen Mund heran.

Er grinst, dann beugt er sich nach vorn und nimmt einen begierigen Nippel zwischen seine warmen Lippen. Ich stoße einen leisen Schrei aus, weil das Gefühl Funken durch meinen ganzen Körper jagt. Er kostet mich, saugt und leckt auf eine Weise, die nur er beherrscht. Mit der anderen Hand massiert er die andere Brust, zieht und zupft an meinem Nippel, bis ich vor Verlangen nur noch wimmere und keuche.

Ich beuge den Rücken durch, biete ihm besseren Zugang, weil ich mehr brauche. Und ich weiß, dass *mehr* nur gestillt werden kann durch den Griff in meine Hose und das Löschen dieses Flammeninfernos zwischen meinen Beinen.

»Mehr«, bettle ich schamlos und wiege mich vor und zurück. Seine ganze harte Länge drückt genau gegen meine empfindlichste Stelle.

»Soll ich dafür sorgen, dass du kommst?«

»Fuck, ja.« Ich kann nicht anders, als zu fluchen, verzweifelte Situationen verlangen nach verzweifelten Maßnahmen, und es gibt keine größere Not als die momentane.

Dixon grinst und öffnet mit geschickten Fingern den Knopf meiner Jeans. Während er die Hand in meine Hose schiebt, nimmt er wieder einen der beiden Nippel zwischen die Lippen. Er fährt in mein Höschen und setzt zum entscheidenden Schlag an. Als er mein nacktes Fleisch berührt, müssen wir beide leise stöhnen.

»Du bist immer so bereit für mich. Du ahnst ja nicht, wie sehr mich das anturnt.« Das ist eine Feststellung voller Besitzanspruch – Besitzanspruch auf meinen Körper. Und es ist wahr. Ich gehöre ihm.

Ich seufze als Antwort, konzentriere mich darauf, wie seine Finger und sein Mund synchron arbeiten, während sie mich dem Ziel immer näher bringen. Zärtlich beißt er in meinen Nippel, lässt einen Finger in meine ausgehungerte Öffnung gleiten. Er sucht sich sanft seinen Weg hinein, aber heute ist sanft zu wenig.

»Mehr, bitte …«

Dixon knurrt und schiebt langsam noch einen zweiten Finger hinein, füllt mich so köstlich, dass er sich niemals wieder zurückziehen soll. Behutsam fährt er immer wieder tief in mich hinein, während ich mit den Hüften kreise und ihm dabei entgegenkomme. Mit dem Daumen streift er immer dicht an meiner empfindlichsten Stelle vorbei, weiß genau, dass ich explodieren werde, wenn er sie direkt berührt. Er will meine Lust in die Länge ziehen, soweit es geht.

Er taucht noch tiefer ein, immer tiefer, bis es mir den Atem raubt. Hörbar ziehe ich die Luft ein, spüre, dass dieses Kribbeln in meinem Bauch mich jeden Moment überflutet.

»Ich will die beiden hier.« Er wechselt von einer Brust zur anderen, saugt, beißt und leckt wie verrückt. »Und ich will das.« Er dreht seine Finger in mir hin und her und kreist gleichzeitig mit dem Daumen über meinem Spalt.

Ich schreie und schließe die Augen. Auf diese Weise bearbeitet zu werden, jagt meine Sinne in den Turbogang. Aber Dixon hält mich hin, zögert meine Erregung in die Länge und nähert sich qualvoll langsam dem großen Finale. »Bitte, Dixon …«

»Bitte was?«

»Lass mich bitte kommen. Ich bin so dicht davor!«

»Ich weiß«, antwortet er selbstgefällig und schlängelt seine Zunge um meinen Nippel.

»Wenn du es nicht tust, dann mache ich es.« Entschlossen greife ich nach unten, stoße seine Hand beiseite und schiebe einen Finger zwischen meine glitschigen Lippen. Es ist allerdings ein armseliger Ersatz, und mein Körper schreit förmlich nach Dixon.

»Mann, das ist so verdammt heiß!« Seine Hand umfasst meine, leitet mich an, einen weiteren Finger einzuführen – also tue ich es.

Ich mache es mir vor den Augen eines anderen, aber das ist mir egal. Mich interessiert nur die Erlösung.

»Lass es raus. Fass dich an und fühl, was ich jedes Mal spüre, wenn ich dich berühre.«

Ich werfe den Kopf zurück und streichle mich schnell, mit Dixons Hand auf meiner. Er gibt vor, wie schnell und wie tief ich gehen darf, und wenn er über meine Klit streicht, ist es fast um mich geschehen. Ich bin so kurz davor; ich rase auf die Ziellinie zu – aber dann zieht Dixon seine Hand zurück, schiebt mir die Finger in den Mund, die gerade noch in mir waren, und befiehlt mir zu saugen. In dem Moment verliere ich die Kontrolle und komme so intensiv, dass ich Sterne sehe. Ich reite die Wellen meines Höhepunkts aus, meine Finger kommen nicht zur Ruhe, bis das letzte Zittern durch meinen satten Körper jagt.

Als ich dann erschöpft zusammensacke, murmelt Dixon: »Das war bei Weitem das Heißeste, was ich in meinem ganzen Leben gesehen habe.« Ich stöhne als Erwiderung leise, den Kopf auf seine Schulter gelegt.

Keine Ahnung, wie lange ich in dieser Position bleibe. Erst das Summen von Dixons Handy lässt mich ein paar Zentimeter rutschen, damit er an mir vorbeigreifen und es vom Sofatisch nehmen kann.

»Hey, Finch. O Mann, das ist toll«, sagt er und presst sich das Handy ans Ohr, während er mit den Fingern meinen Rücken hinunterfährt.

Meine Haut reagiert sofort auf seine Berührung.

»Maddy ist hier. Ich, ähm, helfe ihr beim Lernen.«

Ich kann mir das Lachen nicht verkneifen.

»Klar. Ich frag sie.«

Langsam löse ich mich von ihm und streiche mir das zerzauste Haar aus dem Gesicht.

Als ich Dixon ansehe, werde ich rot, denn mir wird plötzlich klar, dass ich gerade vor ihm masturbiert habe.

Er grinst, offenbar kann er meine Gedanken lesen. »Finch und Heidi laden uns heute Abend zu sich zum Abendessen ein. Gabriella hat gerade angefangen zu laufen, und das wollen sie feiern. Hast du Lust?«

Ich nicke erfreut, da ich Finch bisher nicht kennengelernt habe. »Sehr gern. Sag ihm vielen Dank.«

Dixon lächelt und wendet sich wieder seinem Handy zu. »Hast du das gehört?« Die beiden reden weiter, während ich auf Dixons Schoß sitze und er mich streichelt.

Es ist wunderbar, sich mit einem anderen Menschen so wohl zu fühlen, vor allem wenn man weiß, dass es zwischen uns keine Geheimnisse mehr gibt. Ich kenne seine und er kennt meine. Ich weiß, dass er sich dafür schämt, seinen Vater im Pflegeheim gelassen zu haben. Und ich weiß auch, dass mein Bauchgefühl bezüglich Beth richtig war. Aber all das ist Vergangenheit. Ich kann verstehen, warum er es mir nicht erzählt hat. Schwamm drüber. Es ist ja schließlich nicht so, als wenn die beiden etwas miteinander gehabt hätten. Und wenn es so wäre? Könnte ich jemals darüber hinwegkommen und trotzdem mit Dixon zusammenbleiben? Ich streiche über seine Bartstoppeln und weiß, dass ich es könnte. Ehrlich gesagt könnte ich über alles hinwegkommen.

Also keine Lügen mehr. Er hat meine schreckliche Vergangenheit akzeptiert, und es fühlt sich so an, als würde er mich dafür nur noch mehr lieben. Ein Geheimnis, von dem ich annahm, dass es meine zukünftigen Beziehungen behindert, hat das genaue Gegenteil bewirkt, denn nie in meinem Leben habe ich mich jemandem näher gefühlt. Unseren Streit habe ich bereits vergessen, denn all das spielt jetzt keine Rolle mehr. Die Wahrheit hat uns tatsächlich befreit.

»Worüber lächelst du?«, fragt er, nachdem er das Gespräch beendet hat.

»Nur darüber, wie schön es mit uns ist.«

Als er arrogant eine Augenbraue hochzieht, verpasse ich ihm zum Spaß einen Schlag auf den Arm. »Das doch nicht. Ich meinte, dass wir über alles so ehrlich miteinander sein können. Zwischen uns gibt es keine Geheimnisse mehr.«

Ich bemerke ein Zucken unter seinem Auge, tue es aber damit ab, dass ich vermutlich zu viel rede. Ich muss lernen, meine Gefühle zu kontrollieren, sonst sage ich noch etwas so Dummes wie *Ich liebe dich*.

»Wir sollten uns fertig machen«, sagt er, und in seiner Stimme schwingt ein Hauch von Anspannung.

Als ich mich gerade frage, was los ist, spüre ich, dass er

immer noch hart ist. »Oh, sorry.« Rasch rutsche ich von seinem Schoß herunter, da meine Position vermutlich nicht gerade dazu beiträgt, die Platzknappheit in seiner Hose zu beenden.

Lächelnd steht er auf und küsst mich auf die Stirn. »Ich gehe rasch duschen.«

Ich nicke und ziehe meinen BH an, warte insgeheim darauf, dass er mir vorschlägt, ihm beim Duschen Gesellschaft zu leisten, wie er es in der Vergangenheit schon getan hat. Aber er seufzt nur, scheint mir etwas sagen zu wollen, ändert jedoch offenbar im letzten Moment seine Meinung.

Als er in Richtung Bad geht, befehle ich meiner überaktiven Fantasie, keine weiteren konspirativen Theorien zu entwickeln. Alles ist so, wie es sein sollte, und ich könnte nicht glücklicher sein.

15

Doppelte Lüge

Dixon

Und einfach so reckt mein schlechtes Gewissen seinen hässlichen Kopf in die Höhe.

Diese Woche war wunderbar, und ich habe meine Entscheidung, Madison nicht die Wahrheit zu sagen, nicht ein einziges Mal bereut. Aber ihre Bemerkung vorhin hat mich daran erinnert, was für ein verlogenes Arschloch ich bin.

»Ist alles in Ordnung?«, fragt Madison, als wir vor Finchs Wohnungstür ankommen.

Ich hebe den Kopf und merke, dass mein Blick die ganze Zeit auf dem Boden geklebt hat. Ich muss mich zusammenreißen. »Ja, alles bestens. Ich kann es kaum erwarten, dass du Finch kennenlernst.«

»Geht mir genauso«, antwortet sie lächelnd. »Ist Debbie auch da?«

Bevor ich Gelegenheit habe, auf die Klingel zu drücken, wird die Tür weit aufgerissen, und Hunter brüllt uns ein »Hallo, ihr Arschkrampen!« entgegen.

Ich schaue Maddy an, die hinter der Hand ein Grinsen verbirgt. »Leider ja.«

»Lass dich drücken, du sexy Gerät.« Ich trete einen Schritt zur Seite, da ich annehme, er meint Maddy. Aber dann überrascht er mich damit, dass er seine fleischigen Arme um mich legt. »Du bist als Nächstes dran, Pflaumenkuchen«, verspricht er über meine Schulter hinweg, und Maddy lacht.

»Geh runter von mir, du Affe.« Ich stoße Hunter fort, und er grinst. »Und ich wäre dir dankbar, wenn du meine Freundin nicht als Arschkrampe bezeichnen würdest.«

»Freundin? Ah, mein kleiner Junge wird erwachsen«, scherzt er und reibt sich das Auge.

Ich ergreife Madisons Hand und boxe ihm im Vorbeigehen in die Eier.

»Zu schade, dass du es nicht wirst.« Ich lache, als er sich an den Sack fasst und schwer durch die Nase atmet.

»Apropos Freundin, kommt deine kleine rothaarige Freundin heute Abend auch?«, fragt er und hält immer noch seine Eier in der Hand, während er die Haustür schließt.

Madison schüttelt den Kopf und schaut verwirrt zu mir hoch. »Nein, ich wusste nicht, dass sie auch eingeladen ist.«

Hunter verzieht das Gesicht. »Natürlich ist sie das. Ruf sie sofort an.«

Er zückt sein Handy und hält es Maddy hin. Zögernd greift sie danach, aber ich schlage Hunters Hand weg. »Netter Versuch.«

Maddy wirkt völlig verdattert. Logischerweise. Sie ist nicht so verschlagen wie Hunter und hat keine Ahnung von seinen Methoden.

»Wenn du sie von seinem Handy aus anrufst«, erkläre ich ihr, »wird sie von da an dem Keuchen, betrunkenen Anrufen und Fotos vom Schwanz dieses Perversen ausgesetzt sein.«

Ich kenne Hunters Tricks. Teufel, ich habe sie ihm selbst beigebracht.

Maddy verzieht das Gesicht, während er die Hand vor

sein verwundetes Herz schlägt. »Damit du's weißt – ich stehe nicht auf Anrufe mit besoffenem Kopf.« Die anderen Aussagen bestreitet er jedoch nicht.

»Hey, Leute. Herzlich willkommen. Du musst Madison sein.« Finch kommt um die Ecke gebogen, ein Geschirrtuch über der Schulter.

»Bin ich. Und du bist sicher Finch.« Sie tritt einen Schritt vor und gibt ihm automatisch einen Kuss auf die Wange.

Sein breites Grinsen verrät, dass er sie mag. »Heidi, meine Frau, füttert gerade Gabriella. Sie wird gleich hier sein.«

»Ich kann es kaum erwarten, die beiden kennenzulernen.«

Finch wirkt genauso von Madison eingenommen, wie Hunter und ich es vom ersten Augenblick an waren. Das kann ich ihm nicht verübeln. Sie ist schließlich perfekt.

Wir folgen Finch ins Wohnzimmer. Auf dem Sofatisch stehen eine Flasche Weißwein und eine Käseplatte. »Bitte, setzt euch. Das Essen ist fast fertig.« Er eilt in die Küche zurück, während wir uns auf dem Sofa niederlassen.

»Wein?«, frage ich Maddy und lange nach der Flasche.

»Ja, bitte.« Ich spare mir die Mühe, Hunter zu fragen, da ich seine Antwort kenne.

»Also, Pflaumenkuchen, wie ist die Lage?« Ich spähe hinüber zu Hunter, während ich den Wein einschenke. Was hat er vor?

»Es ging mir nie besser«, antwortet sie unschuldig.

»Das ist wunderbar. Freut mich, dass ihr beide eure Sache in Ordnung gebracht habt. Der Doktor war nämlich ein verdammt trauriger Sack«, verrät er und lehnt sich in die Kissen zurück.

Ich reiche Maddy ihr Glas und achte darauf, dass meine

Hände nicht zittern. Diese Geheimniskrämerei verwandelt mich in ein paranoides Wrack.

»Tatsächlich?«, fragt sie und nippt an ihrem Wein.

»Natürlich«, antworte ich, ohne zu zögern, und leicht verlegen.

»Tut gut, dich geduscht und rasiert zu sehen«, neckt Hunter mich grinsend. »Aber vor allem ist es schön, dich glücklich zu sehen, Dix.«

Ich schaue ihn an und bin überrascht von seiner ernsten Miene. »Danke, Mann.«

Er greift nach dem Wein. »Weißt du, was *mich* glücklich machen würde?« Wir sehen ihn beide an. »Wenn du Mary anrufen würdest.«

Und einfach so weicht sein ernstes Gesicht einem notgeilen Ausdruck. Ich muss lachen. »Du bekommst Punkte für den Versuch.«

»Aber?«

»Aber du wirst irgendetwas anstellen, womit du sie wütend machst. Und als dein Verbündeter muss ich dann um meine Nüsse fürchten.«

Maddy spuckt beinahe ihren Wein wieder aus, und Hunter lacht sich schlapp.

»Bitte entschuldigt, dass ich euch habe warten lassen.« Heidi betritt den Raum mit einer müden Gabriella in den Armen. »Sie wollte nicht schlafen, ohne Onkel Dixon gesehen zu haben.«

»Ist das wahr?« Ich stelle mein Glas auf den Tisch und stehe auf. »Hallo, mein Püppchen.« Gabriella streckt ihre pummeligen kleinen Arme nach mir aus. »Du wirst schwer«, sage ich, als Heidi sie mir reicht.

Sie antwortet mit einem Schwall Kauderwelsch, gluckst dann und zieht mich an der Nase. Wenn mein Leben doch nur so einfach wäre.

»Gabby, ich möchte dir jemanden vorstellen.« Ich drehe mich mit ihr um und sage: »Siehst du die hübsche Dame dort drüben?« Gabby plappert fröhlich weiter, während ich auf Maddy zeige. »Nun, das ist Madison.« Ich umfasse ihr kleines Handgelenk und winke damit einer lächelnden Maddy zu, die zurückwinkt.

»Hi, Gabriella. Du bist wunderschön.«

Als ich Gabby unter dem Kinn kitzele, lacht sie gackernd.

»Sie vergöttert dich, Dixon«, sagt Heidi und sieht ihre Tochter liebevoll an.

»Ich sie ja auch.« Ich tippe der Kleinen auf die Nase.

»Du wirst eines Tages einen tollen Dad abgeben«, sagt sie unschuldig, während ich versuche, nicht bleich zu werden.

Ich lächle schwach und hoffe, dass niemand meinen plötzlichen Stimmungswandel bemerkt, denn ich muss daran denken, dass »eines Tages« vermutlich schon bald sein wird.

»Ich glaube, ich werde wesentlich cooler sein«, verkündet Hunter gleichmütig. Auf seine typische Art entspannt er eine peinliche Situation, indem er einen Witz reißt. Ich darf später nicht vergessen, mich bei ihm zu bedanken.

Sowohl Heidi als auch Maddy lachen, völlig ahnungslos, wie sehr ich mich innerlich winde.

»Wie unhöflich von mir. Ich bin Heidi. Ich war völlig verzaubert davon, wie süß meine Tochter in den Armen deines Mannes aussieht«, sagt sie und geht zu Maddy, die aufsteht.

»Ich auch«, antwortet Maddy verträumt und schaut immer noch zu mir.

Die Mädels umarmen sich und plaudern miteinander, während ich Hunter ansehe, der die Brauen hebt und für uns beide erleichtert ausatmet.

Das Essen war toll. Alle finden Madison sehr nett – nicht dass ich das je infrage gestellt hätte.

Das Gespräch ist locker dahingeflossen, und es gab nicht einen Moment des verlegenen Schweigens. Ich kann mich nicht erinnern, dass es mit Lily (der verlogenen, betrügenden Exverlobten) je so war, und das liegt daran, dass Lily ein unsoziales Miststück war, das sich für zu gut für meine Freunde hielt – mit Ausnahme von Leo (dem verlogenen, betrügenden besten Freund).

Aber dank Maddy ist das nur eine ferne Erinnerung.

»Ist es wirklich in Ordnung, wenn sie kommt?« Maddys süße Stimme holt mich zurück in die Gegenwart.«

»Natürlich ist das in Ordnung. Sag es ihr, Finch«, antwortet Hunter anstelle der Gastgeber und nickt lebhaft.

»Klar«, versichert Finch grinsend.

Hunter strahlt und setzt zu einem lässigen Fist Bump an, aber Finch schaut nur verständnislos auf Hunters Hand.

Ich glaube, er hat echt was übrig für den feurigen Rotschopf. »So aufgeregt habe ich dich nicht mehr erlebt, seit du RedTube entdeckt hast«, stelle ich fest und nippe an meinem Wein.

Alle am Tisch brechen in Gelächter aus, einschließlich Hunter, der meine Behauptung nicht bestreitet.

»Okay. Dann rufe ich sie jetzt an.« Als Madison aufsteht, um ihre Tasche zu holen, erhebe ich mich ebenfalls. Ich brauche eine Zigarette.

»Ich geh raus, eine rauchen.« Auf dem Weg zur Balkontür schaue ich über die Schulter und stelle überrascht fest, dass Hunter und Finch mir folgen.

»Wir leisten dir Gesellschaft.« Dank Finchs nicht vorhandenem Pokerface weiß ich, dass ich ausgequetscht werden soll. Sobald sich die Glastür hinter uns schließt, wappne ich mich für das, was jetzt auf mich zukommt.

»Spuckt's aus«, verlange ich, schiebe mir die Marlboro zwischen die Lippen und zünde sie an. Ich mache mir nicht einmal die Mühe, mich umzudrehen.

»Madison ist ein süßes, nettes Mädchen, Dix.«

Ich nicke. »Ich weiß.«

»Es ist nur … wir finden, dass du es ihr sagen solltest.«

Ich stoße einen Rauchring aus und sehe zu, wie er sich verflüchtigt, bevor ich antworte. »Danke für deine Besorgnis, Finch, aber nein. So ist es am besten.«

»Oh, lass den Scheiß. Hör auf, mit Juliet rumzuficken und sag Madison die Wahrheit.« Ich drehe mich um, lehne mich ans Geländer und sage zu Hunter: »Ich ficke *nicht* mit Juliet rum. Das ist ja der Trick dabei. Mein Schwanz bleibt sauber«, erkläre ich zum hundertsten Mal.

»Ja, aber deine … deine – Seele nicht«, widerspricht er und fordert mich mit energischem Nicken heraus, seine Behauptung zu widerlegen.

Lachend lehne ich mich zurück. »Meine Seele? Willst du mich auf den Arm nehmen?«

»Hör zu, Mann. Ich sage das nur, weil ich deinen hässlichen Arsch liebe, aber wie lange kannst du dieses Doppelleben durchhalten, bis eine der beiden es in Erfahrung bringt?«

»Bisher klappt es ganz gut. Keine von ihnen wird dahinterkommen«, erwidere ich arrogant.

Hunter schüttelt den Kopf. »Darum geht es nicht.«

Ich breite die Arme aus. »Worum denn dann?«

Finch senkt den Blick und antwortet: »Es ist nicht richtig.«

»Genauso falsch wäre es, Madison das Herz zu brechen. Und das wird passieren, wenn ich es ihr erzähle«, erwidere ich.

Finch fährt sich mit der Hand über den Bart und wirkt beunruhigt. »Das sehe ich anders. Trau ihr was zu, Dix. Ich glaube wirklich, dass sie es verstehen wird. Wenn man bei der Wahrheit bleibt, gibt es auch immer einen Weg zurück. Aber das Lügen ist eine Einbahnstraße.«

»Ich bin bereit, dieses Risiko einzugehen.«

Sowohl Finch als auch Hunter seufzen und scheinen sich über meine Sturheit zu ärgern, aber ich lasse mich in dem Punkt nicht umstimmen. Ich habe mich entschieden, und dabei wird es bleiben.

»Danke für eure Sorge, aber lasst es.«

»Du bist ein stures Arschloch«, knurrt Hunter, und sein Ton verrät, dass er aufgibt.

Ich zeige ihm den Stinkefinger. »Danke.«

Dass in dem Moment das Handy in meiner Tasche vibriert, ist ein Geschenk des Himmels. Ich hole es heraus und sehe, dass ich eine Nachricht von Juliet habe.

Bist du beschäftigt?

Ja. Wieso?

Ich möchte reden.

Worüber?

Über uns.

»Sie ist es, nicht wahr?«, fragt Hunter und versucht auf meinen Bildschirm zu spähen.

Ich ignoriere ihn und wende mich ab. Was über uns?

Ich will wissen, wo wir stehen.

Mein Magen zieht sich zusammen. Kommt sie mir etwa auf die Schliche? Du stehst bei deinem Verlobten.

Mir ist klar geworden, dass das nicht der Ort ist, wo ich sein will. Triffst du dich noch mit Maddy?

Shit. Müßiggang ist des Teufels Ruhebank. Anscheinend ist Juliet allein zu Hause und denkt über alles nach, was ich gesagt habe.

Ja. Ich entscheide, ehrlich zu sein, um ihre Reaktion besser einschätzen zu können.

Und was bin ich dann für dich?

Die bessere Frage lautet doch wohl, was ich für dich bin? Ich bin nicht verlobt.

Ist sie jetzt bei dir?

»Dixon, im Ernst. Du musst damit aufhören.«

Finch und Hunter verstehen einfach nicht, dass ich nicht aufhören kann. Ich habe zu viel investiert, um jetzt aufzuhören.

Ja.

Entscheide dich.

Und da ist es. Juliet ist zurück, und teuflischer denn je. Ich wusste, dass es dauern würde, sie kleinzukriegen, aber ich muss einen Zahn zulegen.

Mich mehr denn je hassend, schreibe ich: Ich bin in 20 Minuten da.

»Ich muss weg«, sage ich und schiebe das Handy zurück in die Tasche.

»Dix!«, regt Hunter sich auf. »Geh nicht zu ihr.«

Ich ignoriere ihn, drücke die Kippe aus und wende mich Finch zu. »Danke für die Einladung, Finch.«

»Du willst echt gehen? Wir haben noch nicht einmal den Nachtisch gegessen. Und was ist mit Maddy? Was willst du ihr sagen?«

»Mach dir darüber keine Gedanken, es ist alles unter Kontrolle.«

»Nein, ist es nicht«, blafft Hunter mich an. »Was will sie von dir? Du behauptest, du würdest nicht mit ihr schlafen. Warum gehst du dann zu ihr? Wohl kaum, um eine Partie Mühle zu spielen!«

Ich fahre mir mit den Händen durchs Gesicht. »Sie will gewinnen.«

»Was gewinnen?«

»Mich!«, speie ich wütend aus und bohre mir den Zeigefinger in die Brust. »Kapierst du denn nicht? Es ging nie um Sex. Es geht immer nur um Kontrolle. Und Macht. Und da sie die nun verloren hat, will sie sie zurück. Sie kann es nicht ertragen, dass ich glücklich bin, wenn sie es nicht ist. Ich muss sie glauben lassen, dass sie gewinnt. Dass sie die Kontrolle hat, denn das ist der einzige Weg, wie ich aus dieser Sache herauskomme. Der einzige Weg, wie ich Madison schützen kann! Wenn ihr wüsstet, was sie Madison angetan hat, würdet ihr mein Verhalten nicht kritisieren. Sie hat das verdient. Jede einzelne Gemeinheit, die ich ihr antun werde, hat sie verdient!«

Hunter fällt die Kinnlade herunter, da er mir meine Frustration klar und deutlich ansieht. »Dix …« Er verstummt sofort, als die Balkontür aufgeht.

Wir alle wenden unsere Aufmerksamkeit Maddy zu, die im Türrahmen steht. Ihre leicht gerunzelte Stirn verrät ihre Ahnung, dass irgendetwas im Busch ist. Aber sie entscheidet sich offenbar, es zu ignorieren. »Also, Mary wird in einer Dreiviertelstunde hier sein. Sie hat gerade Feierabend gemacht und will noch rasch duschen, dann kommt sie her. Ich hoffe, das ist in Ordnung.« Ihr Blick wechselt zwischen uns hin und her. Ich schlucke meine Wut runter, denn ich muss mich zusammenreißen.

»Geht in Ordnung«, versichert Finch nervös.

Ich hasse es, dass ich ihn in diese Lage gebracht habe, aber um mein schlechtes Gewissen kann ich mich morgen kümmern. »Ich muss leider weg«, eröffne ich ihr und klinge zum Glück ganz ruhig.

»Weg? Wohin denn?«, fragt Madison und zieht erstaunt die Brauen hoch.

»Ein Notfall bei einem Patienten, um den ich mich kümmere.«

»Oh … Aber es ist Samstag.«

»Ich weiß. Aber meine Patienten schert es nicht, welchen Wochentag wir haben. Tut mir leid.« Ich gehe zu ihr und lächele sie liebevoll an. »Aber du bleibst.«

Sie seufzt und wirkt enttäuscht. »Ist schon okay. Du kannst mich unterwegs zu Hause absetzen.«

Zum ersten Mal schlägt sie vor, dorthin zurückzukehren. Aber das geht nicht, denn genau da muss ich auch erst hin.

Ich schüttle den Kopf. »Nein. Bleib bitte. Es wird nicht lange dauern. Und davon abgesehen wird Hunter vermutlich flennen, wenn er seine Freundin nun doch nicht zu Gesicht bekommt.« Ich wende mich Hunter zu, der halbherzig lächelt. Er ist momentan nicht sonderlich von mir beeindruckt.

Madison nagt an ihrer Unterlippe und stimmt schließlich zu. »Okay.« Aber mir entgeht nicht der Anflug von Zweifel in ihrem Blick.

Den muss ich unbedingt vernichten, deshalb greife ich in meine Tasche und hole meine Brieftasche heraus. Ich wühle darin, bis ich meinen Ersatzschlüssel gefunden habe. »Nur für den Fall, dass du gehen möchtest und ich nicht rechtzeitig zurück bin. Lass dich dann von Hunter zu meiner Wohnung fahren, wir treffen uns dort.« Ich öffne ihre Hand und lege den Schlüssel hinein.

»Okay. Danke. Ich gebe ihn dir später zurück.«

Ich streiche mit dem Fingerknöchel über ihre Wange und schüttle den Kopf. »Behalt ihn. Es ist deiner.«

Sie reißt die Augen weit auf. »W-wie?«

Ich muss über ihre Reaktion lächeln. »Du hast richtig gehört. Behalte ihn.«

Sie wedelt mit dem Schlüssel vor meinem Gesicht herum. »Das ist ein Schlüssel. Zu deiner Wohnung«, sagt sie und kann es anscheinend kaum fassen, dass ich ihn ihr gebe.

»Ich weiß, was das ist«, antworte ich ruhig.

»Und den gibst du mir? Ich soll ihn behalten?«, fragt sie nach und beobachtet mich genau.

Ich nicke grinsend. »Aber wenn du ihn nicht willst …« Schmunzelnd greife ich danach.

Sofort zieht sie die Hand fort. »Ich habe nicht gesagt, dass ich ihn nicht will. Ich wollte nur wissen, ob du dir sicher bist.«

»Ja.« Nie zuvor in meinem Leben war ich mir sicherer.

Das ist ein Riesenschritt in unserer Beziehung, aber einer, den ich mache, ohne irgendwelche Zweifel zu hegen. Ihr den Schlüssel zu meiner Wohnung zu geben kommt mir mehr als natürlich vor, wenn man bedenkt, dass sie den zu meinem Herzen längst besitzt.

»Danke.« Sie schaut zu mir hoch, und in ihrem Gesicht steht nichts als Freude.

»Willkommen zu Hause«, flüstere ich und küsse sie auf die Nasenspitze. Wenn ich doch nur bleiben könnte, denke ich innerlich seufzend. »Ich ruf dich an, sobald ich fertig bin.«

»Okay.«

»Viel Spaß. Lass dich nicht von Hunter einwickeln, solange ich weg bin.«

Sie grinst. »Ich bin sicher, dass er zu sehr damit beschäftigt sein wird, Lämmchen einzuwickeln.«

Über die Schulter schaue ich zu Hunter, der sich ans Herz greift. »Lämmchen? Das ist Schicksal. Der Jäger und das Lämmchen.«

»Ja, aber unter diesen Umständen bist du das Lämmchen.«

Madison lacht, während Hunter mit den Schultern zuckt. »Damit kann ich leben.«

Die Stimmung hat sich wieder aufgehellt, was den Abschied ein bisschen erleichtert. In diesem Sinne mache ich mich auf den Weg. »Bis später.«

»Beeil dich. Ich vermisse dich jetzt schon«, flüstert Maddy und macht meine Entschlossenheit zunichte.

Sich zu verabschieden sollte nicht so schwer sein, ist es aber. Und das liegt daran, dass ein Teil von mir weiß, dass ich mich nicht richtig verhalte. Ich kann noch so viele Entschuldigungen anführen, aber ich verlasse Madison, um zu Juliet zu gehen. Um zu Juliet zu gehen und Gott weiß was zu tun.

Ich schiebe mein schlechtes Gewissen beiseite und wende mich Hunter zu. »Pass auf mein Mädchen auf.« Er nickt und versteht die doppelte Bedeutung.

Dann mache ich mich auf den Weg und kann nur ahnen, was mich erwarten wird.

16

Wahre Identität

Dixon

Klopf. Klopf. Klopf.

Mein kurzes energisches Anklopfen spiegelt meine Stimmung.

»Na du?« Lächelnd öffnet Juliet die Tür. Ich spare mir die Antwort und marschiere an ihr vorbei, die Hände tief in die Hosentaschen geschoben.

Als die Tür hinter mir zugeht, setze ich mein Pokerface auf und schlucke den Widerwillen darüber herunter, dass ich überhaupt hier bin. »Also, was willst du?«

Ich halte ihr den Rücken zugewandt, denn ihr durchsichtiges Negligé ist Antwort genug. »Ich bin ganz allein zu Hause. Und ich verschwende diese Gelegenheit nur ungern.«

Als ich spüre, wie sie mit dem Fingernagel meinen Nacken hinunterfährt, schließe ich angeekelt die Augen. »Tatsächlich«, antworte ich, sobald ich meiner Stimme genügend traue, dass sie meine wahren Gefühle nicht verrät.

»Das habe ich vermisst, Dixon. Ich habe viel darüber nachgedacht, was du wegen Dylan gesagt hast. Es stimmt. Die Dinge sind nicht so, wie ich erwartet habe. Er hat mich mit solchem Elan gefickt, und jetzt bekommt er kaum noch einen hoch. Er ist kein richtiger Mann, so wie du einer bist.«

Sie presst sich an meinen Rücken und fährt mit der Hand um mich herum.

Ich halte den Atem an. Als sie mit den Fingern immer tiefer gleitet, scheint jegliches Leben aus mir zu weichen. Und als sie meinen Schritt erreicht und mich dort massiert, werden mein Körper und mein Gehirn zu zwei getrennten Einheiten. Aber das ist genau das, was ich erhofft habe. Das Gefummle natürlich nicht, aber ich will sie manipulieren, ihre Persönlichkeit zerbrechen und ihr Selbstvertrauen demontieren, bis ich sie völlig kontrolliere.

Mein Schwanz zeigt nicht das geringste Interesse aufzuwachen und mitzumachen, und diese Lustlosigkeit bringt mich auf eine Idee. Ich packe ihre Hand und schiebe sie dann weg. Langsam, mit genau kalkuliertem Tempo drehe ich mich zu ihr um.

Nervös leckt sie sich über die Lippen, beobachtet erwartungsvoll jeden meiner Schritte. Als ich den Saum ihres Slips packe, entrinnt ihrer Kehle ein heiseres Stöhnen. Ich lege ihre Finger auf ihre Muschi und mache damit meine Absichten klar.

Ihr fest in die Augen sehend, befehle ich: »Mach es dir.«

»Hier?«, fragt sie und hebt die Brauen. »Wäre es dir nicht lieber, wir würden im Schlafzimmer weitermachen?«

»Nein. Das hier genügt vollauf.« Ich löse meine Hand von ihrer und trete einen Schritt zurück, bin dankbar für die Atempause.

Sie sieht mich an, während ich mich weigere, mit meinem Blick tiefer hinunterzuwandern als bis zu ihrem Hals. »Setz dich«, schnurrt sie und stößt mich nach hinten. »Und genieß die Show.«

Ich lasse mich in den Sessel fallen, lehne mich zurück und lege die Fingerspitzen vor dem Mund aneinander, um meine finstere Miene zu kaschieren. Juliet scheint meine Abscheu gar nicht zu bemerken, denn sie grinst und schiebt eine Hand unter ihr Negligé. Ich schlucke mühsam und hoffe, mein Plan funktioniert.

Sie beginnt, über ihre Muschi zu reiben, stöhnt leise, während ich mich zwinge hinzusehen. Sie ist nicht gänzlich entblößt, aber der durchsichtige Stoff verhüllt so gut wie nichts, und die kurzen Einblicke, die ich erhasche, sind mehr als genug. Sie glitzert feucht, und als sie anfängt, mit zwei Fingern über ihre Klitoris zu reiben, sehe ich, wie ihre gerötete Haut zum Leben erwacht, während ich wie abgestorben bin.

Ihre vorwitzigen Nippel drücken gegen den dünnen Stoff ihres Negligés. Sie umfasst eine Brust und lässt die Finger schneller tanzen. »O Gott«, keucht sie, schließt die Augen und wirft den Kopf zurück.

In meiner Hose tut sich rein gar nichts, und falls das überhaupt möglich ist, dann bringt diese Veranstaltung meinen Schwanz nur dazu, sich noch weiter zurückzuziehen. Ich fühle mich davon abgestoßen, hier zu sitzen und mir das anzusehen, aber ich wusste schließlich, dass es ein bisschen schmutzig werden würde, wenn ich Juliet für immer loswerden will.

Mein altes Ich hätte mittlerweile die Hose auf Halbmast und den Schwanz in der Hand. Aber dieser Jemand ist eine Person, die ich einmal kannte. Das neue Ich, das *wahre* Ich, findet diese Darstellung widerlich und will möglichst schnell die Fliege machen.

Juliet muss meine Distanziertheit spüren, denn sie öffnet

die Augen und senkt den Blick auf meinen reglosen Schoß. Sie hört auf, sich zu streicheln. »Ist alles okay?«

Ich kratze mich am Kopf. »Sorry. Ich steh einfach nicht darauf.«

»Wie meinst du das?«

»Du tust es nicht für mich«, erwidere ich frei heraus.

Sie zieht die Hand unter dem Negligé hervor. »Wieso? Du hattest doch noch nie ein Problem, hart zu werden.«

Ich zucke mit den Schultern und schlage lässig die Beine übereinander. »Ich weiß, aber das war, bevor …« Ich beende den Satz absichtlich nicht.

»Bevor was?«

Ich bleibe still, erlaube ihr, den Satz selbst zu Ende zu bringen. »Bevor ich dick wurde und Ähnlichkeit mit einem gestrandeten Wal bekommen habe?«

Ich schaue weg, nicht weil die Worte der Wahrheit entsprechen, sondern weil sie mir in die Falle getappt ist. Es könnte mir nicht gleichgültiger sein, dass sie zugenommen hat. Doch wie vermutet zieht sie sofort den Schluss, dass ihr Aussehen der Grund für meinen schlaffen Schwanz ist. Sie würde niemals annehmen, dass ich keinen hoch bekomme, weil sie ein erpresserisches, verlogenes Miststück ist. Ich habe kein einziges Mal gesagt, dass ihre Schwangerschaft der Grund für meine Impotenz sei – sie dagegen schon.

In diesem Moment tut sie einem winzig kleinen Teil von mir wirklich leid. Ihre Art zu leben muss so … ermüdend sein. Sie wird niemals verstehen, dass wahre Schönheit im Inneren liegt.

So wie in Bezug auf ihre Beziehung habe ich die Saat ausgelegt und werde nun zuschauen, wie sie aufgeht. »Ich bin abstoßend.« Verlegen zupft sie am Saum ihres Höschens. »Niemand will mich mehr.«

»Und das quält dich?«

»Natürlich.«

»Wieso?«

»Weil es eine Zeit gegeben hat, da haben die Männer darum gebettelt, mit mir Sex zu haben«, stößt sie verächtlich hervor.

»Und wie fühlst du dich dabei?« Ich beuge mich vor, um den Eindruck zu vermitteln, dass ich aufmerksam zuhöre.

Sie lässt sich mir gegenüber auf das Sofa fallen. »Es gibt mir das Gefühl, eine Aussätzige zu sein, Doktor. Im Bruchteil einer Sekunde von begehrenswert zu ungewollt zu wechseln ist ein Schlag für das Ego eines Mädchens.«

»Dann ist es vielleicht an der Zeit, daran zu arbeiten.« Stück für Stück demontiere ich sie und ihre Sexsucht. Sie kann doch nicht durch und durch schlecht sein, oder? Aber ich weiß, wie die Antwort lautet. Was sie Madison angetan hat, zeigt, was für ein Mensch sie ist.

»Wie denn? Ich habe noch nicht einmal die Hälfte meiner Schwangerschaft hinter mir. Ich werde noch fetter«, sagt sie und begreift überhaupt nicht, worum es wirklich geht.

»Du bist kreativ. Überleg dir einen anderen Weg.«

Sie zieht einen Schmollmund, scheint angestrengt nachzudenken. »Madison muss verschwinden, anders geht es nicht.«

Ich zähle bis drei, bevor ich etwas sage. »Als Lösung für deine Probleme kannst du nicht einfach wünschen, dass all deine Feinde verschwinden, Juliet. Du musst Verantwortung für dein Handeln übernehmen.«

»Wie meinst du das?«

»Versteckst du dich möglicherweise hinter dem Sex? Kontrollierst du andere damit?«

Sie lacht ungläubig, aber als sich ihre Lippen zu einem schmalen Strich verziehen, weiß ich, dass ich ins Schwarze getroffen habe. »Und jetzt, wo das mit dem Sex nicht mehr funktioniert, fühlst du dich hilf- und machtlos?«

Sie zuckt mit den Schultern. »Mal angenommen, rein theoretisch, dass du recht hast, was soll ich dann dagegen tun?«

»Nun, für den Anfang solltest du dich nicht länger hinter deiner Muschi verstecken und stattdessen an dir arbeiten.«

Sichtlich gekränkt schreckt sie zurück. »Willst du damit etwa sagen, dass ich nicht nur äußerlich, sondern auch innerlich hässlich bin?«

Sie bringt es tatsächlich auf den Punkt. »Das habe ich nie behauptet«, erwidere ich jedoch.

Juliet verschränkt die Arme vor der Brust. »Aber gedacht.«

»Wie kommst du darauf?«

Resigniert wendet sie den Blick ab.

Ihre Niederlage lässt mich nachsetzen. »Juliet, bist du glücklich?« Ich habe vor, sie das zu fragen, bis sie einbricht. Ich muss ihre Schwächen entdecken, denn das ist der Schlüssel.

»Momentan nicht. Ich bin unglücklich, weil ich sexuell frustriert bin«, antwortet sie und versteckt sich wieder hinter dem Sex.

Ich schüttle den Kopf. »Lass den Sex mal weg. Bist. Du. Glücklich?«, wiederhole ich langsam.

Sie zwinkert erst einmal, dann noch einmal. »Ja. Sehr.«

»Ich weiß, dass du lügst«, stelle ich gelassen fest.

»Tue ich nicht«, erwidert sie defensiv.

»Du belügst dich nur selbst. Ich denke, dass du extrem unglücklich bist, und das schon seit langer Zeit. Aber wie heißt es doch so schön: Geteiltes Leid ist halbes Leid. Und du leidest sehr.«

Tränen treten ihr in die Augen.

Ihre Verletzbarkeit bringt mich auf eine Idee. »Hast du dir je überlegt, dass dein Elend die Folge deines Verhaltens sein könnte? Man sagt, das Schicksal sei nur ein Miststück, wenn man selbst eines ist.« Sie zuckt zusammen, als hätte ich sie geschlagen. »Vielleicht ist es dein Schicksal, das dich einholt?«

»Niemand ist perfekt.« Sie schnieft und putzt sich die Nase.

»Du hast recht. Aber manche Menschen kommen schon böse auf die Welt. Und das sind diejenigen, die einsam enden.«

Juliet wird bleich, ihre schlimmsten Ängste wurden gerade ausgesprochen.

Ich ziehe sie mental und physisch runter, und als ihr eine Träne über die Wange läuft, überfällt mich für einen Moment das Gefühl, mich falsch zu verhalten. Juliet zu zerbrechen ist sehr viel einfacher, als ich erwartet habe, und plötzlich komme ich mir vor wie der Schurke in dieser Geschichte.

Bevor mich meine Abgebrühtheit verlässt und ich alles versaue, was ich in Gang gesetzt habe, stehe ich rasch auf. Ich bin aus einem bestimmten Grund hier. Das darf ich nicht vergessen.

»Wo willst du hin?« Sie springt auf und wischt sich verlegen über die Augen.

»Nach Hause.«

»Ich möchte, dass du bleibst. Wir müssen nichts machen. Vielleicht könntest du mich einfach … festhalten?«

Sie festhalten? Selbst als wir etwas miteinander hatten, habe ich sie nicht ein einziges Mal »festgehalten«. Aber ich verkneife mir diesen Kommentar. Nach der kurzen Einschatzung von heute Abend diagnostiziere ich bei Juliet, dass sie eine verletzliche Narzisstin mit einer Borderline-Persönlichkeitsstörung ist. Ich glaube immer noch, dass sie sich tief in ihrem Innern schuldig fühlt für etwas, das in ihrer frühen Kindheit passiert ist. Könnte es mit dem zusammenhängen, was sie damals beobachtet hat? Oder wurde sie durch den Tod ihrer Mutter derartig aus der Bahn geworfen?

Auf ihre Weise besitzt Juliet ein zerbrechliches Selbstwertgefühl. Die Tatsache, dass ich ihrem Bann nicht erlegen bin, ruft in ihr ein Gefühl der Machtlosigkeit hervor. Und sie fühlt sich unzulänglich. Wenn ich durch diese Tür hinausgehe, wird sie mit Ängsten der Zurückweisung und Verlassenheit zu kämpfen haben, weil ihr Charme nicht mehr funktioniert. Sie kann mit ihrer goldenen Muschi andere nicht länger kontrollieren. Und das ist für einen Narzissten die größte Angst.

Tatsächlich ist es ihr *nicht* egal, was Dylan und ich über sie denken. Das unterscheidet sie von einem Soziopathen.

Das Problem ist nur, dass ich noch nicht weiß, was ich mit dieser Information anfangen soll. Ich könnte sie zerstören, aber will ich das? Indem ich dieses Spiel mit ihr spiele, begebe ich mich auf ihr Niveau. Ich manipuliere jemanden, der meine Hilfe gebrauchen könnte. Plötzlich fühle ich mich, als würde ich einen hilflosen Welpen treten.

Aber wenn ich an Madison denke und daran, wie Juliet sie hätte retten können, überwältigen meine Gefühle mein schlechtes Gewissen, und ich weiß, was getan werden muss. Ich darf nicht vergessen, dass ein Narzisst stets spielt, um zu gewinnen. Und indem ich nicht mitspiele, sondern kontere, werde *ich* gewinnen.

»Vielleicht nächstes Mal«, erwidere ich ohne jede Regung.

Ich muss sie viel stärker schmachten lassen, denn noch ist sie zu stolz zum Betteln. Sie antwortet so, wie ich es erwartet habe. »Okay.«

Auf dem Weg zur Tür gehe ich im Kopf mein Einmaleins der Psychologie durch. Komplimente sind wie Nahrung für hungernde Narzissten. »Übrigens«, sage ich über die Schulter hinweg, »ich bin von dir immer noch so fasziniert wie am Tag unserer ersten Begegnung.« Das stimmt tatsächlich. Aber auf andere Weise, als sie denkt.

Ihre Wangen erröten, und sie wirkt satt … für den Moment.

Schweigend lässt sie mich ziehen. Ich habe ihre Selbstgefälligkeit geschürt und deshalb glaubt sie jetzt, sie habe gewonnen. Aber sie hat keine Ahnung, gegen wen sie spielt.

Das hatte sie noch nie.

ZWEITER TEIL

Ein Monat später …

17

Alle großen Leistungen erfordern Zeit

Dixon

»Erinnerst du dich, was ich dir gesagt habe?«

»Ja.«

»Sag es laut.« Ich korrigiere die Lautstärke an meinem Bluetooth, um sicher zu sein, dass ich sie gut hören kann.

»Du bist für zehn Tage fort und nicht erreichbar, weil du die ganze Zeit in Meetings steckst.«

»Braves Mädchen.«

Der vergangene Monat war anstrengend, aber, um es mit den Worten der großartigen Maya Angelou zu formulieren: »Alle großen Leistungen erfordern Zeit.« Und es gibt keine größere Leistung, als zu sehen, wie Juliet in meinen Händen zu Wachs wird.

Ich habe sie so geformt und manipuliert, wie ich sie haben will, und diese Person hält Dylan irgendwie von Maddy fern. Sie droht nicht mehr, Maddy von uns zu erzählen, weil sie glaubt, die Kontrolle zu besitzen.

Um diese Macht über sie zu erlangen, musste ich Maddy weiterhin belügen und mich hinter ihrem Rücken mit Juliet treffen. Ja, ich fühle mich schuldig, aber diese Schuld wird langsam ersetzt durch ein Gefühl des Triumphs. Endlich habe ich das Spiel gewonnen, dessen sich Juliet so sicher war.

Ich habe nichts allzu Erbärmliches getan und sie nicht einmal angefasst, um zu bekommen, was ich wollte. Ich habe sie ermuntert, es sich selbst zu machen, aber nur, wenn ich nicht da bin, denn ich habe nicht das geringste Interesse, mir das jemals wieder anzusehen.

In den Gesprächen mit ihr habe ich herausgefunden, dass ihre Sucht auf eine Person zurückverweist: Dylan Roberts. Sie ist ihm hörig, und das seit dem Tag, an dem sie sich begegnet sind. Zu schade aber auch, dass er selbst von jemand anderem besessen ist. Juliet weiß, wer diese Person ist, und das verfolgt sie jeden Tag. Aus diesem Grund verachtet sie Madison. Madison hat das, was Juliet will – Dylans bedingungslose Liebe.

Man kann getrost davon ausgehen, dass ich richtigliege und sie Dylans Gewalttat als einen Akt der Liebe angesehen hat. Und sie hat niemandem davon erzählt, weil sie eifersüchtig war. Deshalb hat sie von jenem Tag an versucht, Dylan zu verführen. Als das nicht funktionierte, setzte sie Sex ein, um andere zu kontrollieren, denn die einzige Person, die sie haben wollte, erwiderte ihre Gefühle nicht. Und ich bin ihr in die Falle gegangen wie der letzte Trottel.

Aber damit ist Schluss.

Mittlerweile steckt sie voller Selbstzweifel, die ich gesät habe.

Ich räuspere mich, verdränge jede Scham und sage: »Okay, ich bin jetzt unterwegs zum Flughafen und muss mich beeilen.«

»Ich wünschte, ich könnte mitkommen. Ich wollte schon immer mal in die Schweiz.«

Ich setze den Blinker nach rechts. »Vielleicht nächstes Mal. Hast du heute Abend etwas vor?«

Ein wenig begeistertes Seufzen beantwortet meine Frage. »Nein. Dylan muss lange arbeiten.«

»Check deine E-Mails«, befehle ich und schlängele mich durch den Verkehr, da ich echt spät dran bin.

»Was? Jetzt?«

»Ja.«

Ich höre, dass sie auf ihrem Telefon herumtippt und dann hörbar einatmet. »Dixon, das ist umwerfend. Danke.«

»Das Vergnügen ist ganz meinerseits. Du verdienst ein bisschen Ruhe und Erholung, und gäbe es dafür einen besseren Ort als die Hamptons?«, stelle ich fest und beziehe mich dabei auf das Wellnesshotel, das ich für sie gebucht habe.

»Der Gutschein gilt für zwei Personen«, liest sie vor.

»Ja. Ich dachte, du möchtest vielleicht Rachel mitnehmen«, antworte ich und weiß genau, dass sie ihre Stiefmutter niemals mitnehmen würde.

Sie schweigt für einen Moment, bevor sie fragt: »Würde es dir etwas ausmachen, wenn ich stattdessen Dylan mitnehme?«

Ich seufze gespielt. »Natürlich nicht. Tu, was immer dich glücklich macht.«

»Danke, Dixon. Das ist genau das, was wir brauchen. Sieben Tage weg von Manhattan und allen, die dort leben.«

»Gern geschehen.« Sie hat ja keine Ahnung – das ist genau das, was *ich* brauche.

In drei Tagen hat Maddy Geburtstag, und es war mein Ernst, als ich sagte, ich würde mit ihr nach Rom fliegen. Allerdings darf Juliet das nicht mitbekommen. Ihr gegenüber tue ich so, als sei meine Beziehung zu Madison locker und oberflächlich, aber eine gemeinsame Reise nach Italien unterstützt diese Behauptung nicht gerade. Deshalb musste ich dafür sorgen, dass Juliet beschäftigt ist. Die einzige Möglichkeit bestand darin, sie wegzuschicken zu so einem Mädchenort, an dem sie ihre Zeit mit Fußmassage, Yoga und all dem füllen kann, was man in einem Spa sonst noch so macht.

Und ich musste dafür sorgen, dass Dylan ebenfalls verschwindet, da ich davon überzeugt bin, dass er heimlich Maddys Wohnungstür beobachtet, um einen Blick auf sie zu erhaschen. Obwohl sie jetzt die meiste Zeit bei mir ist, fährt sie alle paar Tage zu ihrem Apartment, um sich saubere Wäsche zu holen. Wenn er sie dann gar nicht zu Gesicht bekommt, weil wir in Italien sind, würde er anfangen, Fragen zu stellen, Fragen, auf die Rachel die Antwort kennt. Und ich kann es nicht riskieren, dass er versehentlich Juliet gegenüber alles ausplaudert.

So ungern ich es zugebe, aber dieses Doppelleben wird anstrengend, genau wie Hunter und Finch es vorhergesagt haben. Zum Glück habe ich einen Plan.

Maddy beginnt sich zu verändern. Noch ist es eine kleine Veränderung, aber es tut sich etwas. Sie erzählt mir nie, was sie in der Therapie bespricht, aber früher oder später wird sie bereit sein, Rachel und Sebastian in ihr Geheimnis einzuweihen. Und dann bin ich frei.

Dann muss ich diese Scharade nicht länger spielen, denn Dylan wird so weit wie möglich von Rachel und Sebastian wegkommen wollen. Und Juliet auch. Sie ist genauso schuldig wie er und wird ihm nacheilen, wenn er die Beine in die Hand nimmt. Juliet wird Himmel und Hölle in Bewegung setzen, um mit ihm zusammen zu sein. Deshalb hoffe ich, dass er weit wegläuft, sehr weit, und niemals zurückkommt.

Nur das lässt mich durchhalten, und obwohl ich diesen

Moment kaum erwarten kann, setze ich Madison dennoch nicht unter Druck, denn so etwas kann man nicht beschleunigen.

»Ich bin jetzt am Flughafen. Genieße deinen Kurzurlaub«, sage ich und halte am Straßenrand.

»Danke. Du auch. Wir reden, wenn du zurück bist.«

Ich muss grinsen. »Ja, das machen wir.«

Ich beende das Telefonat und winke einer aufgeregten Madison zu, die ich direkt von der Arbeit abhole. Sie kommt zu meinem Wagen gelaufen und reißt die Tür auf. »Bitte sag mir, dass du daran gedacht hast, mein Gepäck mitzubringen?«, ruft sie und lässt sich auf den Beifahrersitz fallen.

Als Antwort auf ihre Frage deute ich mit dem Kopf nach hinten.

Sie kichert und lehnt sich herüber, um mir einen flüchtigen Kuss auf die Wange zu geben. »So ist das nun mal, wenn du einem Mädchen nicht sagst, wohin die Reise geht. Möglicherweise fliegen wir ja nach Alaska. Ich musste für jedes Wetter etwas einpacken«, erklärt sie, während ich amüsiert den Kopf schüttle.

»Du willst mir also wirklich nicht sagen, wohin wir fahren?«, fragt sie, als ich mich in den Verkehr einfädle.

»Nein. Es ist eine Überraschung. Aber ich kann dir versichern, dass es nicht Alaska ist.«

Sie drückt sich tief in ihren Sitz und verschränkt demonstrativ die Arme vor der Brust. »Okay, jetzt habe ich so lange gewartet, da tun mir ein paar Minuten mehr auch nicht weh … zumindest nicht sehr«, fügt sie lächelnd hinzu.

Ihre Aufregung ist greifbar und meine ehrlich gesagt auch. Ich kann es kaum erwarten, zehn ganze Tage ausschließlich mit ihr zu verbringen. Und zehn ganze Tage ohne die Teufelin. Ich bin ziemlich sicher, dass Madison nichts von alldem ahnt, und ein kleiner Teil von mir ist besorgt darüber, dass ich immer besser darin werde, sie anzulügen. Aber von Manhattan weg zu sein gestattet mir, all das zu vergessen und mich auf das zu konzentrieren, was wichtig ist – sie.

»Wie war es bei der Arbeit?«, frage ich und biege zum JFK ab. Maddy konnte ihre Frühschicht nicht tauschen, aber zumindest um 10.30 Uhr Feierabend machen, sodass wir den Flug um 13.30 Uhr erwischen.

»Nicht viel zu tun, und ich konnte jede Menge büffeln. Hey, fahren wir zum Flughafen?«, fragt sie, setzt sich kerzengerade auf und presst die Nase an die Seitenscheibe.

»Vielleicht«, antworte ich und kann mir das Lächeln nicht verkneifen.

»O mein Gott! Ich dachte, wir würden mit dem Auto verreisen.«

»Die Möglichkeit besteht immer noch.«

»Uff.« Sie lässt sich zurück in den Sitz fallen. »Du bist einfach zu gut darin, Geheimnisse für dich zu behalten.«

Ich weiß, dass ihre Bemerkung harmlos gemeint ist, trotzdem versetzt sie mir einen Stich. Ich ignoriere das Gefühl und konzentriere mich auf Maddy, die von den anstehenden Praktika erzählt. Sie möchte unbedingt den Platz im Mount Sinai Hospital bekommen, und ihre Chancen stehen gut.

Die Fahrt zum JFK ist zum Glück kurz, und als ich den Wagen im Bereich für Langzeitparker abstelle, zieht Maddy eine Braue hoch.

»Könntest du mir jetzt bitte verraten, wohin die Reise geht?« Sie verschränkt die Finger, als würde sie beten.

»Nein«, antworte ich und küsse sie auf die Nasenspitze.

Wir steigen in den Shuttle und fahren bis zu den Terminals für internationale Flüge. Während ich Maddys drei Koffer auslade und auf einen Gepäckwagen stelle, hüpft sie aufgeregt auf der Stelle.

»Dixon, du bringst mich um!«, jammert sie und folgt mir durch die Glastür.

Sie ist anbetungswürdig, und ich kann es kaum erwarten, dass sie endlich herausfindet, wohin die Reise geht. Als wir uns mit unserem Gepäckwagen einen Weg durch die Menge bahnen, muss ich unentwegt an das denken, was vor uns liegt. Ich habe eine kleine Villa gemietet, die uns absolute Privatsphäre gewährleistet – keine Ahnung, wie es mir dann gelingen soll, die Hände von Maddy zu lassen.

»O Himmel! Nein! Das kann doch nicht …« Madisons begeisterte Worte zeigen mir, dass sie das Reiseziel langsam ahnt.

Ich bleibe stehen und grinse. »Und? War das nicht das lange Warten wert?«

Als ich auf sie herabschaue, wird mir klar, dass sich diese Geheimniskrämerei gelohnt hat, weil nichts damit vergleichbar ist, wie sie sich glücklich in meine Arme wirft und jubelt.

»Du fliegst mit mir nach Rom? Ich dachte, das sei ein Scherz gewesen!« Sie schnieft und blinzelt ihre Freudentränen weg.

»Nein, ich habe wohl die falsche Abfahrt genommen«, necke ich sie und drücke sie ganz fest.

Sie kichert und schluchzt in einem Atemzug, löst sich dann aber plötzlich aus meiner Umarmung und wirkt beunruhigt. »Ich habe meinen Pass nicht eingesteckt!«

»Dann kannst du wohl nicht mitkommen.« Ich seufze,

lächle dann aber sofort, weil es aussieht, als würde sie jeden Moment wieder in Tränen ausbrechen.

»Oh, du bist ja so gemein, Dixon Mathews.« Sie streckt mir sie Zunge raus.

Ich lasse sie los, greife in meine Jackentasche und hole ihren Ausweis heraus. »Glücklicherweise hat deine Mom ihn mir gegeben.«

Sie zieht eine Braue hoch. »Sie ist eingeweiht?« Als ich wieder lächle, reißt sie mir den Ausweis aus der Hand. »Beantworte das ja nicht.« Als wir am First Class Schalter einchecken, macht Maddy große Augen. »Ich bin noch nie First Class geflogen.«

»Es gibt für alles ein erstes Mal«, antworte ich und merke zu spät, dass meine Bemerkung ihr womöglich unangenehm ist. Aber als sie errötet und nervös an ihrem Armband herumspielt, weiß ich, dass es die gegenteilige Wirkung hatte. »Ich kann es kaum erwarten.«

Ich unterdrücke ein Stöhnen, verschränke meine Finger mit ihren, und wir gehen zum Sicherheitscheck.

Bis zum Flug bleibt uns noch ein bisschen Zeit. Wir beschließen, es uns in der Lounge gemütlich zu machen. Als ich meine E-Mails durchgehe, spüre ich, dass Madison mich aufmerksam beobachtet. In aller Ruhe schaue ich von meinem Display hoch und ertappe sie dabei, wie sie mich ansieht. Normalerweise guckt sie dann immer weg, weil es ihr peinlich ist, dabei erwischt zu werden, aber dieses Mal tut sie das nicht.

Ich erwidere ihren Blick und frage mich, was sie denkt. Sie zeigt es mir, indem sie aufsteht und zu mir kommt. Wortlos setzt sie sich auf meinen Schoß, legt die Arme um mich und schmiegt den Kopf an meine Brust. Diese Geste ist so vertrauensvoll, dass ich lächeln muss.

»Danke, Dixon«, flüstert sie.

»Gern geschehen. Alles Gute zum Geburtstag, Madison«, antworte ich und berge sie schützend in meinen Armen.

Als ihr Atmen tiefer und schwerer wird, frage ich mich, was los ist. »Das beste Geburtstagsgeschenk aller Zeiten«, sagt sie schließlich. »Ich liebe … es.«

Ich antworte nicht, halte sie noch fester als je zuvor, denn wenn ich es nicht besser wüsste, war sie drauf und dran, so etwas Verrücktes zu sagen wie … ich liebe dich.

18

Atmen

Madison

»Wow«, stoße ich zum hundertsten Mal hervor und bestaune die magische, mondbeschienene Landschaft.

Mir ist klar, dass das nicht sonderlich poetisch ist, aber zu mehr bin ich nicht imstande. Und das ist vermutlich gar nicht schlecht, wenn man bedenkt, dass ich Dixon beinahe gesagt hätte, dass ich ihn liebe. Meine Gefühle haben mich derart überwältigt, dass es mir fast über die Lippen gekommen wäre. Bestimmt weiß er, was ich sagen wollte, aber seltsamerweise ist es mir egal.

Dass er meinen Geburtstag mit mir in Rom verbringen will, ist der Wahnsinn. Schließlich bin ich noch nie weiter als bis Boston gekommen. Aber hier sitze ich nun in einem schicken Mercedes und erlebe die nächste Überraschung.

Wir sind aus der Stadt heraus und fahren aufs Land. Ich muss mich auf meine Hände setzen, damit ich aufhöre, mit ihnen herumzuspielen, so nervös bin ich. Zehn ganze Tage mit Dixon in Rom – ein Traum wird wahr.

Als ich sehe, worauf wir zufahren, werden meine Augen immer größer. »*Hier* wohnen wir?«, frage ich, beuge mich vor und starre durch die Windschutzscheibe.

»Vielleicht«, lautet Dixons vage Antwort. Offenbar genießt er es, dass ich vor Gespanntheit fast platze.

Die mit Kies bestreute Zufahrt führt zu einem zweigeschossigen Terrakotta-Haus auf einem Hügel. Als Dixon den Motor abstellt, wirbele ich herum und sehe ihn an. »Eine Villa nur für uns? Du willst mich doch auf den Arm nehmen!«

»Willkommen zu Hause, Liebling«, sagt er und grinst so breit, dass sein Grübchen hervortritt.

Ich reiße die Tür auf und stürme die Stufen hinauf. Es ist atemberaubend. Das rustikale Gebäude steht inmitten von Olivenhainen und bietet eine wundervolle Aussicht auf die umgebenden Hügel. Die Luft hier draußen ist so frisch und klar, dass ich gar nicht anders kann, als tief durchzuatmen. Während ich mich im Kreis drehe, stelle ich fest, dass wir hier ganz allein sind. Wir haben dieses Paradies für uns.

»Dann darf ich wohl annehmen, dass es dir gefällt?«, fragt Dixon hinter mir.

Ohne den Blick von der Landschaft zu lösen, nicke ich. »Da liegst du richtig, Dr. Mathews. Danke. Es ist einfach perfekt.«

Ich drehe mich um und danke ihm auf die einzig mögliche Art. Als ich die Arme um seinen Nacken lege und ihn leidenschaftlich küsse, überrascht ihn das. Er braucht ein oder zwei Sekunden, bis er sich gefangen hat.

Etwas in mir verändert sich. Das fühle ich. Jedes Mal, wenn ich Dixon küsse oder berühre, löst sich ein kleines Stück meiner Vergangenheit auf, und es wird nicht mehr lange dauern, bis sie ganz verschwunden ist. Sie wird mich nicht länger beherrschen, denn ich habe keine Angst mehr. Und das dank eines Mannes, in den ich mich immer mehr verliebe.

Ich stecke all meine Zuneigung in diese Geste, küsse ihn zärtlich und zupfe an den Haarsträhnen, die sich in seinem Nacken kräuseln. Er geht darauf ein, und es dauert nicht lange, da komme ich kaum noch mit, überlasse ihm die Kontrolle. Er erobert erst meinen Mund, dann meinen ganzen Körper, bringt mich zum Keuchen, bis ich mich verzweifelt an ihn klammere, weil ich nicht genug bekommen kann. Das Feuer in mir lodert immer heftiger, und ich weiß, dass nur er diese Flammen löschen kann.

Als Dixon das Tempo verlangsamt und sich behutsam von mir löst, wird mir klar, dass er es auch fühlt. »Wir gehen besser hinein. Es ist spät«, sagt er, und seine schönen Augen schimmern im Mondlicht.

Ich nicke nur, da ich meiner Stimme nicht traue.

Wir sammeln unser Gepäck ein und betreten das Haus. Als ich den ersten Schritt hineinsetze, wird mir schlagartig klar, wo und mit wem ich hier bin. Tränen treten mir in die Augen. Ich kann mich nicht erinnern, jemals so glücklich gewesen zu sein.

Als sich die Tür hinter uns schließt, wische ich mir schnell über die Augen, damit Dixon mich nicht weinen sieht. »Wow.«

Schmunzelnd schiebt er sich an mir vorbei, während ich staunend dastehe. Die in einem dunklen Beige gestrichenen Wände und Holzbalken verströmen ein rustikales Flair. Durch einen Rundbogen trete ich in ein geräumiges Wohnzimmer, in dem ein antik wirkender Kerzenleuchter von der Decke hängt. Er passt hervorragend zu dem dicken, orientalischen Teppich und den cremefarbenen Stoffen der Möbel. Nur mühsam widerstehe ich dem Drang, herauszufinden, ob sich die Bezüge genauso seidig anfühlen, wie sie aussehen.

Ich bin so versunken in die Schönheit, dass ich ihn nicht hereinkommen höre und ihn erst bemerke, als er die Arme um meine Taille legt und flüstert: »Ich habe dein Gepäck nach oben gebracht.«

Ich bin kaum in der Lage, mein wohliges Schauern zu verbergen. »Und was ist mit deinen Taschen?«

»Die stehen auch schon oben, neben deinen. Ist das in Ordnung? Es gibt auch ein Gästezimmer, falls du …«

Ich schneide ihm das Wort ab. »Du wirst nicht im Gästezimmer schlafen. Natürlich ist es in Ordnung.«

Er küsst mich auf den Hals. »Gut, denn ich wollte eigentlich vorschlagen, dass *du* im Gästezimmer wohnst.« Ich lache schallend. »Möchtest du einen Schluck Wein? Er stammt von einem hiesigen Weingut.«

»Sicher, das wäre nett. Aber ich würde gern erst duschen.«

»Klar. Ich bringe den Wein nach oben. Wir können uns auf den Balkon setzen, wenn du magst.«

»Das klingt wunderbar.« Ich drehe mich um und küsse ihn flüchtig, bevor ich die Treppe hinaufeile.

Ich versuche, nicht allzu lange die beeindruckenden Kunstwerke an den Wänden zu bestaunen, und finde schließlich das Hauptschlafzimmer. Es ist die letzte Tür auf der linken Seite. Als ich eintrete, erhebt sich in meinem Bauch ein Schwarm Schmetterlinge. Das in Braun- und Champagnertönen gehaltene Zimmer scheint nur dazu gedacht, das viktorianische Himmelbett hervorzuheben. Über den dunklen Holzpfosten ist ein goldfarbener Baldachin drapiert, der dem Bett eine Aura von elegantem Luxus verleiht.

Ich ignoriere meine plötzliche Nervosität und setze mich auf den Boden, um meinen Kulturbeutel und den Flanellpyjama aus dem Koffer zu holen. Aber als ich noch einmal einen Blick auf das majestätische Bett werfe, greife ich wie von selbst zu dem Satinslip.

So etwas Edles habe ich noch nie besessen. Aber als Dixon sagte, dass er an meinem Geburtstag mit mir verreisen wolle, habe ich den Victoria's-Secret-Gutschein verbraten, den Mom mir geschenkt hat. Sofort kehren die Schmetterlinge zurück. Ich habe zwar schon unzählige Male neben Dixon geschlafen, aber aus irgendeinem Grund fühlt es sich dieses Mal anders an.

Als ich erneut zu dem riesigen Bett spähe, erkenne ich den Grund. Hier zu sein, weit weg von jedem und allem, gibt mir das Gefühl, eine normale Frau zu sein, die mit ihrem Freund verreist ist. Meine Ängste und Sorgen scheinen in New York geblieben zu sein, und ich fühle mich, als könne ich endlich atmen. Mit diesem Gedanken im Kopf schnappe ich mir meinen Kulturbeutel und gehe in das angrenzende, luxuriöse Bad.

Zwanzig Minuten später fühle ich mich nach der heißen Dusche unglaublich entspannt. Obwohl hier in Italien bereits der Morgen dämmert, funktioniert mein erschöpfter Körper immer noch nach New Yorker Zeit, und ich bin bettreif.

Entschlossen, wenigstens noch lange genug wach zu bleiben für ein Glas Wein, fahre ich mir mit den Fingern durch die Haare und gehe ins Schlafzimmer. Die hölzerne Flügeltür zum Balkon steht offen, Dixon muss draußen sein. Barfuß trete ich hinaus. Die kühlen Natursteine fühlen sich göttlich an unter meiner warmen Haut.

Dixon sitzt entspannt in einem Sessel und scheint in Gedanken vertieft. Der Himmel schimmert bereits rosafarben.

»Hi.«

»Selber hi«, antwortet er, ohne sich umzudrehen.

Auf dem kleinen runden Tisch stehen eine halbe Flasche Wein und ein Glas. Ich schnappe es mir und setze mich neben Dixon. Als ich über die steinerne Balkonbrüstung hinweg die Landschaft betrachte, verschlägt es mir fast den Atem. Die Morgendämmerung hüllt die Hügel in ein warmes Glühen.

»Es ist so wunderschön«, schwärme ich.

»Das ist es.« Als er sich mir langsam zuwendet, fährt sein sinnlicher Blick über meinen Körper. »Allerdings sehe ich etwas, das noch schöner ist.«

»D-danke.« Es macht mich immer noch ganz nervös, wenn er mich so ansieht. Sein schiefes Grinsen verrät, dass er das weiß. »Bist du müde?«

»Ein bisschen«, gestehe ich. »Und was ist mit dir?«

Er schaut wieder in die Ferne. »Ich denke, ich bleibe auf, um mir den Sonnenaufgang anzusehen. Es kann nicht mehr lange dauern.« Sein ruhiger, sanfter Ton lässt mich gähnen. Rasch halte ich mir die Hand vor den Mund.

»Geh ruhig schlafen. Ich komme auch bald.«

Ich betrachte meinen unberührten Wein und weiß genau, dass ich in ein paar Sekunden ausgezählt sein werde, wenn ich nur einen Schluck trinke.

»Okay.« Ich stehe auf, strecke mich und werfe einen letzten Blick auf die wunderbare Landschaft.

Dixon schaut hoch und belohnt mich mit einem sanften Lächeln. »Schlaf gut, *angelo*.«

So wie jedes Mal, wenn er mich mit diesem Spitznamen anspricht, schmilzt mein Körper förmlich dahin, und ich muss ein Stöhnen unterdrücken. Er weiß nicht, wie viel mir das bedeutet, denn diese liebevolle Bezeichnung löscht alle anderen Namen aus, die ich nie gewollt habe.

Ich überrasche Dixon damit, dass ich mich auf seinen Schoß setze. Er öffnet die Arme, und ich kuschle mich hinein, drehe den Kopf so, dass ich die Aussicht bewundern kann. »Ich glaube, ich möchte auch den Sonnenaufgang ansehen.« Wortlos legt er die Arme noch fester um mich. Wir schweigen beide, es ist nicht nötig, dass einer von uns etwas sagt.

Als meine Augen zufallen, überkommt mich das Gefühl, dass das hier alles ist, was ich mir je wünschen könnte – und noch vieles mehr.

19

Das neue Ich

Madison

Als ich aufwache, steigt mir Kaffeeduft in die Nase.

Mein benebeltes Gehirn spielt Aufholjagd, und als ich die Satinlaken unter meinen Fingerspitzen spüre, wird mir klar, dass ich zusammengerollt in unserem wunderbaren Bett liege. Keine Ahnung, wie ich hierhingekommen bin, Dixon muss mich ins Bett getragen haben. Ich weiß noch, dass ich die Sonne etwa fünf Sekunden lang beim Aufgehen beobachtet habe, und dann sind mir die Augen zugefallen, als habe man das Licht ausgeschaltet.

Der Wecker verrät mir, dass es schon fast ein Uhr mittags ist. Nachdem ich mich ausgiebig gerekelt habe, entscheide ich, diesen köstlichen Duft aufzuspüren. Ich ziehe den Morgenmantel über und versuche meine zerzausten Haare zu zähmen. Aber als ein weiterer Duft, ein süßer, sirupartiger, die Treppe heraufwabert, gebe ich auf und laufe hinunter.

Dort bleibe ich wie angewurzelt stehen. Dixon steht mit nacktem Oberkörper am Herd und wendet Pfannkuchen. Seine Jeans sitzt tief auf der schmalen Taille, enthüllt zwei perfekte Grübchen über seinem festen Hintern. Als er sich zur Seite dreht, um einen Teller zu nehmen, fällt das durchs Fenster hereinströmende Sonnenlicht auf sein Tattoo. Er ist eine echte Augenweide.

»Hallo«, begrüßt er mich, ohne sich ganz umzudrehen.

Ich zucke zusammen, da mich seine raue Stimme aus meinen wollüstigen Gedanken reißt. Bestimmt hat mich mein heftiges Atmen verraten. Ich räuspere mich, gehe zur Küchentheke und setze mich. »Hi.«

Über die Schulter hinweg blinzelt er mir zu. »Hoffentlich hast du Hunger, denn ich habe genug Essen für eine ganze Kompanie zubereitet.«

Kichernd recke ich den Hals, um an ihm vorbeizuspähen. Er hat recht. Der Berg Pfannkuchen auf dem Teller neben ihm erinnert an den schiefen Turm von Pisa. »Man kann nie zu viele Pfannkuchen backen«, sage ich, um seine Arbeit zu würdigen.

Er lacht und serviert uns ein kleines Festmahl, während ich die Auswahl der Toppings bewundere, die er vor mir aufbaut. Ich lecke mir über die Lippen und greife nach dem Sirup und den Beeren. Dann streiche ich mir die Haare hinter die Ohren, beuge mich vor und schnuppere. Es duftet … interessant.

»Ich hoffe, es schmeckt.« Er sieht mich erwartungsvoll an.

»Das ist bestimmt köstlich«, versichere ich und verteile eine ordentliche Portion Sirup auf meinem Pfannkuchen. Mit Messer und Gabel schneide ich den nicht durchgebackenen Teig und versuche nicht zu kichern, als er an meiner Gabel kleben bleibt. Möglichst ungerührt schiebe ich mir einen Bissen in den Mund, da Dixon mich aufmerksam beobachtet.

»Nicht schlecht, oder?«, fragt er und stellt eine Tasse Kaffee vor mich hin.

»Nein, großartig«, lüge ich mit vollem Mund, beäuge den

Kaffee und spiele mit dem Gedanken, ihn über meinen Pfannkuchen zu gießen, um den vielen Zucker auszugleichen. Noch ein einziger Bissen, und meine Zähne werden im Zeitraffer von Karies zerfressen. »Lecker.«

»Okay, Schluss.« Dixon grinst und zieht mir den Teller weg.

»Hey, lass das. Es schmeckt gut.« Ich versuche, den Teller zurückzuholen, aber Dixon stellt ihn beiseite und stibitzt auch noch meine Gabel.

Dann schneidet er sich ein Stück von dem Pfannkuchen ab und schiebt es in den Mund. Währenddessen versuche ich, den Teig mit möglichst viel Kaffee hinunterzuspülen. Das Brennen des noch heißen Getränks in meiner Kehle ignoriere ich. Über den Tassenrand beobachte ich amüsiert, wie Dixon das Gesicht verzieht und sich an die Theke klammert.

»Die schmecken doch köstlich!« Ich nicke ihm ermutigend zu.

Dixon sieht mich an, als hätte ich den Verstand verloren, und schiebt die Reste von meinem Teller in den Mülleimer.

Ich kann mir zwar das Lachen verkneifen, aber grinsen muss ich doch. Es ist so unglaublich süß, dass er mir Frühstück machen wollte, denn offenbar hat er noch nie in seinem Leben Pfannkuchen zubereitet.

»*So* schlecht waren sie doch gar nicht«, verteidige ich seine Bemühungen. Er hält beim Entsorgen inne, dreht sich zu mir um und hebt zweifelnd die Braue.

»Okay, sie waren ein bisschen zu süß, aber ich fand's toll, dass du versucht hast …«

»Dich ins Zuckerkoma fallen zu lassen?«, beendet er den

Satz für mich. Ich beiße mir auf die Lippe, um nicht schon wieder zu kichern. »Wie wäre es, wenn wir uns anziehen und irgendwo etwas Richtiges essen gehen?«

Ich nicke, und mein Magen knurrt zustimmend. »Was wollen wir heute unternehmen? Abgesehen vom Essen?«

Er fährt sich durch sein strubbeliges Haar. »Ich dachte, wir fahren ein bisschen spazieren. Für die nächsten Tage habe ich ein paar Dinge geplant, aber ich will dich nicht direkt am Anfang völlig erschöpfen.« Kaum sind ihm die Worte über die Lippen gekommen, da scheint er die Formulierung zu bedauern. Genauso hat er am Flughafen geguckt. Allerdings entgeht ihm dabei, dass ich gar kein Problem damit habe.

Ich stehe auf, trinke meinen Kaffee aus und säubere die Tasse im Spülbecken. Dixon stellt sich hinter mich und legt die Arme um meine Taille. »Möchtest du zuerst duschen?«, fragt er.

Ich nicke und lehne mich in seine Umarmung. »Dauert nicht lange.« Als er mich jedoch fester an sich zieht und einen zarten Kuss auf meine Schulter haucht, lösen sich alle Gedanken ans Duschen in Luft auf.

Dixon spürt, dass ich kapituliere, und küsst sich meine Halsbeuge entlang. Ich neige den Kopf zur Seite, gewähre ihm freien Zugang zu meiner erhitzten Haut. Als er mein Ohrläppchen in den Mund nimmt, stöhne ich leise und bekomme weiche Knie. Eine seiner Hände gleitet meinen Körper hinauf, umfasst meine linke Brust. Ein lustvolles Zittern jagt durch meinen Körper.

»Du solltest jetzt besser duschen gehen«, sagt er, während seine Finger mich massieren und streicheln. »Andernfalls läufst du Gefahr, etwas sehr Schmutziges zu tun.«

»Sauberkeit wird überbewertet, finde ich«, erwidere ich atemlos, und mein Herz schlägt immer schneller.

Dixon dreht mich herum und presst seine Lippen auf meine. Er packt mein Haar und hält mich gefangen, während er meinen Mund verschlingt. Wir küssen uns, als hätten wir gehungert – nicht nach Essen, aber nach einander. Ich verliere mich im Gefühl seines Mundes und der gierigen Zungenschläge. Schon greife ich zwischen uns und reibe über die harte Wölbung, die gegen mich drückt. Er keucht in meinen Mund, seine Erektion wird immer härter.

Ich will ihn so sehr wie noch nie. Rasch öffne ich den Knopf seiner Jeans und schiebe die Hand in seine Hose. Als ich sein nacktes Fleisch berühre, stöhnen wir beide. Er drückt die Hüften vor, ermuntert mich.

Ich denke daran, dass er mir erklärt hat, wie ich es machen soll, packe ihn fest und gleite die harte Länge hinauf und hinunter. Er wirft den Kopf zurück, kleine erregte Seufzer dringen ihm über die geöffneten Lippen. Seine Zustimmung treibt mich an, und ich erhöhe das Tempo.

Buchstäblich die Macht in meiner Hand zu haben ist ein berauschendes Gefühl, und plötzlich übernehmen meine Hormone. Ich falle vor ihm auf die Knie und ziehe mit einem Ruck die Hose herunter. Als ich von seiner Erregung begrüßt werde, lecke ich mir über die Lippen, kann kaum glauben, wie verrückt ich danach bin, ihm einen zu blasen. Wie sehr ich mich danach sehne, ihn in mir zu spüren.

Als ich ihn gerade kosten will, höre ich, wie die Haustür aufgeht und eine Frauenstimme ruft: »*Ciao! C'è qualcuno in casa? Sono la cameriera.*«

Ich stoße einen leisen Schrei aus und springe auf. Wer

auch immer das ist, es wäre mir peinlich, wenn diese Person hereinkommt, während ich gerade auf den Knien meinem halbnackten Freund einen blase.

»*Sarò fuori in un minuto. Attendere prego!*«, ruft Dixon und zieht rasch seine Jeans wieder hoch.

»Wer ist das?«, flüstere ich und verstecke mich hinter Dixon.

Er seufzt und fährt sich mit der Hand durchs Haar. »Housekeeping.«

»Housekeeping? Das brauchen wir nicht«, erwidere ich leise.

»Ich weiß, und das habe ich auch dem Makler gesagt. Tut mir leid, Madison.« Er dreht sich zu mir um und streicht mir mit dem Fingerknöchel über die Wange. »Ich werde sie los, denn ihr Timing ist echt schlapp.«

»Im Gegensatz zu dir«, flüstere ich ihm verlegen ins Ohr.

Er sieht aus, als würde ihm meine sexuell aufgeheizte Bemerkung den Atem verschlagen. Keine Ahnung, wo ich dieses Selbstbewusstsein plötzlich hernehme, aber es gefällt mir. Er sieht mich immer noch an, als hätte ich zwei Köpfe, und ich sage: »Dann gehe ich jetzt mal duschen.«

Er nickt nur, als ich mich an ihm vorbeischiebe, begeistert von meinem neuen Ich.

Nachdem wir uns den ganzen Tag die Stadt Tivoli nahe Rom angesehen haben, ist Dixon mit mir zu einem kleinen Restaurant in den Bergen gefahren. Das Lokal ist sehr intim. Brennende Kerzen auf den Tischen und leise italienische Musik aus den Lautsprechern tragen zu der gemütlichen Stimmung bei.

Wir wohnen etwa fünfundvierzig Minuten von Rom entfernt, was ich gut finde. Wir sind nahe genug, um alle Sehenswürdigkeiten besuchen zu können, aber weit genug weg, damit es hier nicht von Touristen wimmelt.

»Gibt es etwas Bestimmtes, was du an deinem Geburtstag tun möchtest?«, fragt Dixon, als er mir ein Glas Wein einschenkt.

»Nein. Mit dir hier zu sein ist schon besonders genug«, antworte ich ehrlich. Er nickt, und sein Lächeln verrät, dass er genauso glücklich ist, wie ich mich fühle.

Ich überfliege die Speisekarte und versuche herauszufinden, was dort steht. »Ich nehme das Gleiche wie du«, entscheide ich schließlich, da ich kein Wort Italienisch kann.

Dixon lacht und reicht mir das Weinglas. Als ich den ersten Schluck trinke, beginnen meine Wangen zu glühen, und der Alkohol steigt mir sofort zu Kopf. »Wow, der ist aber stark.«

»Er stammt aus dieser Region. Ich glaube, die Weinbauern hier machen sich nicht allzu viele Gedanken über den Alkoholgehalt«, neckt er mich und studiert das Etikett.

Eine hübsche braunhaarige Kellnerin kommt an unseren Tisch geschlendert, um die Bestellung aufzunehmen. Als ihr Blick auf Dixon fällt, durchfährt mich eine Welle der Eifersucht. Sie flirtet ganz ungeniert mit ihm und klimpert lächelnd mit den langen Wimpern. »*Buonasera. Sono Julia. Avete bisogno di aiuto con il menu?*«

Ich habe keine Ahnung, was sie gesagt hat, aber ich hasse sie sofort.

»Hallo, Julia. Ich denke, wir sind so weit, dass wir bestellen können«, antwortet Dixon zum Glück auf Englisch.

Aber Julia schenkt ihm ein geziertes, verlegenes Lächeln und schüttelt den Kopf. »*Io non parlo inglese, signore.*«

Dixon sieht mich an und macht ein entschuldigendes Gesicht. »Sie spricht kein Englisch«, erklärt er. Wie praktisch. Aber ich nicke und tue seine Entschuldigung mit einem Winken ab.

Er wechselt zu Italienisch und bestellt unser Essen. Das weiß ich nur, weil Julia alles auf ihrem Block notiert. Sobald sie fertig ist, nimmt sie die Speisekarten und lässt Dixon dabei nicht aus den Augen. Als ich schon hoffe, dass wir sie los sind, fängt sie ein Gespräch mit ihm an und plappert mit Überschallgeschwindigkeit. Dixon lacht über etwas, das sie gesagt hat, während sie die Hände einsetzt, um ihre Worte zu untermalen. Plötzlich fühle ich mich wie das fünfte, ungebildete Rad am Wagen.

Ich greife nach meinem Weinglas und trinke einen großen Schluck, weil ich etwas mit meinen Händen und meiner Kehle tun muss, ehe ich noch Julia anschreie, sie soll gefälligst aufhören, meinen Freund anzustarren und dabei mit ihren langen, wunderschönen Haaren zu spielen. Dixon spürt offenbar meine Eifersucht und beendet das Gespräch rasch.

Bevor sie in die Küche verschwindet, zwinkert Julia ihm noch einmal zu. Als mich Dixon über den Tisch hinweg angrinst, ignoriere ich ihn und stürze meinen Wein hinunter. Ich weigere mich zuzulassen, dass diese italienische Schönheit uns den Abend ruiniert.

»Was hast du bestellt?«, frage ich, weil mir das Schwiegen unangenehm ist.

»Ich wollte Hühnchen bestellen, aber Julia hat Fisch vorgeschlagen, weil das ihre Spezialität ist.«

»Hat sie das?«, kommt es mir über die Lippen, bevor ich mich zurückhalten kann. Sofort kehrt das Grinsen in Dixons Gesicht zurück.

»Es hörte sich köstlich an«, sagt er, lehnt sich in seinen Stuhl zurück und beobachtet mich aufmerksam.

»Ich hasse Fisch«, erwidere ich kindisch, was gelogen ist, und Dixon weiß das auch.

»Seit wann?«

»Seit *Julia* ihn vorgeschlagen hat.« Ich schlage mir die Hand vor den Mund, schäme mich, dass ich es wirklich laut ausgesprochen habe.

Dixon wippt mit seinem Stuhl, die Mundwinkel zu einem permanenten Lächeln hochgezogen. »Bist du … eifersüchtig?«, fragt er und macht bewusst eine Sprechpause, um die Wirkung zu erhöhen.

Verächtlich verziehe ich das Gesicht, kann es jedoch nicht leugnen. Ich hasse es, dass anscheinend alle Frauen auf ihn stehen, denn er gehört mir. Seine Attraktivität endet scheinbar auch nicht an der Landesgrenze, denn wohin wir gehen, er hat eine Schlange williger Frauen im Schlepptau. Der Gedanke lässt mich nach der Flasche greifen und mein leeres Glas wieder auffüllen.

»Vielleicht solltest du warten, bis du etwas gegessen hast?«, schlägt Dixon vor und mustert mich aufmerksam. Ich ignoriere seinen Vorschlag und nehme einen großen Schluck. Als ich das Glas wieder auf den Tisch stelle, dreht sich der Raum.

Das ist so untypisch für mich! Ich war noch nie eifersüchtig auf irgendjemanden oder irgendetwas. Aber als ich sehe, wie Julia mit dem Hintern wackelt, als sie an unserem Tisch vorbeigeht, überflutet mich die nächste Welle der Eifersucht. Ich weiß nicht, ob es an dem Wein liegt oder an dem Spruch »Andere Länder, andere Sitten«, aber die Frage kommt mir über die Lippen, bevor ich sie zurückhalten kann: »Mit wie vielen Frauen hast du schon geschlafen?«

Dixon verschluckt sich an seinem Wein und bekleckert sich damit.

Vermutlich nicht der beste Ort für dieses Thema, aber nachdem ich es nun angesprochen habe, will ich es auch wissen. Ich verschränke die Arme vor der Brust und sehe ihn wartend an. Dixon schaut zu dem Tisch links neben uns, lächelt die Leute freundlich an und streift sich über sein beflecktes Hemd.

»Willst du das wirklich hier besprechen?«, fragt er und macht eine raumgreifende Handbewegung.

»Sicher, warum nicht?«

Dixons Mundwinkel zucken. »Warum willst du das wissen?«

»Ich bin nur neugierig. Also, wie viele?«, dränge ich und beuge mich vor. Er zuckt mit den Schultern, und zum ersten Mal scheine ich Dr. Mathews überrumpelt zu haben. »Zehn?«, schlage ich vor. Er trommelt mit den Fingern auf der Tischplatte, vermeidet Blickkontakt. Sein Verhalten schürt meine Neugier. »Zwanzig?«

»Madison, lass uns das Thema wechseln.« Er greift nach meiner Hand, aber ich ziehe sie weg.

»Nein. Mir gefällt das Thema. Fünfzig?« Als er sichtlich unwohl nach seinem Weinglas langt, weiß ich, dass die Zahl nicht einmal annähernd stimmt. »Heilige Scheiße. Willst du etwa sagen, dass es mehr als fünfzig sind?«

Schweigen.

»O mein Gott … hundert? Dixon, soll das heißen, dass du mit mehr als *hundert* Frauen geschlafen hast?«

Er holt tief Luft und sieht mich eindringlich an. »Maddy, ich kann dir nicht sagen, wie viele es waren, weil ich … es nicht weiß.«

Mir klappt die Kinnlade herunter. Wow. Wie soll ich darauf reagieren? Ich kann meine Partner an einer Hand abzählen, na ja, an keiner Hand, denn die Gesamtzahl beträgt null. Was mit Dylan passiert ist, zählt nicht, weil er … es war … Rasch greife ich zu meinem Glas und leere es in einem Zug.

Ich kann nicht glauben, dass Dixon den Überblick verloren hat. Natürlich habe sogar ich mitbekommen, dass manche Männer häufiger die Partnerin wechseln, aber verdammt, mehr als hundert! Das entspricht … Ich schlucke. Ich will gar nicht wissen, wie viele das pro Monat oder schlimmer noch, pro Woche sind. In der Zeit mit Lily war er bestimmt treu, hatte er diese hundert Frauen also vor oder nach ihr? Ich kann ihm sexuell nichts bieten, weil er schon alles erlebt hat.

Dieser Gedanke beruhigt meinen Magen nicht gerade, und mir wird plötzlich übel. Mir die Hand vor den Mund haltend, springe ich auf und laufe durch die Eingangstür nach draußen, weil das näher ist als die Toilette. Sobald ich um die Ecke gebogen bin, beuge ich mich vor und stütze die Hände auf die Knie. Die kühle Luft ist genau das, was ich brauche, und nach drei tiefen Atemzügen beruhigt sich mein Magen.

»Madison?«

Dixons besorgte Stimme macht mir klar, wie peinlich

mein Auftritt ist. Und was für eine Idiotin ich bin! Weil ich die Klappe nicht halten kann, habe ich einen schönen Abend in eine Katastrophe verwandelt. Was ist nur los mit mir?

»Verschwinde, Dixon. Es geht mir gut.« Ich winke ab, ohne hinzuschauen.

»Von wegen!« Er kommt näher und streicht mir behutsam mit der Hand über den Rücken. »Ist alles okay? Tut mir leid, wenn ich dich aufgebracht habe. Ich bin ein Arschloch. Ich hätte gar nichts sagen sollen.«

Er ist derjenige, der sich entschuldigt? Ist das sein Ernst? Ich sollte ihn wegen meines albernen Verhaltens um Verzeihung bitten. »Dixon, *ich* bin diejenige, der es leidtut. Ich hätte nicht fragen sollen. Keine Ahnung, was mit mir los ist.«

»Maddy, bitte komm wieder rein. Sieh mich an.«

Eigentlich möchte ich ihn nicht anschauen, aber mir ist schwindelig, also richte ich mich langsam auf und drehe mich um. Ich halte den Blick gesenkt, aber Dixon hebt mit zwei Fingern mein Kinn. Seine zärtlichen Augen zeigen nichts als Fürsorge.

»Nichts ist mit dir los.«

»Das bezweifle ich. Warum kann ich nicht einfach normal sein?« Ich versuche den Blick abzuwenden, aber Dixon hält mein Kinn behutsam fest.

»Lass dich nicht davon verrückt machen, was normal ist und was nicht. Du bist Madison. Und ich würde rein gar nichts ändern wollen.«

»Warum kann ich dann keine normale Unterhaltung über … Sex führen?«, frage ich und brauche den Arzt in ihm, der mir sagen soll, dass ich nicht völlig durchgeknallt bin.

»Möchtest du wissen, was ich denke?«

Ich nicke.

Er streicht mir übers Kinn und fährt dabei mit dem Daumen über meine Unterlippe. »Gerade weil du normal bist, kannst du nicht so frei über Sex sprechen.«

»Das ergibt keinen Sinn«, erwidere ich und seufze.

»Madison, nach allem, was du erlebt hast, erwartet niemand, dass du gern darüber sprichst. Du bist ja gerade erst dabei, es zu verarbeiten. Das braucht seine Zeit. Und das ist normal. Genau darum geht es im Leben. Aufzuhören, sich selbst ständig wegen etwas zu geißeln.« Er hebt mein Kinn noch ein Stück höher, damit ich ihm in die Augen sehe. »Okay?«

»Okay«, antworte ich leise.

Seine aufrichtigen Worte wecken in mir das Bedürfnis, etwas klarzustellen, was er vermutlich ohnehin schon weiß, trotzdem möchte ich es tun. »Es ist mir egal, mit wie vielen Frauen du zusammen gewesen bist.« Als er etwas erwidern will, lege ich den Zeigefinger auf seine Lippen. »Es ist mir egal, weil wir unsere Vergangenheit nicht ungeschehen machen können. Wir können nur in die Zukunft gehen, und das will ich tun … mit dir.«

Nachdem ich tief Luft geholt habe, fahre ich fort: »Wie du weißt, bin ich ziemlich unerfahren, was Sex angeht. Das tut mir leid.« Das Mondlicht segelt wie Traurigkeit in seinen Augen. »Jene Nacht, mit Dylan … Er hat mich missbraucht, aber er hat nicht …« Ich stolpere über meine Worte, rede aber trotzdem weiter. »Was ich sagen will, ist, dass ich immer noch Jungfrau bin.«

Als er mich wortlos anstarrt, hoffe ich, dass er versteht,

was ich damit ausdrücken will. Aber meine Scham überwältigt mich, und schon bedaure ich meine Worte. »Tut mir leid. Das ist vermutlich nicht das, was du hören wolltest. Ich kann verstehen, wenn du ein bisschen Zeit brauchst …« Aber die Luft wird aus meinen Lungen gepresst, weil Dixon mich fest an sich zieht und jede weitere Diskussion abschneidet.

Meine Tränen laufen ungehemmt, weil wieder ein Stück meiner Vergangenheit verblasst.

»Es sind mehr als fünfzig, aber weniger als hundert. Glaube ich«, sagt er eine Sekunde später, und das Bedauern ist seiner Stimme anzuhören. »Ich bin derjenige, der sich entschuldigen sollte, dafür, dass ich dir nichts Mustergültigeres bieten kann. Wenn ich all diese Begegnungen ungeschehen machen könnte, würde ich es tun.«

Schniefend schlucke ich die Tränen herunter, merke, dass diese Zahl im Grunde keine Rolle spielt. »Vielleicht kann unsere Zukunft uns die belastete Vergangenheit vergessen lassen.«

»Vielleicht«, antwortet er traurig.

Und da ich einmal dabei bin, gestehe ich: »Ich *war* eifersüchtig.«

Er seufzt und reibt mir über den Rücken. »Das ist gut. Eifersucht zeigt mir, dass ich dir etwas bedeute.«

»Ich …«

Aber er lässt mich nicht ausreden. »Schscht. Lass mich dich einfach halten, Maddy. Keine Worte mehr. Nicht heute Abend.« Ich weiß nicht, was das bedeutet, aber ich füge mich. Und davon abgesehen glaube ich, dass wir für heute Abend genug geredet haben.

Und während wir dort eng umschlungen stehen, beiße ich mir auf die Zunge, um nicht zu verraten, wie viel er mir bedeutet.

20

In deinem Bann

Dixon

»Das wäre sehr viel einfacher, wenn wir einen Selfie-Stick hätten.«

Ich lächle krampfhaft, bis Madison endlich ein Foto von uns vor dem Kolosseum geschossen hat. Sobald sie die Aufnahme im Kasten hat, wende ich mich ihr mit gerunzelter Stirn zu. »Was in Gottes Namen ist ein Selfie-Stick?«

»Du willst doch nicht allen Ernstes behaupten, dass du das nicht weißt?«, fragt sie und beißt sich auf die Oberlippe, um ihr Grinsen zu kaschieren.

»Ich weiß es wirklich nicht. Dem Namen nach könnte es alles Mögliche sein.«

Sie bricht in schallendes Lachen aus und schlägt sich die Hand vor den Mund. »O mein Gott, du bist *echt* alt.« Sie kichert weiter auf meine Kosten, während ich dem Drang widerstehe zu googeln, was zum Teufel dieses Ding ist.

Allerdings spricht sie mit ihrer Bemerkung einen interessanten Punkt an. Über unseren Altersunterschied von neun Jahren habe ich noch gar nicht nachgedacht. Sie etwa? Wie aufs Stichwort schlendert ein junger Mann in Maddys Alter an uns vorbei. Die alberne Baggy-Jeans hängt so tief an seinem Hintern, dass man die billig wirkenden Boxershorts bewundern kann. Ich bezweifle sehr, dass eine intelligente, schöne junge Frau wie Madison auf diesen Möchtegern-coolen Typen steht. Aber ich weiß hundertprozentig, dass er jemanden wie sie attraktiv findet, da er ausgiebig ihren umwerfenden Busen studiert.

Meine Eifersucht kann es mit ihrer aufnehmen, also ergreife ich ihre Hand und ziehe sie in die entgegengesetzte Richtung.

»Hey! Ich wollte mir noch die unterirdischen Gänge ansehen«, meckert sie und betrachtet den Plan.

»Das können wir nachher noch tun. Lass uns zuerst hierher gehen«, schlage ich vor und werfe dem enttäuschten Jüngling über die Schulter hinweg einen giftigen Blick zu.

»Also schön. Wo guckst du denn hin?«, fragt sie und dreht sich um. Zum Glück merkt sie nicht, dass ich gerade mein Revier markiere.

Maddy geht mit großen Augen voran und nimmt alles mit ehrfürchtigem Blick auf. Tut gut, sie so glücklich zu sehen, vor allem nach gestern Abend. Nachdem ich ihr gesagt hatte, mit wie vielen Frauen ich zusammen gewesen bin, überkam mich die Angst, dass sie womöglich nichts mehr mit meinem Hurenarsch zu tun haben will. Ihre Eifersucht auf die Kellnerin hat sie darauf gebracht, Fragen zu stellen. Den meisten Männern hätte das geschmeichelt, aber mir nicht. Ich schäme mich, dass ich nicht genau weiß, mit wie vielen Frauen ich geschlafen habe. Und ich schäme mich vor allem, dass zu dieser nicht näher bekannten Zahl ihre Stiefschwester gehört.

Juliet hat mich glücklicherweise bisher nicht kontaktiert. Wäre super, wenn das anhalten würde – auch wenn ich wieder zu Hause bin –, aber so viel Glück werde ich wohl nicht haben.

Ich verdränge den Gedanken an die Teufelin, biege um die nächste Ecke und sehe eine junge Frau, die einen langen Stab in der Hand hält, an dessen Ende ihr iPhone steckt. Lächelnd drückt sie auf einen Knopf und schießt ein Foto von sich. Anscheinend habe ich soeben gelernt, was ein Selfie-Stick ist.

Maddy wendet sich mir zu, die Mundwinkel zu einem wissenden Lächeln hochgezogen.

»Kannst du dir jetzt denken, was ein Selfie-Stick ist, du alter Knacker?«

Als Antwort schnappe ich sie mir und ziehe sie in meine Arme. Sie quietscht, als ich sie vom Boden hochhebe. »Lass mich runter, du Barbar!«

Mit ihren zierlichen Händen trommelt sie auf meinen Rücken, aber das ermuntert mich nur dazu, sie noch fester zu packen und zu brüllen wie ein Höhlenmensch. »Angesichts unserer Umgebung betrachte ich das als Kompliment.«

Ich liebe diese Unbeschwertheit zwischen uns und habe das Gefühl, dass sich Maddy mit jedem Tag mehr öffnet und endlich mit sich und ihrer Vergangenheit ins Reine kommt. Nachdem sie meine Vermutungen über ihren Bruder bestätigt hat, ist meine Verehrung für sie in grenzenlose Verbundenheit übergegangen. Dass sie mit mir in die Zukunft gehen will, macht mich zum glücklichsten Hurensohn der Welt. Und seltsamerweise habe ich gar keine Eile, die körperliche Seite unserer Beziehung voranzutreiben, da ich die emotionale so sehr genieße. Ich hätte nie gedacht, dass ich das *jemals* sagen würde, aber mit Madison bin ich ein anderer Mann.

»Alles okay?«, fragt sie und betrachtet mich eindringlich.

Anscheinend kann sie meine Gedanken lesen. Da sie so ehrlich zu mir war, beschließe ich, es auch zu sein. »Du findest also, dass ich alt bin?«

Die Amüsiertheit verschwindet aus ihrem Gesicht. »Was? Nein, das war doch nur Spaß. Warum? Findest du etwa, dass ich zu jung bin?« Als ich sie statt einer Antwort wieder absetze, knufft sie mich in die Rippen. »Tust du das?«

»Zu jung wofür?«, necke ich sie und sehe, wie ihre Wangen erröten.

»Zu jung für dich.« Ich mache zwei langsame Schritte auf sie zu, während sie rasch zwei Schritte zurückweicht. Als sie mit dem Rücken gegen eine Wand stößt, nehme ich sie gefangen, indem ich beide Hände rechts und links neben ihrem Kopf abstütze. »Zwischen uns liegt fast ein ganzes Jahrzehnt. Ich bin nicht sicher, ob mein alter Verstand mit deinem jugendlichen Geist Schritt halten kann. Möglicherweise musst du mir ein oder zwei Dinge beibringen.«

Ihre Brust hebt und senkt sich, sodass ihre wundervollen Titten bei jedem Atemzug anschwellen. »Zwischen uns liegen nur acht Jahre. In wenigen Stunden werde ich vierundzwanzig. Und ich denke, wir können *einander* das eine oder andere beibringen.«

Lieber Gott, was macht diese Frau nur mit mir?

In dem Bemühen, nicht wie ein sabbernder Trottel zu klingen, nicke ich lieber nur und hoffe, ruhiger zu wirken, als ich es bin. »Du hast Geburtstag? Das habe ich ja total vergessen.«

Sie grinst, schiebt aber dennoch nervös die Unterlippe vor. »Du findest mich also nicht zu jung?«

Als ich über ihren Mund streiche, öffnen sich ihre Lippen

wie Blütenblätter. »Nein, Madison, du bist perfekt. Ich bin derjenige, der deine jungen Verehrer mit seinem Krückstock in die Flucht schlagen sollte.«

»Verehrer? Welche Verehrer?«

Sie hat wirklich keine Ahnung, wie schön sie ist.

»Vertrau mir in dem Punkt einfach.« Allein der Gedanke an all die hungrigen Wölfe lässt mich mit den Zähnen knirschen.

Sie legt ihre zarte Handfläche an meine Wange, umfasst zärtlich mein Gesicht. »Nun, ich habe sie wohl nicht bemerkt, weil ich zu sehr damit beschäftigt bin, *deine* Verehrerinnen anzugiften.«

»Die können alle zum Teufel gehen«, entgegne ich ehrlich, und Madison lacht.

»Wir stehen uns beide in nichts nach, stimmt's?«

Ich nicke. »Ja, und ich schäme mich nicht, das zuzugeben.«

»Ich auch nicht.«

Ihre Ehrlichkeit macht mir Mut, und ich möchte plötzlich sagen, was ich fühle. »Ich bin unwiderruflich und aus freien Stücken in deinem Bann, Madison Roberts. Es gibt keine Frau außer dir. Du kannst also ruhig angiften, wen immer du willst. Wahrscheinlich werde ich es sowieso nicht mitbekommen, da ich damit beschäftigt bin, dich anzuschauen.«

Ich klinge wie ein Pantoffelheld, aber das ist die einzige Art, ihr zu sagen, dass ich sie liebe, ohne ihr Angst zu machen. Ich liebe sie so sehr. Und wenn der richtige Moment gekommen ist, werde ich es ihr sagen.

Aber jetzt ist definitiv nicht der richtige Augenblick, denn gerade ruhen ein Dutzend Augen auf mir, da eine Gruppe Schulkinder kichernd vorbeispaziert. Ich entlasse Madison aus der Gefangenschaft zwischen meinen Armen und gebe ihr ein bisschen Platz zum Atmen. »Sollen wir unsere Tour fortsetzen?« Sie nickt und hakt sich bei mir ein.

Mir entgeht nicht das leichte Zittern ihres Körpers, als wir weitergehen. Könnte es sein, dass Madison auch in meinem Bann steht?

Es gibt nur einen Weg, um das herauszufinden.

Während Madison ein Bad nimmt, durchwühle ich auf der verzweifelten Suche nach ihrem Geburtstagsgeschenk meinen Koffer. Es muss irgendwo sein, denn ich habe es als Erstes eingepackt. Frustriert hebe ich den Koffer hoch und schütte den gesamten Inhalt auf den Teppichboden. Als mir die kleine blaue Samtschachtel ins Auge fällt, seufze ich vor Freude erleichtert auf. Schnell werfe ich alles zurück in den Koffer und stecke die Schachtel in meine Tasche. Maddy soll ihr Geschenk nicht vor dem Abendessen sehen.

Sie hat keine Ahnung, was ich für abends geplant habe, und das ist Teil der Überraschung – eine, von der ich hoffe, dass sie nicht nach hinten losgeht. Statt auszugehen, habe ich einen Caterer aus dem Ort bestellt, der alles vorbereitet hat, während wir den Tag in der Stadt verbracht haben. Es gibt ein großartiges Fünf-Gänge-Dinner, und der Caterer hat mir genaue Anweisungen dagelassen, damit ich beim Aufwärmen nicht das Haus in Brand setze.

Die Antipastiplatte mit Oliven, Schinken, Salami, Käse und gegrilltem Gemüse steht schon draußen auf dem Tisch. Der Abend ist schön, deshalb dachte ich, dass wir auf dem Balkon essen und die Landschaft genießen, in die Maddy sich richtiggehend verliebt hat.

Als ich gerade den Wein einschenke, kommt Maddy barfuß heraus. Sie trägt ein blaues Sommerkleid mit Blumenmuster. Ihr Haar fällt offen herab, und sie ist ungeschminkt. Sie ist wunderschön. Als sie die Speisen sieht, atmet sie hörbar ein.

Ich hole das Feuerzeug aus meiner Tasche, zünde die beiden Wachskerzen an und lächle. »Alles Gute zum Geburtstag.«

»Danke.« Sie kommt noch einen Schritt näher und streicht über das leinene Tischtuch. »Mein Geburtstag ist erst in ein paar Stunden. Und wenn wir hier Mitternacht haben, ist es in New York erst sechs Uhr abends.«

»Das bedeutet lediglich, dass wir unsere Feier länger ausdehnen können«, erwidere ich fröhlich.

Sie lächelt und setzt sich. Als sie nach dem Weinglas greift, sehe ich, dass sie leicht zittert. Ist ihr kalt? Ich streife mit den Fingerspitzen über ihren Nacken – nein, ihre Haut ist ganz warm. Sie muss nervös sein. Vielleicht spürt auch sie, dass die knisternde Elektrizität zwischen uns heute besonders stark ist. Diesen Gedanken beiseite schiebend, setze ich mich ihr gegenüber.

»Bedien dich. Ich verspreche dir, dass du dieses Mal nicht ins Zuckerkoma fallen wirst.«

Sie kichert und nimmt von allem ein bisschen. Dann beißt sie in ein Stück Käse und schließt vor Wonne die Augen. »Das ist so gut!«

»Stammt aus der Region«, verrate ich und trinke einen Schluck Wein.

»Der Wein ist auch köstlich«, sagt sie, nachdem sie erst noch ein Stück Salami probiert und dann den Wein gekostet hat.

»Das ist Frascati, ein traditioneller italienischer Wein. Wenn man in Rom ist«, sage ich und hebe das Glas, um einen Toast auszusprechen.

Sie ergreift ihr Glas ebenfalls und wartet auf meine Worte.

»Möge dieser Geburtstag der Beginn eines Jahres sein, das dir die Antworten bringt, die du suchst, die Liebe, die du dir wünscht, und das Glück, das du verdienst, denn jeder Tag, den ich mit dir verbringe, ist der glücklichste meines Lebens. Ich wünsche dir alles Gute, Madison. Herzlichen Glückwunsch.«

Obwohl der Mondschein und die brennenden Kerzen die einzigen Lichtquellen sind, sehe ich, dass sie Tränen in den Augen hat. Sie macht sich nicht die Mühe, sie wegzuwischen, und wir stoßen an. »Danke, Dixon. Dieser Geburtstag ist jetzt schon mein bester, weil ich ihn mit dir verbringe.«

»Darauf trinke ich.«

Während wir uns über den Rand der Gläser in die Augen schauen, weiß ich, dass etwas Bedeutendes passieren wird.

Ich versuche, mich nicht weiter damit zu beschäftigen, und lache, als Maddy sich noch mehr Essen auf den Teller lädt.

»Was?«, fragt sie und hält mit der vollen Gabel in der Hand inne.

»Es gibt noch vier weitere Gänge«, erkläre ich, damit sie nicht schon nach der Vorspeise satt ist.

»Vier?«

Ich nicke.

Sie legt die Serviergabel zurück und betrachtet bedauernd das Artischockenherz auf ihrem Teller.

»Nun iss es schon«, sage ich und schüttle amüsiert den Kopf.

Glücklich greift sie danach. »Du verwöhnst mich, Dr. Mathews.«

Nachdem sie es sich in den Mund geschoben hat, saugt sie selig an ihren Fingern und ahnt nicht, was dieser Anblick mit meinem Schwanz anstellt. »Das Beste kommt noch«, antworte ich.

»Ich sagte dir doch, dass das Beste noch kommt.«

»Ich weiß, aber du hättest mich vorwarnen müssen, dass es aus einer Riesenportion Tiramisu besteht. Ich glaube, ich habe mich überfressen.« Madison legt die Hände auf den Bauch und lässt sich nach hinten in den Stuhl fallen.

Das Essen war köstlich, aber am schönsten fand ich zuzusehen, wie Madison jeden Gang genossen hat.

»Bitte bring das weg«, stöhnt sie und betrachtet ihr nur zur Hälfte gegessenes Dessert. Ich greife nach ihrem Teller, aber sie beugt sich rasch vor und nimmt noch einen Löffel voll. »Okay, jetzt bin ich echt fertig«, sagt sie, die Lippen mit süßer Creme verschmiert.

Lachend stehe ich auf und trage die Versuchung ins Haus. Das ist eine gute Gelegenheit, das improvisierte Geburtstagsgeschenk zu holen, das ich heute für sie gekauft habe. Als ich wieder hinausgehe, steht Maddy am Balkongeländer und betrachtet die Landschaft.

Als sie mich über die Schulter ansieht, hebe ich die schwarze Plastiktüte ein Stück hoch. »Herzlichen Glückwunsch.«

Sie macht große Augen und schüttelt den Kopf. »Du musstest mir doch nichts kaufen, Dixon. Mit mir nach Rom zu fliegen ist mehr als genug.«

»Zu spät.« Ich reiche ihr die Tüte.

Mit gespielter Missbilligung schaut sie hinein und lacht schallend. »Das wäre doch nicht nötig gewesen!« Grinsend zieht sie einen Selfie-Stick heraus.

»Jetzt gibt es keine Ausreden mehr für misslungene Fotos. Und du kannst mich nicht mehr alt nennen. Man hat mir versichert, dies sei der beste Selfie-Stick, den es gibt«, erkläre ich und freue mich, dass ich ihn unbemerkt besorgen konnte, während Maddy auf der Toilette war.

»Ich bin beeindruckt. Vielen Dank.« Sie schlingt die Arme um mich. Als ich die Umarmung erwidere, frage ich mich, ob ich ihr jetzt das zweite Geschenk geben soll, das so viel mehr bedeutet als diese technische Spielerei.

Ich entscheide, auf mein Bauchgefühl zu hören, lasse Maddy los und greife in meine Jeanstasche. Kaum berühren meine Finger die Schachtel, bin ich mir sicher, dass jetzt der richtige Moment ist. »Herzlichen Glückwunsch.«

Madison schaut auf meine Hand mit der Samtschatulle und schluckt. »Ich ... ich verstehe nicht. Du hast mir schon so viel geschenkt. Noch mehr kann ich unmöglich annehmen. Du hast viel zu viel Geld ausgegeben.«

»Das hier hat mich nichts gekostet. Bitte, ich möchte, dass du es bekommst.« Ich halte ihr die Schachtel auf eine Weise hin, die deutlich macht, dass es mir Ernst ist.

»Dixon ...«

Aber ich gebe nicht nach. »Madison, bitte schau hinein. Wenn es dir nicht gefällt, nehme ich es zurück.«

»Darum geht es nicht. Was auch immer du mir schenkst, ich werde es lieben. Es ist nur so, dass ... das ist zu viel.«

»Du weißt doch gar nicht, was da drin ist. Es könnte ein

Glückskeks sein.« Sie schmunzelt und seufzt, als ich ihr die Schatulle in die Hand drücke.

Nervös warte ich. Womöglich war das eine ganz blöde Idee. Ich gehe zum Geländer und wende ihr den Rücken zu, weil ich es nicht ertragen könnte, wenn sie etwas schrecklich findet, das mir so viel bedeutet. Als ich höre, wie sie die Schatulle aufklappt, atme ich tief durch und betrachte den Sternenhimmel. Es ist ganz still bis auf das Geräusch meines eigenen Atmens. Bereue ich meine Entscheidung?

Nein.

»Dixon … Ich weiß nicht, was ich sagen soll, außer dass es wunderschön ist. Vielen Dank.« Ihre ergriffene Stimme verrät, dass sie jedes Wort so meint.

»Es gehörte meiner Mutter«, erkläre ich. »Sie war gläubige Katholikin und hat das Medaillon jeden Tag getragen. Es ist der Heilige Christophorus, der Schutzpatron der Reisenden. Ihre Tante hat es ihr an dem Tag geschenkt, als sie Italien verließ. Ich dachte, er könnte dich auf der emotionalen Reise beschützen, auf der du dich gerade befindest. ›Beschütze uns auf unseren Reisen, wo auch immer wir umherwandern mögen, behüte uns vor Gefahren und führe uns stets sicher nach Hause‹«, rezitiere ich das Gebet, das meine Mutter täglich aufsagte. Und nun hat es mehr Bedeutung, als ich je für möglich gehalten hätte. »Du sollst wissen, dass ich stets dein Zuhause sein werde. Wie weit du auch umherwanderst, ich werde immer da sein und auf dich warten.«

Meine Mutter hätte gewollt, dass Maddy das Medaillon bekommt. Und sie hätte Maddy genauso sehr geliebt wie ich. Ob Madison es tragen wird, ist ihre Entscheidung.

»Hilfst du mir, es anzulegen?«, fragt Maddy.

»Nichts würde ich lieber tun.« Ich drehe mich um und lächle. Sie reicht mir die silberne Kette und streicht ihr Haar auf eine Seite. Ich trete hinter sie und lege ihr die Kette um, verschließe sie behutsam. Dann streiche ich mit den Fingern über ihren Nacken, ich kann einfach nicht widerstehen.

Langsam dreht sie sich um, betastet den Anhänger und betrachtet ihn. Die Tränen, die ihr über die Wangen laufen, verraten, dass er ihr gefällt. Da ich es nicht ertragen kann, sie weinen zu sehen, wische ich die Tränen mit dem Daumen weg. Aber es kommen gleich neue nach.

»Was ist los? Bist du traurig?«, frage ich, als ich sehe, dass ihre Unterlippe zittert.

Sie schüttelt den Kopf.

»Was ist es dann?«

»Dixon …« Ihre Stimme ist heiser, und ich höre die Angst darin. »Ich liebe es.« Sie umklammert den Anhänger und sieht mir unentwegt in die Augen. »Und … ich liebe … dich.«

»Was?« Ich kann nicht glauben, was sie gerade gesagt hat. Bestimmt habe ich mich verhört.

Sie atmet langsam ein, tritt einen Schritt zurück und greift verlegen nach dem Saum ihres Kleides. Fasziniert schaue ich zu, wie sie es über den Kopf zieht. Es fällt zu ihren Füßen auf den Boden, und sie steht völlig nackt vor mir.

Ich bin sprachlos. Die Tatsache, dass sie die ganze Zeit nichts unter dem Kleid anhatte, ist wahnsinnig erregend.

In dem Mondlicht wirkt sie geradezu ätherisch, wie eine Göttin. Ich habe sie zuvor schon nackt gesehen, aber noch nie ihren ganzen Körper auf einmal. Mir fehlen die Worte, um das zu beschreiben, was ich sehe.

»Schlaf mit mir.«

Und wieder gibt es keine Worte, um meine Gefühle auszudrücken.

Aber als sie so dasteht und mich nervös ansieht, weiß ich, dass ich mich zusammenreißen und der Mann sein muss, den sie verdient. »Bist du dir sicher, Madison? Wir müssen nichts überstürzen.«

Sie nickt. »Du hast mir schon so viel gegeben. Und das ist meine Art, etwas zurückzugeben.«

»Du musst mir nichts …« Sie macht einen Schritt auf mich zu und legt den Finger auf meine Lippen.

»Ich will es aber. Ich will dich.«

Kein Mann kann ein solches Angebot ausschlagen.

»Ich will dich auch.«

»Dann schlaf mit mir«, wiederholt sie mit großer Entschlossenheit. Ich fahre mit dem Finger über ihr Gesicht, nicke und bin völlig verzaubert von ihrer Schönheit. Da ich nicht vorhabe, ihr hier draußen die Jungfräulichkeit zu rauben, hebe ich sie hoch und trage sie ins Schlafzimmer.

Als ich sie aufs Bett lege, sieht sie mich mit großen, ängstlichen Augen an. Ich stelle mich ans Fußende des Bettes und ziehe mein T-Shirt aus. Ihr Blick fällt auf mein Tattoo, während ihre Zunge die rosa Unterlippe befeuchtet.

Ich ziehe mein Portemonnaie aus der Hosentasche und hole ein Kondom heraus. Dann entledige ich mich meiner Jeans. Erstaunlicherweise trage ich heute Boxershorts und entscheide, sie vorerst anzulassen.

»Wird es wehtun?«, fragt sie und schiebt sich nervös auf dem Bett hoch bis zu den Kissen.

»So wie ich es mache nicht«, versichere ich selbstsicher und hoffe, ihr dabei helfen zu können, sich zu entspannen.

»O-okay.«

Ich stütze erst das eine Knie auf die Matratze, dann das andere und beuge mich vor. Maddy liegt flach auf dem Bett, ihre Brust hebt und senkt sich bei jedem Atemzug. Da ich sie jetzt nackt unter mir habe, weiß ich nicht, wo ich anfangen soll. Und weil es bei diesem Erlebnis einzig und allein um sie geht, beschließe ich, sie zu fragen.

»Was wünscht du dir?«, frage ich und lege das Kondom auf den Nachtschrank.

Sie stützt sich auf die Ellenbogen. »Ich ... ich weiß nicht. Soll ich mich in eine bestimmte Position legen?« Sie atmet noch schneller, und ich spüre das Pochen ihres Herzens, als ich meine Brust auf ihre presse.

Ich lächle. »Nein. Ich meinte, ob dir irgendetwas von dem, was ich bisher gemacht habe, besonders gefallen hat.«

»Oh.« Ihr Mund formt ein perfektes O, und sofort meldet sich mein Schwanz.

»Ich mag es, wenn du mich anfasst.«

»Ja?«

Sie nickt.

»Wo?«

»Ich mag es, wenn du ... meine Brüste berührst«, flüstert sie und schaut weg, wirkt befangen, weil sie ihre Wünsche laut ausspricht.

»Und was noch?«

»Ich mag es, wenn du sie anfasst und ... es ... mir mit dem Mund machst.«

Ihre Wangen erröten, und sie wirkt verlegen, dabei ahnt sie nicht, dass ich genau das hören wollte.

»Dein Wunsch ist mir Befehl. Lehn dich zurück, *angelo*.«

Sie tut es und leckt sich nervös über die Lippen.

Ich verschwende keine Sekunde und nähere mich ihrem Mund, küsse sie zärtlich, während sie versucht, das Tempo zu beschleunigen und mir die Zunge in den Mund zu schieben. Aber ich tappe nicht in die Falle, sondern sauge kurz und kräftig daran. Sie stöhnt leise, spreizt unter mir ungeduldig die Beine – genau das habe ich beabsichtigt.

Es soll für sie ein schönes Erlebnis werden, deshalb muss sie erregt sein und mich bereitwillig erwarten, wenn ich in sie eindringe. Sie muss den Schmerz verdrängen und sich ganz auf die Lust konzentrieren.

Langsam arbeite ich mich ihren Hals hinab. Ihr leises Stöhnen wird intensiver, und sie beugt den Kopf zurück. Ich sauge und beiße zärtlich, lasse jedes Mal erst los, wenn ein rotes Liebesmal zurückbleibt.

Ich setze meine Reise fort, verharre bei ihrem aufgerichteten linken Nippel. Ohne zu zögern, nehme ich ihn in den Mund und sauge ohne jede Eile, lasse gelegentlich die Zunge darüberschnellen.

»Ahhh!«, stöhnt sie und krallt die Hände in die Laken.

Ich wandere zu ihrer anderen Brust und liebkose den Nippel auf die gleiche Weise. Den Kopf so zwischen ihren Brüsten zu bergen gehört zu meinen Lieblingsbeschäftigungen auf dieser Welt. Aber mein Verlangen, noch an einer anderen Stelle geborgen zu sein, lässt meine Finger über ihren flachen Bauch wandern und erst innehalten, als sie den Schnittpunkt ihrer Schenkel erreichen.

Während ich weiter an ihren Brüsten sauge und lecke, fahre ich mit dem Finger über den Schlitz ihrer Muschi, freue mich, wie heiß und feucht sie schon ist. Sie stöhnt, als sich die heiße Höhle um meinen Finger schließt und ihn förmlich hineinsaugt.

Ich mag ja geduldig sein, aber ich bin kein Heiliger. Also schiebe ich noch einen Finger hinein. Maddy schreit leise auf, während ihr Körper erzittert, mich darauf aufmerksam macht, dass sie mehr braucht. Und verdammt noch mal, ich auch.

Ihre Brustspitze entschlüpft in die Freiheit, als ich an ihrem Körper hinuntergleite. Ich kreise mit der Zungenspitze durch ihren Bauchnabel, bevor ich mir den Weg hinab zu ihrer Klit küsse. Maddys Körper verspannt sich kurz, als ich ihre empfindlichste Stelle berühre, aber als ich es mir zwischen ihren Schenkeln bequem mache und ihre Beine öffne, gehört ihr Körper mir, und ich kann mit ihm machen, was mir gefällt.

Und das ist, ihr Lust zu bereiten.

Mit den Fingern spreize ich ihre rosafarbenen, feucht glänzenden Schamlippen, lecke den Eingang in einem langen, langsamen Zug. Ihr Spalt ist so geschwollen und begierig, dass ich nicht lange brauchen werde, bis sie kommt.

Ich lasse meine Zunge kreisen, schiebe sie so tief wie möglich hinein. Ihre Hüften bäumen sich auf, und sie fickt mein Gesicht so, wie ich sie mit meiner Zunge ficke. Ich lange nach oben und zupfe an ihrem aufgerichteten Nippel. Ihr Fleisch fühlt sich an, als würde es unter mir brennen. Ich berge mein Gesicht noch tiefer in ihrer Muschi und spiele hungrig mit ihren Brüsten.

»O Gott«, stöhnt sie, und ihr Körper wogt wie wild.

Ich habe sie nie zuvor so erregt gesehen. Der Anblick lässt meinen Schwanz gegen den Baumwollstoff meiner Shorts drücken, verzweifelt versucht er auszubrechen. Wenn ihm das gelingt, wird er nicht mehr zu bändigen sein.

Ich lecke Maddy leidenschaftlich, gönne ihr auch nicht einen Moment, um zu Atem zu kommen. Ich bin skrupellos, aber auch ohne Mitleid, weil ich ihr nicht gebe, was sie will. »Dixon, bitte«, fleht sie mit erstickter Stimme.

»Bitte was?«, murmele ich.

»Bitte lass mich kommen.«

Diese Worte voller Lust sind beinahe mein Verderben, aber ich gebe nicht klein bei. Sie ist noch nicht bereit.

»Bald«, antworte ich, schiebe zwei Finger in sie hinein und ziehe sie immer wieder hinaus, komme selber beinahe, als ich mir vorstelle, dass schon bald mein Schwanz diese Finger ersetzen wird.

»Jetzt!«, erwidert sie ungeduldig, packt mein Haar und schiebt mein Gesicht zurück an ihre Muschi.

Sie hebt die Hüften, fleht schweigend, ihr das zu geben, was sie will. Behutsam schlage ich mit meiner Zunge über ihre Klit, nicht genug, um sie kommen zu lassen, aber genug, um sie in einen bebenden Zustand zu versetzen. Ich brauche sie so unglaublich feucht, damit ich direkt hineingleiten kann. Ich lecke sie nach allen Regeln der Kunst, sauge, beiße, schlecke, bis sie vor Frust aufschreit und kurz vor dem Explodieren ist.

Jetzt ist sie bereit.

Rasch schiebe ich zwei Finger in sie und greife mit der anderen Hand nach dem Kondom. Sie sieht mich mit großen Augen an, während ich mit den Zähnen die Hülle aufreiße und versuche mit einer Hand meine Boxershorts auszuziehen.

»Bist du sicher?«, frage ich ein letztes Mal. Als Antwort richtet sie sich auf und hilft mir beim Ausziehen. Eine Sekunde später liegen meine Shorts auf dem Boden.

Während ich das Kondom überstreife, schluckt sie ängstlich und starrt auf meinen Schwanz. »Wir können jederzeit aufhören«, wäre die angemessene Gentleman-Bemerkung. Aber ich weiß genau, dass ich nicht mehr aufhören kann, wenn ich erst einmal in ihr bin.

Also sage ich das Winzige, was ich sagen kann, um ihr zu zeigen, dass das hier uns beide verändern wird. »Maddy – ich liebe dich auch.«

Sie wirkt verblüfft angesichts meiner Enthüllung, aber als ihr Tränen in die Augen treten, merke ich, dass sich die Überraschung in Freude gewandelt hat. Unfähig, auch nur eine Sekunde länger zu warten, packe ich meinen Schwanz und verteile ihre Feuchtigkeit an der Öffnung. Sie ist unglaublich eng, also muss ich ganz langsam eindringen.

Ich schiebe die Schwanzspitze in sie hinein, warte auf den Moment, in dem sie sich öffnet und mich tief hineinlässt. Die ganze Zeit schaue ich ihr in die Augen, achte auf das kleinste Anzeichen von Unbehagen. Aber sie nickt. Behutsam dringe ich in sie ein, und als ich Widerstand spüre, weiß ich, dass es jetzt ein bisschen wehtun kann.

»Alles okay?«, frage ich mit rauer Stimme. Wieder nickt sie.

Ich beuge den Kopf tief hinab, nehme einen Nippel in den Mund und massiere mit kreisenden Bewegungen ihre heiße, geschwollene Klit. Sie stöhnt leise und schließt die Augen. Ich stoße ein Stück tiefer hinein und ziehe ihn dann raus, lasse sie sich an das Gefühl gewöhnen. Als ihr Körper sich entspannt, schiebe ich meinen Schwanz in einer fließenden Bewegung hinein, durchstoße das dünne Häutchen ihrer Jungfräulichkeit. Ihr Mund öffnet sich, und sie schreit lustvoll auf.

Jetzt gehört sie mir. Das Alphatier in mir heult vor Besitzstolz auf.

»Fast geschafft«, versichere ich ihr. »Geht es noch?«

Ihre Wangen sind gerötet, und ihr Haar ist eine wilde, zerzauste Mähne. Wenn das nicht das Hübscheste ist, was ich je gesehen habe …

»Ja …«

Mehr Ermunterung brauche ich nicht und schiebe meine Hüften vor, fülle sie bis zum Rand. Sie schreit auf, verzieht vor Schmerz das Gesicht. Rasch will ich mich aus ihr zurückziehen, aber sie überrascht mich damit, dass sie die Arme um mich legt und mich festhält.

»Mach weiter. Es fühlt sich gut an«, gesteht sie.

»Okay. Ich mache langsam.« Ich ziehe mich heraus und tauche wieder ein, ihre Feuchtigkeit hilft mir sehr dabei.

Mit bedächtigen Stößen schaukele ich mich in sie hinein, erlaube ihren Muskeln, mich anzunehmen. Als sie sich entspannt, erhöhe ich das Tempo und lege ihr Bein um meine Taille, um in diesem Winkel noch tiefer eindringen zu können. Ich kann den Blick nicht losreißen von dem Anblick, wie mein Schwanz in sie hineinpumpt.

Sie fühlt sich unbeschreiblich gut an, und ich weiß, dass ich nie wieder eine andere Muschi haben will als ihre. Es ist nicht nur das Gefühl, in ihr zu sein, es ist das Gefühl, mit ihr verbunden zu sein – genau so sollte Sex sein, sollte es sich anfühlen, Liebe zu machen. *Das* ist es, was mir gefehlt hat.

Nicht der Sex, aber das Gefühl. Das ist der Grund, warum man es *Liebe machen* nennt.

Als meine Stöße fester werden, wirft Maddy den Kopf hin und her, und ihr Körper beginnt diesen ihr unbekannten Tanz zu lernen. Jedes Mal, wenn sich ihre Muskeln um mich schließen, spüre ich es bis in die Eier und bin nah dran zu kommen. Aber ich will verdammt sein, wenn ich abspritze, bevor sie kommt.

»Schneller«, flüstert sie und leckt sich die Lippen, während sie die Ferse in meinen Hintern bohrt.

Ich möchte ihr nicht wehtun, aber als ich »schneller« höre, fangen meine Hüften an, sich wie verrückt zu bewegen. Ich greife nach unten und packe ihren Hintern, helfe ihr, ihren Rhythmus zu finden. Sie melkt meinen Schwanz, drückt und massiert ihn mit ihrer geschmeidigen Wärme.

»Ich liebe dich!«, schreit sie, und es klingt wie Musik für meine ausgehungerten Ohren. Es ist mir egal, dass sie es im Rausch der Leidenschaft sagt, denn ich weiß, dass sie jedes Wort so meint.

»Ich liebe dich auch, *angelo*. So sehr.«

Ich spüre, dass die Reibung immer noch ein bisschen rau ist, deshalb entscheide ich, sie verbal zu stimulieren. »Deine Muschi fühlt sich unglaublich an.«

Ein unterdrücktes Stöhnen entweicht ihrer Kehle, während sie sich synchron mit meinem erhöhten Tempo bewegt.

»Fühlt es sich immer noch gut an?«

Sie nickt, beißt sich auf die Unterlippe. »Mehr …«

Ich weiß, dass sie es vertragen kann, also schiebe ich meine Hüften vor, stoße in sie hinein wie ein Kolben, wieder und wieder, bis sie laut schreit. »O mein Gott! Schneller!«

Ich gehorche, möchte nichts mehr, als sie zufriedenzustellen.

Als ich mit den Fingern in einem weiten Kreis um ihren Spalt fahre, kann ich fühlen, dass sie kurz davor ist zu kommen. Also ziehe ich meinen Schwanz heraus. Sie sieht mich an, ist verwirrt.

»Vertrau mir«, beruhige ich sie.

Ich drehe sie ein wenig nach rechts, spreize ihr rechtes Bein ab und lege das linke um meine linke Flanke. Das öffnet ihre Muschi, und ich tauche ein. In diesem Winkel kann ich noch viel tiefer eindringen. Außerdem können wir uns in dieser Position in die Augen sehen, und das will ich. Ich will ihr versichern, dass es in Ordnung ist loszulassen.

Während ich wieder und wieder in sie hineinstoße, schiebe ich ihr zwei Finger in den Mund. Sie saugt und leckt hungrig daran. Ich ziehe sie wieder heraus und reibe die Feuchtigkeit auf ihre steifen Nippel. Maddy schreit erneut vor Lust, wirft den Kopf nach hinten.

»Ich liebe dich«, schluchzt sie. »Ich liebe dich so sehr!«

Plötzlich verkrampft sich ihr Körper um mich, drückt und saugt mich in eine feurige Explosion ihrer Wärme und Feuchtigkeit. Dieses intensive Gefühl lässt mich innerhalb von Sekunden ebenfalls kommen, und wir lassen das Nachbeben gemeinsam verebben. Auf wenig anmutige Weise breche ich dann auf ihr zusammen, kann mein eigenes Gewicht nicht mehr halten. Ich bin schon tausende Male gekommen, aber noch nie so.

»Geht es dir gut?«, frage ich, sobald ich wieder bei Atem bin.

»Ja«, flüstert sie und zittert am ganzen Körper.

Ich hebe den Kopf, schaue auf sie hinunter und kann nicht glauben, wie viel Glück ich habe. Ich küsse sie zärtlich, entwirre dann unsere Gliedmaßen und rolle von ihr herunter. Kurz verschwinde ich ins Bad, um mich des Kondoms zu entledigen.

Bei jeder anderen als Maddy würde ich nun mit irgendeiner Entschuldigung möglichst rasch verschwinden, aber jetzt kann ich nur daran denken, schnell wieder zu ihr zu gehen und sie zu halten, bis wir beide einschlafen. Und dann will ich neben ihr aufwachen und alles noch einmal tun.

Ich gehe zurück ins Schlafzimmer und finde Maddy auf den zerwühlten Laken fest schlafend vor. Ich nehme mir einen Moment, um diesen Anblick zu genießen. Dieses wunderschöne Wesen gehört zu mir, und ich werde alles in meiner Macht Stehende tun, damit sie mich nie verlässt.

21

Ti Amo

Dixon

Ich erwache mit einem Wahnsinnsgefühl. Madison liegt neben mir und macht es mir gerade zärtlich mit der Hand.

Die vergangene Nacht hat all meine Erwartungen übertroffen. Sie hat mir ihre Jungfräulichkeit geschenkt und holt mir jetzt einen runter.

»Guten Morgen«, flüstert sie heiser, als sie merkt, dass ich wach bin.

»Das ist er ganz sicher.«

»Ich hoffe, du hast nichts dagegen«, sagt sie und umfasst meinen Schaft fester.

»Ganz und gar nicht. Genau genommen bestehe ich sogar darauf.« Als ich die Augen öffne und zum ersten Mal an diesem Tag ihre Schönheit sehe, bekomme ich buchstäblich weiche Knie. »Wie fühlst du dich?«

»Gut«, antwortet sie schüchtern.

»Hm …«, erwidere ich, unsicher, ob sie über letzte Nacht reden will.

»Du hattest recht.«

»Womit?« Ich presse die Zähne zusammen, als sie die Hand immer schneller bewegt.

»Dass es nicht wehtun würde, so wie du es machst. Es hat sich gut angefühlt. Wirklich gut.« Sie betont ihre Worte noch, indem sie mit dem Finger über meine empfindliche Eichel streicht.

»Nun, ich bin froh, dass es gut für dich war, denn für mich war es verfickt fantastisch.« Ich stolpere über meine Worte, denn ich kann mich nur noch auf ihre Hand an meinem Schwanz konzentrieren.

»Dieses wunderbare Teil von dir macht uns beide zu Schandmäulern.« Sie reibt immer fester.

»Ich hatte schon immer ein ... Schandmaul.« Sie bringt mich um. »Wenn ich mich recht erinnere, hattest du vergangene Nacht nichts gegen mein Schandmaul auf deinen hübschen Lippen.«

»Nun, das stimmt. Sieht so aus, als hätte ich einen Kosenamen gefunden für deinen ...« Sie errötet und kann den Satz nicht zu Ende bringen.

»Hey! Wieso bekommt mein Schwanz einen Kosenamen und ich nicht?«

Sie beugt sich zu mir und flüstert: »Weil ich in seiner Nähe ständig Fuck sagen will.«

Wie aufs Stichwort beginnt mein Schwanz zu pulsieren, glücklich, Anspruch auf diesen Titel zu erheben. »Damit kann ich leben.«

»Dixon?«

Ich grunze als Erwiderung, da mich die Fähigkeit zu sprechen verlassen hat.

»Ich würde ... können wir ... hast du noch Kondome?«, stößt sie schließlich hervor.

Ich nicke grinsend. »Zufällig habe ich noch zwei übrig.«

Sie macht ein langes Gesicht, und ich verstehe nicht, warum. Aber eine Sekunde später nennt sie mir den Grund.

»Wäre es okay, wenn wir heute Nachmittag bei einer Drogerie vorbeifahren?«

Mein wollüstiges Weib. »Ja, Ma'am.«

Das Gerede über Kondome und Kosenamen für meinen Schwanz lässt mich ihre Hand behutsam wegschieben und aufspringen, um mein Portemonnaie nach der goldenen Freikarte zu durchforsten. Als ich das Kondom über meinem Schaft abrolle, merke ich, dass Maddy genau zusieht. »Möchtest du es beim nächsten Mal tun?«

Sie wird rot, nickt jedoch und schaut dann rasch weg.

Sobald ich »angezogen« bin, will ich den Kopf zwischen ihre Beine stecken, aber sie unterbricht mich, indem sie die Hand auf meine Schulter legt. »Ich bin schon feucht«, gesteht sie.

Ich stöhne leise, diese Worte sind wie die Heilsbotschaft für mein zügelloses Hirn. Als ich einen Finger in sie hineinschiebe, fühle ich, dass sie recht hat. Es dauert nicht lange, und sie windet sich unter mir, bettelnd. Als ich langsam in sie eindringe, verzieht sie schmerzhaft das Gesicht.

»Bist du wund?«

Sie nickt.

Automatisch ziehe ich meine Hüften zurück, will ihn rausziehen. Aber wieder hält sie mich zurück. »Wag es ja nicht. Mach einfach nur langsam.« Ich lächle, denn sie scheint genauso süchtig zu sein wie ich. Als ich komplett von ihrer Scheide umschlungen bin, glaube ich, im Paradies angekommen zu sein. »Maddy …«, stöhne ich und beginne mit dem Tanz, in dem wir uns noch viele Male wiegen werden.

»Hm?«, erwidert sie und ihre Lippen teilen sich, als sie lustvoll einatmet.

»Alles Gute … zum Geburtstag.« Dann stoße ich so fest in sie hinein, dass Maddy im Bett hinaufgeschoben wird.

Sie wimmert, überrascht mich aber damit, dass sie ein Bein um meine Taille legt. Als sie die Hüften hebt, beginne ich mich zu bewegen. »Der fucking beste Geburtstag aller Zeiten.«

Ich grinse. Sieht so aus, als sei mein Kosename äußerst passend.

Während Maddy mit Mary telefoniert, checke ich meine E-Mails. Ich versuche nicht zu lauschen, aber das ist schwer, wenn man das Thema der Unterhaltung ist.

»Ja, Lämmchen, wir haben verhütet. Äh … Keine Ahnung. So zweimal.«

Zweimal? Was war zweimal? Wenn sie über Orgasmen redet, was ist dann damit, dass ich es ihr vor zwanzig Minuten mit dem Mund gemacht habe?

Ich entscheide, mich aus diesem Elend zu erlösen, stecke meine Kopfhörer ein und höre ein bisschen Jazz, während ich mich auf meine E-Mails konzentriere.

Die meisten Nachrichten sind von Susanna, die mich auf dem Laufenden hält. Allerdings gibt es auch zwei E-Mails, die meine besondere Aufmerksamkeit erregen.

Eine ist von Chad, der mir Details zum Abend der Preisverleihung des *Gerald Harriet Fellowship Award* mitteilt. Die andere ist vom Sunnyfield Hospital, das mich zu einem Familientag einlädt, der in ein paar Wochen stattfindet.

Obwohl ich meinen Vater jetzt einmal in der Woche besuche, hasst er mich abgrundtief. Einen Hauch von Reaktion bekomme ich nur, wenn Maddy dabei ist. Aber wenn ich mit ihm allein bin, könnte ich genauso gut unsichtbar sein.

Plötzlich spüre ich eine Hand auf meiner Schulter und zucke zusammen. »Sorry«, entschuldigt sich Maddy, als ich meine Ohrhörer herausziehe.

»Ist schon gut. Wie geht es Mary?«, frage ich und drehe den Stuhl herum, um sie anzusehen. Als ihr das Blut in die Wangen schießt, entscheide ich, es lieber nicht wissen zu wollen.

Lächelnd schaut sie auf meinen Laptop. »Das klingt nett. Wirst du hingehen?«

Ich drehe mich wieder um und betrachte die Einladung. »Keine Ahnung. Ich käme mir irgendwie komisch vor, wenn man bedenkt, dass mein Vater wünscht, ich wäre tot.«

»Sag das nicht. Das tut er sicher nicht. Ich sehe kleine Fortschritte. Du musst es weiter versuchen«, ermutigt sie mich.

Seufzend fahre ich mir durchs Haar. »Er ist ein sturer alter Esel.«

»Das sagt der Richtige.« Sie kichert, während ich sie mit hochgezogenen Brauen ansehe.

»Würdest du mitkommen?«

»Zum Familientag?«

Ich nicke und drehe den Stuhl herum.

»Ähm …«

Als sie zögert, mache ich einen Rückzieher. »Wenn du nicht magst, kann ich das verstehen.«

Sie schüttelt den Kopf. »Nein, das ist es nicht.«

»Was ist es dann?«

»Es ist nur …« Sie zieht die Ärmel über ihre Hände. »Es ist ein Familientag.«

»Und?«

»Streng genommen gehör ich nicht zur Familie.«

Wie von selbst beuge ich mich vor und ziehe sie auf meinen Schoß. Ich streiche ihr das Haar zurück, damit ich ihr in die Augen sehen kann. »Du bist meine Familie, und von daher auch die meines Vaters. Die Einladung steht, falls du mitkommen magst. Wenn es dir allerdings zu schräg vorkommt, kann ich das völlig verstehen.«

»Glaubst du, es gibt wieder diese Würstchen im Schlafrock wie bei unserem letzten Besuch?«, lautet ihre Antwort.

Ich lächle. »Ich werde dafür sorgen.«

Sie schmiegt sich in meine Arme und seufzt zufrieden, als ich meine Hände über ihren Hintern schiebe. »Sollen wir etwas zu essen besorgen? Es ist dein Geburtstag. Wir sollten nicht drinnen hocken, wenn es draußen so schön ist.«

Sie scheint meinen Vorschlag abzuwägen. »Wir könnten ein bisschen von dem übrig gebliebenen Essen und eine Flasche Frankcati …«

Ich lache und korrigiere sie. »Es heißt Frascati. Ich denke, es ist Zeit, dir ein bisschen Italienisch beizubringen.«

Sie löst sich aus meiner Umarmung und verdreht die Augen. »Jedenfalls, Mr. Klugscheißer, wie ich schon sagte, können wir vielleicht mit dem übrig gebliebenen Essen ein Picknick veranstalten. Als wir gestern mit dem Auto herumgefahren sind, habe ich ein paar wunderschöne Plätze gesehen.«

»Gute Idee.« Als sie aufspringt, verpasse ich ihr einen Klaps auf den Hintern. »Wie wäre es, wenn du ein bisschen zusammenpackst, während ich das hier fertig mache?«

Sie nickt. Ihre Fröhlichkeit ist ansteckend, und ich muss lächeln, als sie in Richtung Küche verschwindet.

Allerdings kommt sie einen Moment später schon wieder

zurück, und ich schaue von meinem Laptop hoch. »Vielleicht könntest du mir für den Anfang etwas Einfaches auf Italienisch beibringen.« Sie schluckt nervös, und ich frage mich, warum.

»Klar.« Ich nehme die Brille ab. »Was würdest du gern wissen?«

Sie starrt für einen Moment auf ihre Füße, bevor sie antwortet. »Ich liebe dich. Wie sagt man: Ich liebe dich?«

Nun verstehe ich ihre plötzliche Nervosität. »*Ti amo.*«

Sie nickt und formt die Wörter stumm nach. Dann atmet sie tief durch und schaut mir in die Augen. »*Ti amo. Ti amo, Dixon.*«

Diese Worte haben nie süßer geklungen.

Ich stehe auf und gehe zu ihr. »*E ti amo, Madison.*«

So glücklich wie in diesem Moment habe ich sie noch nie gesehen. »Vielleicht könntest du mir noch etwas beibringen?«

»Natürlich. Was denn?«, frage ich und streiche ihr Haar zurück.

Als sie auf ihrer Unterlippe nagt, weiß ich, was sie denkt. »Wo ist der nächste Drogeriemarkt?«

Grinsend gebe ich ihr die einzige Antwort, zu der ich in der Lage bin. »*Non abbastanza vicino.*«

Nicht nahe genug.

22

Worte, deren Bedeutung ich nicht kenne

Madison

Es ist unser letzter Abend in Rom. Obwohl ich traurig bin, abreisen zu müssen, denke ich mit Freude an die hier verbrachten Tage.

Diese Reise bestand aus vielen Genüssen – Essen, Wein, Sehenswürdigkeiten und Sex. In einer Million Jahre hätte ich nicht gedacht, dass ich Sex dieser Liste hinzufügen würde, aber dank Dixon kann ich das jetzt.

Die Nacht, in der wir uns zum ersten Mal geliebt haben, ist mit nichts vergleichbar, was ich je erlebt habe. Ein Ereignis, vor dem ich mich so sehr gefürchtet habe, fühlte sich am Ende aufrichtig und rein an. Ich werde nie vergessen, was Dylan mir angetan hat. Es ist Teil meiner Persönlichkeit. Aber jedes Mal, wenn ich Dixon in mir spüre, werden das Hässliche und die Angst durch Liebe ersetzt.

In den vergangenen Tagen ist mir aufgefallen, dass Dixon zunehmend nervös wird. Wenn sein Handy klingelt, hält er jedes Mal den Atem an und entspannt sich erst wieder, nachdem er gecheckt hat, wer am anderen Ende der Leitung ist. Vermutlich ist er angespannt, weil die Arbeit auf ihn wartet und er sich auf die Preisverleihung vorbereiten muss. Oder aber er verlässt dieses Paradies genauso ungern wie ich.

Was auch immer der Grund ist, unsere letzte Nacht soll unvergesslich werden.

Wir haben entschieden, zu Hause zu essen und bald schlafen zu gehen, da unser Flug schon um zehn Uhr morgen früh startet. Ich schieße rasch ein letztes Foto von der Landschaft und poste das Bild auf meiner Facebook-Seite, da Mary durch mich alles indirekt miterlebt.

Dixon und ich haben alles unternommen, was ich mir hätte wünschen können, und noch ein bisschen mehr. Wir waren in jeder Kirche, Ruine und in jeder Ausstellung, die man in Rom besuchen kann. Dixon wollte nicht, dass ich irgendetwas verpasse. Mein Lieblingserlebnis war unser Foto vor dem Trevi-Brunnen. Das ist jetzt mein Profilbild. Auf dem Foto küsst Dixon mich zärtlich, die Hand um meine Wange gelegt.

Ich habe so viele unglaubliche Fotos, die ich mir ansehen kann und die mich stets an unvergessliche Momente erinnern werden. Aber jetzt ist es an der Zeit neue Erinnerungen zu schaffen.

Ich streiche mein rotes Kleid glatt und binde die Haare zu einem hohen Pferdeschwanz zusammen. Dann trage ich einen Hauch Lippenstift auf, und nachdem ich mein schönes Gegenüber im Spiegel ein letztes Mal korrigiert habe, bin ich fertig. Ich hüpfe die Stufen hinunter und finde Dixon im Wohnzimmer, wo er fernsieht. Er blickt hoch und lächelt, als er mich erblickt.

»Du siehst wunderschön aus.«

»Danke.« Ich mache es mir neben ihm auf dem Sofa bequem und schlage die Füße unter. »Was guckst du dir an?«, frage ich und blicke zu dem Film, der über den Bildschirm flackert.

»Eigentlich nichts«, antwortet er und reicht mir die Fernbedienung.

Die gedrückte Stimmung ist zurück, und ich weiß nicht, warum. »Ist alles in Ordnung? Du wirkst so … traurig.« Ich entscheide mich für dieses Wort, da ich einfach nicht erkennen kann, was los ist. Ich weiß nur, dass etwas nicht stimmt.

Dixon seufzt und bestätigt damit meine Vermutung. »Ich bin wirklich ein bisschen traurig. Wir hatten hier eine so schöne Zeit. Ich möchte nicht fort.«

»Kann ich verstehen, aber wir müssen.«

»Müssen wir wirklich?«, fragt er überraschenderweise und sieht mich an.

Ich lächle, weil er offenbar Witze macht. Aber als er nicht aufhört, mich ernst anzuschauen, weiß ich, dass er keineswegs scherzt. »Du willst wirklich bleiben? Was ist mit deiner Arbeit? Deinem Zuhause? Deinen Freunden?«

Er zuckt mit den Schultern und streichelt mir über die Wange. »Das sind alles Dinge, die man auch hier findet.«

»Du meinst das ernst?«

Er nickt.

»Was hält dich in New York? Abgesehen von deiner Mom und Sebastian?«

»Die Ausbildung«, antworte ich. »Bald beginnen die Praktika, und ich habe echt gute Chancen, in ein super Krankenhaus zu kommen. Und dann Mary … Wir haben einander versprochen, uns nie zu trennen.«

»Mary kann uns jederzeit besuchen. Und du kannst dich versetzen lassen. Ich könnte dir helfen, hier in einem richtig guten Krankenhaus unterzukommen«, zählt er auf und scheint an alles gedacht zu haben.

Warum will er aus New York weg? Was verschweigt er mir?

»Ich kann dort nicht fort. Es ist meine Heimat«, erwidere ich ehrlich. »Endlich fühle ich mich so, als würde ich da hingehören.«

Meine Antwort scheint ihn zu enttäuschen. »Ich verstehe, vergiss einfach, was ich gesagt habe.« Er wendet sich wieder dem Fernseher zu und signalisiert damit, dass das Gespräch zu Ende ist. Aber ich möchte den Grund für seinen Vorschlag erfahren.

»Warum willst du nicht zurück nach New York?«

Ich sehe, wie sich die Härchen auf seinen Armen aufrichten. »Es wird langweilig. Ich brauche wohl eine Veränderung.«

»Und deshalb muss man ans andere Ende der Welt?«, frage ich und bekomme allmählich Angst. »Wenn du Veränderung brauchst, dann such dir ein neues Fitnesscenter. Oder lass dir die Haare schneiden! Was du vorschlägst, ist keine kleine Veränderung. Es ist lebensverändernd.«

Dixon spürt meinen Stimmungswechsel und runzelt die Stirn. »Tut mir leid, wenn ich dich erschreckt habe. Vergiss es.«

Ich schüttle den Kopf. »Nein, das kann ich nicht. Wenn du unglücklich bist, muss ich das wissen. Habe ich irgendetwas getan?« Ich durchforste meine Erinnerung, ob ich ihm auf die Nerven gegangen sein könnte. Gestern Abend habe ich das letzte Macaron gegessen. Vielleicht ist es das.

Während ich im Kopf alle Möglichkeiten aufliste, zieht mich Dixon auf seinen Schoß. Ich schaue in seine zärtlichen Augen und sehe nichts als Verzweiflung. Ich bin sicher, dass dieser Ausdruck vor einer Woche nicht da war. Was ist los?

»Dixon ...« Aber er schneidet mir das Wort ab, indem er seine Lippen auf meine presst.

»Vergiss, dass dieses Gespräch jemals stattgefunden hat«, sagt er dicht vor meinem Mund.

»Nein«, widerspreche ich stur und will mich von seinem Charme nicht ablenken lassen. »Sag mir, was los ist.« Als er versucht, mich wieder zu küssen, drehe ich den Kopf weg.

Er seufzt noch einmal. »Ich fürchte, wenn wir wieder zu Hause sind, wird das hier« – er macht eine Handbewegung, die den ganzen Raum einschließt – »nur noch eine ferne Erinnerung sein. Ich möchte das alles jeden Tag mit dir haben, aber ...«

»Aber was?«, dränge ich und will, dass er den Satz beendet.

Er spannt das Kinn an. »Aber New York ist voller ... Fuck! Ich weiß auch nicht.« Plötzlich hebt er mich hoch und lässt mich auf das Sofa fallen, sodass mein Hintern auf den weichen Kissen hüpft. Dann steht er auf, geht zur Haustür hinaus und knallt sie hinter sich zu.

Was war *das* denn?

New York ist voll mit *was*?

Ich sollte abwarten, bis er sich beruhigt hat, aber das kann ich nicht. Ich muss wissen, was los ist. Nachdem ich bis zehn gezählt habe, erhebe ich mich und gehe hinaus, um zu sehen, wo er steckt. Ich brauche nicht lange zu suchen, er steht nur ein paar Schritte entfernt und raucht eine Zigarette.

»Dixon?« Meine Stimme ist nur ein Flüstern. Als er mich hört, spannen sich seine Schultern an. »Dixon, du musst mit mir reden. Du machst mir Angst.«

Schweigen.

Tränen treten mir in die Augen, aber ich wische sie fort, denn ich bin nicht mehr das Mädchen, das beim ersten Anzeichen von Schwierigkeiten weint. Ich gehe auf ihn zu, ohne ihm jedoch zu dicht auf die Pelle zu rücken. »Wenn es dir wirklich so ernst damit ist hierherzuziehen, dann denke ich darüber nach. Aber ich kann diese Entscheidung nicht –«

»Bitte, Maddy, vergiss, dass ich überhaupt etwas gesagt habe«, unterbricht er mich verärgert und stößt eine Wolke Zigarettenrauch aus.

Ich schniefe. »Nein, denn ich habe das schreckliche Gefühl, dass du mir etwas verheimlichst.« Ich lege die Hand auf den Bauch, weil mir vor lauter Sorge übel wird. »Falls du mit unserer Beziehung oder mit mir unglücklich bist, dann kann ich mich ändern. Sag mir einfach nur, was es ist.« Wie unglaublich verzweifelt muss ich klingen! Aber ich werde alles tun, damit unsere Beziehung funktioniert.

»Kapierst du es denn nicht?«, faucht er und wirbelt herum. Er starrt mich wütend an und wirft die Zigarette auf den Boden. »Es liegt an mir.« Er presst den Zeigefinger gegen seine Brust. »*Ich* bin das Problem. Du bist perfekt. Ich bin der verkorkste Bastard, der dich nicht verdient hat.«

»Wovon redest du?«

Ich stoße auf eine Wand des Schweigens, was mich ärgert. »Dixon, bitte. Sag mir, was los ist!«

Plötzlich kommt er auf mich zu und packt mich an den Armen. »Ich habe Angst, dass du mein wahres Ich erkennst, wenn wir wieder in New York sind! Du wirst herausfinden, was ich getan habe, und dann wirst du mich hassen.«

»Was?« Ich sauge hörbar die Luft ein, kann die Tränen

nicht eine Sekunde länger zurückhalten. »Nein, das wird nie passieren.«

Er schüttelt energisch den Kopf. »Doch, Madison. Ich hasse mich selbst dafür! Und wenn dieser Moment gekommen ist, muss ich dich gehen lassen. Das hier ist nichts weiter als geliehene Zeit.«

»Dixon …«

»Ich bin nicht der, der ich vorgebe zu sein«, gesteht er traurig, bevor er mich loslässt und sich abwendet.

Aber ich weigere mich, ihn gehen zu lassen. »Du kannst nicht solche Dinge sagen und dann einfach abhauen!« Ich packe seinen Oberarm, weil ich will, dass er mich ansieht. »Warum sollte ich dich hassen? Was hast du getan, das so schlimm ist?«

»Was habe ich *nicht* getan?«, lautet seine geknickte Antwort.

Was soll ich sagen? Soeben wurde mein Paradies angegriffen, und ich weiß nicht, warum. Was ist nur los?

»Madison, bitte weine nicht. Ich kann es nicht ertragen, dich weinen zu sehen.«

Ich habe gar nicht gemerkt, dass mir Tränen über die Wangen laufen. Ich bin zu sehr damit beschäftigt, Dixons Worte zu enträtseln. Obwohl es ein wirres Geständnis war, bleibt es ein Geständnis.

Was hat er getan?

Ich spiele mit der Kette an meinem Hals, dem Anhänger, der Dixon so viel bedeutet, und mir wird plötzlich klar, dass es für mich keine Rolle spielt, was er getan hat. Ich will ihn nur nicht verlieren, ihn nicht und dieses Gefühl, mich vollständig zu fühlen, wenn ich an seiner Seite bin.

»Es ist mir egal«, erkläre ich mit Nachdruck und bohre die Fingernägel in seinen Arm. »Was auch immer du getan hast, es ist mir egal.«

Er wendet den Kopf ab, als hätte ich ihn geschlagen. »Verwende keine Worte, deren Bedeutung du nicht kennst.«

»Wenn du aufhören würdest, in verdammten Rätseln zu sprechen, könnte ich vielleicht verstehen, worum es geht! Was ist passiert, während ich oben gewesen bin, dass du dich plötzlich aufführst wie ein Irrer?«

Er senkt den Blick, und es ist das erste Mal, dass ich erlebe, wie er sich geschlagen gibt. Aber ich will nicht, dass er aufgibt. Nicht sich selbst. Oder uns. Der Gedanke, Dixon zu verlieren, das zu verlieren, was wir haben, stößt mir ein Messer in die Brust.

»Bitte verlass mich nicht.«

Dixon umfasst meine Wangen mit festem Griff, sein Blick sucht verzweifelt meinen. »Verstehst du denn nicht? *Du* wirst *mich* verlassen.«

Nein. Verdammt noch mal, nein!

Meine Gefühle überwältigen mich, und ich handle, bevor ich klar denken kann. Ich schlage seine Hände weg. Für den Bruchteil einer Sekunde schaut er mich verdutzt an, aber schon im nächsten Moment presse ich meine Lippen auf seine, dass es ihm den Atem verschlägt. Aber die Berührung fühlt sich zu gut an, um sich Gedanken über etwas so Triviales wie Atemluft zu machen.

Wir verschlingen einander, der Kuss ist wild und verzweifelt, genau das, was ich brauche, um mich zu vergewissern, dass ich lebe. Ich packe seine Haare, kralle die Finger hinein, weil ich so viel wie möglich von ihm fühlen muss.

Das Adrenalin der vergangenen fünf Minuten strömt durch meine Adern, bringt mich dazu, ihn in die Lippe zu beißen und sie hungrig in meinen Mund zu saugen.

Als seine riesige Erektion gegen mich drückt, Einlass verlangt, stöhne ich leise. So rasend war ich noch nie. So stark war das Verlangen, ihn in mir zu spüren, nie zuvor. Ich brauche es.

Offenbar kann Dixon meine Gedanken lesen, denn er löst sich von mir, und ich ringe keuchend um Luft. Aber er lässt mich nicht zu Atem kommen, sondern packt mich und drückt mich gegen die Hauswand. Er presst seine Brust auf meine, hält mich mit seinem Blick gefangen, während er unter mein Kleid greift und mein Höschen mit einem energischen Ruck zerreißt. Ich keuche, mein Herz schlägt wie verrückt, das Blut rauscht in meinen Ohren.

Als ich auf seine vorgewölbte Jeans schaue, weiß ich, was ich zu tun habe. Hektisch öffne ich den Knopf, ziehe den Reißverschluss herunter und schiebe die Hand in den Hosenschlitz. Als ich seinen Ständer fühle, stöhnen wir beide auf. Aber das ist nicht genug. Ich brauche mehr.

»Saug«, befiehlt er und schiebt mir zwei Finger in den Mund, während er mein Kleid anhebt. Ich tue wie befohlen, stelle mir vor, es sei sein Schwanz, an dem ich sauge. Er knurrt vor Wonne.

Dann zieht er die nassen Finger aus meinem Mund, umkreist meine empfindlichste Stelle und schiebt die Finger in mich hinein. Ich schreie auf, das harte Eindringen ist genau das, was ich brauche. Dixon sucht in seiner Hosentasche und flucht dann. »Verdammt. Ich habe kein Kondom mehr.«

Aber das ist mir egal.

Also sage ich etwas, was ich nie zuvor gesagt habe: »Fick mich trotzdem.«

So vulgär habe ich unseren Akt des Liebemachens noch nie bezeichnet, aber es gibt nun mal unzählige Varianten. Und wir sind im Begriff, etwas Animalisches zu tun.

Dixon stöhnt, und ohne weitere Verzögerung zerrt er mich ins Haus, zieht mich mit zu Boden, schiebt seine Jeans hinunter. Er legt meine Beine um seine Hüften und dringt leidenschaftlich in mich ein. Ich schreie auf, aber die Lust überwiegt den Schmerz, und ich ertrage es bereitwillig, dass er wieder und wieder in mich stößt.

Es fühlt sich so anders an, wenn nichts zwischen uns ist, und es gefällt mir. Es fühlt sich roh und echt an. So wie unsere Liebe.

Stöhnend schiebe ich das Becken vor, seufze, als er noch tiefer in mich eindringt und ich ihn mit jeder einzelnen Faser spüre.

Ich schlinge die Arme um seinen Nacken, ziehe seinen Kopf zu mir und küsse ihn wild. Mein Orgasmus deutet sich bereits an, und ich weiß, dass ich in null Komma nichts kommen werde.

Dixon löst sich von meinen Lippen und saugt hungrig an meinem Hals. Ich fühle mich, als würde er mich von innen heraus verschlingen, und ich liebe es. Hastig öffnet er die obersten drei Knöpfe meines Kleides, befreit innerhalb von Sekunden meine Brüste. Als sie herausquellen, saugt er leidenschaftlich an ihnen, beißt und zupft meine Nippel mit genau der richtigen Heftigkeit, dass ich vor Lust wimmere.

Ich muss ihn anfassen, aber als ich ihm durch die Haare fahren will, packt er meine Hände und hält sie über meinem

Kopf fest. Ich bin im wahrsten Sinne des Wortes seine Gefangene.

Seine Stöße sind heftig, beinahe bestrafend, und ich lechze danach. Er saugt an meinen Brüsten und fährt hart in mich hinein. Sein Verlangen nach mir ist offenkundig, und ich kann mich nicht länger zurückhalten.

Ich wimmere meine Erleichterung hinaus, und mein Körper wird von einem so heftigen Orgasmus geschüttelt, dass es mir die Tränen in die Augen treibt. Eine Sekunde später schreit Dixon auf, zieht seinen Schwanz heraus, und eine warme Feuchtigkeit ergießt sich auf die Innenseite meiner Oberschenkel.

Es kommt mir vor, als bräuchte ich Minuten, aber als ich endlich die Augen öffne, sieht Dixon mich mit einem Blick voller Bedauern und Schmerz an. »Oh, Maddy. Es tut mir so leid. Ich bin ein verdammtes Tier. Habe ich dir wehgetan?« Rasch lässt er meine Hände los, küsst mich auf die zarte Haut an den Gelenken.

Aber ich werde seine Entschuldigung nicht annehmen. »Hör auf. Es geht mir gut. Mehr als gut. Sag mir einfach nur, dass du mich liebst.«

»Was?« Verwirrt schüttelt er den Kopf.

»Sag mir einfach nur, dass du mich liebst, denn wenn du das tust, können wir alles überwinden.«

»Natürlich liebe ich dich. Nie zuvor habe ich eine Frau so geliebt, und ich werde auch nie eine andere so lieben.«

»Gut.« Ich seufze atemlos, und ich weiß, dass es naiv von mir ist, aber ich will der Realität nicht ins Gesicht sehen – noch nicht jedenfalls.

23

Das Spiel ist aus

Dixon

Wir müssen reden.

Dieser Satz verheißt nie etwas Gutes – vor allem, wenn er von Juliet kommt.

Während meines Morgenkaffees starre ich auf diese unheilvolle Textnachricht und frage mich, was zur Hölle sie will.

Sie sollte noch im Wellnesskoma liegen und nicht an mich denken. Oder daran, mit mir reden zu wollen.

»Guten Morgen!«, ruft Maddy fröhlich, gibt mir einen Kuss und stibitzt meinen Kaffee.

Rasch schiebe ich das Handy in die Hosentasche und lächle. »Bist du bereit?« Maddy hat heute Bewerbungsgespräche wegen des Praktikums, und ich weiß, dass sie unglaublich nervös ist.

»Japp. Drück mir die Daumen, dass ich ins Mount Sinai komme.«

»Na klar.«

Sie lächelt. »Danke. Oh, ich werde übrigens die meiste Zeit des Tages mein Handy nicht einschalten. Nach den Bewerbungsgesprächen treffe ich mich mit einer Lerngruppe in der Bibliothek. Wir wollen uns mit Wissen vollstopfen. Mach dir also keine Sorgen, wenn du nichts von mir hörst.« Sie trinkt den Kaffee aus und klaut sich dann noch meinen zur Hälfte gegessenen Bagel. »Mist. Ich bin spät dran. Sehen wir uns heute zum Abendessen?«

Ich schaue auf die Stelle, an der sich gerade noch mein Frühstück befunden hat. »Allerdings. Da du mir gerade alles weggegessen hast, werde ich bis dahin halb verhungert sein.«

Kichernd schluckt sie den letzten Bissen runter. »Scherzkeks. Viel Spaß bei der Arbeit.«

»Das ist unwahrscheinlich. Viel Glück.«

Sie küsst mich flüchtig auf die Lippen, bevor ich ihr einen Klaps auf den Hintern gebe und sie hinausscheuche.

»Und welche Gefühle löst das bei Ihnen aus, Mrs. Chan?«

»Ich fühle mich unzulänglich. Das sexuelle Verlangen meines Mannes, mit anderen Frauen zu schlafen, verletzt mich.«

Ich schaue von meinem Notizblock hoch, und als ich sehe, dass sie weint, tut sie mir ehrlich leid. Wir Männer sind Mistkerle. Ich zupfe zwei Papiertaschentücher aus der Box neben mir und reiche sie ihr.

»Danke, Doktor.«

»Sollen wir einen Moment Pause machen?«

Sie schnäuzt sich und schüttelt den Kopf. »Nein. Es geht schon.«

»Nun, wie wäre es dann, wenn sie mir erzählen …« Aber ich kann den Satz nicht beenden, denn Satan höchstpersönlich kommt hereingestürmt, dicht gefolgt von Susanna.

»Dr. Mathews, es tut mir so leid! Sie ist einfach an mir vorbeigelaufen«, erklärt Susanna atemlos.

Ich verenge die Augen, als ich die wütende Juliet vor mir habe.

»Wenn Dr. Mathews meine Nachrichten beantworten würde, müsste ich nicht auf solche Methoden zurückgreifen.« Sie starrt mich zornig an.

»Das ist völlig inakzeptabel. Sie müssen sofort gehen. Soll ich den Sicherheitsdienst rufen, Dr. Mathews?«

Ruhig lege ich den Stift auf meinen Notizblock. »Ist schon gut, Ms. Vale. Mrs. Chan, würden Sie mich bitte einen Moment entschuldigen? Ich bedaure sehr, aber ich muss mich kurz um diese Angelegenheit kümmern.«

Sie nickt, schaut Juliet an und fragt sich zweifellos, wer diese Verrückte in meiner Praxis ist.

»Ms. Vale, würden Sie Mrs. Chan bitte eine Tasse Kaffee bringen?«

»Natürlich, Doktor.« Sie wirft noch einmal einen Blick auf Juliet, bevor sie sich zum Gehen wendet.

Ich stehe langsam auf, knöpfe meine Anzugjacke zu und gehe an Juliet vorbei, ohne mir die Mühe zu machen, ihr in die Augen zu sehen. Am Klappern ihrer Absätze höre ich, dass sie mir dicht auf den Fersen folgt. Als ich vor dem Besprechungsraum stehen bleibe und mich einer besorgt wirkenden Susanna zuwende, spaziert Juliet selbstgefällig an mir vorüber. Ich hebe die Hand und signalisiere Susanna, dass sie den Sicherheitsdienst rufen soll, wenn ich in fünf Minuten nicht wieder draußen bin.

Sie nickt.

Dann schließe ich hinter mir die Tür und wappne mich innerlich, dem Teufel gegenüberzutreten. »Also, jetzt hast du meine Aufmerksamkeit. Was willst du?«

»Wie war deine Reise?«, fragt sie und verschränkt die Arme vor der Brust.

Mir gefällt ihr Ton nicht, aber ich erwidere ruhig: »Nett.«

»Nur nett? Du hast also die ganze Zeit gearbeitet? Du hast nichts Besonders angestellt?«

»Juliet, falls diese Geschichte eine Pointe hat, dann komm bitte zügig zum Punkt«, erkläre ich gleichgültig und rücke meine Krawatte zurecht.

Ihre Lippen verziehen sich zu einem schmalen Strich, bevor sie faucht: »Du bist ein verdammter Lügner, Dr. Mathews.«

Ich zucke mit den Schultern und schiebe die Hände in die Hosentaschen. »Naja, du bist auch nicht gerade eine Heilige.«

»Nein, möglicherweise nicht, aber ich habe nie gelogen, was meine Gefühle für dich betrifft.« Sie besitzt die Frechheit zu schniefen.

Ich habe keine Ahnung, worauf sie anspielt, da ich bei so vielen Dingen gelogen habe, aber plötzlich reißt mein Geduldsfaden. »Du hast doch gar *keine* Gefühle, du narzisstisches Miststück!«

Sie zuckt zusammen, meine Ehrlichkeit verletzt sie offenbar, aber nur eine Sekunde später hat sie sich wieder gefasst. »Ich weiß, dass du nicht aus beruflichen Gründen in der Schweiz warst. Du bist mit Madison über ihren Geburtstag nach Rom geflogen, so wie du es angekündigt hattest.«

Mist.

Ohne die Miene zu verziehen, sehe ich sie an.

»Steh doch nicht einfach nur da! Willst du dich nicht verteidigen?«, faucht sie, nachdem ich gegähnt habe, weil mich ihre Melodramatik langweilt.

»Warum sollte ich mir die Mühe machen? Offenbar hast du dir deine Meinung doch schon gebildet.« Es besteht kein

Grund, verfrüht in Panik zu verfallen. Als sie jedoch schnaubt, scheint mir ein guter Zeitpunkt gekommen.

»Fein. Dieses Spiel möchtest du also spielen.« Sie wühlt in ihrer Handtasche, holt ihr Handy heraus.

Noch immer bewahre ich Ruhe. Sie hat keinen Beweis. Solange ich nicht in flagranti erwischt werde, bin ich über jeden Verdacht erhaben.

»Erklär mir das«, faucht sie höhnisch und hält mir das Handy hin. Ich sehe ein Foto von Madison und mir, wie wir uns vor dem Trevi-Brunnen küssen.

Es ist wirklich ein wunderschönes Foto, und ich muss lächeln.

»Nun?«, blafft sie mich an und verdirbt den Augenblick.

»Das wurde vor Monaten gemacht«, erwidere ich und winke ab.

»Lüg mich nicht an!« Hektisch öffnet sie die Facebook-App. Sie tippt auf der Seitenleiste herum und macht ein finsteres Gesicht, weil sie anscheinend gefunden hat, wonach sie sucht. »Lies den Text und das Datum«, verlangt sie und wirft das Handy in Richtung meines Kopfes. Glücklicherweise kann ich es auffangen.

Als ich sehe, dass sie Madisons Facebook-Seite samt Urlaubsschnappschüssen gefunden hat, die alle datiert sind, stöhne ich innerlich.

Bestes Geburtstagsgeschenk aller Zeiten. Mein wunderbarer Freund ist nicht nur mit mir nach Rom geflogen, sondern ist auch im 21. Jahrhundert angekommen und hat herausgefunden, was ein Selfie-Stick ist. ☺

Verflucht seist du, Zuckerberg, du dämlicher, nerdiger, technikgeiler Streber.

»Also, willst du mir vielleicht die Wahrheit sagen?«, verlangt Juliet und reißt mir das Handy aus der Hand.

»Du scheinst doch schon alles zu wissen.«

Wütend macht sie einen Schritt auf mich zu. »Du hast mich die ganze Zeit angelogen. Du hast mich in die Hamptons geschickt, damit ich nicht mitbekomme, was du tust. Madison bedeutet dir mehr, als du behauptest. Du liebst sie und spielst mir etwas vor!«

Absturz! Absturz! Absturz!

Aber ich stehe erhobenen Hauptes da, ignoriere den Drang zu fliehen. »Und wenn du recht hast? Was dann?«

Sie presst die Zähne zusammen. »Ich mache dich fertig. Ich lasse mich nicht gern für dumm verkaufen. Und genau das hast du getan.«

Mein Kopf arbeitet auf Hochtouren. Betont lässig setze ich mich hin und trommele mit den Fingern auf der Tischplatte. »Und wie willst du mich ›fertigmachen‹?«, frage ich einen Moment später und mache Anführungszeichen in die Luft, um ihre Worte kleinzureden.

Sie grinst boshaft. »Ich werde der Welt zeigen, was für ein verlogener, unmoralischer Arzt du in Wirklichkeit bist.«

»Nur zu.« Ich wedele aufmunternd mit der Hand. »Dann verklage ich dich wegen Verleumdung.«

»Wie bitte?«, fragt sie spöttisch und glaubt mir offenbar kein Wort.

»Erinnerst du dich an die Erklärung, die du unterschrieben hast?« Ihr fällt die Kinnlade herunter. »Nun, es war eine Verschwiegenheitserklärung. Wenn du nicht so sehr damit beschäftigt wärst, mit deiner Muschi zu denken, würdest du wissen, dass *ich dich* fertigmache, sobald du auch nur ein

Wort zu jemandem über das sagst, was zwischen uns passiert ist. Wir wissen beide, dass du in deiner Familie der Hauptverdiener bist. Glaubst du wirklich, dass Dylan bei dir bleibt, wenn du pleite bist und ein Kind erwartest, das nicht einmal von ihm ist?« Süffisant ziehe ich eine Braue hoch und beobachte die Wirkung meiner Worte.

»Du lügst!«, stößt sie hervor.

»Nein, ich kann dir versichern, dass ich das nicht tue. Wenn du willst, lasse ich dir gern von meinem Anwalt eine Kopie schicken.«

Sie schüttelt den Kopf und lächelt ungläubig. »Du Arschloch.«

»Ich habe bei den Besten gelernt.«

»Ich werde es Maddy erzählen«, droht sie.

Aber ich durchschaue ihren Bluff. »Wenn du das wirklich tun wolltest, hättest du es längst getan.« Ich beiße die Zähne zusammen und entscheide, die Karten auf den Tisch zu legen. »Ich weiß, warum du sie hasst. Und ich weiß, was du damals gesehen hast. Du wirst Maddy nichts sagen, denn sonst erzählt sie alles deinem Daddy. Er wird erfahren, was für ein abgefucktes Miststück seine Tochter in Wahrheit ist.«

Wieso habe ich daran eigentlich nicht schon früher gedacht? Wenn sie Maddy von meinen Sünden erzählt, wird Juliet sich selbst in die Scheiße reiten, denn Maddy wird dann nicht länger schweigen.

Ich beuge mich vor, starre sie an und gebe mir keine Mühe, meinen Hass auf sie zu verbergen. »Du machst mich krank! Du bist erbärmlich. Du benutzt das, was du zwischen den Beinen hast, um zu bekommen, was du willst. Aber lass mich dir eines sagen: Ich hatte schon Bessere.«

Tränen treten ihr in die Augen. »Fein.« Sie schnappt sich ihr Handy, das ich auf den Tisch gelegt habe, und wählt mit zitternden Fingern. Ich lehne mich in meinem Sessel zurück und gucke genauso entschlossen wie sie. Juliet landet auf der Voicemail. Als ich Maddys süße Stimme höre, weiß ich, was ich zu tun habe.

Juliet giftet mich mit Blicken an und sagt: »Hi, Madison, hier ist Juliet. Wir müssen reden. Ruf mich an, sobald du das hier abhörst.« Wütend beendet sie den Anruf. »Dieses Mal werde ich es ihr sagen. Das schwöre ich.«

Nein, das tut sie nicht. Dann würde sie sich selbst in Bedrängnis bringen. Aber ich gebe vor, ihr zu glauben. »Gut. Damit tust du mir einen Gefallen.«

»Ist das dein Ernst?«, fragt sie, als sie meine Entschlossenheit erkennt.

Ich nicke. »Ich bin dieses Spielchen leid.« Und dieses Mal meine ich es tatsächlich so. Ich kann Maddy keine Sekunde länger belügen. Heute Abend werde ich ihr alles erzählen.

Ich dachte, Maddy zu belügen und mit Juliet dieses Spiel zu spielen sei der leichtere Weg. Aber das war nicht so. Maddy von Anfang an die Wahrheit zu sagen wäre einfacher gewesen. Stattdessen habe ich mich von meiner Arroganz zu einer Entscheidung verleiten lassen, die ich nun nicht mehr rückgängig machen kann.

Plötzlich bricht Juliet in Tränen aus. Offenbar erkennt sie, dass sie dieses Mal endgültig verloren hat. »Ich weiß, dass du etwas für mich empfindest«, schluchzt sie mitleiderregend.

Ihr Schniefen rührt mich jedoch in keinster Form. »Nein, wirklich nicht«, erwidere ich geradeheraus.

»Dixon ...« Bevor ich es verhindern kann, ist sie bei mir

und küsst mich. Ihr Mund ist wie ein Staubsauger, und ich packe sie fest an den Oberarmen, um sie von mir fernzuhalten.

»Geh weg von mir!« Im ersten Moment will ich sie wegstoßen, aber das bringe ich nicht fertig. Ob sie nun von mir schwanger ist oder nicht, ich würde kein unschuldiges Kind verletzen.

Mit dem Handrücken wische ich mir energisch über den Mund. Aber wie sehr ich auch reibe, ich werde diesen Geschmack nicht los.

»Du hast mich reingelegt. Und wie ein Dummkopf bin ich auf deine Lügen hereingefallen. Du hast mich mit deinem Psychogequatsche verarscht. Du bist ein grausamer Mann, Dr. Mathews.« Sie umfasst ihren Bauch, und ihre Augen füllen sich mit Tränen.

Aber ihre Tränen werden nie jenen gerecht werden, die Madison wegen Dylans Niederträchtigkeit vergossen hat. »Jeder glaubt das, was er hören will«, entgegne ich achselzuckend. »Dich zu manipulieren war leicht, weil du schwach und oberflächlich bist.«

Ihre Unterlippe zittert. »Triff dich heute Abend mit mir.«

Angewidert schrecke ich zurück. »Wozu?«

Sie schnieft. »Ich möchte, dass du auf alle Rechte an diesem Kind verzichtest.«

Ich traue meinen Ohren nicht. »Du weißt doch nicht einmal, ob es von mir ist.«

Sie fixiert mich mit kaltem Blick und antwortet: »Wie dem auch sei, ich will nicht, dass du irgendetwas mit dem Baby zu tun hast. Du hast deine Verzichtserklärung, jetzt will ich meine.«

Ich brauche den Bruchteil einer Sekunde, um zu kapieren, warum sie das macht. »Dylan soll auf keinen Fall erfahren, dass das Kind möglicherweise nicht von ihm ist, stimmt's?«

Sie senkt den Blick und bestätigt damit meine Theorie.

»Juliet, du tust mir echt leid. Wie kannst du ein Monster lieben?« Das interessiert mich wirklich, da ich ihre Gefühle und Loyalität ihm gegenüber einfach nicht nachvollziehen kann.

Traurig sieht sie mich an. »Dich habe ich doch auch geliebt, oder etwa nicht?« Dann lacht sie bitter auf. »Vielleicht bist du derjenige, der einen Therapeuten braucht. Wir wissen beide, dass du der Sünde genauso verfallen bist wie ich.«

Ich ignoriere ihre Lügen. »Wie viel Uhr heute Abend?«

»Keine Ahnung. Lass mich alles vorbereiten, und dann schicke ich dir eine SMS. Da ich nicht so grausam bin wie du, überlasse ich es dir, Maddy die Wahrheit zu sagen. Es wird euch beiden sehr viel mehr schmerzen, als wenn ich es tue. Aber wenn du es ihr bis heute Abend nicht gesagt hast, dann mache ich es.«

Ihr Erpressungsversuch lässt mich kalt. Es reicht mir. »Verschwinde aus meiner Praxis«, knurre ich mit zornig geblähten Nasenflügeln.

Sie weiß, dass ihr fünf Sekunden bleiben, um freiwillig zu gehen, bevor ich mich vergesse und sie hinauswerfe. »Auf Wiedersehen, Dr. Mathews. Ich würde ja gern sagen, dass es mir ein Vergnügen war, aber das wäre gelogen.« Sie justiert den Riemen ihrer Handtasche und steht erhobenen Hauptes da.

»Guten Tag, Ms. Harte.« Auch ich stehe aufrecht da und

verschränke die Arme vor der Brust. Ihr bleiben noch drei Sekunden.

Zwei … und …

»Ach, fick dich selbst«, sagt sie plötzlich und reißt die Tür auf. Über die Schulter wirft sie mir einen giftigen Blick zu und stürmt dann hinaus.

»Geh mir aus dem Weg, du alte Hexe!«, höre ich sie gleich darauf schreien. Zweifellos hat Susanna Wache gestanden. Als Juliet davonstapft, muss ich grinsen, denn ihre hämmernden Schritte reflektieren ihre Wut.

Eine Sekunde später schiebt Susanna den Kopf durch die Tür. »Ist alles in Ordnung, Dr. Mathews?«

»Jetzt ja, Ms. Vale.«

Sichtlich beschämt kommt sie ins Zimmer. »Es tut mir wirklich leid. Sie ist einfach an mir vorbeigeschossen. Ich habe versucht, sie aufzuhalten.«

Behutsam fasse ich sie an den Armen. »Ist schon gut. Ich weiß, wie aggressiv Ms. Harte sein kann. Aber falls das je wieder passiert, haben Sie meine Erlaubnis, den Sicherheitsdienst zu rufen.«

Zweifelnd neigt sie den Kopf zur Seite. »Nach dieser Vorstellung wird sie doch wohl nicht wiederkommen?«

Seufzend antworte ich: »Da bin ich mir nicht so sicher.«

»Madison …« Das ist Nachricht Nummer sieben. »Ich hoffe, es geht dir gut. Jedenfalls wird es bei mir heute Abend spät. Ich muss etwas erledigen. Bestell was zu essen, wo immer du möchtest, und ich esse dann, wenn ich nach Hause komme. Ich liebe dich.« Ich beende den Anruf, frustriert, dass Maddy den ganzen Tag nicht erreichbar ist.

Sie hatte es zwar angekündigt, aber trotzdem bin ich beunruhigt.

Als ich noch einmal Juliets SMS lese, kann ich einfach nicht glauben, dass sie ausgerechnet das übelste Motel in Queens ausgesucht hat. Aber vermutlich will sie bei unserem zwielichtigen »Geschäft« auf keinen Fall beobachtet werden.

Ich schalte den Computer aus, ziehe das Jackett über und stecke meine Brieftasche ein. Noch einmal lasse ich den Blick durch die Praxis schweifen und weiß, dass ich ein anderer Mann sein werde, wenn ich morgen hierher zurückkehre. Vermutlich werde ich am Boden zerstört sein, denn sobald ich diese Papiere unterschrieben habe, werde ich Maddy die Wahrheit sagen. So wie ich es von Anfang an hätte tun sollen.

Als ich die Tür meines Sprechzimmers hinter mir schließe, stelle ich überrascht fest, dass Susanna immer noch hinter ihrem Schreibtisch sitzt. »Ms. Vale! Warum sind Sie denn noch hier? Sie hätten schon vor Stunden Feierabend gehabt.« Es ist bereits Viertel vor acht.

Verdutzt sehe ich, dass sie ihre Handtasche auf dem Schoß festhält, und frage: »Ist alles in Ordnung? Ist etwas mit Leroy?«

Sie schüttelt den Kopf und schaut lächelnd hoch. »Nein, es geht ihm gut.«

»Was ist es dann?«

»Ich wollte nur sicher sein, dass Sie zu einer vernünftigen Uhrzeit nach Hause gehen.«

»Und?«

Sie umfasst die Oberkante ihrer Handtasche. »Und ich wollte sichergehen, dass diese *Frau* nicht zurückkommt.«

Ich bin gerührt, dass meine zweiundsechzigjährige Sekretärin meinen Bodyguard gibt. »Als ich sagte, dass Sie die Erlaubnis haben, den Wachdienst zu rufen, meinte ich nicht, dass Sie die Rolle persönlich übernehmen sollen.«

Sie hält sich die Hand vor den Mund, um ein Lachen zu ersticken.

»Holt Leroy Sie ab?«

Sie steht auf und schaltet den Computer aus. »Nein, ich nehme die U-Bahn.«

»Seien Sie nicht albern. Ich fahre Sie nach Hause.« Ich ziehe den Wagenschlüssel aus der Jacketttasche.

»Ich möchte Ihnen keine Unannehmlichkeiten bereiten.«

»Unsinn. Das ist das Mindeste, was ich für meine Sicherheitschefin tun kann.«

Sie lächelt. »Danke, Dr. Mathews.«

Wir gehen zum Aufzug und fahren hinunter in die Tiefgarage. Sobald wir im Wagen sitzen, angeschnallt sind und ich mich in den Verkehr eingereiht habe, fällt mir auf, dass Susanna unruhig auf ihrem Sitz herumrutscht und seufzt.

Ich schaue zu ihr und frage: »Was ist los?«

Meine Frage scheint sie aus ihren Grübeleien zu reißen. »Was meinen Sie?«

»Nun, ich kenne Sie lange genug, um zu merken, dass etwas nicht stimmt. Außerdem ist es mein Job, so etwas zu merken.«

Sie schweigt für einen Moment und räuspert sich dann. »Entschuldigen Sie meine Offenheit, aber was hat diese Frau gewollt?«

Ich kann nicht glauben, dass sie immer noch an Juliet denkt. Offenbar hat sie einen ziemlichen Eindruck hinterlassen.

»Sie ist eine ehemalige Patientin«, erkläre ich.

»Ja, das weiß ich. Aber warum will sie immer noch mit Ihnen sprechen?«

Ich könnte ihr natürlich sagen, dass sie sich um ihre eigenen Angelegenheiten kümmern soll, aber ich entscheide, es mit Ehrlichkeit zu probieren, um zu sehen, ob ich das überhaupt kann. »Ms. Harte ist eine ehemalige Patientin und meine Ex ... geliebte.«

Ich spähe aus den Augenwinkeln zur Seite und rechne mit Empörung und Entsetzen, aber stattdessen sagt sie: »Sie haben immer noch nicht meine Frage beantwortet.«

Mir fällt die Kinnlade herunter.

»Jetzt gucken Sie nicht so überrascht, Dr. Mathews. Oft genug lief laute Musik, wenn dieses Flittchen in Ihrem Sprechzimmer war.«

Meine Kinnlade sackt noch tiefer. »Ms. Vale!«

Plötzlich wirkt sie schuldbewusst und zupft nervös an ihrer Perlenkette. »Verzeihen Sie, das ging zu weit.«

Ich schüttle den Kopf und muss grinsen. »Im Gegenteil. Diese Bemerkung war eine Gehaltserhöhung wert.«

Sie lacht. »Also, was hat sie gewollt?«

Ich seufze und packe das Lenkrad fester. »Sie will mir das Leben zur Hölle machen, Ms. Vale. Das wollte sie von dem Moment an, als wir uns das erste Mal begegneten.«

»Warum sagen Sie ihr nicht, dass sie verschwinden soll?«

»Weil ich ein verdammter Idiot bin.«

»Nun, es ist noch nicht zu spät«, ermutigt sie mich.

»Hoffentlich. Heute Abend findet all das ein Ende. Ich kann nur hoffen, dass Madison so großzügig ist, mir zu vergeben.« Ich wünschte, es wäre nicht so weit gekommen.

»Was hat Madison damit zu tun?«

Mein Geständnis wird Susanna einen Herzinfarkt verursachen. »Ms. Harte ist Madisons Stiefschwester.«

Stirnrunzelnd schüttelt sie den Kopf. »Du liebe Güte. Und das Kind? Ist es von Ihnen?«

Ihr entgeht aber wirklich nichts. »Gut möglich.«

Sie rutscht auf dem Sitz herum. »Da stecken Sie aber ganz schön in der Klemme.«

Ich schnaube. »Wem sagen Sie das! Irgendein Tipp, bevor ich mein eigenes Todesurteil unterschreibe?«

»Wenn ich in den einundvierzig Jahren meiner Ehe etwas gelernt habe, dann, dass es gut ist, ehrlich zu sein.«

Schon wieder dieses Wort. »Wo waren Sie vor sechs Wochen?«

»Wenn jemand eine zweite Chance verdient, dann Sie, Dixon«, sagt sie mitfühlend, aber da irrt sie sich.

»Vielleicht könnten Sie an meiner Stelle mit Madison reden?«, schlage ich mit Galgenhumor vor und bin gerührt über ihre unerschütterliche Loyalität.

»Das können nur Sie.«

Wir schweigen, umgeben von den gedämpften Geräuschen der Großstadt. »Würden Sie mir an ihrer Stelle vergeben?«

Sie wendet mir den Kopf zu und sieht mich eindringlich an. »Liebe lässt einen die verrücktesten Dinge tun.«

Ich nicke, nehme ihre Worte ernst. Allerdings frage ich mich, ob sie mich für total irre hält. Den Rest des Weges legen wir schweigend zurück.

Als ich vor dem bescheidenen, aber gepflegten Stadthaus in Brooklyn anhalte, frage ich: »Soll ich Sie zur Tür bringen?«

Mit einem verschmitzten Lächeln öffnet sie den Gurt. »Ich möchte den Nachbarn doch keinen Grund geben zu tratschen.«

Ihre Worte bringen mich zum Schmunzeln.

»Bis morgen, Dr. Mathews.«

»Ja, bis morgen, Ms. Vale.« Sie steigt aus.

Noch immer stehe ich am Straßenrand, zögere so lange wie möglich. Doch dann seufze ich frustriert. Es ist Zeit, die Suppe auszulöffeln.

Für die Fahrt nach Queens sollte ich etwa vierzig Minuten brauchen. Es dauert jedoch über eine Stunde. Nachdem ich vor diesem Motel gehalten habe, steige ich aus und schalte den Alarm ein. Würde mich fast überraschen, wenn der Wagen nachher noch hier steht. An der Ecke gehe ich an einem Typen vorbei, der mich nicht gerade unauffällig fragt, ob er mir für fünfzehn Dollar einen blasen soll. Ich danke ihm für das nette Angebot, lege aber schützend die Hand vor meine Eier, als ich an ihm vorbeigehe, um Zimmer 205 zu finden.

Der leere Swimmingpool ist jetzt das Zuhause von ausrangierten Möbeln und einer Waschbärenfamilie. Diese Hütte hätte schon vor Monaten geschlossen werden müssen, aber als ich mich umschaue, entdecke ich, dass in vielen Zimmern Licht brennt. Mir drängt sich die Frage auf, ob die Leute freiwillig hier sind oder so wie ich etwas Unangenehmes zu erledigen haben.

Zu Zimmer 205 muss man eine Treppe hinauf, deren halbes Geländer fehlt. Ich schaffe es bis nach oben, ohne mir ein Bein zu brechen. Der Weg den Gang entlang kommt mir vor wie ein Todesmarsch. Ich blende das Weinen von Babys aus, die Prügeleien von Betrunkenen und das leidenschaftslose Stöhnen und konzentriere mich auf das Anstehende – Juliet für immer aus meinem Leben zu verbannen. Sobald das erledigt ist, werde ich frei sein.

Als ich vor dem Zimmer ankomme, sehe ich, dass die ausgeblichene rotbraune Tür einen Spalt offen steht. Wenn man überlegt, wo ich gerade bin, ist das unglaublich gefährlich. Rasch trete ich ein und schließe die Tür hinter mir. Unter der Badezimmertür schimmert Licht durch.

»Juliet?«, rufe ich. »Ich bin hier.«

Angewidert lasse ich den Blick durch das Zimmer wandern. Die scheußliche geblümte Bettdecke, der kotzfarbene Teppich und die fleckigen gelben Wände bestätigen, dass dieser Ort von innen genauso grausig ist wie von außen – ein bisschen wie Juliet.

Ich wünsche wirklich, sie würde sich verdammt noch mal beeilen. Vermutlich hole ich mir eine ansteckende Krankheit, wenn ich hier nur die Luft einatme. »Juliet!«, brülle ich und mache einen Schritt auf die Badezimmertür zu.

Sie öffnet sich langsam, und nichts auf der Welt hätte mich auf diesen Anblick vorbereiten können.

»Wie konntest du?«, stößt das Mädchen hervor, dessen Herz ich soeben in tausend Stücke zerbrochen habe.

»Ich kann das erklären!« Aber das kann ich nicht. Nichts würde hinreichend rechtfertigen, warum ich hier bin.

»Nun?« Die einzelne Träne, die sich langsam den Weg über ihre blasse, zarte Wange sucht, betont, was für ein verdammter Mistkerl ich bin.

»Ich – ich …« Fuck! Was versuche ich eigentlich zu sagen? Wo soll ich anfangen?

»Wie ich es mir dachte.« Sie macht auf dem Absatz kehrt und will in Richtung Tür eilen.

»Madison, warte! Lass mich bitte ausreden!«

»Wieso, Dixon? Um mir noch mehr von deinen Lügen anzuhören?«

»Maddy, bitte«, flehe ich und umklammere verzweifelt ihren Arm.

»Nein!«, kreischt sie zurückweichend. Anscheinend stößt meine Berührung sie ab.

»Tu das nicht. Bitte tu das nicht.«

Meine schwache Stimme verrät, dass ich Angst habe. Das einzige Gute, Anständige in meinem Leben ist drauf und dran, durch diese Tür zu marschieren, und ich könnte es ihr nicht verübeln, wenn sie nie zurückkommt. Wenn es sein muss, werde ich vor ihr auf die Knie fallen und um Gnade winseln, aber ein kleiner Teil von mir weiß, dass es so kommen musste.

»Was soll ich nicht tun?«, schreit sie und streicht sich mit zitternden Fingern das lange Haar zurück.

Ich habe das verdient.

Ich bin ein Weiberheld.

Und ich bin ein Feigling.

Ich habe die Liebe dieses wunderschönen Engels nicht verdient. Aber ich wollte sie so sehr, dass ich dachte, scheiß auf die Konsequenzen. Und jetzt habe ich alles vermasselt.

»Tut mir leid. Es ist nicht so, wie du denkst.« Ist es doch.

Ich habe mich in dieser Absteige mit ihrer Schwester verabredet – einer Schwester, die die personifizierte Sünde ist.

»Hoffentlich, denn dann wüsste ich nicht, wer du eigentlich bist.«

Noch nie haben mich Worte tiefer getroffen.

»Ich bin noch derselbe Mann wie heute Morgen. Derselbe Mann, der dich mehr liebt als sein Leben. Das hat sich nicht geändert. Das wird sich nie ändern«, beschwöre ich sie und gehe auf sie zu, weil ich sie einfach berühren muss. Aber sie weicht zurück, und aus ihren Augen spricht Abscheu.

»Verrate mir nur eins … was machst du hier?«

Ich könnte lügen, das mache ich ja schließlich die ganze Zeit. Aber es ist an der Zeit, Farbe zu bekennen.

Mein Schweigen zementiert meine Schuld.

»Sag mir, dass es nicht das ist, wofür ich es halte, und ich vergesse, dich je hier gesehen zu haben.«

In diesem Moment scheint alles widerzuhallen – die Uhr an der fleckigen Wand schlägt im gleichen Takt wie mein pochendes Herz, mein schweres Atmen ist synchron mit dem Wind, der draußen bläst, aber vor allem stimmt die Sturzflut der Tränen, die Madisons Wangen hinunterläuft, mit meiner ertrinkenden Seele überein.

»Dixon?« Ihre Unterlippe zittert, während sie darauf wartet, dass ich diese Situation in Ordnung bringe.

Jede Faser meines Körpers rät mir zu lügen, aber ich kann nicht. Ich tue das einzige Anständige, was ich je in meinem Leben getan habe.

Ich sage gar nichts.

»Das dachte ich mir«, flüstert sie nach einem Moment des Schweigens mit gebrochener Stimme.

Als sie die Tür aufreißt, steht in ihren wunderschönen grünen Augen nichts als Verzweiflung. »Leb wohl, Dr. Mathews. Danke, dass du der größte Fehler meines Lebens warst«, stößt sie schluchzend hervor.

Ich möchte so vieles sagen, tue es aber nicht. Ich stehe einfach nur wie betäubt da und sehe, wie mich das Beste verlässt, das es in meinem Leben gibt. Und ich lasse sie gehen.

DRITTER TEIL

Gegenwart ...

24

Poch, Poch … Poch

Dixon

Ich habe alles falsch gemacht.

Und gerade den größten Fehler meines Lebens begangen … ich habe Juliet vertraut.

Aber wem will ich hier eigentlich etwas vormachen? Der größte Fehler meines Lebens war der Tag, an dem ich Juliet Harte begegnet bin.

Ich hätte den Braten riechen müssen, als sie mich zu dieser heruntergekommenen Absteige bestellt hat. Ich hätte wissen müssen, dass das Ganze zu gut war, um wahr zu sein, denn Juliet hätte mich niemals so leicht vom Haken gelassen. Aber ich wollte so gern glauben, dass es endlich vorbei ist. Jetzt weiß ich, dass es gerade erst begonnen hat.

Wie vor den Kopf geschlagen stehe ich da, kapiere nicht, warum Madison statt Juliet hier war. Zwei Sekunden dauert es, bis ich verstehe, dass ich hereingelegt worden bin. Und wie ein Dummkopf bin ich in die Falle getappt.

Juliet hat nie vorgehabt, mich irgendwelche Papiere unterschreiben zu lassen. Diese Lüge hat sie sich ausgedacht, damit ich mich bereit erklärte, sie hier zu treffen. Aber stattdessen hat sie Maddy geschickt. Gott weiß, welche Lügen sie ihr aufgetischt hat. Oder schlimmer noch – wenn sie ihr nun die Wahrheit gesagt hat?

Ich muss das in Ordnung bringen.

Ich stürze durch die Tür hinaus, achte nicht darauf, wer oder was mir im Weg steht. Zwei Stufen auf einmal nehmend jage ich die Treppe hinunter, falle beinahe über ein Fahrrad, das am Fuß der Treppe lehnt. Fieberhaft suche ich den schwach beleuchteten Innenhof ab, hoffe, dass es nur einen Ausgang gibt. Da ist er. Und Maddy ist gerade durch ihn hinausspaziert.

Ich sprinte los, renne schneller, als ich es jemals in meinem Leben getan habe. Jetzt zählt nur noch, Maddy einzuholen und ihr die Wahrheit zu sagen, alles andere ist egal. »Madison!«, brülle ich. Meine Verzweiflung hallt von den ausgeblichenen Hauswänden zurück.

Aber sie bleibt nicht stehen.

Das rostige Tor quietscht, als ich es so heftig aufziehe, dass ich es fast aus den Angeln reiße.

»Madison! Bitte! Bleib stehen!«, schreie ich quer über den Parkplatz, als ich sie auf ihren Fiesta zueilen sehe. Panik ergreift mich.

Der Kies knirscht unter meinen Schuhen, als ich mich zwischen den Wagen hindurchwinde, um möglichst schnell voranzukommen. Ich erreiche sie in dem Moment, als sie den Türöffner ihres Wagens betätigt.

»Madison, warte.« Ich hechte vor, um sie davon abzuhalten, in den Wagen zu steigen, aber sie weicht drei Schritte zurück, will nicht, dass ich sie berühre.

»Nein, Dixon! Lass ... lass mich in Ruhe«, stammelt sie und verschluckt sich an ihren Tränen.

»Ich möchte es dir bitte erklären«, flehe ich.

»Dass du hier bist, genügt ja wohl als Erklärung.« Wütend

wischt sie sich über die Augen, aber die Tränen hören nicht auf zu fließen.

»Ich weiß, wie das auf dich wirkt, aber ich muss wissen, was Juliet dir gesagt hat.«

»Warum? Damit du dir eine entsprechende Lüge ausdenken kannst?« Zorn klingt aus ihren Worten, aber vor allem Schmerz.

Ihre Vorwürfe treffen mich tief. »Nein, ich werde dich nicht mehr anlügen.«

»Dann gibst du also zu, dass du mich die ganze Zeit belogen hast?«

Mein tiefes Seufzen spricht Bände. »Ich habe nie gelogen, was meine Gefühle für dich betrifft.«

Sie sieht mich verächtlich an und wendet dann das Gesicht ab.

»Bitte.« Mit ausgestreckten Händen gehe ich einen Schritt auf sie zu, flehe sie an, mich erklären zu lassen. »Hör mir bitte zu.«

Gott sei Dank wendet sie mir wieder den Kopf zu. »Du hast eine Minute.«

Ich muss mich jetzt wirklich anstrengen.

Da ich nicht weiß, was Juliet ihr erzählt hat, lege ich lieber alle Karten auf den Tisch. »Es stimmt, dass Juliet meine Patientin war. Sie kam zu mir, weil sie Hilfe suchte. Doch als ich gemerkt habe, dass sie an mehr als meiner professionellen Hilfe interessiert ist, habe ich sie an einen Kollegen überwiesen.«

»Aber?« Sie verschränkt die Arme vor der Brust.

»Aber dann habe ich einen Fehler begangen«, gestehe ich und achte darauf, Blickkontakt mit ihr zu halten.

»Was heißt das?«

»Das heißt, dass ich ein verdammter Idiot gewesen bin und den größten Fehler meines Lebens begangen habe. An jenem Morgen, als ich dir im Foyer deines Apartmenthauses über den Weg gelaufen bin, kam ich aus Juliets Wohnung. Es war das erste Mal, dass wir miteinander geschlafen hatten.«

Sie legt die Arme schützend um ihren Körper.

»Sie ist also der Grund, warum du einfach verschwunden bist? Du hast ihr den Vorzug gegenüber mir gegeben? Ist es so?«

Energisch schüttle ich den Kopf. »So einfach ist das nicht.«

»Was dann?«, schreit sie mich an.

»Ich war in einer schlechten Verfassung und dachte, Juliet sei das, was ich brauche. Aber ich habe mich geirrt. Ich wollte dich nicht täuschen, denn von der ersten Minute an wusste ich, dass du etwas Besseres verdient hast als mich. Das tust du immer noch«, gestehe ich ehrlich. »Ich schwöre, dass ich bis zum Abend ihrer Verlobung nicht gewusst habe, wer sie ist.«

Sie blinzelt die Tränen weg. »Du hättest es mir damals erzählen können. Es gab so viele Gelegenheiten, mir die Wahrheit zu sagen, Dixon!«

»Ich weiß. Aber ich bin ein Feigling, Maddy. Ich bin kein guter Kerl.« Beschämt lasse ich den Kopf hängen.

»Du bist kein guter Kerl? Was hast du denn noch getan?«, hakt sie sofort nach. »Beth war nicht deine Patientin, als du mit ihr zusammen warst.«

»Wir waren nie zusammen«, korrigiere ich kläglich.

»Was denn dann? War sie deine … Fickfreundin?«

Ich antworte nicht.

Sie atmet hörbar ein.

Es überrascht mich, dass Juliet nicht alle Sünden meiner Vergangenheit aufgedeckt hat. Aber diese Ehre wollte sie wohl mir überlassen.

Madisons Reaktion zeigt, dass der Groschen gefallen ist. »Aber es wäre auch egal gewesen, wenn sie zu der Zeit deine Patientin gewesen wäre, stimmt's? Das hätte dich nicht abgehalten. Nicht wahr?«

Ich fahre mir durchs Haar und hebe den Kopf, um sie anzusehen. »Nein.«

»O mein Gott!«, schreit sie, und ihre Unterlippe zittert. »Dixon, wie konntest du?«

»Ich weiß es nicht!«, schreie ich zurück und breite die Arme aus. »Es macht mich ganz krank! Wenn ich es ungeschehen machen könnte, würde ich es tun.«

Sie wird nie verstehen, wie sehr ich das alles bereue.

»Wie viele?«, fragt sie plötzlich.

Verwirrt runzle ich die Stirn. »Wie viele was?«

»Wie viele deiner Patientinnen hast du gefickt?« Sie tritt auf mich zu und stößt mich vor die Brust. Wieder und wieder.

Ich bleibe stehen und ertrage die Schläge. Ich habe sie verdient. »Elf, vielleicht zwölf«, gestehe ich und drehe den Kopf zur Seite, da sie immer weiter auf mich einschlägt.

»*Vielleicht* zwölf?«, fragt sie fassungslos. »Du weißt es nicht einmal?«

Ich schüttle den Kopf. »Nein.«

»Du Arschloch! Du verdammtes Schwein! W-wie k-konntest d-du mir das a-antun!« Sie schluchzt unkontrolliert, und ihre dumpfen Schläge werden immer schwächer, weil das Schluchzen ihr allmählich den Atem raubt.

Behutsam fasse ich sie an den Handgelenken, aber sie entzieht sich mir energisch. »Fass mich nicht an!« Sie weicht zurück und wischt sich mit dem Handrücken über die Nase.

Mich geschlagen gebend hebe ich die Handflächen und gestehe: »Es gibt noch etwas.«

Sie hasst mich ja schon. Da kann ich genauso gut alles enthüllen.

»Noch mehr Frauen?«, fragt sie mit vom Weinen geröteten Augen.

»Nein. Die Geschichte geht noch weiter.«

Sie blinzelt die Tränen weg. »Noch weiter?«

»Das Kind, das Juliet in sich trägt, nun ja … es könnte von mir sein.« Ich schlucke meinen Abscheu herunter.

»O mein Gott«, keucht sie erneut und schlägt sich die Hand vor den Mund.

Ich widerstehe dem Verlangen, sie zu trösten, denn ich muss alles loswerden, bevor mich der Mut verlässt. »Ich weiß nicht, was sie dir über den Zweck unseres Treffens hier erzählt hat. Juliet hat mich unter dem Vorwand hergelockt, dass ich eine Verzichtserklärung bezüglich des Kindes unterschreiben soll.«

Plötzlich verzieht Madison vor Wut das Gesicht. »Gegenüber wem? Juliet und meinem *Bruder*?«

»Ja«, antworte ich. »Sie will nicht, dass Dylan …« Ich kann den Satz nicht beenden, da meine Zähne klappern. Madison hat mir eine so heftige Ohrfeige verpasst, dass ich beinahe hintenüber gekippt bin.

Verblüfft stehe ich da und schiebe meinen Unterkiefer hin

und her. Warum zum Teufel klebt sie mir *dafür* eine? Ich dachte, es würde sie freuen, dass ich nichts mit Juliet und ihrem Kind zu tun haben will.

»Hast du vergessen, was er mir angetan hat?«, schreit sie. »Er ist der Letzte, der je ein Kind bekommen sollte. Was ich als Kind erlebt habe, wünsche ich niemandem. Und du willst die Rechte an einem Kind zwei völlig ungeeigneten Menschen übertragen?«

»Möglicherweise ist es ja gar nicht von mir«, erwidere ich verzweifelt und reibe mir über die brennende Wange.

»Wie dem auch sei, bis du Gewissheit hast, musst du die Verantwortung für dein Handeln tragen! Dieses Kind ist unschuldig, und es hat die bestmögliche Chance im Leben verdient. Wenn es in der Nähe meines Bruders ist, wird es die nie bekommen.«

Sie hat recht.

Um uns herum hat sich eine kleine Menschenansammlung gebildet, und ehrlich gesagt überrascht es mich, dass bisher niemand die Polizei gerufen hat. Aber dieses Publikum scheint Maddy nicht im Mindesten abzuschrecken.

»Wie konntest du das nur so lange geheim halten?«

Jetzt wird die Sache langsam interessant.

»Für eine entsprechende Gegenleistung war sie bereit zu schweigen.«

Maddy starrt mich ungläubig an. »Was wollte sie?«

»Wenn ich mit ihr schlafe, würde sie den Mund halten.«

Sie beißt sich auf die Unterlippe. »Und? Hast du?«

Angewidert schrecke ich zurück. »Natürlich nicht!«

Ihre Schultern sacken herab. »Was hast du dann getan?«

»Ich habe sie hereingelegt.«

Sie rümpft die Nase. »Und was soll das heißen?«

»Ich habe sie manipuliert. Ich habe sie das glauben lassen, was sie glauben wollte. Und dann habe ich sie dazu gebracht, eine Verschwiegenheitserklärung zu unterschreiben. Aber damit nicht genug. Ich wollte, dass sie für das, was sie dir angetan hat, bezahlt. Also habe ich sie zu meiner Marionette gemacht.«

Sie sieht genauso entsetzt aus, wie ich mich fühle. »Warum hast du mir nicht einfach alles gesagt? Warum diese ganze Mühe?«

Ich seufze und verrate ihr, warum ich mich dazu entschieden habe, diesen niederträchtigen Weg einzuschlagen. »Weil sie mich mit der einzigen Person erpresst hat, von der sie wusste, dass ich alles für sie tun würde.«

»Wem?«, flüstert sie.

Es ist unheimlich still, so still, dass es sich anhört, als würde mein Echo laut durch die Nacht hallen, als ich endlich antworte. »Mit dir.«

»Ich verstehe das nicht«, erwidert sie und schüttelt langsam den Kopf.

Mutig mache ich einen kleinen Schritt auf sie zu und sage: »Wenn ich nach ihren Regeln spiele, würde sie deinen ... Bruder von dir fernhalten.«

Madison wird kalkweiß.

»Verstehst du denn nicht, ich hatte keine andere Wahl. Solange ich mitspiele, bist du in Sicherheit.« Ich flehe sie förmlich an, mir zu glauben.

Aber das tut sie nicht.

»Du schützt mich, indem du mich belügst?«

»Das war der Preis dafür. Für deine Sicherheit würde ich

alles tun.« Als sie abermals ungläubig den Kopf schüttelt, wiederhole ich: »Ich habe es getan, um dich zu beschützen.«

»Nein, Dixon«, widerspricht sie traurig. »Du hast es getan, um dich selbst zu schützen.«

»Ich …« Aber ich beende den Satz nicht. Hat sie recht? Ich dachte, ich würde das Richtige tun, aber tief in meinem Innern wusste ich, dass es falsch war. Mir war stets bewusst, dass es einen anderen Weg gab, aber ich war zu feige, ihn einzuschlagen.

»Wenn du mir einfach die Wahrheit gesagt hättest, wäre ich vielleicht in der Lage gewesen, dir zu vergeben …«

Ihre Worte bestätigen, was ich immer gewusst habe. »Und jetzt?«

»Ich … kann es einfach nicht …« Tränen laufen ihr über die Wangen. »Wie soll ich dir je wieder vertrauen? Du weißt, wie schwer es mir fällt, mich zu öffnen.«

»Ja.« Ich trete einen weiteren Schritt auf sie zu, aber sie weicht zurück. Ihr Widerwille ist für mich wie ein Stich ins Herz.

»Maddy, bitte.«

»Nein«, sagt sie. »Ich weiß nicht mehr, wer du bist.«

Sprachlos stehe ich da, überlege verzweifelt, wie ich das in Ordnung bringen kann.

»Hast du dich hinter meinem Rücken mit ihr getroffen?«

»Nicht so, wie du denkst.« Ich sage die Wahrheit, aber das genügt nicht.

»Hör auf, in Rätseln zu sprechen!«, schreit sie mich an.

»Nachdem du und ich wieder angefangen hatten, miteinander zu sprechen, ja, da habe ich sie gesehen. Aber das habe ich bald wieder beendet. Ich wusste, dass sie nicht die Richtige für mich ist. Ich wollte dich«, gestehe ich. »Ich habe es kurz nach jener Nacht beendet, in der wir uns im Cherry Pop getroffen haben.«

»Und in Boston?«, fragt sie und setzte die Puzzlesteine alle zusammen. »Sollte sie deine Begleiterin sein?«

»Ja.«

Sie runzelt die Stirn und schüttelt entsetzt den Kopf. »Ich bin ja so eine verdammte Idiotin.«

»Aber das war, bevor ich wusste, dass ich dich jemals wiedersehen würde«, gestehe ich und weiß zugleich, dass diese Wahrheit ein bisschen spät kommt.

Sie atmet langsam aus. »Und nach der Verlobung? Hast du dich da auch hinter meinem Rücken mit ihr getroffen?«

Ich wünschte, meine Antwort würde anders lauten. »Ja«, antworte ich mit beschämter Miene.

Sie wirkt verletzt und wütend. »Ich hatte also recht. Wusste ich doch, dass da noch etwas war. Warum hast du mir nicht einfach die Wahrheit gesagt? Es gab so viele Gelegenheiten!«

Ich nicke traurig, denn wenn ich von Anfang an ehrlich gewesen wäre, wäre nichts von alldem passiert. »Ich weiß.«

»Aber stattdessen hast du gelogen, was so viel schlimmer ist.« In ihrem Blick ist nichts als Abscheu, und das tut mir mehr weh, als ich je für möglich gehalten hätte. Ich muss sie dazu bringen zu verstehen, warum ich das getan habe. Dass ich alles für sie getan habe.

»Ich wusste, dass Dylan deine Achillesferse ist. Ich konnte nicht zulassen, dass er dir je wieder wehtut. Verstehst du das denn nicht?«

Sie nickt, aber ihr angespanntes Kinn verrät, dass es nicht

ausreicht. »Doch, aber deine Lügen sind sehr viel schlimmer als alles, was er mir je angetan hat.«

Mit offenem Mund starre ich sie an. Meint sie das ernst?

»Ich werde stärker, Dixon«, erklärt sie voller Überzeugung. »Ich hätte damit umgehen können. Wenn du mir nur vertraut und mir die Wahrheit gesagt hättest …«

Das muss ich erst einmal verdauen.

»Mit dir an meiner Seite hatte ich das Gefühl, alles schaffen zu können.«

Dass sie in der Vergangenheitsform spricht, ist der Anfang vom Ende. »Und jetzt?«

»Und jetzt?« Sie senkt den Blick. »Jetzt fühle ich mich ganz krank. *Du* … machst mich krank. Alles, was wir miteinander hatten, ist eine Lüge.«

Ich kann ihr keinen Vorwurf machen. Ich mache mich ja selbst ganz krank. Während ich über alles nachdenke, drängt sich mir erneut die Frage auf, was Juliet erzählt hat. Das meiste hat Madison ja gerade erst von mir erfahren.

»Was hat Juliet dir gesagt?«

»Du hättest ihr nachgestellt.« Madison macht ein angewidertes Gesicht.

»*Was?*«, stoße ich hervor und gucke nicht weniger entsetzt.

»Und zwar die ganze Zeit, als wir zusammen waren. Und dass du sie manipuliert und gequält hast, als sie schwach war. Sie hat gestanden, mit dir geschlafen zu haben – zweimal.«

Ich bin sprachlos angesichts der Lügen, die Juliet ihr aufgetischt hat.

Und leider ist die Geschichte hier noch nicht zu Ende.

»Sie weiß, dass sie krank ist, und es tut ihr leid, dass sie mir wegen Dylan nicht geholfen hat. Sie sagte mir, das sei der Grund gewesen, warum sie dich damals aufgesucht hat. Damit du ihr hilfst, mit ihren Schuldgefühlen umzugehen. Und seither wärst du von ihr besessen gewesen und hättest sie gestalkt. Sie hat Angst vor dir, Dixon. Und sie findet, dass ich die auch haben sollte.«

»Das ist Unsinn«, brülle ich, nachdem ich endlich meine Stimme wiedergefunden habe. »Ich behandle Suchterkrankungen und knutsche den Patienten nicht ihr schlechtes Gewissen weg!«

Dieses Miststück! Sie hat mir eine Falle gestellt. Sie musste nur die Saat ausstreuen – so wie ich es bei ihr gemacht habe.

Sie hat mich in meinem eigenen Spiel geschlagen. Mal wieder.

Ich kann nicht nur hier herumstehen, während Juliet als Opfer brilliert. »Maddy, komm schon! Du redest hier von Juliet. Du kannst ihr diese ausgedachten Geschichten doch unmöglich glauben?«

Resigniert zuckt sie mit den Schultern. »Ich möchte es nicht glauben. Aber du bist hier, oder etwa nicht?« Ich sehe, welcher Kampf sich in ihrem Innern abspielt. Sie will es nicht glauben, aber ich habe sie auf übelste Weise hintergangen.

»Madison?«, frage ich eindringlich.

»Ich weiß nicht, was ich glauben soll!«, schreit sie, fasst sich an den Kopf und reibt sich die Schläfen.

»Glaub mir! Warum sollte ich mir diesen ganzen Mist ausdenken? Es ist ja wohl kaum zu meinem Vorteil. Ich sage die

Wahrheit«, betone ich und höre einen unserer Zuschauer zustimmend murmeln. »Juliet ist ein verlogenes, manipulatives und berechnendes Miststück. Ich will nichts mit ihr zu tun haben. Das war von dem Moment an so, als ich die Sache mit ihr beendet habe. Doch sie kann es nicht ertragen, dass ich dich liebe und nicht sie. Sie kann es nicht ertragen, dass dein Bruder dich liebt …« Ich verstumme sofort, weil sie sich die Hand vor den Mund hält, als müsse sie sich jeden Moment übergeben.

»Bitte, Maddy. Glaub mir. Ich habe all das für dich getan. Ich wollte es dir so oft erzählen! Aber ich hatte zu viel Angst, dass du mich verlässt. Ich konnte es nicht riskieren, dich zu verlieren«, gestehe ich Mitleid heischend und suche in ihrem Gesicht nach Verständnis.

»Du hättest ehrlich sein sollen.« Sie senkt den Blick und betrachtet ihre Sneaker.

»Das weiß ich. Es tut mir leid. Bitte verzeih mir.« Ich mache einen kleinen Schritt auf sie zu, möchte sie so gern in den Armen halten.

Aber ihre Antwort zeigt mir, dass ich sie nie wieder halten werde. »Nein«, flüstert sie, und ihr Haar verhüllt ihr Gesicht.

Mir bleibt buchstäblich die Luft weg. »Nein? Was meinst du damit?«

Langsam hebt sie den Kopf und sieht mich an. Ihre Unterlippe zittert, und sie sagt weinend: »Es ist a-aus mit uns, Dixon. Ich möchte dich n-nie wiedersehen.«

Mein Herz setzt für einen Schlag aus, und ich bezweifle, dass es je wieder in seinen normalen Rhythmus zurückfinden wird. »Madison? Nein, bitte nicht …«

Sie ignoriert meine Worte und zerstört auch noch den

letzten Rest. »Ich kann nicht mit dir zusammen sein. Ich vertraue dir nicht. Und ich glaube nicht, dass sich das je wieder ändert.

Poch …

Poch …

… Poch.

»Gib mir bitte eine zweite Chance.« Ich falle auf die Knie. »Ich wollte dir heute Abend alles erzählen.«

Sie schüttelt den Kopf und schließt die Augen. Als sie sie wieder öffnet, versuche ich, mir ihr Gesicht genau einzuprägen, denn ich sehe es vermutlich zum letzten Mal. »Es ist zu viel passiert. Ich hätte darüber hinwegschauen können, dass du mit Beth geschlafen hast. Vielleicht sogar über die Tatsache, dass du mit mehreren Patientinnen geschlafen hast. Aber du hast mich zu lange belogen. Und dass du es tust, um mich zu ›beschützen‹, kann ich dir niemals verzeihen. Beth mag ein Miststück sein, aber sie ist krank, und du hast das ausgenutzt. Das ist sehr grausam gegenüber jemandem, der dir vertraut.«

»Wie kann es sein, dass *sie* das Opfer ist?« Ich ringe die erhobenen Hände.

»Das ist sie nicht.« Maddy krallt die Finger in ihr T-Shirt und fügt hinzu: »Das einzige Opfer ist mein Herz. Leb wohl, Dixon.«

»Maddy, nein.« Eine Träne läuft mir über die Wange. »Du hast gesagt, was auch immer ich getan habe, sei dir egal. Du hast auch gelogen, Maddy, du hast auch gelogen!«

Sie bricht in Tränen aus und schlägt die Hände vors Gesicht. »I-ch hätte auf dich h-hören sollen … Ich hätte keine Worte benutzen sollen, die ich nicht verstehe.«

Verzweifelt strecke ich die Hand aus, greife nach der letzten Hoffnung, dass dies nur ein böser Traum ist. Aber als sie hysterisch aufschluchzt und in ihren Wagen steigt, weiß ich, dass dieser Albtraum wirklich stattfindet. Sie startet den Motor, legt den Gang ein und rast in die Nacht davon.

Auf dem Boden kniend sehe ich, wie die Rücklichter ihres Fiestas immer kleiner werden. Ich weiß nicht, wie lange ich in dieser Position verharre. Lange genug, dass sich die Menge auflöst und ich allein bin.

Maddy hat mich verlassen, und ich weiß, dass es endgültig ist. Ich habe immer geahnt, dass es so enden würde. Aber das macht es nicht leichter, die Realität zu ertragen. Meine Lügen sind aufgeflogen, und jetzt muss ich mich den Konsequenzen stellen.

Ich balle die Fäuste auf dem Boden, bis sich die kleinen spitzen Steine in meine Handflächen bohren und Blut kommt. Dieses Gefühl ist eine ungeheure Erleichterung, und ich frage mich, was wohl passieren würde, wenn ich mir eine größere Wunde zufügte …

Aber stattdessen befehle ich mir, mich zusammenzureißen und zu handeln. Ich erhebe mich langsam, bis ich mit erhobenem Haupt dastehe, denn ich weiß, was ich zu tun habe.

25

Uns bleibt immer noch Paris

Dixon

Nichts ist mehr von Bedeutung. Alles wurde in dem Moment gleichgültig, als Maddy mich verließ.

Wenn das hier ein Film wäre, würde die Heldin dem törichten Helden schließlich verzeihen, und sie würden glücklich bis ans Ende ihrer Tage zusammenleben. Aber es ist kein Film, und ich bin auch kein Held. Das hier ist das wahre Leben. Es ist *mein* Leben. Und ich habe vor, es zu leben.

Jetzt kann ich auch an Juliets Tür klopfen, ohne mir Gedanken darüber zu machen, ob sie vielleicht schläft oder mit etwas Wichtigem beschäftigt ist. Ich höre die gedämpften Geräusche des Fernsehers und zwei Stimmen, von denen die eine die andere fragt, wer da wohl klopft.

»Pizza«, sage ich mit verstellter Stimme und trete zur Seite, damit man mich durch den Spion nicht sehen kann.

»Hast du Pizza bestellt?«, fragt Juliet, während ihre Stimme lauter wird, weil sie sich offenbar der Tür nähert.

»Nein. Vermutlich warst du das und hast es vergessen«, antwortet die Jauchegrube voller Mist.

»Wir haben keine …« Ich lasse Juliet den Satz nicht beenden, denn sobald sie die Tür öffnet, schiebe ich sie aus dem Weg und gehe an ihr vorbei. Ich richte meine Wut auf Dylan, der aufspringt, als er mich durch das Wohnzimmer auf sich zustapfen sieht.

»Dixon!«, schreit Juliet, kommt hinter mir her und packt mich am Arm. Sie ahnt, dass mich jetzt nichts mehr aufhalten wird.

Ich schüttle sie ab und setze meinen Amoklauf in Richtung Abschaum dieser Erde fort.

»Hey, du bist doch Sunnys Freund«, sagt er überrascht. »Was willst du?«

Allein die Erwähnung von Madisons Namen genügt, um meine ohnehin schon unkontrollierbare Wut überkochen zu lassen, und ich weiß, dass die Situation jetzt gleich sehr hässlich wird. »Ich will, dass du dir nekrotisierende Fasziitis einfängst und schön langsam und schmerzhaft verreckst. Aber man kann halt nicht alles haben. Also begnüge ich mich mit weniger – Hauptsache, du bist tot.«

Ich lasse ihm keine Chance zurückzuweichen, sich zu ducken oder auch nur zu atmen, denn ich hole aus und versetze dem Wichser einen Kinnhaken. Mit einem lauten, befriedigenden Knacken schleudert sein Kopf nach hinten. Dieses Geräusch und das Gefühl, den Bastard verletzt zu haben, lässt mich erneut ausholen und meine Faust Bekanntschaft mit seiner Nase machen. Er taumelt zurück, hebt die Hände, um sein Gesicht zu schützen, aber das erweist sich als nutzlos, da ich das Knie hebe und ihm in die Eier ramme. Mit einem ohrenbetäubenden Rums knallt er zu Boden, fasst sich zwischen die Beine und jammert gequält.

»Dixon! Hör auf!«, schreit Juliet und umklammert meinen Oberarm, um mich zurückzuhalten.

Aber diese Abrechnung ist erst zu Ende, wenn Dylan tot ist.

Ich stoße sie weg, gehe runter auf die Knie und drücke Dylan rücklings auf den Boden. Er windet sich und versucht sich zu wehren, hat aber keine Chance. Wieder und wieder landet meine Faust in seinem Gesicht, lässt seine Lippe und sein Braue aufplatzen.

Während meiner besessenen Attacke versucht Juliet mich mit allen Mitteln aufzuhalten. Sie springt auf meinen Rücken und kreischt wie ein heulender Werwolf. Aber ich schüttle sie ab und knurre: »So wahr mir Gott helfe, wenn du mich noch einmal anfasst, erzähle ich ihm alles!« Meine Worte erzielen die gewünschte Wirkung, und sie hält sich im Hintergrund, schluchzend und damit drohend, die Polizei zu rufen.

Ich kralle meine Hände in Dylans T-Shirt und ziehe ihn hoch, stoße seinen schlaffen Körper gegen das Sofa. Sein Gesicht ist eine blutige Masse, und ich werde diesen Anblick den Rest meines Lebens in glücklicher Erinnerung behalten.

»Hör mir zu, du verdammter Hurensohn«, fauche ich, packe ihn noch fester und schüttle ihn brutal. Dann beuge ich mich dicht über ihn. »Ich weiß, was du Madison angetan hast.«

Sein rechtes Auge ist noch nicht ganz zugeschwollen, und er reißt es weit auf. »Du verlässt noch heute Nacht die Stadt. Du vergisst, dass du eine Schwester hast, und kriechst in das Loch zurück, aus welchem auch immer du hervorgekommen bist. Und nimm deine Hure mit. Wenn du dich auch nur in Madisons Nähe wagst, werde ich dich nächstes Mal umbringen. Das ist keine Drohung, das ist ein Versprechen.«

»Dixon, nein!«, schreit Juliet. Sie weiß, was jetzt passieren wird. Ich habe gelogen, so wie sie es mit mir auch gemacht hat. Ich habe vor, all ihre Geheimnisse auszuplaudern.

»Es hat ihr gefallen. Sie hat darum gebettelt«, lallt Dylan, während ihm blutige Spucke übers Kinn läuft.

Ich knirsche mit den Zähnen, widerstehe dem Drang, ihm seinen verdammten Kopf abzureißen. »Genauso, wie deine Verlobte um meinen Schwanz gebettelt hat.«

Ich sehe Dylan an, dass er meine Worte verarbeitet. Dann schießt er hoch, will mich schlagen, aber ich stoße ihn zurück, grinse teuflisch. »Ganz recht. Ich bezweifle, dass jemand um deinen Schwanz bettelt, denn dann würde deine Verlobte *mich* ganz sicher nicht bei jeder Gelegenheit anflehen, sie zu ficken. Und ich habe es getan. Ich habe sie gefickt, und es hat ihr gefallen.«

»Du Wichser!« Ich bin echt erstaunt, dass ihn das juckt, aber Gleich und Gleich gesellt sich eben doch gern.

»Ich würde dich ja zu einem geistigen Wettstreit herausfordern, aber wie ich sehe, bist du unbewaffnet«, stichele ich.

»Es war nur zweimal, Dylan, ich schwöre es!«, schreit Juliet und versucht, mich von ihm wegzustoßen.

Ich lache hämisch. »Jetzt komm schon. Du weißt genau, dass es öfter war. Unter uns, Dylan, deine Verlobte hat einen Mund wie ein Staubsauger.«

»Warum?«, schluchzt Juliet und schlägt auf meine Arme ein.

»Hast du wirklich geglaubt, ich würde nichts sagen? Hast du wirklich gedacht, du könntest mich kleinkriegen? Du hast mich nur dazu getrieben, das Richtige zu tun«, erwidere ich und drücke Dylan noch fester herunter, da er kämpft wie ein eingesperrter Hund.

»Ich kann dich immer noch vernichten«, sagt Juliet, aber ihrer Drohung fehlt das Gewicht.

»Nein, kannst du nicht. Ich werde allen erzählen, was ich getan habe, so wie ich es von Anfang an hätte tun sollen. Du kannst mir nichts mehr anhaben. Du hast … verloren.«

Juliet leidet unter Wahnvorstellungen, wenn sie sich einbildet, dass ich kampflos untergehe. Zur Absicherung hat sie deshalb diese Lügengeschichte ersponnen, dass sie das Opfer sei. Dabei hat sie jedoch nicht berücksichtigt, dass ihr niemand die Unschuldsnummer abkauft.

Ich weiß, dass Dylan mir glaubt. Die Wut in seinem zerschlagenen Gesicht zeigt, dass er mir *jedes Wort* glaubt. Noch einmal versucht er, nach mir zu schlagen, aber ich stoße ihn mit dem Rücken gegen das Sofa. Dabei muss ich der Versuchung widerstehen, ihm den Unterarm gegen die Luftröhre zu drücken und das Leben aus ihm zu pressen, denn es gibt noch eine letzte Information, die ich ihm mitteilen will.

»Übrigens ist das Kind wahrscheinlich von mir. Es kommt aber auch halb Manhattan als Vater in Frage, da deine Liebste ihre Beine nicht zusammenhalten kann. Aber sollte es wirklich von mir sein …« – ich drehe mich um und starre eine vor Wut schnaubende Juliet an –, »werde ich alles in meiner Macht Stehende tun, damit ihr es nie in die Hände bekommt.«

Juliet sackt zu Boden und rauft sich die Haare. »Die Flitterwochen sind vorbei, Schätzchen«, sage ich und wende mich wieder Dylan zu, der mit aller Kraft versucht freizukommen. »Ich weiß alles. Und sei versichert, dass deine Mom auch alles erfahren wird. Ebenso wie Sebastian.« Als ich ihren Vater erwähne, fängt Juliet an zu jammern. »Möglicherweise erzähle *ich* es ihnen zwar nicht, aber Madison wird es tun. Und dann wirst du wünschen, ich hätte dich getötet.«

Ironischerweise wird diese Situation Madison stärker machen. Ich gebe ihr die Kraft, ihrer Mom endlich das Geheimnis anzuvertrauen, das sie seit über zehn Jahren quält. Sie wird jedes Detail dieses verworrenen Netzes offenlegen und sich befreien wollen. Und um das zu tun, muss sie die Vergangenheit loslassen.

Dylan wird blass, weil auch er offenbar erkennt, dass ich nicht scherze. Aber er hat es verdient, ein bisschen zu grübeln. Ich nehme mit dem Kopf Schwung und ramme die Stirn gegen die Nase dieses Wichsers. Sie gibt unter dem Druck nach, und ich weiß, dass sie gebrochen ist.

Mitten in dem Gejammer und Geheule der beiden stehe ich auf, schließe die Knöpfe meines Jacketts und wische mir das Blut vom Revers. Ich bin mir ziemlich sicher, dass ich mir die Hand gebrochen habe, aber das Chaos, das ich hier zurücklasse, ist den Schmerz wert.

Ich werfe einen letzten Blick auf die schluchzende Juliet, die sich in einem Sessel zusammengerollt hat. Ich gehe zu ihr, beuge mich hinunter und streiche ihr eine blonde Strähne aus der Stirn, wobei ich einen roten Streifen hinterlasse. »Du hörst von meinem Anwalt.«

»Warum?«, weint sie. Tränen laufen ihr über die Wangen. »Du wolltest dieses Kind doch nicht einmal.«

»Warum?«, wiederhole ich ihre Frage. Sie nickt. »Weil … Rache ein Miststück ist. So wie du.« Möglicherweise will ich dieses Kind nicht, aber Maddy hatte recht. Es ist an der Zeit, mich den Konsequenzen meines Handelns zu stellen.

»So hat es nicht enden sollen!«

Zynisch lächelnd schüttle ich den Kopf. »Doch, genau so sollte es enden. Es ist das, was wir beide verdienen! Leb wohl, Ms. Harte. Ich hoffe, du bekommst das elende, unzufriedene, lieblose Leben, das du verdienst. Oh«, füge ich hinzu und hebe den Finger, »erinnerst du dich daran, dass ich mal gesagt habe, ich würde es bedauern, dein Leben zu zerstören? Nein? Ich auch nicht.«

Ich wische meine blutigen Finger am Jackett ab und lasse lächelnd das Schlachtfeld zurück, das ich hier angerichtet habe. Diesen Anblick werde ich nie vergessen. Sobald ich draußen im Flur bin, gönne ich mir eine Minute, um durchzuatmen und mein rasendes Herz zu beruhigen. Nachdem ich mich genügend gefasst habe, drücke ich auf den Knopf für den Aufzug und hoffe, dass mir niemand begegnet, denn ich sehe aus, als hätte ich gerade mehrere Wesen abgeschlachtet. Zum Glück ist der Aufzug leer, und ich fahre unbehelligt bis in den siebzehnten Stock.

Sobald er anhält, trete ich hinaus und marschiere den Flur entlang zu meinem nächsten Ziel. Ich mache Madison nicht einmal darauf aufmerksam, dass ich hier bin. Ich schließe einfach die Augen und stelle mir vor, dass sie auf der anderen Seite der Tür steht und meinem Geständnis lauscht. Das Geständnis, das der erste Schritt zu meinem neuen Leben ist.

»Madison«, krächze ich und klinge schwach und erbarmungswürdig. »Es tut mir so leid, *angelo*. Ich weiß, dass du das alles schon gehört hast, aber ich bin selbstsüchtig und muss es dir einfach immer wieder sagen, nur für den Fall, dass dein Herz doch noch einen Weg findet, mir zu vergeben. Du hast mir einmal gesagt, du seist schwach und ängstlich, aber das bist du nicht. Du bist der stärkste Mensch, den ich kenne. Du weißt, dass du über die grausame Geschichte hinwegkommen und weitergehen wirst. Und … das wünsche ich dir auch. Ich will, dass du glücklich bist. Ich wünschte, du könntest es mit mir sein, aber mir ist klar, dass es unmöglich ist. Du wirst einen guten Mann für dich finden, Madison. Einen, der dich so behandelt, wie du es verdienst. Uns bleibt immer noch Paris – oder in unserem Fall Rom«, sage ich und wünschte, das hier wäre *Casablanca*. »Leb wohl, *angelo*. Vergiss nie zu lächeln. Dank dir ist die Welt ein wunderbarer Ort.«

Plötzlich kann ich Madison spüren. Ihre Gegenwart umhüllt mich, und schon tauche ich ein in die Erinnerungen an das, was wir einst hatten. Ich kann ihren zarten Vanilleduft riechen, ihr leises Atmen hören und ihre warmen Küsse spüren.

Aber meine Erinnerungen an sie werden langsam verblassen und die Bilder in der Dunkelheit versinken, bis sie ganz verschwunden sind. Ich werde mich dann fragen, ob ich mir alles nur eingebildet habe, denn der Verstand tut seltsame Dinge, um Kummer zu überwinden.

Aber noch werde ich jede einzelne Erinnerung festhalten. Nur so kann ich das alles durchstehen. Es ist das Einzige, das mich davon abhält, diese Tür aufzubrechen.

Die Hände gegen das Holz gepresst, stehe ich da und weiß, dass ich nie wiederkommen werde, sobald ich es einmal losgelassen habe. Ohne mich ist Madison besser dran. Ich stoße mich von der Tür ab und sage der Liebe meines Lebens für immer Lebewohl.

26

Vergiftete Liebe

Madison

Ich weiß nicht, seit wie vielen Stunden ich jetzt schon hier sitze, zusammengesackt hinter der Wohnungstür. Vier? Vielleicht fünf? Es spielt aber auch keine Rolle, denn wenn ich aufstehe, weiß ich sowieso nicht, was ich tun soll.

Ich kann nicht glauben, was heute passiert ist. Ich kann nicht glauben, dass es mit Dixon und mir tatsächlich aus ist. Ich hätte nie gedacht, dass ich noch stärker verletzt werden könnte als in der Vergangenheit, aber der heutige Tag hat es bewiesen. Dixons Worte sind wie Messer durch mich hindurchgefahren, und ich bezweifle, dass die Wunden jemals heilen werden. Nichts hätte mich auf das vorbereiten können, was er mir gestanden hat, denn ich hätte niemals geglaubt, dass er zu so etwas fähig ist.

Als Beth anrief und mir ihre Geschichte erzählte, wollte ich sie nicht hören, aber ich wusste, dass nicht alles erfunden ist. Irgendwie habe ich immer etwas geahnt. Aber Liebe macht nun einmal blind, und ich habe mir so sehr gewünscht, dass Dixon ein ehrlicher und guter Mensch ist. Aber jetzt weiß ich nicht mehr, wer er eigentlich ist.

Keine Ahnung, was ich tun werde. Ich fühle mich verraten, betrogen, aber vor allem wie betäubt. Ich habe mich in jemanden verliebt, der einfach zu gut war, um wahr zu sein, denn diese Person existiert gar nicht. Ich habe mich in einen Betrüger verliebt.

Dixon in diesem Licht zu sehen macht mich ganz krank, und ich halte mir die Hand vor den Mund aus Angst, mich übergeben zu müssen. Mein Körper wehrt sich, ebenso wie mein Verstand, aber mir bleibt keine andere Wahl. Ich kann Dixon das, was er getan hat, niemals verzeihen.

Wie sollte ich?

Ich kann ihm nicht vertrauen. Und was ist eine Beziehung ohne Vertrauen?

Ich bin nicht naiv und kaufe Beth ihre Unschuldsnummer auch nicht eine Sekunde ab. Dixon mag ja ein verlogenes Arschloch sein, aber er hat recht. Was hätte er durch sein Geständnis zu gewinnen? Ich glaube ihm jedes einzelne abscheuliche Detail. Beth dagegen glaube ich nicht ein Wort. Ich kenne sie. Das tat ich von dem Moment an, als sie zusah, wie mein Bruder mich missbrauchte, und nichts unternahm.

Natürlich bin ich eigentlich nicht in dem Zustand, Entscheidungen zu fällen, aber ich spüre, dass ich Mom und Sebastian noch heute die Wahrheit sagen werde. Sie müssen die Wahrheit über ihren Sohn und ihre Tochter erfahren, und mein Schweigen schützt die beiden nur.

Beth wird sich nie ändern. Mich zu belügen, um ihren eigenen Arsch zu retten, zeigt, dass sie mit dem Erzählen ihrer »Wahrheit« nur alles auf Dixon abwälzen wollte. Sie hat gehofft, ich würde auf ihre Lügen hereinfallen, aber ich habe genug davon, zum Narren gehalten zu werden.

Langsam erhebe ich meinen kraftlosen Körper, und meine Muskeln fühlen sich an wie nach einem Fünf-Runden-Kampf mit Mike Tyson. Meine Beine sind wie Wackelpudding, als ich versuche, aufrecht zu stehen, ohne umzukippen. Ich strecke die Arme zu beiden Seiten aus, um das Gleichgewicht zu halten. Es dauert ein paar Minuten, aber schließlich wage ich, den ersten Schritt zu tun, und mache mich auf die Suche nach meinem Telefon.

Meine Handtasche liegt am anderen Ende des Zimmers. Vage erinnere ich mich daran, sie wütend dorthin geworfen zu haben, als ich nach Hause kam und nicht wusste, was ich tun oder wohin ich gehen sollte. Deshalb sackte ich schließlich wie ein heulendes Häufchen Elend zusammen und verharrte so, bis ich Dixon auf der anderen Seite der Wohnungstür hörte, nein, *fühlte*.

Mein verräterischer Körper überschlug sich vor Freude, war so glücklich, ihn zu spüren! Ich schleppte mich zur Tür, wollte ihm ein letztes Mal so nah sein. Aber als ich seine gebrochene Stimme hörte, wusste ich, dass es endgültig aus war. Dixon und ich – das gibt es nicht mehr.

Seine Worte waren die süßesten, die je gesprochen wurden – wenn man die Umstände außer Acht lässt –, weil sie so aufrichtig waren. Nichts davon zweifelte ich an, aber es kam zu spät.

Wenn ich doch nur heute Morgen schon gewusst hätte, was ich jetzt weiß, dann hätte ich den Pause-Knopf gedrückt und glücklich in dieser Verleugnung gelebt. Für mein Praktikum wurden mir zwei Stellen angeboten. Die eine war meine Traumstelle, und die andere habe ich selbstbewusst abgesagt. Aber genau dieses Angebot ist nun meine einzige Hoffnung, das hier zu überleben.

Ich ergreife mein Handy, scrolle durch die E-Mails und schicke meinem Lehrer eine kurze Nachricht. Hoffentlich ist es noch nicht zu spät. Morgen früh werde ich meine Entscheidung vermutlich bereuen, aber in diesem Moment scheint sie die einzig richtige zu sein.

Als ich mich in meinem Apartment umschaue, fallen mir all die glücklichen Momente mit Dixon ein. Aber jetzt sind diese Erinnerungen vergiftet durch das, was er getan hat. Waren diese Momente überhaupt echt? Als er mir sagte, dass er mich liebe, während wir Sex auf dem Sofa hatten, meinte er das ernst? Als wir nebeneinander vor dem Kamin lagen und er mir sagte, ich sei die einzige Frau für ihn, meinte er damit für immer oder in jenem Moment?

Alles ist vergiftet und nichts scheint real. Meine ganze Beziehung mit Dixon war eine Täuschung. Ich will das nicht so sehen, aber eines steht fest: In Bezug auf Beth hat Dixon mich belogen. Er hat mit ihr geschlafen, bevor wir uns kennenlernten und auch danach. Ich möchte nicht glauben, dass er mich betrogen hat, aber ich will auch nicht naiv sein. Und ich glaube, dass dieses arme Kind tatsächlich von ihm sein könnte.

Bei dem Gedanken an sein Geständnis, mit Patientinnen geschlafen zu haben, wird mir wieder übel. Ich blinzele die Tränen zurück und will nicht akzeptieren, in welch schrecklicher Situation ich stecke. Aber ich weiß, was ich zu tun habe. Es ist der erste Schritt, um mein Leben zurückzubekommen.

Als ich mit zitternden Fingern die Kontakte durchscrolle, fühlt sich mein Handy schwer wie Blei an. Beim Buchstaben D verharre ich kurz. Dixons Name starrt mich an, ein Name, mit dem noch vor Kurzem nichts als Freude verbunden war. Und jetzt bedeutet er nichts als Kummer.

Ich verabschiede mich von meinen Erinnerungen, den glücklichen Tagen, die mir nun wie Zeitverschwendung vorkommen. Ich verabschiede mich von allem, was Dixon Mathews ausmacht. Entschlossen verspreche ich mir, dass es vorbei ist. Ich werde nicht zurückschauen.

Ich drücke auf Löschen, und Dixons Name verschwindet. Das sollte befreiend sein – reinigend. Ist es aber nicht. Es lässt mich stattdessen mit einer leeren Stelle in der Brust zurück, dort, wo einst mein Herz für ihn geschlagen hat.

Um das hier durchzustehen, muss ich mich auf die Zukunft konzentrieren und vergessen, dass mir Dr. Dixon Mathews je begegnet ist.

VIERTER TEIL

Zwei Wochen später …

27

Gründe zu bleiben

Dixon

Du weißt, dass du ganz unten bist, wenn du seit zwei Wochen in denselben Klamotten im Bett liegst und sieben Flaschen Scotch und eine leere Tüte Erdnussflips als Kopfkissen benutzt.

Wer auch immer behauptet hat, die Zeit würde alle Wunden heilen, ist ein verdammter Idiot. Meine Wunden sind mit der Zeit nur noch schlimmer geworden. Ich kann mich nicht daran erinnern, jemals so niedergedrückt gewesen zu sein, und mit jedem Tag, der verstreicht, jeder Stunde, jeder Sekunde, glaube ich weniger, dass es mir jemals wieder gut gehen wird.

Nachdem ich Madisons Apartmentgebäude verlassen hatte, rief ich Susanna an und bat sie, meine Termine der kommenden Wochen zu verschieben, da ich nicht in der Verfassung sei, jemanden zu therapieren. Wenn jemand dringend eine Therapie braucht, dann ich, aber ich wüsste ja nicht einmal, wo ich anfangen soll.

Deshalb ist es sehr viel besser, meinen Kummer in einer Flasche mit flüssigem Gold zu ertränken und in Erinnerungen an die Vergangenheit zu schwelgen. Mich mit meinen Gefühlen auseinanderzusetzen führt zu nichts, also kann ich das genauso gut später tun. Sehr viel später.

Als ich gerade mit mir ringe, ob ich beim Nachbarn klingeln und fragen soll, ob er irgendwelchen Schnaps im Haus hat, klopft jemand energisch an die Wohnungstür. Ich hebe den steifen Nacken von meinem selbstgebastelten Kissen und stöhne, als das durchs Fenster hereinfallende Licht meine empfindlichen Augen trifft.

Ich entscheide mich dagegen, zur Tür zu gehen, und ziehe mir die Decke über den Kopf. Wer auch immer da draußen steht, verschwindet hoffentlich wieder. Nachdem das Klopfen erst eine scheinbare Ewigkeit weitergeht, hört es tatsächlich schließlich auf. Erleichtert atme ich auf und kehre zu meiner Erinnerung daran zurück, als Maddy und ich uns das erste Mal liebten.

Als ich gerade zu dem besten Teil komme, wird die Bettdecke weggerissen, und ich bekomme eine Dusche mit eiskaltem Wasser.

»Was zur Hölle …«, brülle ich und wische mir das Wasser aus den Augen.

»Oh, gut. Du lebst noch«, erwidert Hunter, der neben meinem Bett steht und erleichtert wirkt. Er hält eine leere Wasserflasche in der Hand.

»Natürlich lebe ich noch! Und jetzt verschwinde«, murre ich und versuche, mir die Decke wieder über den Kopf zu ziehen. Aber Hunter packt sie und reißt sie vom Bett herunter.

»Warum in Gottes Namen klammerst du dich an dieses Kissen wie an ein Rettungsfloß?«, fragt er.

»Weil es das ist«, antworte ich und berge meine Nase in dem Baumwollstoff. »Es ist Madisons Decke«, kläre ich ihn auf. »Sie riecht nach ihr.«

Hunter verzieht angewidert das Gesicht. »Nein, sie riecht nach dir. Und deshalb stinkt sie wie Scheiße. Wann hast du das letzte Mal geduscht?«, fragt er und reißt ein Fenster auf.

»Verpiss dich, Hunter.« Ich bin nicht in der Stimmung für Späße.

»Alter, ich hab's kapiert«, sagt er, lehnt sich gegen die Kommode und verschränkt die Arme. »Sie hat dir das Herz gebrochen, und du hast Zeit gebraucht, um zu trauern oder was auch immer, aber verdammt, wie lange willst du dich hier noch verkriechen? Das ist total ungesund, um nicht zu sagen unhygienisch.«

»Sie hat mir nicht nur das Herz gebrochen, sie hat mich zerstört«, korrigiere ich und umklammere die Decke noch fester.

»Daran bist du selbst schuld«, stellt er ohne jedes Mitgefühl fest. Ich mache mir nicht einmal die Mühe, ihm zu widersprechen, denn er hat ja recht. »Ich habe die ganze Woche versucht, dich anzurufen. Warum bist du nicht ans Telefon gegangen?«

Nachdem ich mich tagelang mit der Frage gequält habe, ob ich Madison anrufen soll oder nicht, musste ich dem ein Ende setzen. Ich deute mit dem Kopf in die Zimmerecke, wo mein Handy in tausend Stücke zerbrochen auf dem Boden liegt.

Hunter folgt meinem Blick und schüttelt den Kopf. »Was für eine Verschwendung.«

»Ist mir egal. Es hat nicht aufgehört zu klingeln. Und es hat mich damit verhöhnt, dass ich Madison nicht mehr anrufen kann. Also, Problem gelöst.« Ich setze mich auf und fahre mir durch das verfilzte Haar. Im nächsten Moment zuckte ich vor Schmerz zusammen. Seit der Abreibung, die ich Dylan verpasst habe, ist meine Hand geschwollen. Der Verband hat nicht viel geholfen, und die stechenden Schmerzen bestätigen, dass ich besser ins Krankenhaus gefahren wäre. Dafür ist es nun zu spät. Davon abgesehen ist es mir die Sache immer noch wert, denn der verdammte Hurensohn muss viel mehr Schmerzen haben als ich.

»Also schön, damit ist jetzt Schluss. Raus aus dem Bett und unter die Dusche. Wir gehen aus«, befiehlt Hunter energisch.

»Nein«, widerspreche ich.

»Das war kein Vorschlag, Dix. Wenn du nicht sofort aus diesem Bett steigst, zünde ich es an.« Um mir zu beweisen, dass er keine Scherze macht, schnappt er sich das Feuerzeug von meiner Kommode.

Ich sehe die zuckende Flamme, und mir gefällt die Entschlossenheit in Hunters Augen nicht. »Also, schön, du hast gewonnen, du aufdringliches Arschloch.«

Ich werfe ein Kissen nach ihm und stehe langsam auf. Der Raum dreht sich, und ich brauche einen Moment, bis ich auf sicheren Beinen stehe. Sobald ich mich dazu in der Lage fühle, geradeaus zu gehen, ignoriere ich meine protestierenden Muskeln und schlurfe an Hunter vorbei. Der hält sich theatralisch die Nase zu.

»Du stinkst vielleicht! Bist du sicher, dass du noch lebst?«

Eigentlich möchte ich ihm den Stinkefinger zeigen, aber ich habe mich das ja selbst schon gefragt.

»Mann, wie wäre es, wenn du deiner Leber mal einen freien Abend gönnst?«

»Mann, wie wäre es, wenn du die Klappe hältst?«, entgegne ich und winke den blonden Barkeeper heran. Ich habe zugestimmt mitzugehen, aber das ist auch alles.

Meine besten Freunde legen sich mächtig ins Zeug, um mich aufzuheitern. Finch hat sogar die Erlaubnis bekommen, an einem Samstagabend auszugehen. Aber es funktioniert nicht. Je mehr sie sich bemühen und so tun, als sei alles in Ordnung, desto schlechter fühle ich mich.

»Dix, du musst dich am Riemen reißen«, erklärt Hunter ohne Umschweife. Anscheinend hat er jetzt aufgegeben, so zu tun, als sei alles in Ordnung. Ich schaue zu Finch, der mit den Schultern zuckt. Offenbar haben sie es beide aufgegeben.

»Es geht mir prima, und jetzt haltet den Mund.« Ich ignoriere ihre Besorgnis und konzentriere mich darauf, meinen verdammten Drink zu bekommen.

Aber so schnell lässt Hunter nicht locker. »Nein, du kannst mich mal, du stures Arschloch. Ich werde nicht den Mund halten. Ich mache mir Sorgen um dich. Nach der Trennung von Lily hast du deine Wunden vielleicht einen Tag lang geleckt und dann hast du deinen Frust weggefickt. Aber dieses Mal war ich mir echt nicht sicher, was ich in deinem Apartment vorfinden würde. Hast du überhaupt eine Ahnung, was für eine Scheißangst einem das macht?«

Seufzend streiche ich über meinen sprießenden Bart. Der seltene Anblick von Sorge in Hunters Augen verrät mir, dass ich mich ausgerechnet den beiden Menschen gegenüber wie ein Idiot benehme, die mir immer den Rücken gestärkt haben. Es heißt zwar, dass man oft denen wehtut, die man liebt, aber das entschuldigt nicht mein respektloses Verhalten.

»Sorry«, murmele ich und lasse den Kopf hängen. »Ich dachte, dass ich mittlerweile so weit wäre, an Madison zu denken, ohne mich umbringen zu wollen. Aber es wird eher schlimmer«, gestehe ich und fühle mich wie ein totales Weichei.

»Das ist normal, Dix. Du liebst sie. Natürlich fühlst du so«, sagt Finch teilnahmsvoll. »Vielleicht solltest du sie anrufen? Möglicherweise hat sie sich beruhigt, und du kannst eure Beziehung doch noch retten?«

Ich wünschte, es wäre so, aber ich kenne Madison und weiß, dass es endgültig aus ist. »Sinnlos. Das lässt sich nicht wieder in Ordnung bringen. Ich muss mich damit abfinden, dass ich sie für immer verloren habe.«

»Woher willst du das wissen?«, fragt Hunter.

»Ich tue es einfach, Mann«, entgegne ich und denke an den Schmerz in ihren Augen, als sie Lebewohl sagte. »Und davon abgesehen ist sie ohne mich besser dran. Für Typen wie mich ist sie zu gut. Nur weil ich sie vermisse, darf ich nicht so egoistisch sein, sie mit runterzuziehen.«

»Erinnerst du dich daran, was passiert ist, als du das letzte Mal getan hast, was deiner Meinung nach das Beste für sie ist?« Hunter zieht skeptisch eine Braue hoch.

Er hat recht, aber was geschehen ist, lässt sich nicht mehr reparieren. »Es ist aus, Hunt. Ich muss das einfach akzeptieren.«

Offenbar will er noch etwas sagen, hält dann aber die Klappe, da Finch kaum merklich den Kopf schüttelt. Die Rolle des Außenseiters ist scheiße, also stürze ich meinen Scotch runter und hoffe, bald zu besoffen zu sein, um das besorgte Gehabe meiner Freunde überhaupt noch mitzukriegen.

Schweigend sitzen wir da, und meine Gedanken drehen sich gerade darum, wie ich unauffällig verschwinden kann, als sich eine vollbusige Brünette auf den Barhocker neben mir schwingt. Ich ignoriere sie, weil ich null Bock auf Smalltalk habe. Leider deutet sie offenbar meine Zurückhaltung als Geziere.

»Hi, ich bin Brea. Lust, mir einen Drink zu spendieren?«

Ihre riesigen Titten sind bis zum Himmel hochgeschoben, aber dieser Anblick, der normalerweise aus mir einen sabbernden Trottel machen würde, lässt mich nur näher zu Hunter rutschen.

»Kauf dir deinen verdammten Drink selbst«, knurre ich. Hunter und Brea fallen die Kinnladen runter, während ich schnell Hunters Bier stibitze.

Brea ist jedoch hartnäckig und scheint ein Nein als Antwort nicht akzeptieren zu wollen. »Wie wäre es dann, wenn ich dir einen Drink spendiere?«, fragt sie grinsend.

»Ich bin nicht durstig«, antworte ich zwischen zwei Schlucken.

Sie wirft einen Blick auf mein Bier und runzelt die Stirn.

So wie ich aussehe, kann ich nicht glauben, dass ich tatsächlich angebaggert werde.

»Ich verspreche, dass ich nicht beiße. Es sei denn, du möchtest es ausdrücklich.« Sie zwinkert mir zu.

Angewidert schrecke ich zurück.

Als sie deutlich macht, dass sie nicht vom Fleck weichen wird, tue ich das einzig Mögliche, das mir einfällt, um sie loszuwerden.

Ich wirbele herum, presse meine Lippen auf Hunters ahnungslosen Mund und küsse ihn. Es schmeckt scheußlich, aber lieber küsse ich meinen besten Freund als diese Frau. Er stößt mich fort, und ich grinse, als er sich angewidert mit dem Handrücken den Mund abwischt.

Ich wende mich wieder der verlegenen Brea zu. »Oh, sorry«, stottert sie. »Ich habe dich hier schon mit Frauen gesehen und dachte, du seist hetero.«

»Nein, wie es aussieht, bin ich schwul«, erwidere ich und greife nach Hunters Hand. Aus Protest tritt er mir gegen das Schienbein.

»Noch mal sorry«, sagte sie und verzieht sich rasch.

»Erzähl es all deinen Freundinnen!«, rufe ich ihr hinterher. Sie dreht sich nicht einmal um.

Sobald sie weg ist, verpasst Hunter mir einen Hieb in die Eier. Ich keuche und wäre beinahe vom Hocker gefallen. »Ach, komm schon. Du fandest es doch gut«, ziehe ich ihn zwischen zwei Atemzügen auf und umklammere meine Hoden.

»Du Wichser. Nur weil du dem Sex abschwörst, muss ich das nicht auch tun. Diese Tussi wird jedem erzählen, dass ich dein« – er wird blass – »dein Lustknabe bin.«

Ich kann mich vor Lachen kaum halten. »Wenn du dich dann besser fühlst, darfst du der Mann sein.« Als ich ihm zuzwinkere, leert er sein Bierglas in einem Zug.

Erstaunlicherweise fühle ich mich nach diesem albernen Intermezzo besser. Und es hat mich auf eine verrückte Idee gebracht.

»Mit New York bin ich fertig. Die Stadt wird überwertet. Sie sollte umbenannt werden in die Stadt, in der Träume sterben.« Finch sieht mich interessiert an, während Hunter sich mit einer Papierserviette die Zunge abreibt.

»Was willst damit sagen?«, fragt Finch und trommelt mit den Fingern auf die Theke.

»Dass ich vielleicht nach Jersey zurückgehe.«

Finch zuckt zusammen, und Hunter hört auf, seine Zunge zu bearbeiten. »Ist das dein Ernst?«, fragt Finch und schüttelt den Kopf. Er weiß, wie hart ich gearbeitet habe, um mir hier meine Existenz aufzubauen. Aber was nutzt einem der ganze Reichtum, wenn man niemanden hat, mit dem man ihn teilen kann?

Ich nicke. »Vielleicht. Ich brauche einen Tapetenwechsel. Und ich brauche einen Neuanfang. Und hier kann ich das nicht, denn hinter jeder Ecke warten reihenweise Breas auf mich.«

Hunter zerknüllt seine Serviette zu einem kleinen Ball und bewirft mich damit. »Bist du jetzt völlig irre?«

Ich verzichte auf eine Antwort, weil ich nicht sicher bin, wie sie lauten müsste. »Was willst du denn in Jersey? Hast du vergessen, wie langweilig es da ist? Ganz davon abgesehen, dass wir nach Manhattan gezogen sind, um von da *wegzukommen*. Warum solltest du zurückgehen?«

»Weil ich Langeweile brauche, Hunt.« Je länger ich darüber nachdenke, desto mehr Sinn ergibt es.

»Und was ist mit der Arbeit? Du hast hart geschuftet, um deine Praxis aufzubauen.«

»Ich kann überall arbeiten. Im Übrigen ist Manhattan gar nicht so weit weg. Mit meinen Patienten werde ich etwas aushandeln«, füge ich hinzu und überlege bereits, wie ich das umsetzen kann.

Aber Hunter schüttelt den Kopf. »Nein, verdammt, nein! Als dein Lustknabe verbiete ich dir zu gehen.«

Seine Melodramatik bringt mich zum Lachen. »Du kannst ja mitkommen.«

Er verzieht das Gesicht, als würde es stinken. »Jetzt weiß ich, dass du definitiv durchgeknallt bist. Was soll ich denn in Jersey machen?«

»Ein nettes Mädchen finden und sesshaft werden?«, schlage ich vor.

»In Jersey *gibt es* keine netten Mädchen. Deshalb sind wir ja weggezogen. Und wozu soll ich sesshaft werden? Um Captain Langeweile zu spielen? Nein danke.« Stur verschränkt er die Arme vor der Brust und schiebt das Kinn vor.

Ich verenge die Augen und frage mich, warum er sich so aufregt. Könnte es sein, dass sich mein Freund davor fürchtet, erwachsen zu werden? Aber wir haben dieses Junggesellenleben jetzt lange genug geführt. Ich brauche in jedem Fall eine Ortsveränderung.

Der Gedanke, nach Jersey zurückzukehren, erinnert mich an den morgigen Familientag in Sunnyfield. Wenn ich wirklich nach Hause zurückkehre, dann muss ich mich mit der problematischen Beziehung zu meinem Vater auseinandersetzen. Ihn zu ignorieren wird sehr viel schwieriger sein, wenn er nur noch zwanzig Minuten entfernt ist statt zwei Stunden. Aber der Gedanke an eine Versöhnung ist nicht mehr so beängstigend wie früher.

Vielleicht wäre dieser Umzug am Ende gar nicht so eine verrückte Idee. Letztlich hält mich nichts in Manhattan. Die Gründe hierzubleiben kann ich an einer Hand abzählen. Aber für die Gründe, von hier wegzugehen, reichen meine Finger längst nicht aus.

Ich weiß, dass ich eigentlich nicht in der Verfassung bin,

um Entscheidungen zu treffen, aber es ist das erste Mal seit etlichen Tagen, dass die Dinge ein bisschen klarer wirken.

Leider ist Hunter anderer Meinung. »Ihr könnt mich beide mal. Ich schaffe mir einen Hund an.«

Finch und ich grinsen nur.

28

Sag nichts

Dixon

»Guten Tag, Dr. Mathews. Wir freuen uns sehr, dass Sie es einrichten konnten«, begrüßt mich Pat, als ich mich eintrage, um meinen Vater zu besuchen.

»Danke für die Einladung.« Ich lächle die junge Krankenschwester an. »Wie geht es ihm heute?« Mein Vater scheint Pats Lieblingspatient zu sein, da sie mich regelmäßig anruft und über seinen Gesundheitszustand auf dem Laufenden hält.

»Ganz gut. Er ist sogar draußen.«

Ich verharre beim Unterschreiben. »Draußen? Sind Sie sicher, dass es nicht jemand ist, der meinem Vater ähnlich sieht?«, necke ich sie.

Sobald ich mich eingetragen habe, reicht sie mir den Besucherausweis zum Anstecken und bietet an, mich zu ihm zu bringen. Wir unterhalten uns darüber, welche Fortschritte mein Vater gemacht hat, seit ich angefangen habe, ihn zu besuchen. Ich möchte ihr ja gern glauben, hege jedoch meine Zweifel.

Als wir aus dem Gebäude treten, stoße ich einen beeindruckten Pfiff aus. Auf der großen Rasenfläche sind alle möglichen Fahrgeschäfte aufgebaut, es gibt einen Streichelzoo, und an den weißen Schutzdächern hängen bunte Luftballons und Fähnchen. Lange, auf Böcken stehende Tischreihen versorgen die Gäste mit einer Auswahl an Speisen und Getränken. Alle scheinen sich gut zu unterhalten und die lockere Atmosphäre zu genießen.

»Ihr Vater ist dort drüben«, sagt Pat und zeigt zu einer riesigen Eiche. Ich sehe ihn im Rollstuhl sitzen, den Festlichkeiten den Rücken zugewandt.

»Danke, Pat. Ich werde mal sehen, ob ich ihn zum Mitfeiern bewegen kann.« Sie lächelt und nickt. Während ich den Hügel hinuntergehe, frage ich mich, warum mein Vater entschieden hat, dort zu sitzen und sich den ganzen Spaß entgehen zu lassen. Als ich bei ihm ankomme und den Grund sehe, falle ich beinahe über meine Füße. »Madison?«

Ihre grünen Augen sehen mich schuldbewusst an. Sie hockt vor den Füßen meines Vaters, steht nun schnell auf und legt ihm die Wolldecke über die Beine. Anscheinend hat sie ihm den Schuh zugebunden.

»Was machst du denn hier?«, frage ich unvermittelt und zucke zusammen, als ich merke, wie barsch das geklungen hat.

»Ich wollte gerade gehen«, erwidert sie kühl, beugt sich vor und küsst meinen Vater auf den Scheitel. »*Ciao, Pino. Ci vediamo dopo.*«

Mir steht der Mund offen. »Du sprichst Italienisch? Seit wann?«, rufe ich. Ich muss aufhören, sie so anzugehen, aber ich bin kurz vorm Durchdrehen und habe keine Ahnung, was los ist.

»Auf Wiedersehen, Dixon.« Sie will an mir vorbei, aber ich halte sie am Arm fest. Als ich sie berühre, lässt das vertraute Gefühl meinen ganzen Körper kribbeln.

»Auf Wiedersehen? Das denke ich nicht. Du hast meine Frage nicht beantwortet.« Ich halte sie fest gepackt.

Aber sie reißt sich los und starrt mich wütend an. »Ich war eingeladen, erinnerst du dich? Oder hast du in dem Punkt auch gelogen?«

Ich zucke zusammen, ihre Worte sind wie ein Tritt in die Eier. Ich habe es nicht anders verdient. »Natürlich warst du das. Bitte entschuldige. Mein Fehler.« Sie nickt und streicht ihren roten Mantel glatt.

Das ist so verdammt peinlich! Ich hätte nie gedacht, dass ich mich in Madisons Anwesenheit so fühlen könnte, und ich kann mich nicht daran erinnern, jemals einen so starken Drang zur Flucht verspürt zu haben. Also stehe ich nur stumm da, wippe auf den Absätzen und warte darauf, dass sie geht.

Aber das tut sie nicht. Ihr Blick ruht auf meiner bandagierten Hand. Weiß sie, was mit ihrem Bruder passiert ist? Egal, jetzt spielt es sowieso keine Rolle mehr.

Aber wem will ich eigentlich etwas vormachen? So habe ich mich noch nie gefühlt, und ich habe keine Scheu, es zuzugeben. »Madison ...«

Sie schaut zu mir hoch, Tränen treten ihr in die Augen.

Dieser Anblick bringt mich fast um.

»Wie ist es dir ergangen?«

Sie wischt sich über die Augen. »Ganz okay.«

»Gut zu hören«, lüge ich, denn ich hatte gehofft, sie gibt zu, dass es ihr genauso miesgeht wie mir. »Wie läuft's mit dem Praktikum?«

Sie zuckt mit den Schultern. »Gut. Ich habe einen Platz im Mount Sinai bekommen.«

Dank des Abends, an dem alles den Bach hinunterging,

hatte ich nie Gelegenheit, Maddy zu fragen, wie ihre Bewerbungsgespräche gelaufen sind. »Das ist toll. Gratuliere. Du musst überglücklich sein.«

Sie wirkt jedoch ganz und gar nicht so. »Ich kann das nicht«, sagt sie plötzlich und bricht in Tränen aus.

Ich mache Anstalten, Maddy zu umarmen, aber sie weicht zurück und schlägt die Arme um ihren zierlichen Körper.

»Was kannst du nicht?«, frage ich und ignoriere, wie sehr ich sie offenbar abstoße.

»Ich kann nicht so tun, als sei zwischen uns alles in Ordnung«, antwortet sie, greift in ihre Tasche und wischt sich dann mit einem Taschentuch über die gerötete Nase.

»Das verstehe ich, Maddy. Ich weiß, dass die Dinge zwischen uns nie wieder so sein werden, wie sie es einmal waren, aber ich würde mich freuen, wenn wir dennoch Freunde bleiben könnten.«

Sie schüttelt skeptisch den Kopf und stößt dann verächtlich hervor: »*Du* warst es, der gesagt hat, wie könnten niemals nur Freunde sein.«

Sie hat recht. Das habe ich zu ihr gesagt. Aber ich kann sie nicht einfach aus meinem Leben gehen lassen. Dass sie hier ist, hat doch etwas zu bedeuten, oder? »Warum bist du hier?«

»Ich … ich …« Sie stockt.

»Ja?«, hake ich nach und trete einen Schritt auf sie zu.

»Ich wollte deinen Vater sehen«, gesteht sie.

»Warum?«

»Weil ich ihn vermisst habe … ich *dich* vermisst habe«, verrät sie leise.

Mein Herz macht einen Satz. Aber ich bleibe ruhig, will es nicht vermasseln. »Du hast mir auch gefehlt.«

»Das ändert aber nichts an meinen Gefühlen.«

Frustriert atme ich aus. Sie vermisst mich, aber nicht genug, um mir zu verzeihen. Wir sind also wieder am selben Punkt wie vorher.

»Ich gehe jetzt besser. Entschuldige, dass ich hergekommen und dir den Tag verdorben habe«, sagt sie zaghaft.

Ich könnte versuchen sie zu beruhigen, versichern, dass sie nichts Derartiges getan hat. Aber was würde das bringen? Also nicke ich nur mutlos.

Sie sieht mich an, als wolle sie noch etwas sagen, aber stattdessen schlägt sie den Mantelkragen hoch und signalisiert damit, dass sie jetzt gehen wird. Bei der Bewegung zieht sie die silberne Kette aus Versehen unter ihrem Pullover hervor. Als mein Vater das sieht, reißt er die Augen auf, weil es die Kette meiner Mutter ist.

Maddy senkt den Blick und errötet. Es ist ihr anscheinend peinlich, dass sie dabei ertappt wurde, dass sie die Kette trägt. Sie macht Anstalten, sie auszuziehen, aber sowohl mein Vater als auch ich strecken spontan den Arm aus, um sie davon abzuhalten. Sie verharrt mitten in der Bewegung, wirkt genauso verblüfft wie ich.

Zu viele Dinge passieren auf einmal. Mein erschöpfter Verstand kann nicht damit Schritt halten, dass mein Vater einen Anflug von Gefühl gezeigt hat, dass Maddy hier ist und dass sie gesteht, mich zu vermissen und die Kette meiner Mutter trägt.

»Behalte sie«, dränge ich, als ich endlich meine Stimme wiedergefunden habe. Mein Blick ist auf meinen Vater gerichtet, der wieder in seinen katatonischen Zustand zurückgekehrt ist. Zum Glück lehnt sie nicht ab.

Auch sie sieht meinen Vater an, denn seine Reaktion hat uns beide überrascht. »Pino?«, sagt sie und geht vor ihm in die Hocke. »*Mi senti*?«

Ich kann immer noch nicht fassen, dass sie offenbar Italienisch lernt. Aber das ist gerade nicht das Wichtigste, denn mein Vater hebt langsam den Blick und … nickt tatsächlich.

Das verschlägt mir den Atem. »*Papà*?« Sein Blick schwenkt zu mir, und ich schlucke mühsam. »Hat er schon mal reagiert?«, frage ich aufgeregt und hocke mich neben Maddy.

Sie schüttelt den Kopf. »Nicht wirklich. Jedenfalls nicht in den vergangenen Wochen.« Kaum hat sie es ausgesprochen, da beißt sie sich auf die Lippe.

Verwirrt sehe ich sie an. »In den vergangenen Wochen? Du besuchst ihn heute nicht zum ersten Mal?«

Schuldbewusst schüttelt sie den Kopf. Zu gern würde ich nachfragen, aber jetzt muss ich mich erst einmal um meinen Vater kümmern.

»*Papà? Sai chi sono*?« Auf die Frage, ob er weiß, wer ich bin, nickt er wieder.

»Heilige Scheiße!«, fluche ich und schlage die Hände vor den weit aufstehenden Mund. »Ich muss eine Schwester holen.«

Ich springe hoch und stürme den Hügel hinauf, wo ich zum Glück Schwester Pat entdecke. »Pat, mein Vater …«

»Was ist mit ihm?«, fragt sie besorgt und stellt ihren Teller auf einem Tisch ab.

»Ich glaube, er ist wach oder ansprechbar oder was weiß ich«, erkläre ich orakelhaft, während sie die Stirn runzelt. »Bitte kommen Sie mit. Ich muss es Ihnen zeigen.«

Sie nickt, und wir eilen den Hügel wieder hinunter, sind nur Sekunden später bei meinem Vater. Madison hockt immer noch zu seinen Füßen, erhebt sich jedoch, als sie uns kommen sieht. Pat stellt sich vor Pino und beugt sich zu ihm hinunter.

»Pino, hier ist Pat. Können Sie mich hören?«, fragt sie, legt zwei Finger an den Puls meines Vaters und schaut dabei auf ihre Armbanduhr.

Ich stehe ein wenig abseits, schaue gespannt zu und hoffe, dass ich mir nicht alles nur eingebildet habe. Pat langt in ihre Tasche und holt einen Lichtstift heraus, bewegt den Strahl vor seinen Augen hin und her und atmet hörbar ein, als er dem Licht mit den Pupillen folgt.

»Was ist?«, frage ich und trete näher.

Sie wendet sich mir zu und lächelt. »Ihr Vater zeigt Anzeichen bewusster Wahrnehmung. Das sind großartige Neuigkeiten, Dr. Mathews. Ich muss aber erst noch den Arzt holen, um es bestätigen zu lassen.«

»Ja, tun Sie das bitte.« Ich kann nicht ruhig stehen bleiben und marschiere auf dem Rasen auf und ab, die Hände auf den Kopf gelegt. Pat ruft den Arzt an, der offenbar sagt, dass er sich sofort auf den Weg macht. Maddy sieht aus, als würde sie mich gern beruhigen, aber sie tut es nicht. Und ehrlich gesagt kann ich auch nicht mit zwei Dramen gleichzeitig umgehen.

Pat spürt meine Anspannung und kommt zu mir. »Kein Grund zur Beunruhigung, Dr. Mathews.« Sie legt die Hand auf meinen Unterarm und lächelt freundlich. »Er ist in guten Händen.«

Tatsächlich fühle ich mich nach ihren Worten etwas besser und lege, ohne nachzudenken, meine Hand auf ihre. »Danke, Pat.« Sie nickt und geht zurück zu meinem Vater.

Ich wende mich Maddy zu und muss feststellen, dass sie mich böse ansieht. Ich habe keine Ahnung, was los ist, und als ich den Mund öffne, um nachzufragen, blafft sie mich an: »Ich gehe besser.«

»Gehen?«, frage ich stirnrunzelnd. »Das musst du nicht. Der Arzt wird in einer Minute hier sein.«

Sie schüttelt den Kopf. »Ich bin sicher, du hast alle Hilfe, die du brauchst.« Als sie einen giftigen Blick auf Pat wirft, weiß ich plötzlich, was los ist. Sie ist eifersüchtig.

»Madison …«

Aber sie wendet sich ab. »Hoffentlich ist mit deinem Dad alles okay. Ich werde morgen nachhören.«

Sie stürmt davon, doch ich folge ihr.

»Madison, das ist lächerlich! Zwischen Schwester Pat und mir läuft nichts. Sie ist die Pflegerin meines Vaters und sonst nichts«, flüstere ich, weil ich nicht will, dass Pat uns hört. »Bleib bitte stehen.«

Das tut sie auch und wirbelt wütend herum. »Ich wünschte, ich könnte dir glauben! Und ich hasse es, dass ich so fühle. Bevor all das passiert ist, hätte ich keinen weiteren Gedanken an so etwas verschwendet. Aber jetzt frage ich mich sofort, ob du sie attraktiv findest oder womöglich schon mit ihr geschlafen hast!«

Seufzend presse ich eine Hand gegen die Schläfe. »Ich kann dir versichern, dass mir momentan nichts ferner ist, als mit irgendjemandem Sex zu haben!«

Sie zuckt zusammen und weicht einen Schritt zurück, da ich meine Verärgerung nicht verberge. Nach ein paar Sekunden runzelt sie die Stirn. »Es tut mir leid, Dixon. Ich habe nur an mich gedacht, dabei geht es um deinen Vater. Geh, und kümmere dich um ihn.«

Ich möchte so vieles sagen, aber sie hat recht. Es geht jetzt nicht um sie, sondern um meinen Dad. Und ich werde nicht zulassen, dass sich meine Selbstsucht länger seiner Genesung in den Weg stellt.

»Tut mir leid, dass du nicht bleiben kannst, aber du hast recht. Ich muss jetzt an ihn denken. Es war schön, dich zu sehen, aber ich halte es für das Beste … wenn wir alle Verbindungen abbrechen. Es schmerzt zu sehr. Du kannst meinen Vater weiterhin besuchen. Ich werde jedoch darauf achten, dass wir uns nicht über den Weg laufen.«

Ihr klappt die Kinnlade herunter, und sie blinzelt die Tränen fort, nickt dann aber. »Okay.«

Jede Faser meines Körpers protestiert dagegen, dass ich mich umdrehe. Aber ich tue, was richtig ist. Der Arzt kommt den Hügel heruntergeeilt, und ich folge ihm, konzentriere mich nur noch auf meinen Vater.

Gespannt sehe ich zu, wie der Arzt ein paar einfache Tests durchführt, und atme jedes Mal erleichtert auf, wenn mein Vater mit einem Nicken oder angestrengtem Blinzeln auf die Fragen des Mannes reagiert. Nach ein paar Minuten wendet sich der Arzt mir lächelnd zu.

»Sieht so aus, als sei ihr Vater aufgewacht.« Ich habe keine Ahnung, was das bedeutet, aber es ist auf alle Fälle großartig. Als der Blick meines Vaters dem meinen begegnet, bricht mir am ganzen Körper der kalte Schweiß aus. Es ist das erste Mal seit langer Zeit, dass ich ihn so wach erlebe, und das macht mir eine Heidenangst.

»Papà?« Ich trete zu ihm, weiß nicht, was ich erwarten soll. Aber er hat mich nicht zu einem Feigling erzogen. *»Papà? Sono io, tuo figlio.«*

Er beobachtet mich aufmerksam, atmet schnell und oberflächlich. Ich gehe noch näher heran, bis ich nur noch Zentimeter von ihm entfernt bin, und warte. Als ich die Hoffnung gerade aufgeben will, öffnet er langsam den Mund.

»Pino? Was ist?«, fragt Pat und beugt sich zu ihm.

Aber er lässt mich nicht aus den Augen, keucht zweimal atemlos und stößt dann hervor: *»Fottuto idiota!«*

Der Arzt wendet sich mir zu und hebt fragend die Hände. »Was hat er gesagt?«

Ich weiß nicht, ob ich lachen oder weinen soll. Die ersten Worte, die aus dem Mund meines Vaters kommen, waren nicht die, die ich erwartet habe. Trotzdem bin ich froh, dass er spricht.

Mit einem schrillen Lachen antworte ich: »Er hat mich gerade einen … verdammten Idioten genannt.«

29

Yin und Yang

Fünf Wochen später …

Dixon

»Ich kann das nicht, Dr. Dixon«, jammert Susanna durch die Freisprechanlage, während ich den Highway entlangfahre.

»Doch, Sie können. Sie haben meine Erlaubnis«, erwidere ich und stelle die Lautstärke an meinem Bluetooth höher.

»Trotzdem kann ich nicht einfach zu Mr. Blackburn gehen und ihn … in die Genitalien treten. Er ist Ihr Patient.« Ja, aber er ist auch eine unglaubliche Nervensäge.

Ich schlage mit der flachen Hand aufs Lenkrad und lache vor Vergnügen. »Nein, das können Sie wohl nicht«, stimme ich ihr zu. »Aber es wäre ein saukomischer Anblick, das finden Sie doch auch, oder?«

Ich kann hören, dass sie sich das Lachen nur mühsam verkneift.

»Montagnachmittag bin ich wieder in Manhattan. In Notfällen können Sie mich telefonisch erreichen«, sage ich und setze mein ernstes Gesicht auf.

»Es wird keine Probleme geben, Dr. Mathews. Konzentrieren Sie sich ganz darauf, diesen Preis zu gewinnen«, antwortet sie und meint damit den *Gerald Harriet Award*, der morgen Abend verliehen wird.

»Ich werde mein Bestes geben, aber ich trete gegen starke Konkurrenz an.«

»Niemand ist besser als sie«, versichert sie optimistisch.

Ich lächle und bin wieder einmal gerührt von ihrer Loyalität.

Ohne Susanna wäre ich jetzt vermutlich arbeitslos. Sie hat mir den Arsch und meine Praxis gerettet, als ich mich in meiner Wohnung verkrochen habe und nicht vorhatte, jemals wieder rauszugehen. Aber der Tag, als mein Vater aus dem Dämmerzustand erwachte, hat mich aufgerüttelt. Wenn er das schafft, dann kann ich das auch.

Mit Dad läuft es gut, auch wenn die Ärzte meinen, dass er sich wohl nie vollständig erholen wird. Aber es geht ihm viel besser als noch vor Monaten. Unsere Gespräche sind kurz, und manchmal reden wir gar nicht. Aber es ist schön, wenn er mir zuhört und bewusst wahrnimmt, dass ich da bin.

Ich weiß, dass er Maddy vermisst, denn jedes Mal, wenn sich eine weibliche Stimme seiner Zimmertür nähert, scheint er erwartungsfreudig zu lauschen. Aber sie kommt nie. Und nicht nur er vermisst sie, sie fehlt mir so sehr, dass es schon schmerzt, nur an ihren Namen zu denken. Aber ich habe Wort gehalten, und so groß die Versuchung auch gewesen sein mag, habe ich sie dennoch nicht angerufen.

Ich wende mich wieder Susanna zu und antworte: »Danke, Ms. Vale. Allerdings sind Sie parteiisch.« Sie kichert und wünscht mir viel Glück, bevor sie das Telefonat beendet.

Ich bin fast in Boston und froh, dass ich Manhattan früh verlassen habe, denn dadurch konnte ich den grausamen Freitagnachmittagverkehr umgehen.

Diese Woche hat sich Chad Turner bei mir gemeldet und

Andeutungen gemacht, dass ich den Preis bekommen werde. Allerdings ahnt er nicht, was ich vorhabe. Ich beabsichtige nämlich, meinen Kollegen zu verraten, was für ein unglaublicher Betrüger ich bin.

Als ich zu Juliet sagte, dass ich allen die Sünden meiner Vergangenheit gestehen würde, war das nicht gelogen. Auch wenn ich die letzten fünf Wochen nichts von ihr gehört habe, bin ich kein Idiot und weiß genau, dass sie wiederkommen wird. Um sie also endgültig aus meinem Leben streichen zu können, muss ich jegliches Druckmittel zerstören, das sie gegen mich in der Hand hat – will heißen, meine schäbige Affäre mit ihr und meinen Patientinnen offenlegen.

Das wird kein Zuckerschlecken. Aber ein Leben in Angst, weil Juliet irgendwo lauern könnte, um zum nächsten Schlag auszuholen, ist auch keines.

Ich halte vor dem Marriott, überlasse meinen Wagen den fähigen Händen des Parkdienstes und schnappe mir meinen Kleidersack und die Reisetasche. Sobald ich eingecheckt habe, gehe ich in Richtung Aufzug, um zu meinem Zimmer zu fahren.

Als ich um die Ecke biege, bin ich jedoch total überrascht, auf Dr. Maxwell Wellington und eine sehr hübsche Frau zu stoßen, die vermutlich seine Gattin ist.

Dr. Wellington war mein Professor an der Uni. Und wie es der Zufall will, studiert jetzt Madison bei ihm. Ja, leck mich, Ironie.

»Dr. Wellington!«, begrüße ich ihn erstaunt, da mir nicht bewusst war, dass er bei der Verleihung anwesend sein würde. »Was für eine angenehme Überraschung.«

»Hallo, Dixon. Wenn ich mich recht erinnere, habe ich Sie

gebeten, mich Max zu nennen«, erwidert er und strahlt mich an. »Ich hörte, dass Glückwünsche angebracht sind.«

Ich lächle. »Danke, aber noch habe ich nicht gewonnen. Es ist jedoch eine Ehre, überhaupt nominiert zu sein.«

»Wenn diese Jury ihre fünf Sinne beieinander hat, wird sie erkennen, dass Sie der beste Kandidat sind.« Er zwinkert mir zu, während ich versuche, meine Scham zu verbergen, weil ich wünschte, es wäre wahr.

Es folgt ein kurzes Schweigen, bevor Max mir die umwerfende Frau an seiner Seite vorstellt. »Dixon, das ist meine wunderschöne, engelsgleiche Frau Aiko.«

»Immer ein Charmeur«, neckt Aiko ihn und schüttelt mir die Hand.

Es ist unübersehbar, wie verliebt die beiden sind. Ich erinnere mich noch daran, dass Max in seiner inspirierenden Rede beim letzten *Gerald Harriet Award* erwähnte, dass sie seit fünfzig Jahren verheiratet sind, was heutzutage echt eine Leistung ist. Die Zuneigung der beiden weckt sofort meine Sehnsucht nach Madison, was mir offenbar anzusehen ist.

»Wird Ms. Roberts dieses Wochenende ebenfalls anwesend sein?«, fragt Max, weil er keine Ahnung hat, was für einen Mist ich gebaut habe.

»Nein. Madison und ich haben uns leider getrennt«, gestehe ich, unfähig, mein Bedauern zu verbergen.

Max runzelt die Stirn. »Tut mir leid, das zu hören. Sie beide haben sehr gut zusammengepasst. Sie schien mir das Yin zu Ihrem Yang zu sein.«

»Danke, Max. Und ja, das war sie.« Dieses Gespräch über Madison weckt in mir den Wunsch, nach oben in mein Zimmer zu gehen und meinen Kummer in Scotch zu ertränken. »Ich sollte dann mal auspacken. Wir sehen uns morgen.«

»Kommen Sie denn nicht zur Cocktailparty?«, fragt Max, aber ich schüttle den Kopf. »Der Ehrengast fehlt auf seiner eigenen Party? Was wohl die großen Nummern dazu sagen werden?«

Ich lache, denn ich liebe Max' Direktheit. »Ehrlich gesagt ist mir das scheißegal«, gestehe ich hinter vorgehaltener Hand.

Aiko und Max kichern, dann tritt Max einen Schritt auf mich zu, legt mir die Hand auf die Schulter und sagt: »Falls Sie Ihre Meinung noch ändern, würde ich mich freuen, einen Brandy mit Ihnen zu trinken. Andernfalls sehen wir uns morgen.«

»Okay, Max. Wir reden in jedem Fall noch«, versichere ich. »Hat mich gefreut, Sie kennenzulernen, Aiko. Hoffentlich sehen wir uns bald wieder.« Sie lächelt mich zum Abschied an, und dann gehen wir in unterschiedliche Richtungen davon.

Als ich mit dem Aufzug nach oben fahre, muss ich daran denken, dass ich Maddy unter diesem Dach gestanden habe, dass ich nicht einfach nur mit ihr befreundet sein kann. Wenn ich damals gewusst hätte, was ich jetzt weiß, hätte ich von Anfang an die Wahrheit gesagt. Im Nachhinein betrachtet, hätte ich so vieles anders gemacht. Aber das ist ja gerade das Beschissene am »Nachhinein«. Es nutzt nichts mehr.

Sobald ich das Zimmer betrete, werde ich von Sentimentalität erfasst, denn dieses Zimmer sieht genauso aus wie das, in dem ich mit Maddy gewesen bin. Ob dieses Gefühl jemals aufhören wird? Werde ich je in der Lage sein, einen Raum zu betreten, einen Duft zu riechen oder etwas Bestimmtes zu essen, ohne dabei an Madison zu denken? Als mein Blick auf das große Bett fällt, weiß ich, dass die Antwort vermutlich nein lautet.

Ich hänge meinen Anzug auf und packe dann im Bad meinen Kulturbeutel aus. Ohne Madisons Toilettenartikel wirkt die Ablage so leer – ebenso wie das Glas, in dem meine einsame Zahnbürste steht.

Da ich Ablenkung brauche, schenke ich mir einen Drink ein und sehe ein bisschen fern, aber als die Werbung kommt und verkündet, dass die Madison Avenue der beste Ort zum Einkaufen ist, stöhne ich auf und schalte schnell um. Wann wird das endlich besser?

Ich stütze den Kopf gegen die Rückenlehne des Sofas und frage mich, ob das für den Rest meines Lebens so bleiben wird. Wenn ja, dann wird das eine verdammt schmerzhafte Reise.

Ich entschließe mich, Max' Angebot anzunehmen, stehe rasch auf und verlasse den Boulevard meiner geplatzten Träume.

Im Festsaal sind alle in Hochstimmung – bis auf mich. Ich bin gerade einmal fünfzehn Minuten hier, und mir schmerzen bereits die Wangenmuskeln vom angestrengten Lächeln.

Anscheinend bin ich für jeden hier der Goldjunge, denn kaum habe ich ein Gespräch beendet, beginnt das nächste. Der Großteil der Unterhaltungen ist langweilig und eintönig, aber ich lächle und nicke, hoffe, dass bald irgendjemand Feueralarm auslöst und ich durchatmen kann.

Während ich mich mit Dr. Frenk über seine Erfahrungen

nach dem Erhalt des *Gerald Harriet Award* unterhalte, schiele ich sehnsüchtig zur Bar. Ich brauche dringend einen Scotch, um die langweiligen Details seines Geredes zu ertragen. Natürlich würde ich mich wahnsinnig über diese Auszeichnung freuen, aber sie hat längst nicht mehr so viel Bedeutung für mich wie früher.

Bei der erstbesten Gelegenheit verabschiede ich mich und eile auf kürzestem Weg an die Bar. Max und Aiko unterhalten sich mit Dr. Felding und wirken ungefähr so begeistert, wie ich mich fühle. Ich werde einen Drink mit Max nehmen und dann verschwinden.

»Zwei Scotch, bitte.« Der Barkeeper nickt und schenkt die Drinks ein.

Während ich warte, richten sich plötzlich meine Nackenhaare auf, und jede Faser meines Körpers befiehlt mir, mich ja nicht zur Seite zu drehen. Aber es spielt keine Rolle, wo ich hinschaue, denn Rebecca, Chads Verlobte, wird schon dafür sorgen, dass sie meine Aufmerksamkeit bekommt.

»Hallo, schöner Mann. Wenn das keine Augenweide ist.« Automatisch rücke ich ein Stück ab, hoffe, dass sie den Wink versteht und verschwindet. Tut sie aber nicht. »Falls das überhaupt möglich ist, siehst du noch heißer aus als bei unserer letzten Begegnung. Mir gefällt dein Penner-Look.« Als sie versucht, mir mit den Fingern durch den Bart zu fahren, weiche ich aus und hätte beinahe die Frau auf der anderen Seite angerempelt.

Rasch entschuldige ich mich und bin froh, als der Barkeeper die Getränke vor mich stellt. »Einen schönen Abend noch, Rebecca«, sage ich abweisend, schnappe mir die Gläser und will gehen.

»Gefällt dir mein Kleid?«, platzt sie heraus und fährt sich mit der Hand über den Körper. In ihrem Spitzenensemble sieht sie aus wie ein Weihnachtsschinken, aber ich nicke gelangweilt. »Du solltest mal sehen, was ich darunter trage – oder eben nicht.«

Ich will gehen, aber sie versperrt mir den Weg. »Was soll das?«, blaffe ich sie an, da mir langsam die Geduld ausgeht. Ich habe nicht vergessen, was sie Madison angetan hat. Welche schrecklichen, gemeinen Wörter sie Maddy am Abend der letzten Preisverleihung an den Kopf geworfen hat, sie hat sie damit tief verletzt.

Sie zieht einen Schmollmund, während ich mich umschaue, um sicherzugehen, dass niemand etwas von dieser peinlichen Begegnung mitbekommt. »Wo ist deine kleine Freundin?«

Allein die Erwähnung von Madison lässt mich rotsehen. »Das geht dich nichts an.« Ich trete auf sie zu und gebe mir keine Mühe, meinen Ärger zu verbergen. »Rebecca, betrachte das als erste Warnung. Strike 1.«

Das Blut schießt ihr in die Wangen, und sie leckt sich langsam über die Oberlippe. »Und was passiert bei Strike 2? Oder noch besser, bei Strike 3?«

Unfähig, meine Gefühle zu verbergen, zische ich ihr zu: »Stell mich nicht auf die Probe, Rebecca. Im Gegensatz zum letzten Mal habe ich nichts zu verlieren.« Ihr stockt für einen Moment der Atem, aber dann breitet sich ein Grinsen auf ihrem Gesicht aus.

Großartig, meine Worte haben genau die gegenteilige Wirkung. Jetzt ist sie endgültig scharf auf mich, und dieses Mal gibt es keine Maddy, die mich rettet. Aber es gibt Chad.

»Da bist du ja.«

Wie ertappt zuckt Rebecca zusammen. »D-darling«, stottert sie und fährt sich durchs Haar. »Schau nur, wen ich auf dem Weg zur Toilette gefunden habe.«

Chad schaut zwischen uns beiden hin und her, und ich entdecke eine Spur von Misstrauen in seinem Blick. Aber er lächelt und schüttelt meine Hand. »Gut, dass Sie sich doch zu uns gesellt haben, Doktor. Stilvoll zu spät auf Ihrer eigenen Party, wie ich sehe.«

Zum Glück scheint er es schon wieder vergessen zu haben, und ich brauche ihn nicht darüber aufzuklären, was für ein Flittchen seine Verlobte ist. »Ah, Sie kennen mich doch. Ich trinke gern allein. Apropos …« Ich halte die Gläser hoch und signalisiere ihm, dass ich gerade gehen wollte.

Chad versteht den Wink. »Niemals würde ich mich zwischen einen Mann und seinen Scotch drängen, aber kommen Sie doch morgen früh mit. Ich gehe mit ein paar Freunden segeln.«

Obwohl es vermutlich amüsanter wäre, eine Niere zu spenden, nicke ich, Hauptsache, ich komme jetzt schnell von Rebecca weg. »Klingt super. Schreiben Sie mir einfach die Details.«

Ich verabschiede mich von ihm und schenke seiner Giftnudel keine Beachtung mehr. Mit den Gläsern in Händen suche ich den Raum nach Max ab. Als ich ihn nur wenige Schritte von mir entfernt entdecke, bleibe ich abrupt stehen. Er muss meinen Wortwechsel mit Rebecca mitbekommen haben und weiß demnach Bescheid. Die Frage ist, was wird er nun tun?

Unfähig, lange auf die Antwort zu warten, hebe ich ein

Glas und signalisiere, dass es für ihn ist. Er schüttelt den Kopf und zeigt auf mich, was wohl heißen soll, dass ich es mehr brauche als er.

Darauf trinke ich.

30

Es ist nicht alles Gold, was glänzt

Dixon

Warum ich mich zum Segeln bereit erklärt habe, ist mir absolut schleierhaft.

Nicht nur, dass ich das Wasser hasse, ich habe zudem Hunderte von Dollar für »akzeptable« Bootskleidung ausgegeben.

Aber das ist wohl der Preis, den man dafür zahlen muss, unter den Besten der Besten zu sitzen. Ich segle zusammen mit drei von Amerikas Top-Ärzten, die einen Narren an mir gefressen zu haben scheinen. Bei Khakis, den Red Sox und Long Island Ice Tea haben wir unsere Beziehung geschmiedet. Allerdings können diese Ärzte die Klappe nicht halten, und Dr. Lieberman ist herausgerutscht, dass ich den Preis so gut wie in der Tasche habe.

Chad ist zum Glück nicht ganz so betrunken wie die anderen beiden Clowns, und als wir übers ruhige Wasser segeln, wendet er sich mir lächelnd zu. »Wie fühlen Sie sich damit, die Auszeichnung zu bekommen, Dixon?«

Ich zucke mit den Schultern, da ich es gar nicht so genau weiß. »Gut, denke ich.«

Er legt den Kopf schief. »Denken Sie? Sind Sie nicht aufgeregt?«

Mir wird klar, dass ich wohl ein bisschen mehr Begeisterung an den Tag legen sollte. »Doch. Sehr aufgeregt. Aber ich möchte die Küken nicht zählen, bevor sie ausgebrütet sind.«

Chad grinst. Offenbar gefällt ihm meine Antwort. »Kluge Einstellung, aber mal angenommen, Ihre Küken *sind* ausgebrütet, was haben Sie dann vor?«

Darüber habe ich noch nicht nachgedacht. Diese Auszeichnung wird mir viele Türen und Möglichkeiten öffnen, und Chad hat mich selbst schon darauf hingewiesen, dass ich dann zum Beispiel als Dozent arbeiten könnte.

Aber die Sache mit Maddy lässt mich alles infrage stellen. Möchte ich überhaupt in Manhattan bleiben? Je länger ich darüber nachdenke, desto klarer wird die Antwort. Meine Beziehung zu Manhattan ist unschön geworden.

Ich beschließe, Chad ehrlich zu antworten. Immerhin ist er Arzt. Vielleicht kann er mir sagen, dass ich nicht ganz so verrückt bin, wie ich mich fühle. »Ich habe überlegt, aus Manhattan wegzugehen«, gestehe ich. »Vielleicht zurück nach New Jersey.«

Er runzelt die Stirn und versteckt seine Überraschung nicht. »Im Ernst?«

Ich nicke. »Ich glaube, es ist Zeit für eine Veränderung.« Obwohl er nichts über den Gesundheitszustand meines Vaters weiß, füge ich hinzu: »Ich möchte möglichst viel von der Zeit, die meinem Vater noch verbleibt, mit ihm zusammen verbringen.«

Noch immer sichtlich verblüfft antwortet er: »Damit habe ich jetzt nicht gerechnet, Dixon. Aber Sie müssen auf Ihr Bauchgefühl hören. Sie können praktizieren, wo immer Sie wollen. Wenn sich Jersey für Sie wie Heimat anfühlt, dann gehen Sie dorthin.«

Diesen Ratschlag von Chad zu bekommen ist erstaunlich beruhigend. »Sie finden also nicht, es sei ein Abstieg, die Großstadt zu verlassen und buchstäblich in grünere Gefilde zu ziehen?«

Grinsend nippt Chad an seinem Cocktail. »Überhaupt nicht. Familie ist wichtig.« Er schaut hinüber zu Rebecca, die oben ohne ein Sonnenbad nimmt. Zum Glück liegt sie auf dem Bauch. »Lassen Sie sich durch die Arbeit nicht den Blick auf das verschleiern, was im Leben bedeutsam ist. Niemanden zu haben, mit dem man seine Erfolge feiern kann, relativiert alles.«

Ich runzle die Stirn. Könnte es sein, dass Chad endlich kapiert hat, dass Rebecca ein nach Gold schürfendes Flittchen ist? Trotzdem halte ich lieber die Klappe.

Chad räuspert sich und wirkt verlegen, als habe er zu viel preisgegeben. »Ich sollte mal nach den beiden Trotteln sehen.« Wir schauen zu Dr. Lieberman und Dr. Das, die über der Reling hängen und gerade hysterisch lachen.

Chad entschuldigt sich kurz, und kaum ist er weg, da rollt Rebecca sich herum, sodass ihre Titten oben sind. Sie zwinkert mir zu. Ich wende genervt den Kopf ab. Chad tut mir echt leid. Nachdem Rebeccas Muschi nun nicht mehr so neu und aufregend ist, hat er vermutlich kapiert, dass er besser bei seiner Frau geblieben wäre. Aber wir Männer müssen auf die harte Tour herausfinden, dass nicht alles Gold ist, was glänzt.

»Hi, Doktor.«

Ich atme laut aus und wende den Kopf Rebecca zu. Zum Glück ist sie nicht mehr oben ohne. »Ich dachte, dass wir uns heute Abend nach dem offiziellen Teil vielleicht sehen könnten?«

»Wozu?«

Sie spielt die Unschuld vom Land, zupft an der Kordel ihres Bikinioberteils und beißt sich auf die Oberlippe. »Vielleicht auf einen Drink. Ich möchte dir zeigen, dass ich gar nicht so übel bin. Wir beide hatten einfach nur einen schlechten Start.« Sie ist so was von unverfroren!

Ihr ist wohl klar geworden, dass es nicht funktioniert, wenn sie zu offensiv ist, also versucht sie es jetzt auf andere Weise. Aber das nutzt nichts.

Ich beuge mich dicht zu ihr und antworte: »Nein, hatten wir nicht. Ich kenne Frauen wie dich, Rebecca. Und ich habe kein Interesse, mit dir etwas zu trinken oder auch nur mit dir zu reden. Und jetzt lass mich bitte in Ruhe.« Ich wende mich ab und schaue über die Reling.

Leider ruiniert ihre boshafte Stimme die Aussicht. »Vergiss nicht, ich kann deine neue Freundschaft mit Chad verderben. Ein Wort von mir, Dr. Mathews, mehr ist dafür nicht nötig.«

Strike 2.

Ich bin fertig mit Frauen, die mich erpressen. »Nein, das kannst du nicht, Rebecca«, erwidere ich und mache mir nicht einmal die Mühe, sie anzusehen. »Wenn du das tust, ist dein bequemes Leben mit Chad nämlich vorbei. Er mag ja von dem geblendet worden sein, was du zwischen den Beinen hast, aber glaube mir, es fängt an, einen bitteren Nachgeschmack zu hinterlassen. Sowohl im übertragenen wie auch im buchstäblichen Sinne.« Nur eine Sekunde später marschiert sie davon, glücklicherweise ohne mir zu widersprechen.

Rebecca um mich zu haben hat mir nur verdeutlicht, wie

sehr ich Madison vermisse. Und es hat bekräftigt, wie sehr ich mich verändert habe.

Als ich mich im Spiegel betrachte, weiß ich, dass etwas Bedeutendes passieren wird.

Ich rücke meine dunkelblaue Krawatte zurecht und bin kein bisschen nervös, obwohl ich jetzt das tun werde, was Madison gesagt hat: mich den Konsequenzen meines Handelns stellen.

Kaum zu glauben, wie weit ich vom Weg abgekommen bin. Höchste Zeit, die Fehler zu korrigieren.

Als ich aus dem Fahrstuhl trete, staune ich selbst über meine Gelassenheit. Beobachter halten mich vermutlich für arrogant, weil ich mich benehme, als habe ich den Preis bereits in der Tasche – dabei interessiert mich momentan nichts weniger.

Als ich dem Mädchen vom Hotelpersonal meinen Namen nenne, lächelt sie und führt mich zu Tisch Nummer eins. Max, Aiko, Rebecca und drei andere Anwärter auf den Preis sitzen mit ihrem Anhang an dem großen Tisch. Leider ist nur noch ein einzelner Stuhl zwischen Rebecca und Max frei. Aber ich möchte kein Theater machen und setze mich.

»Guten Abend«, sage ich in die Runde.

»Hallo, mein Freund«, antwortet Chad und hebt zum Gruß sein Glas. Ich nicke und greife nach der Rotweinflasche.

Am Tisch wird das Gespräch wieder aufgenommen, bei dem Dr. Bora Fragen zu seinen Entdeckungen im Bereich der Psychopathologie beantwortet. Während ich ihm zuhöre, vergleiche ich ihn unwillkürlich mit einem Fachbuch. Seine

Erkenntnisse sind brillant, aber die meisten davon kenne ich bereits. Und wenn er noch ein einziges Mal um das Wort »Pathologie« Anführungsstriche in die Luft malt, werde ich ihn darauf aufmerksam machen, dass wir nicht schwachsinnig sind.

Zehn Minuten später beugt sich Max zu mir und flüstert: »Können Sie sich vorstellen, dass dieser Idiot tatsächlich nominiert ist? Ein Zigarre rauchender Affe ist intelligenter und darüber hinaus auch wesentlich interessanter.«

Ich kann mir das Lachen nicht verkneifen und halte mir schnell die Hand vor den Mund. Zum Glück ist Dr. Bora viel zu tief in seine egozentrische Welt eingetaucht, um diese Störung zu bemerken. »Ich bleibe bei meiner ursprünglichen Meinung, dass Sie der einzig mögliche Kandidat für diese Auszeichnung sind.«

Während ich unauffällig mein Bein verlagere, weil Rebecca meinem Oberschenkel auf die Pelle rückt, denke ich unweigerlich, wie sehr er sich doch irrt.

»Ich bin sofort zurück. Ich muss nur schnell dem Moderator Bescheid sagen, dass wir mit der Verleihung anfangen können«, sagt Chad, steht auf und knöpft sein Jackett zu. Dann wirft er mir ein vielsagendes Lächeln zu.

Bisher war Rebecca relativ zahm. Aber kaum ist Chad weg, da fährt sie die Krallen aus. Zum x-ten Mal bringe ich mein Bein aus ihrem Einzugsbereich, gleichermaßen gelangweilt wie genervt von ihrer Hartnäckigkeit. Keine Ahnung, wie oft ich noch nein sagen muss, bis sie es kapiert und mich in Ruhe lässt.

Meine Verärgerung muss mir anzusehen sein, denn Max

mustert mich immer wieder, wenn ich wütend die Zähne zusammenbeiße. Zu schade, dass Chad noch nicht dahintergekommen ist.

Rebecca beugt sich zu mir. »Mittlerweile hast du bestimmt gemerkt, dass ich nicht so leicht aufgebe.«

Unfähig, den Ärger aus meiner Stimme herauszuhalten, antworte ich: »Genauso wie ich.«

»Ich mag Herausforderungen«, erwidert sie mit heiserer Stimme und kümmert sich nicht darum, dass die Kollegen ihres Verlobten sie hören können. Ich schüttle den Kopf und bin unglaublich frustriert darüber, dass ich in dieser Situation stecke.

Max rutscht unbehaglich auf seinem Stuhl herum, und mir wird klar, dass er jedes Wort gehört hat. Jede Wette, dass er jetzt schon überlegt, ob ich wirklich der beste Anwärter auf die Auszeichnung bin.

»Du musst nichts tun. Du lehnst dich einfach nur zurück und genießt die Fahrt«, sagt sie rasch, denn in diesem Moment sehen wir Chad an unseren Tisch zurückkommen, der misstrauisch unsere unangemessene Nähe beäugt.

»Nein«, presse ich zwischen zusammengebissenen Zähnen hervor.

»Du liebe Güte, man könnte ja meinen, du hättest etwas gegen Blowjobs!« Das kommt ihr ein bisschen lauter als beabsichtigt über die Lippen, denn kaum hat sie es ausgesprochen, da schlägt sie die Hand vor den Mund. Aber dafür ist es zu spät.

Alle am Tisch verstummen, wirken unsicher, ob sie sich verhört haben. Haben sie aber leider nicht.

»Was habt ihr beide denn zu flüstern?«, fragt Chad misstrauisch und setzt sich wieder hin. Alle am Tisch starren uns neugierig an.

Ich könnte lügen, aber ich weiß, dass der Moment gekommen ist.

Rebecca streicht nervös ihr Kleid glatt, während ich flüstere: »Strike 3.«

Sie wirft mir einen flehenden Blick zu, aber darüber hätte sie nachdenken sollen, bevor sie jemanden bedrängt, der nichts zu verlieren hat.

Langsam nehme ich mein Weinglas, trinke einen Schluck und sage dann: »Wir sprachen gerade darüber, dass Ihre Verlobte mir erst einen blasen und mich dann bis zur Besinnungslosigkeit ficken will.«

Alle am Tisch atmen erschrocken ein, während Chad der Mund offen steht und er kalkweiß wird. Die Wahrheit tut weh, aber das ist immer noch besser, als mit einer Lüge zu leben. »Tut mir leid, Chad. Ich respektiere Sie sehr und kann Sie nicht länger belügen. Ihre Verlobte ist ein Gold schürfendes Flittchen.« Chads Mund geht noch weiter auf, während Rebecca zu ihm herumwirbelt und verzweifelt versichert, dass alles gelogen sei.

Ich schaue hinüber zu Aiko, da mir meine Offenheit peinlich ist. »Ich entschuldige mich dafür, so vulgär zu sein.« Sie winkt ab, scheint meine Ehrlichkeit zu schätzen.

Ausgerechnet in diesem Moment bittet der Moderator alle Nominierten, auf die Bühne zu kommen. Ich stehe auf und knöpfe lässig mein Jackett zu. Chads Gesicht hat mittlerweile einen leuchtenden Rotton angenommen, und er steht ebenfalls auf, vermutlich, um mich niederzuschlagen.

Als der Moderator meinen Namen aufruft, gehe ich ein

hohes Risiko ein, indem ich direkt an Chad vorbeigehe. Ich lege die Hand auf seine Schulter und drücke sie aufmunternd. »Sehen Sie zu, dass Sie da herauskommen, bevor es zu spät ist. Glauben Sie mir, ich kenne das.«

Keine Ahnung, was er jetzt denkt, aber zumindest ein Teil von ihm glaubt mir anscheinend. Andernfalls hätte er mich als lügenden Hurensohn beschimpft und rauswerfen lassen. Aber er hat nichts von beidem getan.

Mit dem Bedürfnis, mich bei der einzigen Person am Tisch zu entschuldigen, die mir wichtig ist, schaue ich hinüber zu Max. »Tut mir leid, Dr. Wellington. Ich fürchte, ich bin nicht der Mensch, für den Sie mich gehalten haben.« Da ich den enttäuschten Blick nicht länger ertragen kann, setze ich meinen Weg in Richtung Bühne fort.

Eine Million Gedanken schießen mir durch den Kopf, während ich ausdruckslos vor meinen Kollegen, Bekannten und jetzt auch Feinden stehe. Ich höre dem Moderator kaum zu, denn ich kann mich nur darauf konzentrieren, dass der Moment tatsächlich gekommen ist. All meine Geheimnisse sind im Begriff, enthüllt zu werden. Das ist nicht nur eine Riesensache. Das ist geradezu astronomisch.

»Und der Gewinner ist …«, sagt der Moderator und zieht die Spannung in die Länge.

Plötzlich läuft vor meinen Augen mein ganzes Leben ab. Jede einzelne Erinnerung stürmt so heftig auf mich ein, dass ich mir atemlos den Schweiß von den Handflächen reibe. Ich schließe die Augen, versuche mich auf eine einzelne Erinnerung zu konzentrieren, denn diese innere Achterbahnfahrt macht mich schwindelig.

Es überrascht mich nicht, dass meine Gedanken zu dem

Tag zurückkehren, an dem Madison mir sagte, dass sie mich liebt.

Nichts wird jemals damit vergleichbar sein, denn es gibt niemanden auf der Welt, der mir das Gefühl geben könnte, mich so glücklich und vollständig zu fühlen. Nicht einmal der Gewinn dieses albernen Preises.

»Dr. Dixon Mathews!«

Ich reiße die Augen auf, weil der Saal in ohrenbetäubenden Beifall ausbricht. Es dauert einen Moment, aber als ich sehe, wie die Leute aufstehen und begeistert klatschen, wird mir bewusst, dass sie … mich beklatschen. Ich habe tatsächlich gewonnen.

Sprachlos stehe ich da, weiß nicht, was ich tun soll. Zum Glück winkt mich der Moderator zu sich. In der Hand hält er die Auszeichnung in Form einer Glasplatte. Als ich in die Menge schaue, entdecke ich Max und Chad, die ebenfalls stehen. Aber sie klatschen nicht, sondern scheinen einen hitzigen Wortwechsel zu haben.

Dieser Anblick ist genau das, was ich gebraucht habe, um loszulegen.

Ich mache zwei Schritte, nehme von dem erleichterten Moderator den Preis entgegen, der offenbar froh ist, dass ich wieder zum Leben erwacht bin. Es dauert noch einen Moment, bis der Applaus verebbt und sich Stille über den Raum legt.

Ich lege die Hände um das hölzerne Podium und lasse den Blick durch den Saal schweifen. Da ich keine Rede vorbereitet habe, weiß ich nicht, wo ich anfangen soll. Aber als mein Blick auf die Glastafel mit meinem Namen fällt, weiß ich, dass ich einfach mit der Wahrheit beginnen sollte – mit dem Grund, warum ich hier bin.

Ich räuspere mich. »Danke.« Jetzt wäre der Moment, etwas Witziges hinzuzufügen und auszuführen, dass es mein Traum gewesen ist, eine solche Auszeichnung zu erhalten. Aber als ich noch einmal zu Max schaue, weiß ich, dass ich nur eines tun kann.

Ohne weiter nachzudenken, schlage ich die Platte gegen das Podium. Sie zerbricht in tausend Stücke, übersät die Bühne mit Glassplittern. Laute des Erschreckens werden von überall laut, viele springen auf aus Angst, von herumfliegenden Splittern verletzt zu werden. Der Moderator schreit auf und duckt sich schutzsuchend.

Ich stehe da mit einer Scherbe in der Hand, und dieser Anblick entlockt mir das erste ehrliche Lächeln an diesem Tag. »Tut mir leid wegen der Dramatik, aber diese ganze Angelegenheit ist ein Haufen Mist.«

Die fassungslosen Gesichter des Publikums ignorierend, beuge ich mich hinunter und hebe ein paar Glasstücke auf. »Das«, sage ich und halte ein Stück hoch, das die Form von Florida hat, »ist für Dr. Adler.« Dr. Adler ist eine ebenfalls nominierte Kollegin, und ich schätze ihre Arbeiten zu geschlechtstypischen Verhaltensweisen sehr.

Sie schaut sich verlegen im Raum um, überrascht mich dann aber damit, dass sie vortritt und die Scherbe akzeptiert, die ich ihr hinhalte.

»Danke.« Sie lächelt und geht wieder zurück an ihren Platz.

Ich halte das nächste Stück hoch und sage: »Das ist für Dr. Augustine.« Er war ebenfalls nominiert. Ich mag seinen Humor, und außerdem ist er wie ich ein Fan der Yankees. Er schaut sich nervös um, tritt dann aber ebenfalls vor, um den improvisierten Preis entgegenzunehmen.

Ich fahre fort, rufe alle Nominierten auf, überreiche ihnen ihr Stück Anerkennung. Sogar der völlig bekloppte Langweiler Dr. Bora scheint glücklich mit diesem Angebot. Nachdem ich fertig bin, hole ich tief Luft und erkläre den Grund meiner Verrücktheit.

Ich halte meine Glasscherbe hoch und verkünde: »Ich verdiene das hier nicht, weil … ich ein Betrüger bin.«

Ich glaube nicht, dass die Anwesenden noch mehr Aufregung vertragen können, denn Chaos bricht aus. Davon lasse ich mich aber nicht beirren. »Ich bin vermutlich der Letzte, der diese Auszeichnung verdient, da meine unorthodoxen Praktiken der letzten Zeit diese Ehre und das, wofür sie steht, in den Dreck gezogen haben.«

Dieses Geständnis sorgt rasch für Ruhe im Saal, denn nun warten alle begierig darauf, dass ich Details erzähle.

»Ich bin nicht stolz auf mein Verhalten, und es ist an der Zeit, dass ich für meine Missetaten bezahle. In den vergangenen …« Ich verstumme, da ich gar nicht weiß, wie lange es schon so geht. Während ich meine Sünden nachrechne, sehe ich Chad plötzlich zur Bühne stürmen. Vermutlich hat er jetzt genug Mut angesammelt, und ich bekomme gleich mein Fett weg.

Deshalb sage ich rasch: »Gott weiß, seit wann ich ein verdammt …« Weiter komme ich nicht. Chad rammt mich mit Schulter und Hüfte, sodass mir die Luft wegbleibt, und reißt mir das Mikro aus der Hand. Völlig überrascht stolpere ich, da ich dachte, er wolle mich niederschlagen und nicht nur zur Seite stoßen.

»Was Dr. Mathews zu sagen versucht, ist, dass er wer weiß wie lange daran gearbeitet hat, ein besserer Arzt zu werden.

Einige seiner Forschungsmethoden mögen unorthodox sein, und manchmal fühlt er sich wie ein Betrüger, weil er von so vielen intelligenten und begnadeten Kollegen umgeben ist, die die nächste große Entdeckung machen. Er ist ein Perfektionist und sich selbst der schlimmste Feind. Aber auf keinen Fall haben Sie das hier nicht verdient, Dr. Mathews.« Chad wendet sich mir zu. »Was Sie getan haben, zeigt allen, was für eine Art von Arzt Sie wirklich sind. Sie haben ihre Auszeichnung mit ihren Kollegen geteilt, weil Sie selbstlos sind. Ein großartiger Mensch.«

Dieses Mal bin ich derjenige, dem die Kinnlade bis zum Boden hängt. Was zum Teufel geht hier vor? Warum rettet mir Chad den Arsch? Hat er etwa nicht gehört, dass ich seine Verlobte als Gold schürfendes Flittchen bezeichnet habe?

»Ein dreifaches Hoch auf Dr. Dixon Mathews!«, stachelt Chad die verblüffte Menge an. Und beim dritten Hoch merke ich, dass sie ihm sein Geschwafel abgekauft haben.

Bevor ich die Chance habe, seine netten, aber leider nicht korrekten Behauptungen zu bestreiten, dröhnt Popmusik aus den Lautsprechern. Ich schaue hinüber zum DJ und hätte mich fast hingelegt, als ich Max mit verständnisvoller Miene dort stehen sehe.

Was läuft hier?

»Dr. Mathews«, presst Chad zwischen zusammengebissenen Zähnen hervor. »Würden Sie ein paar Schritte mit mir gehen?« Er lässt mich gar nicht erst zu Wort kommen, sondern drängt mich förmlich die Treppe hinunter.

Während ich mich durch das neugierige Publikum schiebe, weiche ich Glassplittern aus, die verdeutlichen, was für ein Albtraum die vergangenen fünf Minuten gewesen sind. Kurz darauf treten wir durch die Balkontüren ins Freie.

Glücklicherweise befinden sich hier nur wenige Leute. Denen ist es drinnen wohl zu aufregend geworden, und sie haben sich nach draußen verzogen, um eine Zigarette zu rauchen. Der Gedanke lässt mich automatisch in der Tasche nach meinen eigenen Nikotinrettungsanker suchen.

Als ich den ersten Zug meiner Marlboro einatme, fühle ich mich ein bisschen besser. »Hätten Sie die Güte, mir zu erklären, was hier abläuft? Warum in aller Welt haben Sie das getan? Sie müssten doch begeistert sein, dass ich mich öffentlich demontiere. Stattdessen stürmen Sie herbei, um mich rauszureden. Wieso?«

Chad atmet tief aus. »Kann ich auch eine haben?«, fragt er und schaut auf meine Packung. Ich wusste gar nicht, dass er raucht, biete ihm aber, ohne zu zögern, eine an.

Er nimmt einen tiefen Zug und lässt die Schultern sacken. »Das ist die erste seit über zwei Jahren«, gesteht er.

»Oh.«

Er nickt, dreht sich um und schaut über das Balkongeländer. »Ja, Rebecca sagte, Rauchen sei ekelhaft, und es war ihre Entschuldigung dafür, mich nicht zu küssen.«

Es braucht meine ganze Willenskraft, nicht zu erwidern, dass das Saugen an einem Schwanz also weniger ekelhaft sei, aber anscheinend kann Chad Gedanken lesen, denn er lacht laut auf.

»Aber jetzt weiß ich, dass es nur eine Ausrede auf einer langen Liste mit vielen war.« Das habe ich nicht erwartet. »Die Antwort lautet, dass ich nicht zulassen werde, dass ein lügendes Miststück uns beide zu Idioten macht.«

Ich verschlucke mich am Rauch und schlage mir hustend auf die Brust. »Wie bitte? Heißt das, Sie glauben mir?«, frage ich und traue meinen Ohren nicht.

»Ja, das tue ich«, bestätigt er.

»Wieso? Ich meine, ich bin ja froh, aber ich habe Ihnen gerade gesagt, dass Ihre Beziehung eine Mogelpackung ist. Warum glauben Sie mir und nicht ihr?«

Chad seufzt, und die Wahrheit scheint ihm zuzusetzen. »Weil ich es tief in meinem Innern immer gewusst habe. Ich bin kein Narr, Dixon. Mir war klar, dass Rebecca mehr an meiner Brieftasche interessiert war als daran, meine Frau zu sein. Aber ich dachte, dass sie vielleicht eines Tages anfangen würde, mich zu lieben.«

Wir Männer sind sentimentale Trottel.

»Und Max hat es mir gesagt«, fügt er hinzu.

»Max?« Vor Überraschung vergesse ich, an meiner Zigarette zu ziehen.

Chad nickt und wendet sich mir wieder zu. »Ja. Er sagte mir, er habe gestern Abend beobachtet, wie Sie Rebeccas Avancen zurückgewiesen haben. Und er bestätigte, gehört zu haben, was sie am Tisch zu Ihnen gesagt hat.«

Ich komme mir vor wie ein Esel. »Tut mir leid, Chad. Ehrlich. Ich hätte Sie beiseitenehmen und ein bisschen diskreter mit der Sache umgehen sollen.«

Er schüttelt den Kopf. »Es ist nicht nötig, dass Sie sich entschuldigen. Was passiert ist, ist passiert.«

Ich beschließe spontan, nicht zu erwähnen, dass Rebecca nicht zum ersten Mal mit ihrer Muschi vor meinem Gesicht herumgewedelt hat. Warum einen Mann treten, der am Boden liegt? »Dann bin ich Ihnen wohl zu Dank verpflichtet.«

»Sie schulden mir nichts. Bleiben Sie einfach nur sauber. Noch mehr schlechte Publicity können wir nicht gebrauchen«, fügt er hinzu und drückt seine Zigarette aus. »Wir vergessen einfach, was auch immer Sie angestellt haben. Geben Sie mir Bescheid, falls Sie Hilfe brauchen.«

Ich nicke dankbar dafür, dass ich die »Du kommst aus dem Gefängnis frei«-Karte erhalten habe. Jetzt ist es offiziell. Juliet hat keine Macht mehr über mich. Man sollte meinen, ich sei glücklich oder erleichtert. Aber ich fühle mich nur wie betäubt.

»Falls Sie je das Bedürfnis haben zu reden. Ich bin für Sie da«, sage ich ein bisschen verlegen.

Chad grinst und klopft mir auf die Schulter. »Danke, Dixon. Vielleicht kann ich dasselbe für Sie tun«, fügt er weise hinzu.

Obwohl er mich vor einer Riesenblamage gerettet hat, weiß er, dass meine Dämonen nie verschwinden werden. Selbst wenn ich zu meinen Sünden stehe, werden Schande und Reue mich für immer begleiten.

»Also gut.« Er räuspert sich, weil ihm das Ganze vermutlich genauso peinlich ist wie mir. »Ich habe etwas zu erledigen. Danke für die Zigarette.«

»Jederzeit.« Er nickt mir noch einmal zu und geht dann wieder hinein.

Ich brauche einen Moment, um alles zu verarbeiten, denn noch komplizierter kann das Leben wohl kaum werden. Doch mein Moment der Ruhe hält nicht lange an. »Dr. Mathews, darf ich mich zu Ihnen gesellen?«

Max steht in der Tür. »Natürlich, Dr. Wellington.« Er kommt zu mir geschlurft, während ich den Rauch ausstoße.

Ich möchte so vieles sagen, weiß aber nicht, wo ich anfangen soll. Es ist mir unglaublich peinlich, dass er gerade meinen Gefühlsausbruch miterlebt hat. Ganz davon zu schweigen, dass er zweifellos ahnt, was bei mir hinter verschlossenen Türen vor sich ging.

Aber auf die für ihn typische Art scheint er einfach darüber hinwegzusehen. »Das Lamm war ziemlich trocken, fanden Sie nicht auch?«

Erleichtert lache ich auf. Nach den vergangenen Wochen tut das wirklich gut. »Danke, Max. Sie haben mir heute Abend den Hintern gerettet.«

Er schüttelt den Kopf. »Sie hätten das Gleiche für mich getan.«

»Natürlich hätte ich das, aber ich hoffe mal, Sie haben mehr Verstand als ich«, erwidere ich lächelnd.

Es folgt eine kurze Pause, dann wird Max ernst. »Wir alle haben schon Dinge getan, auf die wir nicht stolz sind, Dixon. Aber gerade das macht uns ja menschlich. Ohne unsere Gefühle wären wir keine Menschen. Was auch immer Sie getan haben, ich sehe Ihnen an, dass Sie es ehrlich bedauern.«

»Das tue ich. Ich kann es nicht zurücknehmen, aber ich werde ganz sicher daraus lernen.« Leider musste ich dafür das Beste in meinem Leben verlieren.

»Diese Welt braucht Helden, Dixon. Und Sie sind einer«, sagt Max zu meiner Überraschung.

»Ich bin kein Held, Max. Und ich war nie einer.«

Stur schürzt er die Lippen. »Doch, das sind Sie. Es gehört Mut dazu, das zu tun, was Sie gerade gemacht haben. Und ich bin immer noch davon überzeugt, dass niemand diese Auszeichnung so sehr verdient wie Sie.«

Ich weiß sein Vertrauensbekenntnis zu schätzen, wenn ich es auch nicht nachempfinden kann. »Danke. Ihr Vertrauen in mich bedeutet mir viel.«

»Es ist nicht nur *mein* Vertrauen. Es ist auch das anderer.« Interessiert beobachte ich, wie er in seine Tasche greift und eine Glasscherbe hervorholt.

Ich traue meinen Augen nicht, als ich sehe, dass mein Namen darauf steht. Dass ausgerechnet dieses Stück heil geblieben ist, grenzt an ein Wunder. Und das weiß auch Max.

»Man muss noch Chaos in sich haben, um …«

»… einen tanzenden Stern gebären zu können«, beende ich das Nietzsche-Zitat.

Dr. Wellington ist ein unglaublich kluger Mann. Und er ist ein Mann voller Optimismus und Mitgefühl. »Ich kann nur hoffen, dass ich zu der Größe heranwachse, die Sie besitzen«, gestehe ich ehrlich.

Warmherzig klopft er mir auf die Schulter. »Hoffen Sie nur, stets Sie selbst zu sein, Dixon. Seien Sie nur Sie selbst, denn alle anderen sind bereits besetzt.«

Nach diesem Gespräch fühle ich mich irgendwie … unbeschwerter. Die Last ist zwar noch da, aber ich komme mir nicht mehr vor wie ein Ertrinkender.

Als ich ihm gerade danken will, sehe ich, dass Max über meine Schulter schaut und lächelt. Ich will mich umdrehen, um zu sehen, was ihn so breit grinsen lässt, aber er hält mich zurück. »Ah, das Schicksal hat erneut eingegriffen.«

Ich habe keine Ahnung, was er meint, aber mir bleibt auch keine Zeit, um darüber nachzudenken, denn er weist mich streng an: »Zählen Sie bis zehn.«

»Warum?«, frage ich und ziehe verwirrt die Stirn kraus.

»Vertrauen Sie mir, mein Freund.« Er tätschelt meinen Arm und spaziert dann mit einem vielsagenden Schmunzeln davon.

Ich will mich unbedingt umdrehen, aber aus irgendeinem Grund tue ich es nicht. Ich komme mir albern vor, aber in der Vergangenheit hatte ich nie Grund, an Max' Worten zu zweifeln. Warum also sollte ich es jetzt tun?

»Eins …

zwei …

drei …

vier …

fünf …

sechs …

sieben …

acht …

neun …«

Aus irgendeinem Grund bekomme ich plötzlich kein Wort mehr heraus.

Als ich versuche, dem auf den Grund zu gehen, spüre ich plötzlich, dass die Luft auf eine Weise aufgeladen ist, wie ich es schon seit Wochen nicht mehr gespürt habe. Eine Elektrizität, durch die ich mich lebendig fühle. Und es gibt nur einen Menschen, der dieses Gefühl in mir hervorrufen kann.

Plötzlich spüre ich es. Plötzlich spüre ich … *sie*.

»… zehn.«

31

Der letzte Abschied

Dixon

Nachdem ich bis zehn gezählt habe, drehe ich mich langsam um. Sieht so aus, als habe Max recht gehabt. Das Schicksal hat zum zweiten Mal eingegriffen. Und es hat nie schöner ausgesehen.

»Madison?« Ich freue mich riesig, dass sie hier ist, obwohl ich es nicht verstehe. »Bitte entschuldige meine Direktheit, aber warum bist du gekommen?«

Sie senkt den Blick und scharrt mit der Stiefelspitze über den Boden.

Es schmerzt, dass sie sich in meiner Anwesenheit so unwohl fühlt, aber das muss ich jetzt aushalten.

Als sie mir schließlich in die Augen sieht, verdränge ich meine Sehnsucht nach Vergangenem und schenke ihr meine volle Aufmerksamkeit. »Ich habe mitbekommen, was du getan hast.« Ihre sanfte Stimme bringt so viele Erinnerungen zurück, aber ich nicke nur.

»Na ja, es war an der Zeit, dass ich Farbe bekenne. Tut mir nur leid, dass ich es nicht früher getan habe.«

Ihre Miene wird weicher. »Ich weiß, was du meinst.«

Aber ich habe keine Ahnung, was *sie* meint.

Und so sehr ich mich auch freue, sie zu sehen, so weiß ich doch, dass dies kein Höflichkeitsbesuch ist. Sie ist aus einem bestimmten Grund hier, und den würde ich gern erfahren.

Madison spürt offenbar meine Ungeduld. »Können wir irgendwo in Ruhe reden? Ich muss dir etwas sagen.«

»Natürlich«, antworte ich ein bisschen zu eifrig. »Möchtest du vielleicht an die Bar?«

Sie überrascht mich, indem sie den Kopf schüttelt. »Können wir in dein Zimmer gehen?«

Und ob wir das können! Aber ich befehle meiner voreiligen Begeisterung, sich abzukühlen, da wir nur zum Reden hinaufgehen. Wirklich nur zum Reden. »Sicher.«

Die Erleichterung ist ihr anzusehen, und ich frage mich, ob sie echt damit gerechnet hat, dass ich ablehnen würde. Mittlerweile müsste sie doch wissen, dass ich ihr nie etwas abschlagen könnte.

Ich starre sie unentwegt an. Sie sieht umwerfend aus, und es juckt mir in den Fingern, sie anzufassen. Da ich mir selbst nicht traue, schiebe ich die Hände in die Hosentaschen und senke den Kopf, während ich neben ihr hergehe. Ihr süßer Duft versetzt meinem Herzen einen sehnsüchtigen Stich. Ich konzentriere mich darauf, mich durch die Menschenmenge zu winden, ohne dass jemand etwas von meinem inneren Kampf mitbekommt.

Zum Glück sind meine Kollegen zu sehr damit beschäftigt, über mich zu tratschen, um zu merken, dass ich nur ein paar Schritte von ihnen entfernt bin. Unbemerkt schlüpfen wir aus dem Saal. Die Fahrt mit dem Aufzug hoch in meine Etage ist eine einzige Qual. Die Kabine kam mir zuvor nicht so klein vor, und Madisons starre Körperhaltung zeigt, wie unangenehm auch ihr die Situation ist.

Sobald sich die Tür öffnet, stürze ich hinaus.

Nachdem ich meine Zimmertür aufgeschlossen habe, trete ich zur Seite und lasse Madison zuerst hineingehen. Sie bedankt sich mit einem angestrengten Lächeln. Ich folge ihr eine Sekunde später und hasse dieses Untergangsszenario.

»Kann ich dir einen Drink anbieten?«, frage ich und gehe zur Küchentheke, wo meine halbleere Flasche Scotch steht.

»Ja, bitte.«

Ich nehme zwei Gläser und gieße uns beiden eine ordentliche Portion ein. Mein Gefühl sagt mir, dass wir es brauchen werden.

Während Madison wartet, steht sie verlegen mitten im Zimmer, den Kopf gesenkt. Großartig, sie kann nicht einmal meinen Anblick ertragen. Ich stürze meinen Drink hinunter und schenke mir sofort nach.

Bevor ich mich auf das Sofa setze, um zu verdeutlichen, dass ich ihr zuhöre, stelle ich ihren Drink auf den Sofatisch. Sie nimmt sich das Glas und leert es ebenfalls in einem Zug. Dann verzieht sie das Gesicht. Aber offenbar hat sie den Drink gebraucht, um Mut zu sammeln.

Ich lehne mich zurück, schlage die Beine übereinander, tippe mit den Fingern gegen mein Glas und warte darauf, dass sie etwas sagt. Die Ungewissheit bringt mich fast um.

»Ich habe es getan«, gesteht sie schließlich flüsternd.

»Was getan?«

»Es ihnen erzählt«, antwortet sie, und ihr langes Haar verhüllt ihr nach unten gerichtetes Gesicht.

Sie muss nicht erklären, wen sie damit meint. Anscheinend brauchten sowohl Madison als auch ich diese Befreiung. »Wie ist es gelaufen?«

Sie zuckt mit den Schultern, knibbelt an ihrem roten Nagellack herum. »Besser, als ich dachte.«

Erleichtert atme ich aus. »Darüber bin ich sehr froh.« Ich werde sie nicht drängen, mir genau zu erzählen, was passiert ist. Aus dem Grund ist sie nicht hier.

»Ich wollte dir dafür danken, dass du an mich geglaubt hast. Wenn ich es ihnen früher gesagt hätte, wären die Dinge zwischen uns vielleicht anders gelaufen.«

Ich hasse es, dass sie mich nicht ansieht. Das ist fast mehr, als ich ertragen kann. Aber ich verstehe ihre Distanziertheit, denn sie öffnet einen Teil von sich, den sie mit ziemlicher Sicherheit für immer verschließen wollte.

»Ist schon gut, Madison. Du brauchst mir nicht zu danken. Ich habe immer an dich geglaubt. Das tue ich auch jetzt noch.«

Sie seufzt und streicht sich mit zitternden Händen das Haar zurück. Ich präge mir ihr Gesicht ein, denn ich ahne, was sie jetzt vorhat.

»Ich … ich fühle mich endlich … frei. Aber eine Sache lastet mir noch auf der Seele. Und ich fürchte, das wird immer so sein, aber ich muss versuchen es loszulassen, damit ich nach vorn schauen kann.«

Als sie mit dem Anhänger meiner Mutter an der Kette spielt, setze ich mich aufrecht hin, und mein Herz schlägt wie verrückt. Tu das nicht, *angelo*.

»Madison …«

Aber weitere Worte bleiben mir im Hals stecken, als sie den Kopf hebt und mich anschaut. Ich kann es sehen. Es ist endgültig. »Ich muss die Vergangenheit loslassen. Und es gibt noch etwas, was ich dafür haben muss.«

Mühsam schlucke ich, stelle mein Glas auf den Tisch und verharre dann unbeweglich. »Und das wäre?«

Sie blinzelt, ihre Brust hebt und senkt sich.

»Sag es mir«, fordere ich sie auf, ohne den Blick von ihr abzuwenden. Mein Schwanz regt sich, weil ich es riechen kann. Weil ich *sie* rieche.

Mit zitternden Fingern zieht sie sich das Sommerkleid über den Kopf, kickt die Stiefel weg und steht in Unterwäsche vor mir. »Dich«, sagt sie schließlich.

Sie greift hinter sich, öffnet den BH und lässt ihn neben ihre Füße fallen. Sie ist wunderschön. Aber als sie schüchtern versucht, ihre Brüste zu bedecken, sage ich: »Tu das nicht. Wenn du das willst, darfst du nichts verbergen.« Sie versteht und lässt die Hände neben dem Körper herabfallen.

Ich brauche einen Moment, weil ich so überwältigt bin. Sie ist die schönste Frau, die ich je gesehen habe. Im Vergleich zu ihr verblassen alle anderen.

Ich löse meine Krawatte und wickle sie um die Hand. Madison presst die Oberschenkel zusammen. Das winzige Stück Stoff zwischen ihren Beinen beleidigt das Auge, deshalb bedeute ich ihr, es auszuziehen.

Sie errötet, schiebt jedoch die Daumen unter den oberen Rand und streift den Stoff ihre Beine hinunter. Dann kickt sie das Höschen weg und steht splitterfasernackt vor mir.

Ihre Muschi glänzt, allein die Situation lässt sie feucht werden, und ihre perfekten Titten wirken schwer und leicht gerötet. Mir wird ganz heiß.

»Dixon«, wimmert sie, und das köstliche Geräusch ihrer aneinanderreibenden Oberschenkel ermutigt mich noch mehr.

Wortlos schlendere ich zu ihr, bleibe nur Zentimeter von ihr entfernt stehen. Sie öffnet den Mund, aber ich signalisiere ihr, nichts zu sagen, indem ich ihr einen leichten Stoß versetze, sodass sie rücklings auf das Sofa fällt. Sie schaut zu mir hoch, mit unschuldigen Augen und geöffnetem Mund. Dieser Anblick bringt mich auf eine Idee.

Die Krawatte immer noch in der Hand, streiche ich ihr behutsam das Haar aus der Stirn, während sie seufzt und sich in meine Berührung schmiegt. Ich freue mich wahnsinnig, dass meine Gegenwart sie immer noch erregt, denn mein Schwanz steht hoch aufgereckt und verlangt, herausgelassen zu werden.

Behutsam fasse ich ihr Kinn zwischen Daumen und Zeigefinger, ziehe ihre volle Unterlippe mit dem Daumen herunter. Ich würde alles dafür geben, diesen Mund zu küssen, und das werde ich auch tun. Aber zuerst schwebt mir etwas anderes vor.

Ich weiß, dass ich kein Recht dazu habe, aber ich möchte sie wissen lassen, dass ich ihr nie wehtun würde. »Vertrau mir.«

Bevor sie protestieren kann, lege ich meine Krawatte um ihren Kopf und binde ihr die Augen zu. Keuchend fährt sie sich mit der Hand ans Gesicht. Aber ich ziehe die Enden fest zu.

Das Bild von ihr – die verbundenen Augen und ihre seidige nackte Haut auf dem roten Samtsofa – werde ich nie vergessen. »Du bist etwas ganz Besonderes.«

Sie sitzt still da, ihr Atem vermischt sich mit meinem. Bei jedem Einatmen heben sich ihre üppigen Brüste, und ich kann nicht eine Sekunde länger warten. Mit der Rückseite meiner Finger fahre ich langsam ihren Hals hinab und streiche behutsam über ihr Brustbein. Ich bin so glücklich, dass sie immer noch mein Geschenk trägt. Stolz spiele ich mit dem zwischen ihren Brüsten baumelnden Anhänger. Sie bekommt eine leichte Gänsehaut, und die Nippel werden hart. Wie sehr ich all das vermisst habe!

Ich beuge mich vor und nehme eine aufgereckte Knospe zwischen die Lippen, sauge und spiele bedächtig mit ihrer vollen Brust. Auf die Handflächen gestützt, lehnt sie sich zurück, bietet sich stöhnend meinem Mund an.

Ich beginne auch den anderen Nippel zu bespielen, streiche mit dem Daumen darüber und kreise um den Vorhof. Seufzend öffnet sie die Schenkel. Mein Blick fällt auf die nackten rosa Lippen, und bei der Vorstellung, tief in ihre Scheide einzudringen, komme ich fast schon.

Sie überrumpelt mich, indem sie plötzlich eine Hand nach vorn nimmt und sich an meinem Gürtel zu schaffen macht. Bevor ich widersprechen kann, hat sie den Haken geöffnet und zieht den Reißverschluss herunter. Mit fiebrigen Bewegungen schiebt sie die Hand in meinen Hosenschlitz und legt die Finger um meinen heißen Ständer. Ich stöhne unverhohlen, mein Schwanz hat diese Berührung noch mehr vermisst, als ich für möglich gehalten hätte.

»Ich möchte …« Sie keucht und schreit auf, als ich mit der Zunge ihren Nippel peitsche. »… dich in den Mund nehmen«, beendet sie atemlos den Satz.

Dann beugt sie sich vor und stößt meine Hände weg, damit sie meine Hose herunterziehen und meinen eingesperrten Schwanz befreien kann. Zaghaft tastet sie nach ihm, muss aber nicht lange suchen. Als sie die Hand um meinen

Schaft legt, stöhne ich laut, unfähig, meine Lust zu verbergen.

Als sie jedoch den Kopf senkt, lege ich meine Hand auf ihre, sodass sie sich nicht mehr bewegen kann. Sie wendet mir das Gesicht zu, und obwohl ihre Augen verbunden sind, weiß ich, dass ihr Blick mich wortlos fragt, warum ich sie zurückhalte. Als Antwort ziehe ich sie hoch, und wir tauschen die Positionen. Nervös steht sie vor mir, ist mir völlig ausgeliefert, und falls das überhaupt möglich ist, wird mein Schwanz noch härter. Unfähig, noch länger zu warten, ziehe ich mich rasch aus. Ich greife nach ihrer Hand und verschränke meine Finger mit ihren. »Steig auf mich drauf«, befehle ich.

Sie leckt sich über die Lippen, bevor sie einen Schritt nach vorn geht und versucht, sich auf mich zu setzen. »Nein, anders rum.« Sie wirkt verwirrt, aber eine Sekunde später errötet sie leicht.

Ich lege mich hin, nutze die Seitenlehne als Kissen und mit unseren ineinander verschränkten Fingern leite ich sie, sodass sie sich rücklings auf mich setzt. Als ich meine Hand zwischen ihre Schulterblätter lege, beugt sie den Kopf, stützt sich neben meinen Beinen ab und hebt ihr Hinterteil, beschert mir die beste Aussicht der Welt. Ihr perfekter, herzförmiger Arsch ist nur Zentimeter von meinem Mund entfernt, und während sie sich in Position bringt, hebe ich den Kopf und nehme ihre brennende Muschi in den Mund.

Sie schreit auf und schiebt sich meinen Schwanz in einer einzigen Bewegung tief in den Mund. Das unbeschreibliche Gefühl lässt mich noch tiefer in ihre Lippen eintauchen, während sie nach hinten schaukelt, mein Gesicht mit heftigem Schwung fickt. Ihr Kopf hebt und senkt sich, und schon bald haben wir einen gemeinsamen Rhythmus gefunden, das perfekte Tempo, um uns im Einklang zu bewegen.

Ich packe ihre Hüften, ermuntere sie, mich noch schneller zu reiten, während ich sie halte. Sie schreit laut auf, die Vibration spüre ich bis in meine Eier. Ich ficke sie mit meinem Mund und meiner Zunge, verschone sie nicht einen Moment. Ihre Klit ist glühend heiß, und es wird nicht mehr lange dauern, bis sie die Erlösung aus sich hinausschreit.

Mit einer Hand greife ich unter ihren Körper und spiele mit ihren hüpfenden Titten, rolle ihren Nippel zwischen den Fingern, während meine Zunge von einer Seite zur anderen schnellt. Plötzlich spannt sich ihr ganzer Körper an, und wie ich es vorhergesehen habe, lässt sie meinen Schwanz los und schreit ihren Orgasmus in einer Welle der Erleichterung hinaus.

Ihr Körper zuckt um meine Zunge herum, und ich lecke weiter, bis sie sich windet und mich anfleht aufzuhören. Schließlich leiste ich Folge und vermisse ihren warmen Körper, sobald sie sich von mir erhebt. Sie steht vorsichtig auf, und ich versuche, nicht zu fluchen, denn es war sehr viel schneller vorbei, als ich gehofft hatte. Aber als sie sich die Augenbinde abstreifen will, springe ich auf und halte sie zurück.

»W-was tust du da?«, keucht sie. Ihr Körper ist geschmeidig und nachgiebig. Behutsam drücke ich ihr Handgelenk, will meine Gedanken nicht preisgeben.

Da es noch nie zu etwas Gutem geführt hat, die Wahrheit zu verbergen, gestehe ich: »Lass sie an. Auf diese Weise kannst du dir einbilden, es sei jeder andere außer mir.«

Enttäuschung macht sich in ihrem Gesicht breit, und sie presst die Lippen zusammen. Ich verstehe ihre Reaktion nicht. Ist es nicht das, was sie will? Ist sie nicht deshalb hier? Um mich zu vergessen?

Aber sie ignoriert mich, schiebt meine Hand weg und streift die Binde ab. Ihre Augen brauchen einen Moment, um sich wieder an das Licht zu gewöhnen, aber dann sieht sie mir direkt ins Gesicht. Sie lächelt. Es ist ein bittersüßes Lächeln. »Das ist das Problem, Dixon. Ich will mir nichts vormachen.«

Ich verstehe nicht. Sie hat doch bekommen, was sie will. Ich lasse sie gehen. Warum stößt sie mich dann zurück auf das Sofa und setzt sich mit gespreizten Beinen auf meinen Schoß?

Als sie meinen Schaft packt und zu ihrer Muschi führt, stöhne ich vor Lust. Sie reibt meinen Schwanz an ihrer Öffnung. Nichts auf dieser Welt ist vergleichbar mit diesem Gefühl. Aber als sie sich herunterlässt, mein Schwanz sich zwischen ihren glitschigen Lippen hindurchschiebt, weiß ich, dass *das* das pure Nirwana ist.

Während wir uns fest in die Augen sehen, senkt sie sich immer tiefer, bis ich ganz in ihr bin. Unsere Verbindung ist wie ein Rausch, und ich liebe es, wie unsere Körper eins werden. Dann beginnt sie sich langsam zu wiegen, übernimmt die Kontrolle und fickt mich.

Sie stützt die Hände auf meine Brust und beginnt den Tanz, den ich so sehr vermisst habe. Ich verdrehe vor Wonne die Augen. Seit sie mich verlassen hat, lebe ich praktisch ohne Sex, denn meine Hände sind nur ein armseliger Ersatz für ihre. Aber sie umfasst meinen Kopf und zwingt mich, sie anzusehen. Als ich das tue, entdecke ich die Tränen in ihren Augen.

Sie bewegt sich immer schneller, und ich kann nicht sagen, ob es Tränen des Glücks, der Lust oder des Schmerzes sind. Als sie aufschreit, weiß ich, dass es eine Mischung aus allen dreien ist.

Das Geräusch unserer aufeinanderklatschenden Körper lässt mich schwindelig werden, und ich packe sie an den Hüften, um das Tempo zu steigern. Sie winselt und bohrt die Fingernägel in meine Arme, hüpft auf meinen Schwanz auf und ab, während wir auf die Ziellinie zurasen.

Wenn es das war, dann soll sie wissen, dass ich sie immer lieben werde. »Du bist mein Ein und Alles. Vergiss das niemals, *angelo.*« Sie stößt einen kehligen Laut aus, wirft den Kopf zurück und reitet mich wild. »Es tut mir leid, dass ich dir wehgetan habe, aber ich werde niemals bedauern, wie sehr ich dich liebe. Ich weiß, dass du mich nicht mehr liebst, aber das ist okay. Zu wissen, dass du es einst getan hast, genügt. Es ist genug, um alles zu überstehen. Ich werde immer dir gehören, Madison. Du wirst für immer ein Teil von mir sein.«

Sie beginnt zu weinen, während sie mich immer fester und schneller reitet. Ihre Muskeln umklammern meinen Schwanz. Aber ich halte es noch eine Sekunde zurück. Eines muss sie noch wissen.

Ich fahre mit der Hand über ihr pochendes Herz, streichle behutsam über ihren Anhänger. »*Il mio cuore è tuo. Ti amo sempre.*« Sie hat keine Ahnung, was ich gerade gesagt habe, und das ist in Ordnung. Ich habe es für mich gesagt. Als letztes Lebewohl.

Sie schreit, und ihr Körper erbebt. Der Anblick ihrer vollen Titten, des zerzausten Haars und der geröteten Haut genügt. Ich bin kurz davor zu kommen und will den Schwanz aus ihr herausziehen, aber Madison umklammert mich und hält mich gefangen. Mir bleibt keine andere Wahl, und ich explodiere mit einem lauten, satten Stöhnen.

Ich komme so heftig, dass ich mich ans Sofa klammere, vor Angst, ich könnte abheben und nie wieder zurückkehren. Kurz darauf kommt auch Madison noch einmal, aber als sie sich nach vorn fallen lässt und an meinem Hals schluchzt: »Ich liebe dich. Ich liebe dich verdammt noch mal auch«, erstarre ich überrascht.

Hat sie mich etwa verstanden, als ich sagte, dass ihr mein Herz gehört und ich sie immer lieben werde?

Ich möchte sie fragen, tue es aber nicht, weil es im Grunde keine Rolle spielt. Unser Schicksal ist besiegelt. Und das ist die Ironie daran. Während sie sich an mich kuschelt, mich so fest drückt, dass ich kaum noch Luft bekomme, weiß ich, dass sie mich genauso sehr liebt wie ich sie. Aber das Problem ist … dass sie mich nicht genug liebt, um zu bleiben.

Als ich irgendwann wieder aufwache, weiß ich im ersten Moment nicht, wo ich bin.

Mein benebeltes Gehirn braucht eine Sekunde, um zu verarbeiten, dass ich auf dem Boden meines Hotelzimmers liege, nackt und allein. Mir war klar, dass es so kommen musste, aber ich hatte gehofft, dass Madison durch irgendein Wunder ihre Meinung ändern und bleiben würde. Dass sie mir alle Sünden meiner Vergangenheit vergeben hätte und wir glücklich bis ans Ende unserer Tage zusammenleben würden. Aber ich sollte mittlerweile wissen, dass solche Dinge nur den Guten passieren.

Ich richte meinen trägen Körper auf und gehe an die Küchenzeile, um mir ein Glas dringend benötigtes Wasser zu holen. Als mir jedoch etwas Glänzendes ins Auge fällt, weiß ich, dass ich etwas sehr viel Stärkeres brauchen werde. Auf der Theke liegen zwei Dinge, die mein verdammtes Schicksal besiegeln. Ich werde keine Tränen vergießen, weil sie es so entschieden hat. Um Madisons willen werde ich mich deshalb für immer daran erinnern, dass unser Fortschritt im Leben manchmal damit beginnt, dass wir … Lebewohl sagen.

32

Welchen Weg auch immer

Dann …

Madison

Dixons gleichmäßiger Atem verrät, dass er schläft.

Ich will nicht gehen, aber ich muss. Mir bleibt keine andere Wahl. Daran denke ich immerzu, während ich mich leise anziehe und durch das Hotelzimmer tapse, nach Stift und Zettel suche. Ich bin hergekommen, um etwas abzuschließen, und Dixon wusste das, noch bevor ich ein Wort gesagt habe. Warum fühlt es sich dann so falsch an?

Ich schiebe diese Gedanken beiseite, greife nach dem Briefpapier des Hotels und setze mich an den kleinen Schreibtisch. Nie zuvor haben Zettel und Stift so abschreckend auf mich gewirkt, und ich komme ins Grübeln.

Die vergangenen Wochen waren die schlimmsten meines Lebens. Herauszufinden, dass alles, woran du geglaubt hast, eine Lüge war, zerstört einen Menschen, und eine Zeit lang wusste ich nicht, wie es weitergehen soll. Dass Dixon mir auftrug, mich von ihm fernzuhalten, war das Beste, was er tun konnte. Er zwang mich, mit meiner Situation umzugehen und aufzuhören, das Opfer zu sein.

Es gibt so vieles, was ich schreiben möchte, aber ich weiß nicht, wo ich anfangen soll.

Ich hole tief Luft und entscheide, am Anfang zu beginnen.

Lieber Dixon,

ich glaube, ich habe dich vom ersten Moment an geliebt oder wusste zumindest, dass ich es irgendwann tun wurde.
Du hast nicht gezögert, die Rolle meines Beschützers zu übernehmen, und du hast niemals damit aufgehört. Ich weiß, dass du derjenige warst, der Dylan verprügelt hat, und ehrlich gesagt bin ich froh. Er hat alles verdient, was er bekommen hat, und irgendwie hat mir dein Verhalten den Mut gegeben, auch meinen Teil dazu beizutragen.
Ich habe meiner Mom und Sebastian alles erzählt, und obwohl mir noch nie im Leben etwas so schwer gefallen ist, fühlte ich mich danach erleichtert. Ich hatte genug von all den Geheimnissen. Etwas zu verheimlichen zerstört das Leben der Menschen. Sieh doch, was es mit uns gemacht hat. Die beiden haben natürlich Zeit gebraucht, um die schrecklichen Dinge zu begreifen, aber sie haben mir geglaubt. Sie haben mich weder mit Scham noch mit Abscheu in den Augen angesehen, wie ich befürchtet hatte. Und deshalb konnte ich Dylan und Beth endlich vergeben, aber vor allem konnte ich mir selbst verzeihen, was passiert ist.
Dadurch, dass ich es Mom und Sebastian erzählt habe, wurde ein Kapitel in meinem Leben geschlossen. Ich werde nie vergessen, was passiert ist, aber zum ersten Mal in meinem Leben werde ich klarkommen.
Es ist keine Überraschung, dass Dylan in einer Nacht- und Nebelaktion die Stadt verließ, sobald er damit konfrontiert wurde, und Beth allein blieb. Niemand weiß, wohin er gegan-

gen ist, und ehrlich gesagt interessiert es außer Beth auch niemanden. Das Letzte, was ich hörte, war, dass sie ihre Sachen gepackt hat und die restliche Zeit ihrer Schwangerschaft bei entfernten Verwandten in Oregon verbringen will.
Was sie auch getan hat, sie wird immer Sebastians Tochter bleiben, und er könnte sie nie hassen. Aber er hat sie gebeten fortzugehen. Er und meine Mutter brauchen Zeit, um alles zu verarbeiten. Meine Mutter macht sich natürlich Vorwürfe, so wie ich es vorhergesehen habe. Ich habe mein Bestes gegeben, sie zu beruhigen, aber ich glaube nicht, dass sie Dylan oder Beth je verzeihen kann. Ich habe ihr gesagt, sie solle nicht mit Bedauern zurückschauen, sondern mit Hoffnung nach vorn. Warten wir es ab.
Ein Teil von mir ist geheilt, und ich dachte, dass ich mich dann vollständig fühlen würde. Aber ich habe mich ja so geirrt!
Ich habe dich jede Sekunde vermisst – aber wie war das möglich? Nach allem, was du getan hast, müsste ich dich doch eigentlich hassen. Aber es ist nicht so.
Du sollst wissen, dass ich dir verzeihe. Und der Grund dafür ist, dass ich an dich glaube, Dixon. Es ist immer noch schwer, alles zu verarbeiten, aber ich glaube dir. Ich brauchte nur Zeit. Ich weiß, dass du jedes »Ich liebe dich« ehrlich gemeint hast, und dass das, was wir hatten, echt war. Dafür möchte ich dir danken. Und dafür, dass du mich beschützt hast, als ich Schutz brauchte. Aber mir gefällt der Gedanke, dass ich dich auch beschützt habe.
Ich liebe und vermisse dich mit jeder Faser meines Körpers. Ich kann an nichts anderes denken als an dich, aber ich kann nicht … Das mit uns kann nicht weitergehen.
Ich habe dir erzählt, dass mir ein Praktikumsplatz im Mount

Sinai in Aussicht gestellt wurde. Aber mir wurde auch ein Platz im St. Peters in Colorado angeboten. Ich habe diesen angenommen.

Das sieht natürlich so aus, als würde ich weglaufen, aber so ist es nicht. Ich muss mich auf meine Zukunft konzentrieren, darauf, zu wem ich werden möchte, und aus diesem Grund muss ich von dir fortgehen.

In kann nicht in derselben Stadt leben wie du. Und ich kann nicht weitermachen, wenn du so nahe bist. Du bist eine zu große Versuchung.

Ich muss alle Verbindungen abbrechen, und dies ist der einzige Weg, auf dem ich es vielleicht schaffe.

Ich weiß nicht, wie lange ich fortbleiben werde, denn wenn alles gut läuft, wird man mir einen Job anbieten. Aber so weit denke ich noch nicht, denn momentan bin ich froh, einen Tag nach dem anderen zu bewältigen.

Bitte komm mir nicht nach. Ich möchte es so. Und ich versichere dir, dass auch ich dich in Ruhe lassen werde.

Jetzt bleibt mir nur noch, dir zu danken, dass du an mich geglaubt hast. Danke, dass du mit jemandem ein Risiko eingegangen bist, der dachte, es nicht wert zu sein. Aber vor allem danke ich dir, mir das Gefühl gegeben zu haben, das am meisten geliebte Mädchen auf der ganzen Welt zu sein. Ich werde unsere gemeinsame Zeit nie vergessen, und wenn es einmal schwierig wird, kehre ich zu dem Platz in meinem Herzen zurück, den du stets innehaben wirst.

Ich liebe dich, Dixon. Für immer. Aber ich muss mich selbst mehr lieben.

Neben diesem Brief wirst du die Kette deiner Mutter finden. Es kommt mir nicht richtig vor, sie zu behalten. Ich hoffe, sie kann dir den Trost spenden, den sie mir gegeben hat. Ich hoffe, du findest dein Glück, denn du verdienst es.

Für immer dein.

Madison x

Beschütze uns auf unseren Reisen, wo auch immer wir umherwandern mögen, behüte uns vor Gefahren und führe uns stets sicher nach Hause.

FÜNFTER TEIL

Neun Monate später …

33

Entgiftung vom Leben

Dixon

»Guten Morgen, Ms. Vale.«

»Oh, Dr. Mathews. Guten Morgen.« Susanna springt von ihrem Schreibtischstuhl hoch und reicht mir eine Tasse Kaffee. »Wie war der Verkehr heute Morgen?«

Dankbar nehme ich die Tasse entgegen, brauche das Koffein gegen meine pochenden Kopfschmerzen. »Schrecklich wie immer. Ich habe ganz vergessen, wie grausam die Autofahrer in Manhattan sind.«

Ihr Mund verzieht sich zu einem angedeuteten Grinsen. »Bereits bekehrt?«

Ich leere meine Kaffeetasse und nicke. »O ja. Ich komme nur hierher zurück, weil ich es nicht ertrage, Sie nicht wenigstens einmal in der Woche zu sehen.«

Sie schnaubt leise. »Charmant wie immer, Dr. Mathews.«

Ich lange über den Tisch, stibitze einen Muffin und antworte ehrlich: »Nur bei Ihnen, Ms. Vale.« Offenbar will sie darauf etwas entgegnen, ändert aber im letzten Moment ihre Meinung. »Danke.« Ich halte den Schokoladenmuffin hoch und marschiere in mein Büro.

Kaum habe ich das Licht eingeschaltet, stöhne ich laut auf. Überall liegen Sachen herum. Das ist einer der Nachteile, wenn man sich die Praxis mit einem anderen Therapeuten teilt, der zufälligerweise ein Chaot ist. Vor mich hin knurrend, ziehe ich den Stuhl heraus und entdecke unter dem Schreibtisch leere Packungen von Granola-Riegeln. Der Mülleimer ist nur Zentimeter entfernt; *wie* sie ihn ständig verfehlen kann, ist mir ein Rätsel. Wer auch immer behauptet hat, Männer seien unordentlicher als Frauen, der kennt meine Kollegin, Dr. Caffey, nicht.

Aber ich habe vor langer Zeit aufgegeben, die Frauen verstehen zu wollen.

Neun Monate sind vergangen, seit die einzige Frau, von der ich glaubte, sie zu verstehen, aus meinem Leben spaziert ist und mich für immer verlassen hat. Dieses Mal gab es keine zweite oder dritte Chance, und obwohl es mich mehr schmerzte, als ich je für möglich gehalten habe, ließ ich sie gehen, weil es richtig war.

Die Nacht, in der Madison mich verließ, war der Beginn meines neuen Lebens. Ich wollte nicht zulassen, dass unsere Beziehung vergebens gewesen war, deshalb kehrte ich aus Boston mit einem gebrochenen Herzen und einer Scherbe Auszeichnung in der Hand zurück und schlug buchstäblich ein neues Kapitel auf.

Der erste Punkt auf meiner Liste war der Verkauf meines Apartments. Das hätte ich schon vor vielen Monaten tun sollen. Aber als Lily mich verlassen hatte, hat es mir nichts ausgemacht, weiterhin in diesen vier Wänden zu leben. Als Madison jedoch aus meinem Leben verschwand, hätte ich alles am liebsten niedergebrannt.

Da ich jedoch nicht scharf darauf war, mich als Brandstifter zu versuchen, kontaktierte ich einen alten Freund, der als Makler arbeitet. Er sagte, wir könnten einen Reibach damit machen, denn diese Gegend sei die begehrteste in Manhattan. Das Geld interessierte mich gar nicht. Ich wollte nur dort raus.

Innerhalb einer Woche war die Wohnung an ein frisch vermähltes Paar aus Chicago verkauft.

Mein gesamter Besitz – na ja, jedenfalls der von Bedeutung – passte in eine Kiste. Mit dieser Kiste unter dem Arm wünschte ich den beiden Glück, riet ihnen, ein bisschen Salbei zu verbrennen, und zog die Tür hinter mir zu und beschloss, dorthin zurückzukehren, wo alles begann.

Ich ging nach New Jersey. In dem Zustand, in dem sich mein Kopf befand, konnte ich unmöglich arbeiten, also gab ich Susanna einen wohlverdienten Monat frei und überwies meine Patienten an Kollegen. Nachdem ich alles geordnet hinterlassen hatte, nahm ich ebenfalls einen wohlverdienten Monat frei, um zu überlegen, wie es weitergehen sollte.

Ich mietete eine Dreizimmerwohnung am Stadtrand und tat nichts als … schlafen. Ich war so müde! Mein Körper begab sich in seine persönliche Entziehungskur, und ich entgiftete mich vom Leben.

Vermutlich hätte ich noch einen weiteren Monat geschlafen, aber eine so lange Ruhepause ließ Hunter natürlich nicht zu. Als er an meine Tür hämmerte, Bier und einen Jersey Hoagie – so ein Riesensandwich – verlangte, wusste ich, dass es völlig egal ist, wo ich lebe, er würde mir überall auf den Sack gehen.

Am Ende blieb er zwei Wochen. Ich hatte gar nicht gemerkt, dass ich Weihnachten, Silvester und meinen dreiunddreißigsten Geburtstag verpasst hatte. Aber ehrlich gesagt war ich auch nicht in Feierlaune. Ich war zu gar nichts in

Stimmung. Der Gedanke, ohne Maddy weiterzumachen, schien mir nur sinnlos. Aber dann beschloss ich, erwachsen zu werden und es mal mit guten Vorsätzen fürs neue Jahr zu probieren.

Als Erstes musste ich entscheiden, was ich mit meinem Leben anfangen wollte. Da ich nun in New Jersey war, kam es mir unsinnig vor, wieder nach Manhattan zurückzugehen. Ich hatte die Gelassenheit, die Einfachheit dieses schönen Staates vermisst, also entschied ich zu bleiben. Das bot mir zudem die Möglichkeit, an meiner angespannten Beziehung zu meinem Dad zu arbeiten.

Vier Wochen später war ich stolzer Besitzer einer Fünfzimmer-Wohnung in einem Vorort. Mir war schleierhaft, was ich mit den vielen Zimmern anfangen sollte, aber da die Lebenshaltungskosten hier zehnmal niedriger sind als in Manhattan, dachte ich mir, was soll's?

Es war einige Überzeugungsarbeit nötig, aber nach drei Monaten stimmte Dad zu, zu mir zu kommen. Nicht auf Dauer, aber an den Wochenenden. Anfangs bereute ich meinen Entschluss und musste mich mehrfach davon abhalten, in den Wagen zu springen und nach Manhattan zu fliehen. Aber als mein Dad und ich tatsächlich anfingen zu kommunizieren, erkannte ich, dass alles gut werden würde. Obwohl hauptsächlich ich redete, ihm mein Herz und meine Seele ausschüttete, Bestätigung von der einzigen Person suchend, auf deren Meinung ich eigentlich keinen Pfifferling gab, half es mir zu heilen.

Die Ärzte sagten mir, dass mein Vater nie wieder der Alte werden würde. Aber eines Abends, als ich ihn fragte, ob er mich für einen guten Menschen halte, und er langsam meine

Hand ergriff, wusste ich, dass sein Zustand keine Rolle spielte, denn das hier reichte mir. Zwei Wochen später zog er bei mir ein.

Nachdem ich mein Leben wieder im Griff hatte, war es Zeit, mich um meine Karriere zu kümmern.

Ich übertrug die Praxis vorübergehend an meine angesehene Kollegin Dr. Caffey alias die Chaotin. Ich wollte es nicht endgültig aufgeben, in Manhattan zu praktizieren, aber ich brauchte eine Veränderung. Das brachte mich dazu, einige Abendkurse an der Hochschule anzubieten, und ehe ich mich versah, war ich Dr. *und* Professor Mathews.

Chad hatte recht. Die Auszeichnung, die ich in tausend Stücke zerschlagen hatte, eröffnete mir viele Möglichkeiten, und ich wurde Teilzeitdozent in Princeton. Ich unterrichtete klinische Psychologie sowie Kognitive Wissenschaft und Verhaltensneurowissenschaft.

Es machte Spaß, reichen Kids beizubringen, wie die Welt funktioniert, aber ich merkte schon bald, dass es mir wichtig war, davor zu warnen, den falschen Weg einzuschlagen. Den Weg, auf dem ich zu lange unterwegs gewesen bin.

Nach einer sechsmonatigen Pause begann ich wieder zu praktizieren. Wegen meiner Dozententätigkeit beschränkte ich dies jedoch auf drei Tage pro Woche. Dr. Caffey war froh über meine Rückkehr, denn ich glaube, sie stand kurz davor, meine Patienten sowie meine geschätzte, harmlose Sprechstundenhilfe Susanna zu erdrosseln.

Auch Susanna gab mir ohne viele Worte zu verstehen, dass sie keinerlei Skrupel hätte, Dr. Taylor Caffey Gift in den Kaffee zu schütten, wenn sie noch länger für sie arbeiten müsste. Ist ein schönes Gefühl, wenn man vermisst wird.

Zwischen arbeiten, unterrichten und mit meinem Dad herumhängen blieb mir nicht viel Zeit für anderes. Und das passte mir ganz gut. Tut es immer noch.

Hunter und Finch haben mich unzählige Male besucht, und ich sehe, wie mein Vater jedes Mal kleine Fortschritte macht.

Für die Abende, die ich in Manhattan verbringe, habe ich mir ein billiges Apartment gemietet. Alles in allem erwies sich Hunters Vorhersage, die Entfernung würde uns drei *amigos* auseinanderbringen, als falsch. In Wahrheit brachte sie uns einander sogar näher.

Man scheint Dinge als selbstverständlich hinzunehmen, wenn sie in greifbarer Nähe sind, aber die Liebe wächst tatsächlich mit der Entfernung. Vor allem, wenn etwas so weit weg ist wie Colorado.

Es fällt mir sogar schwer, dieses Wort aussprechen. Es ist wie mein persönlicher Voldemort. Es erinnert mich sofort daran, dass dort die Frau lebt, die ich immer noch mit jeder Faser meines Körpers liebe.

Ich möchte gern glauben, dass mich das, was zwischen uns passiert ist, verändert hat – mich zu dem besseren Menschen gemacht hat, der ich gern werden wollte. Aber ein besserer Mensch ist noch lange kein guter Mensch. Dank meiner vielen Sünden werde ich das wohl auch nie sein können.

Eine dieser Sünden ist natürlich Ms. Juliet Harte.

Ich weiß nicht, womit ich so viel Glück verdient habe, aber jener Abend, an dem ich sie als heulendes Etwas auf dem Boden ihres Apartments zurückließ, war das letzte Mal, dass ich von ihr gehört oder gesehen habe. Während der ersten paar Monate habe ich mich wie auf rohen Eiern bewegt und konnte einfach nicht glauben, dass es wirklich vorbei sein sollte. Aber bisher hat sie sich ferngehalten.

Das könnte sich jedoch ändern, denn mittlerweile müsste sie Mutter eines Kindes sein, womöglich *meines* Kindes. Madisons Worte klingen immer noch nach, und sie hat recht. Ich muss Verantwortung übernehmen. Vor einem Monat hat mein Anwalt Juliet ein Dokument deshalb zugeschickt, auf dem sie bestätigen oder widerlegen soll, dass das Kind von mir ist. Auf die Antwort warte ich immer noch.

Ich habe Rachel und Sebastian einen Brief geschrieben, in dem ich darlegte, wie leid es mir tut, ihre Tochter verletzt und sie beide im Stich gelassen zu haben. Darauf habe ich nie eine Antwort erhalten, was ich allerdings auch nicht erwartet habe.

Also ja, ich war ganz unten. Aber nun klettere ich langsam wieder nach oben. Es ist ein weiter Weg, aber nur so finde ich zurück ins Leben.

Ich betrachte den hölzernen Bilderrahmen auf meinem überladenen Schreibtisch, aus dem mich Dr. Caffey und ihre Lebenspartnerin Alice anstarren. Die beiden wirken so glücklich! Worin wohl deren Geheimnis besteht? Nicht weil ich es ebenfalls umsetzen will, sondern nur aus Neugier. Der Arzt in mir möchte zu gern wissen, warum die Beziehung der beiden hält und die von Madison und mir es nicht getan hat.

Es war mein Ernst, als ich ihr sagte, dass mein Herz nur ihr gehört, denn seit unserer Trennung konnte ich keine andere Frau ansehen, ohne sofort die Flucht ergreifen zu wollen. Das wird sich in diesem Jahrhundert wohl auch nicht mehr ändern.

Es gab eine Zeit, da war ich der größte Weiberheld von Manhattan. Aber jetzt bin ich … nur noch ich.

Ein leises Klopfen an der Tür reißt mich aus meinen Gedanken. »Ja bitte?«

Susanna betritt das Zimmer, beladen mit Post und einem weiteren Kaffee. »Ich dachte, den könnten Sie brauchen« – sie hebt die Tasse –, »um das hier durchzugehen.« Mit einer Grimasse reicht sie mir die vielen Briefe.

»Großartig. Eine der Freuden des Teilzeitjobs.«

»Sie können die Praxis doch jederzeit wieder ganz übernehmen«, legt Susanna mir nahe, in der Hoffnung, ich würde ihre Erzfeindin feuern.

Ich kann mir das Lachen nicht verkneifen. »Vermissen Sie mich etwa, Ms. Vale?«

Sie betrachtet den chaotischen Schreibtisch und seufzt. »Sie haben ja keine Ahnung.«

Susanna ist nicht daran interessiert, für zwei Therapeuten zu arbeiten, deshalb hat sie alles so organisiert, dass ihre Arbeitstage mit meinen zusammenfallen. Das freut mich, denn sie hat die Ruhetage verdient, obwohl sie mir immer wieder versichert, dass sie erst ruhen werde, wenn sie tot sei.

Obwohl sich ihre Wege also nur selten kreuzen, hinterlässt dieser Tornado von Dr. Caffey samt ihrer Sprechstundenhilfe Bianca genügend Schutt und Asche, um die arme Susanna daran zu erinnern, dass wir nicht mehr allein sind.

»Ich vermisse die guten alten Tage«, gesteht sie und sucht auf meinem Schreibtisch einen Platz zu finden.

»Ich nicht«, erwidere ich und schüttle den Kopf.

Sie verharrt mitten im Aufräumen und wirkt schuldbewusst wegen ihrer Bemerkung. »Ich meinte nicht …«

Aber ich schneide ihr das Wort ab. »Schon gut, Ms. Vale. Ich weiß, was Sie meinen.«

Sie schaut mich intensiv an. »Also … wie geht es Ihnen?«

Ich muss lächeln, denn seit ich wieder praktiziere, scheint das ihre Lieblingsfrage zu sein. Ich habe aufgehört mitzuzählen, wie oft sie mich das schon gefragt hat, aber ich meckere nie, denn ich weiß ja, dass sie nur besorgt ist.

»Es geht mir gut, Ms. Vale. Danke für die Nachfrage. Sicherheitshalber habe ich hier die Nummer meines Therapeuten notiert«, necke ich sie, und sie gibt mir einen Klaps auf den Arm.

»Ich bin froh, dass Sie wieder der Alte sind. Ich habe Sie vermisst.« Wir werden beide wieder ernst.

»Ich Sie auch.« Nur schade, dass ich alles verlieren musste, um mich selbst zu finden.

Für meinen Geschmack wird die Stimmung jetzt zu traurig, deshalb greife ich nach dem obersten Umschlag, weil ich mich lieber mit Rechnungen herumschlage als mit meinem Bedauern.

Eines der Dinge, die ich an Susanna liebe, ist, dass sie weiß, wann ich allein sein will. Sie stellt die Kaffeetasse zu meiner Linken ab und geht zur Tür. »Ihr nächster Patient kommt in einer Viertelstunde. Ich werde Sie anpiepen, sobald er da ist.«

»Danke, Ms. Vale!«, rufe ich, als sie schon fast draußen ist.

Endgültig nehme ich den Berg Post in Angriff, dessen größter Teil aus Rechnungen und Werbung besteht. Als ich jedoch den Stempel meines Anwalts auf einem weißen Umschlag entdecke, reiße ich ihn schnell auf und überfliege den Inhalt.

Ich lese die Zeilen zweimal, muss unbedingt sichergehen, dass ich alles richtig verstanden habe.

Lieber Dr. Mathews,
gratuliere … Sie sind nicht der Vater.
Ich schulde Ihnen ein Bier.
Mit freundlichen Grüßen,
Burt Keith

Rasch gehe ich die beigefügten Papiere des Vaterschaftstests durch, die detailliert aufzeigen, warum meine DNA nicht mit der von Duncan übereinstimmt. Wer zur Hölle ist … oh, sie hat einen Jungen? Einen Jungen, der eindeutig nicht von mir ist. Während ich die Ergebnisse betrachte, weiß ich nicht, ob ich erleichtert bin oder nicht, was absurd ist. Das ist genau das Ergebnis, das ich haben wollte. Oder etwa nicht?

Natürlich will ich nichts mit Juliet zu tun haben, aber auf eigenartige Weise wäre es schön gewesen, jemanden in meinem Leben zu haben, den ich mein Eigen nennen könnte. Jemand, der einen kleinen Teil von mir am Leben hält, wenn ich irgendwann unter der Erde liege. Und jemanden, der auf meinen Grabstein schreiben kann, dass ich geliebt worden bin und ein guter Mensch war.

Aber diese Person ist nicht Duncan. Und auch sonst niemand.

Ich reibe mir über die Augen und schiebe solche sentimentalen Gedanken beiseite. Juliet war also nicht so treu, wie sie behauptet hat. Keine große Überraschung. Dieser Brief ist das letzte Kapitel dessen, was Juliet und ich einst miteinander hatten. *Nun* ist es wirklich vorbei.

Ich stecke die Papiere in die Schreibtischschublade und mache mir eine Notiz, mich bei Burt zu bedanken. Und ihm genau zu sagen, welches Bier ich bevorzuge. Sieht so aus, als hätte ich unsere Wette gewonnen.

Ein Blick zur Uhr auf dem Kaminsims sagt mir, dass ich noch fünf Minuten habe, bis der nächste Patient kommt. Rasch blättere ich die übrigen Briefe durch, die alle ähnlich wirken bis auf einen ganz unten im Stapel. Als ich ihn sehe, macht mein Herz einen Satz.

Ich halte einen schlichten weißen Umschlag in Händen, aber es sind die Handschrift auf der Vorderseite und das kleine Symbol, die mich die Hand zur Faust ballen lassen, sodass ich das Papier zerknittere. Das kann nicht sein. Ich muss träumen.

Mein abgehackter Atem macht mich schwindelig und ängstlich, aber als ich über das kleine Bild in der unteren rechten Ecke streiche, erkenne ich, dass dies der Grund ist, warum ich nur Sekunden davon entfernt bin auszurasten.

Es sind zwei ineinander verschlungene Eheringe.

Normalerweise wäre das ein harmloses Bild, aber ganz bestimmt nicht, wenn der Brief von der Liebe meines Lebens stammt.

Sie und ein gewisser Alex stehen dort als Absender. Und es ist eine Einladung zu einer verdammten … Hochzeit.

»Du weißt doch nicht einmal, was da drin ist. Es könnte …«

»Könnte *was* sein?«, frage ich Finch, als ich zu ihm hochschaue. Ich nutze meine verschränkten Arme auf der Theke als Kopfkissen.

»Es könnte eine Einladung sein zu … den olympischen Spielen?«

Hunter spuckt sein Bier wieder aus und wischt sich mit dem Handrücken über den Mund. »Dann wären es fünf farbige Ringe. Nicht zwei ziemlich vielsagende.« Er hält den Umschlag hoch, der mich den ganzen Tag schon verhöhnt. »Es ist das, was wir alle denken. Da gibt es nichts zu leugnen. Es ist das, was du gebraucht hast, um deinen Arsch in Bewegung zu setzen und um sie zu kämpfen«, fügt er hinzu. Zur Betonung klatscht er den Umschlag auf die Theke. »Das ist nur ein Test.«

Ich stöhne. »Nein, ich bin ziemlich sicher, dass es eine Einladung zu Madisons Hochzeit ist und kein Test.« Ich greife blindlings nach meinem Scotch und verschütte einen Großteil auf mein Hemd, da ich mich weigere, den Kopf richtig zu heben.

Finch saugt seine Lippen ein und wirkt besorgt. »Ach … zum Teufel mit … dem Flittchen. Ich konnte sie sowieso nicht leiden.«

Wieder spuckt Hunter wenig anmutig sein Bier aus, und ich muss grinsen, denn Finch will ja nur, dass ich mich besser fühle. Aber wie soll das gehen? Gerade als ich geglaubt habe, mich langsam zu erholen, entscheidet sich Madison, mir ihr Glück unter die Nase zu reiben.

Hunter schüttelt ohne jedes Mitgefühl den Kopf. »Das ist deine Schuld. Wenn du ihr nicht gesagt hättest, sie solle losziehen und sich einen netten Mann suchen, wäre all das nicht passiert. *Du* bist der nette Mann, Dix. Aber du musstest sie ja auf dumme Ideen bringen, und jetzt heiratet sie irgendein Arschloch und nicht dich.«

Müde hebe ich den Kopf, will mich rechtfertigen, lasse es dann aber, da ich keine Ahnung habe, was ich sagen soll. Ja, ich habe ihr das gesagt, und ich habe jedes Wort so gemeint. Aber jetzt, wo es tatsächlich eintritt, bedaure ich es zutiefst.

Der Gedanke, dass ein anderer sie anfasst, küsst und fickt … ich höre lieber auf, denn der letzte Punkt ist schon zu viel. Die Vorstellung, dass sie einen anderen Mann liebt, ihn heiraten will, macht mich ganz krank. Ich greife nach meinem Tequila.

»Warum öffnest du ihn nicht?«, schlägt Finch vor.

»Was soll das bringen? Ich weiß, was drin ist. Ich brauche den Brief nicht zu öffnen, weil ich nicht hingehen werde. Und im Übrigen …« Ich reiße Hunter den Umschlag aus der Hand und schiebe ihn in meine Jackentasche. »Lass uns über etwas anderes reden. Wie geht's Heidi?«

Allein die Erwähnung von Heidis Namen zaubert ein dümmliches, krankmachendes Lächeln auf Finchs Gesicht. Ich ertränke mein Elend, indem ich ihm sein Bier klaue.

»Es geht ihr sehr gut. Ich wollte euch sowieso etwas mitteilen, Jungs.«

Sowohl Hunter als auch ich verharren mitten im Trinken, und ich wende Finch den Kopf zu.

»Kapier ich nicht«, sagt Hunter achselzuckend.

Aber ich schon. »Heilige Scheiße, Mann. Gratuliere!« Ich klopfe Finch auf den Rücken, während Hunter es immer noch nicht schnallt. Ich entscheide, ihn aus seinem Elend zu erlösen. »Heidi ist schwanger, du Trottel!«

Endlich nickt Hunter und stößt Finch mit dem Ellenbogen in die Rippen. »Du gerissener Hund. Deine kleinen Schwimmer sind wohl gedopt.«

Als Finch angewidert den Kopf schüttelt, muss ich lauthals lachen. Dann winke ich den Barkeeper herbei. »Das muss gefeiert werden.«

Finch will ablehnen, aber sowohl Hunter als auch ich legen den Arm um ihn. »Das ist nicht verhandelbar. Trink aus, Kumpel, bevor wir dich an Heidis riesige Milchquellen verlieren. Beim ersten Kind konnte sie nicht gerade mit Beshine konkurrieren, aber jetzt muss sie für zwei bunkern …« Hunter stößt einen aufgeregten Pfiff aus.

Finch sieht Hunter verständnislos an. »Wer ist Beshine?«

Hunter langt entsetzt in seine Tasche. »Du solltest dich schämen«, schimpft er und scrollt durch sein Handy.

Ich bestelle für uns eine doppelte Runde, während Finch aufschreit, als er ein Bild von Beshine mit ihren Monstertitten sieht.

Ich liebe diese beiden Idioten.

Nachdem Hunter Finch zu Tode erschrocken hat, ist der mit dem Taxi zurück nach Brooklyn gefahren, wo er sich vermutlich die Augen mit Säure auswäscht.

Mir ist nicht danach, nach Hause zu gehen, und Hunter geht es genauso. Deshalb fahren wir morgens um halb zwei mit der Fähre nach Staten Island. Wir haben nicht vor, auszusteigen, es ist einfach schön, in der Stille herumzuschippern und auf die Stadt zu schauen, die zu den meisten nett und zu manchen grausam sein kann.

Die Grausamkeit steckt in meiner Jackentasche und drückt schwer gegen mein Herz. Wie kann sie nur glauben, dass es für mich okay ist, zu ihrer Hochzeit zu kommen? Sie mag es ja geschafft haben, ihr Leben neu zu gestalten, aber ich nicht.

Auch wenn mich das zu einem egoistischen Mistkerl macht, aber ich freue mich nicht für sie. Wie sollte ich auch? Nette Menschen würden den beiden alles Gute wünschen, aber ich bin nicht nett. Ich möchte, dass ihre Beziehung mit »Alex« scheitert. Und sie soll erkennen, dass ich derjenige bin, den sie heiraten will.

Aber das wird nicht passieren. Niemals.

»Alles okay, Dix?«

Hunters Besorgnis lässt mich laut seufzen. »Nein, Hunt, ist es nicht.« Es macht keinen Sinn, irgendetwas zu leugnen, denn nach der Geschichte mit Madison habe ich mir versprochen, nur noch die Wahrheit zu sagen. »Wie kann sie glauben, dass ich auch nur im Entferntesten daran interessiert sei, zu ihrer Hochzeit zu kommen?«

Ich schaue Hunter an, der neben mir an der Reling lehnt. »Keine Ahnung, Mann. Ich habe es aufgegeben, die Tussis verstehen zu wollen.«

Hunter hat es vor ein paar Monaten mal mit einer »Beziehung« versucht. Schon nach einer Woche fing er an, sich zu langweilen. Jetzt ist er wieder Single und genauso über die Frauen hinweg wie ich.

»Wie kann es sein, dass zwei der wildesten Ficker von Manhattan allein und verzweifelt sind?«, fragt er und scheint sich ehrlich zu wundern.

»Die Antwort steckt in deinem Satz.«

»Ich kann dir nicht ganz folgen.«

Ich schaue wieder in den nächtlichen Himmel und erkläre es ihm. »Der Grund besteht in der Tatsache, dass wir männliche Schlampen oder ganz einfach Mistkerle sind. Dieses Spiel ist zu flüchtig. Es lässt dich nur alt, einsam und mit den

Gedanken an die Glanzzeit zurück, als wir dachten, wir könnten alles bekommen. Aber es steht immer jemand bereit, der besser aussieht oder jünger ist oder mehr Charisma hat, um deinen Platz einzunehmen. Und ehrlich gesagt, hätte ich es lieber nur mit einer getrieben als mit den über hundert, die es gewesen sind, denn die wäre geblieben. Die anderen sind alle weitergezogen, haben vermutlich die Liebe ihres Lebens gefunden, während wir an einem Mittwochmorgen um halb zwei mit der Staten-Island-Fähre herumfahren, über ›was wäre wenn‹ grübeln und uns fragen, was wir falsch gemacht haben.«

Es ist eine traurige Realität, aber es ist die Wahrheit. Der verdammte Umschlag in meiner Tasche ist eine permanente Erinnerung an das, was mein Leben hätte sein können. Es ist eine Erinnerung daran, dass Madison und ich uns nie wieder versöhnen werden. Und einfach so versinkt der winzige Funken Hoffnung, den ich tief in meinem Innern gehegt habe, bis auf den Grund des Hudson. Im buchstäblichen Sinne.

Ohne noch einmal nachzudenken, ziehe ich den Umschlag aus der Tasche und werfe ihn in den Fluss. Er schwebt für den Bruchteil einer Sekunde in der Luft, bevor die kalte Brise ihn erfasst, und er fortsegelt, meine Hoffnung und meine Träume mit sich nimmt. Ich sehe ihm nach, wie er sich im Nachthimmel dreht und nach unten schraubt, bis er in seinem Grab aus Wasser die letzte Ruhe findet.

Sofort fühle ich mich besser.

»Warst du denn echt nicht neugierig, was drin steht?«, fragt Hunter Minuten später.

Auf das Fahrwasser starrend schüttle ich den Kopf. »Es

spielt keine Rolle, weil es nichts daran ändern würde, dass es zwischen Madison und mir endgültig aus ist.«

Die restliche Fahrt schweigen wir, und als ich das Medaillon umklammere, das unter meinem Hemd hängt, wird mir klar, dass diese »Reise« der letzte Mist ist.

34

Es ist nie zu spät für die Liebe

Dixon

Es ist Freitagabend, und ich sehe mir mit meinem Vater ein Spiel der Yankees gegen die Rays im Fernsehen an. Nachdem ich zwei Wochen in Bedauern geschmort habe, ist es das Einzige, das meine Laune ein bisschen aufheitert. Ich habe entschieden, dass ich diesen Kummer nur überstehen kann, wenn ich ihn in Bier, Pizza und mit Baseball ertränke.

Als Kind gehörte es zu meinen Lieblingsbeschäftigungen, mir mit Dad Baseballspiele anzuschauen. Jetzt, da ich erwachsen bin, hat sich daran nicht viel geändert.

»Ach komm schon! Das war ein Strike!«, brülle ich den Fernseher an und springe auf. »Was zum Teufel ist los mit diesem Schiedsrichter?« Mein Dad knurrt in seinem Rollstuhl zustimmend.

Als es eine kurze Pause gibt, erhebe ich mich, um meinen Biervorrat aufzufüllen. Ich brauche den Alkohol, um die Dämlichkeit dieser blinden Schiedsrichter ertragen zu können. Auf dem Weg höre ich mein Handy klingeln, das auf dem Tisch in meinem Arbeitszimmer liegt. Ich mache rasch einen Umweg.

»Hallo?«, melde ich mich, ohne vorher auf dem Display nachzuschauen, wer der Anrufer ist.

»Guten Abend, Dixon. Störe ich gerade?«

Ich halte das Handy ein Stück von meinem Ohr weg und sehe, dass am anderen Ende tatsächlich Dr. Wellington ist. Warum er wohl anruft?

»Nein, überhaupt nicht«, antworte ich. »Ich schaue mir nur gerade an, wie den Yankees der Hintern versohlt wird.«

Max lacht. »In dem Fall fasse ich mich kurz. Ich wollte nur hören, ob Sie Madisons Einladung erhalten haben.«

Okay, das war jetzt nicht das, was ich erwartet habe. Eher hätte ich damit gerechnet, dass er mir mitteilt, er sei in Wahrheit ein Außerirdischer. Warum in aller Welt interessiert es ihn, ob ich die Einladung zu Madisons Hochzeit bekommen habe? Er muss doch wissen, wie unangenehm das für mich ist.

Das lange Schweigen wird allmählich peinlich, also räuspere ich mich. »Ja, habe ich.«

»Wunderbar. Und? Werden Sie kommen?«

Ob ich hinkomme? Ist er noch bei Sinnen? »Nein, das hatte ich nicht vor.«

»Oh.« Er klingt überrascht. »Ich hatte gehofft, Sie könnten Ihre Differenzen für den Tag beilegen. Es würde Madison viel bedeuten, Dixon. Ich weiß, dass sie froh wäre, sie dabei zu haben.«

Ich traue meinen Ohren nicht.

Er fährt fort: »Zu heiraten ist ein bedeutsamer Schritt. Er steht für Einheit und Verpflichtung. Ich hoffe ehrlich, dass Sie es sich noch einmal überlegen.«

Ja, er hat recht. Es steht für Einheit und Verpflichtung – nur leider mit der falschen Person. Wenn ich nicht so viel Respekt vor Max hätte, würde ich ihm sagen, er solle sich diese Hochzeit sonst wohin stecken. Aber stattdessen schlucke ich meine Verärgerung runter. »Ich werde sehen, was ich tun kann.«

»Ausgezeichnet.« Meine Antwort scheint ihn zufriedenzustellen. »Kennen Sie die Details?«

»Nein, ich, ähm, muss die Einladung wohl verlegt haben. Wenn Sie mir die bitte noch einmal sagen könnten?« Hektisch suche ich auf dem Schreibtisch nach Stift und Papier.

»Natürlich. Es ist morgen um ein Uhr mittags. Im Hotel de L'Océan.«

»Morgen?«, entfährt es mir, und der Stift rutscht über das Blatt hinaus. »Und es ist dieses Hotel in Westhampton Beach, nicht wahr?«

»Genau. Nichts ist so romantisch wie eine Strandhochzeit, oder so ähnlich hat man mir gesagt.«

Allerdings.

»Okay, Max. Ich gebe mein Bestes, dort zu sein. Versprechen kann ich es nicht.« Mein scharfer Tonfall verrät meine Verärgerung.

»Ich verstehe, Dixon.« Er schweigt für einen Moment und fährt dann fort: »Bitte entschuldigen Sie, dass ich so dreist war, Sie anzurufen. Madison war im Zweifel, ob sie Sie einladen soll, weil sie befürchtete, dass Sie nicht kommen würden. Aber dann hat sie entschieden, auf ihr Bauchgefühl zu hören. Und darüber bin ich froh. Natürlich verstehe ich aus naheliegenden Gründen, warum Sie sich vielleicht bei dem Gedanken unwohl fühlen, dabei zu sein. Aber manchmal muss man die Vergangenheit loslassen, weil man sonst nie in der Lage wäre, nach vorn zu gehen. Vergebung ändert nichts an dem, was geschehen ist, aber es verändert die Zukunft. Ich hoffe wirklich, dass Sie kommen.«

Zur Hölle mit Max und seinen klugen Sprüchen. »Gute Nacht, Max.« Ich lege auf, bevor er mich noch länger belehren kann.

Gegen die Schreibtischkante gelehnt, versuche ich zu verarbeiten, was gerade passiert. Madison wird heiraten … morgen.

Eher friert die Hölle zu, als dass ich zu diesem Bockmist gehe. Mit ziemlicher Sicherheit würde ich den Bräutigam im Meer ertränken und seinen leblosen Körper den Haien zum Fraß vorwerfen. Ich bin mit den Gedanken ganz weit weg und komme erst zurück, als ich die Räder des Rollstuhls meines Vaters auf dem Holzboden quietschen höre.

Ich hebe den Kopf und sehe, dass er mich sorgenvoll anschaut. Dann fällt sein Blick auf das Handy in meiner geballten Faust, und er knurrt.

»*Va bene, papá.*« Aber er schüttelt stur den Kopf. »Lass uns das Spiel zu Ende ansehen, ja?«

Ich stoße mich vom Schreibtisch ab, falle aber sofort wieder zurück, als er plötzlich nach vorn geschossen kommt und mit seinem Rollstuhl meine Beine rammt. »Autsch! Was soll das? Tickst du jetzt völlig aus?«

Meine Beleidigung spornt ihn anscheinend an. Er fährt ein kleines Stück zurück, um erneut Anlauf zu nehmen. Ich bin zu langsam, und er erwischt meine Wade, als ich gerade noch versuche, aus seiner Schusslinie zu flüchten. »Würdest du bitte aufhören, mich anzufahren?«, brülle ich und gehe humpelnd hinter dem Schreibtisch in Deckung.

Er lässt sich jedoch von dem riesigen Eichentisch nicht abhalten und gibt noch mehr Gas.

»Stopp!« Ich strecke das Bein aus und benutze meinen

Fuß als Keil, indem ich die Sohle gegen die Fußstütze stemme. Der Motor heult auf, als mein Vater stur den Gashebel betätigt, um weiterzufahren. »Du bist ja irre. *Aiuto!*«

Mein Schreien scheint seinen Wutanfall zu beenden, und der Motor geht über in ein leises Surren, da er endlich den Gashebel loslässt.

»Was ist los mit dir?«, frage ich.

Statt einer Antwort gibt er mir mit einer Kopfbewegung zu verstehen, dass er Stift und Papier möchte. Ich widerspreche nicht, da ich Angst habe, dass er mich sonst doch noch über den Haufen fährt. Während er langsam etwas aufschreibt, reibe ich mir über die schmerzenden Schienbeine.

Mein Vater sagt gelegentlich mal ein Wort, aber die meiste Zeit kommuniziert er über Gesichtsausdrücke, Laute oder eben schriftlich. Die Ärzte wissen nicht, warum er sich für diese Art der Kommunikation entschieden hat, aber ich bin einfach nur froh, dass er sich überhaupt äußert.

Nachdem er fertig ist, knurrt er abermals. Ich schaue auf, nehme das Blatt aus seiner Hand und lese die zittrigen Buchstaben: »Ich habe keinen Feigling großgezogen. Geh hin.«

Unfähig, mir ein Grinsen zu verkneifen, sage ich: »Nein, das hast du nicht. Aber du hast auch keinen Idioten großgezogen.« Als Erwiderung zieht er die Braue hoch. Ich ignoriere seine geistreiche Bemerkung. »Sie heiratet einen anderen Mann. Es ist zu spät. Ich weiß, dass du Madison magst, aber ich habe es vermasselt.«

Er schüttelt beharrlich den Kopf. Dann öffnet und schließt er den Mund ein paar Mal, formuliert tonlos Wörter. Ich weiß, wie sehr ihn das frustriert, also beuge ich mich näher zu ihm, halte mein Ohr dicht an seine Lippen. Mit größter Anstrengung stößt er hervor: »Es ist … nie … zu spät … für … die Liebe.«

Erstaunt richte ich mich auf. »Aber …«, versuche ich zu argumentieren. Er greift jedoch nach meiner Hand, umklammert mein Handy und schüttelt es.

»Nein, ich werde Madison nicht anrufen.«

Er stöhnt frustriert auf und schlägt sich vor die Brust.

»*Du* willst Madison anrufen?«, versuche ich seine Geste zu deuten.

Er verdreht die Augen und reißt mir das Handy aus der Hand. Ich bin baff, dass er weiß, wie man ein iPhone bedient. Mit zitternden Fingern wischt er über den Bildschirm und scrollt durch meine Kontakte. Er stoppt bei Pat, der Krankenschwester, die sich in Sunnyfield um ihn gekümmert hat. »Warum soll ich Pat anrufen?«, frage ich, als er mir den Bildschirm hinhält.

»Los«, ist alles, was er sagt.

Ich brauche ein paar Sekunden, aber als mir klar wird, worum er bittet, streiche ich mir nachdenklich über den Bart. »Ich soll Pat anrufen, damit sie auf dich aufpassen kann?«

Er nickt und wirkt erleichtert, dass ich ihn endlich verstanden habe.

Kann ich das wirklich tun?

Als ich an Madison und meine Gefühle für sie denke, daran, wie sehr sie mir fehlt und wie es für mich ist, dass sie einen anderen heiratet, weiß ich plötzlich, dass ich es kann. Es war dämlich von mir, es nicht schon früher zu tun, aber ich war eben noch nicht bereit dazu. Aber nun …

Ich beuge mich vor und hauche meinem Vater einen Kuss auf die Stirn. »*Grazie, papà.*«

Dann wähle ich schnell Pats Nummer und innerhalb von Minuten habe ich es organisiert, dass sie übers Wochenende bleibt. Ich habe ihr ein großzügiges Honorar angeboten, das sie zwar ablehnen wollte, aber ich bin stur geblieben.

Ich weiß nicht wieso, aber mit einem Mal habe ich den toten Punkt überwunden und rase durch mein Schlafzimmer, um das Nötigste einzupacken. Mein Vater sieht mir vom Türrahmen aus zu, und als ich kurz innehalte und ihm den Kopf zuwende, sehe ich das breite Lächeln in seinem Gesicht und weiß, dass ich das Richtige tue.

Als er ins Zimmer gefahren kommt, springe ich zur Seite und nutze das Bett als Barriere zwischen uns. Er grinst schief, streckt den Arm aus und hält mir mein Telefon hin. Ich bin gespannt, was er jetzt will.

Als ich Hunters Namen auf dem Bildschirm sehe, muss ich lachen. »Du willst, dass Hunter stattdessen auf dich aufpasst?« Er schnaubt, um sein Entsetzen über diese Vorstellung zum Ausdruck zu bringen. In Wahrheit weiß ich natürlich, was er meint.

Während ich einen schwarzen Anzug aus dem Schrank hole, wähle ich Hunters Nummer. Beim dritteln Klingeln geht er ran. »Mir ist so langweilig! Bitte rette mich aus meiner persönlichen Hölle.« Ich kann die Titelmelodie von *Friends* im Hintergrund hören.

»Pack eine Reisetasche, und nimm einen Anzug mit«, sage ich und ziehe den Reißverschluss meiner Tasche zu.

»Was? Wieso?«

»Weil deine Träume im Begriff sind, wahr zu werden.«

»Du fährst endlich mit mir nach Disneyland?«

Ich grinse. »Nein, du Idiot. Wir versuchen, es in weniger als einer Stunde bis in die Hamptons zu schaffen.«

»Eine Stunde? Das ist unmöglich.«

»Nicht wenn wir die ganze Zeit 240 fahren.«

»Du hast recht. Das ist mein Traum, aber was soll die Eile? Was ist denn in den Hamptons?«

Ich schultere Tasche und Anzug, schenke meinem Vater ein Lächeln und antworte: »Etwas, das mir gehört.«

35

Fahrt in die Freiheit

Dixon

»Könntest du dich beeilen?«, murre ich, weil ich sehe, dass Hunter langsamer als eine Schnecke sein Frühstück verdrückt.

»Jetzt beruhige dich. Du hast neun Monate gewartet, bis du sie wiedersiehst, da kommt es wohl auf ein paar Minuten mehr auch nicht an. Lass mich in Frieden zu Ende frühstücken.« Meine Worte scheinen die gegenteilige Wirkung zu haben, denn wenn überhaupt möglich, kaut er jetzt noch langsamer als in den vergangenen zwanzig Minuten.

Ich marschiere in dem kleinen Frühstückraum des beschissenen Hotels auf und ab, in dem wir uns gestern sehr spät abends ein Zimmer gemietet haben. Oder war es schon früher Morgen? Jedenfalls will ich so schnell wie möglich auschecken, um Maddy davon abzuhalten, den größten Fehler ihres Lebens zu begehen.

Nein, ich kenne diesen Alex nicht, aber ich weiß, dass er sie nie so lieben wird wie ich. Sie gehört zu mir, und ich werde alles in meiner Macht Stehende tun, damit sie das einsieht. Sie hat mich einst geliebt, und ich weiß, dass sie mich wieder lieben kann.

Unfähig, auch nur eine Sekunde länger zu warten, bin ich mit einem Satz am Tisch und klaue Hunter die halb gegessene Waffel vom Teller. »Hey!«

Bevor er Zeit hat, noch heftiger zu protestieren, klappe ich den gummiartigen, mit klebrigem Sirup bestrichenen Teig zusammen und stopfe ihn mir komplett in den Mund. Ich kaue so schnell, dass ich ein paar Mal würge, aber etwa fünfzehn Sekunden später habe ich alles heruntergeschluckt. Ich spüle mit seinem Orangensaft nach und schlage mir auf die Brust, um sicherzugehen, dass alles bis nach unten rutscht.

Anschließend wische ich mir mit dem Handrücken über den Mund. »So, jetzt ist dein Frühstück beendet. Lass uns gehen.«

Hunter steht auf theatralische Weise auf. »Ich hätte es auch unterwegs essen können.« Das sagt er mir *jetzt*.

Sobald wir ausgecheckt haben, sprinte ich zu meinem Wagen, während Hunter hinter mir hergeschlichen kommt. »Wir haben es ein bisschen eilig«, stelle ich fest und werfe meine Reisetasche auf den Rücksitz.

»Dank dir bin ich immer noch hungrig, also teile ich mir meine Energie ein«, knurrt er und stellt seine Tasche neben meine.

Ich hechte auf den Fahrersitz und suche in der Anzugtasche nach dem Autoschlüssel. Als ich ihn ins Zündschloss stecke und umdrehe, weiß ich, dass irgendwo jemand eine Voodoo-Puppe von mir und meinem Auto hat.

»Warum springt die Kiste nicht an?«, fragt Hunter und lenkt die Aufmerksamkeit auf das Offensichtliche, während er sich anschnallt.

»Keine Ahnung.« Als ich den Schlüssel noch einmal drehe, gibt die Zündung ein klickendes Geräusch von sich, aber der Motor bleibt still. »Nein. Nein. Nein! Tu das bitte nicht.

Nicht jetzt!«, brülle ich und schlage mit beiden Handflächen auf das Lenkrad.

»Ich glaube nicht, dass das hilft. Vermutlich haben wir auf der Fahrt hierher den Motor ruiniert.«

»Ach ja? Wenn ich mich recht erinnere, hattest du bei der Raserei so viel Spaß, dass ich das Fenster schließen musste, damit sich dein Sabber nicht im ganzen Wagen verteilt.« Hunter sah aus wie eine Bulldogge, der vor Vergnügen die Zunge heraushängt, während sie über den Highway rast.

Er zuckt mit den Schultern und leugnet es nicht. »Mach die Motorhaube auf.«

»Wozu?«, frage ich und sehe, dass er sich wieder losgurtet.

»Vielleicht ist die Batterie leer.« Er öffnet die Tür und wirkt mächtig stolz, dass er unser vermeintliches Problem bereits gelöst hat.

Ich verdrehe die Augen. »Die Batterie ist im Kofferraum.«

Er steckt den Kopf ins Fahrzeuginnere. »Oh. Gut zu wissen.«

Großartig. Dumm und Dümmer. Wir sind geliefert. Ich habe nicht vor, so zu tun, als hätte ich die geringste Ahnung von Autos – die habe ich nämlich nicht.

Ich greife in die Tasche und hole mein Handy heraus. »Ich rufe uns ein Taxi.«

»Ein Taxi? Wieso rufst du nicht den Pannendienst?«

»Die brauchen zu lange«, antworte ich gereizt. Und als ich auf mein Display schaue, reißt mein Geduldsfaden endgültig. »Verdammter Mist! Hast du Empfang?« Ich halte das Handy in alle Himmelsrichtungen, in der Hoffnung, von irgendwo ein Signal zu empfangen.

Hunter zückt sein Handy, aber als er es ebenfalls über den Kopf hebt, kenne ich seine Antwort bereits. »Wie kann das sein? Wir leben in Amerika, verdammter Mist. Da gibt es keine Entschuldigung für technisches Versagen!«

Ich springe auf dem Parkplatz herum, das Handy hoch über dem Kopf, aber nichts. »Zum Teufel! Ich frage an der Rezeption, ob ich mal telefonieren kann.«

Wütend schiebe ich das Handy in die Tasche zurück, stürme zum Hotel und ignoriere Hunters süffisante Bemerkung: »Wenn wir im Westhampton Beach abgestiegen wären, wären wir schon längst da.«

Ich spare mir die Antwort, da sie genauso lauten würde wie vergangene Nacht – es war nichts mehr frei.

Mit der Schulter stoße ich die schwere Tür auf, und mein Blick fällt auf den pickeligen Teenager hinter der Theke.

»Kann ich mal das Telefon benutzen?«

Er schaut von seinem Comicheft hoch und macht desinteressiert mit seinem Kaugummi eine Blase. »Sie müssen warten, bis die Managerin zurückkommt. Sie ist gerade zum Supermarkt gefahren.«

Ich kneife mich in den Nasenrücken. »Wie lange wird das dauern?«

»Keine Ahnung. Vielleicht eine Stunde.«

»Eine Stunde?«, brülle ich und beäuge das Telefon auf der Theke. »Hör zu, Junge, ich gebe dir …«

Ich öffne die Brieftasche und hole einen 20-Dollar-Schein heraus. »Du bekommst 20 Dollar, wenn du mich telefonieren lässt.«

Endlich schaut er interessierter drein und trommelt mit den Fingerspitzen auf das Holz. »Fünfzig.«

»Du kleiner Scheißer«, braust Hunter hinter mir auf. »Gib ihm nicht …«

Aber ich bringe ihn mit einer Handbewegung zum Schweigen. »Also gut, fünfzig.« Ich suche in meiner Brieftasche, werfe das Geld auf die Theke und drehe das Telefon zu mir, damit ich wählen kann.

Neben dem Telefon liegt eine Liste mit Nummern, und zum Glück ist der örtliche Taxidienst darunter. Rasch wähle ich und tippe ungeduldig mit der Fußspitze auf den Boden. Sobald jemand abhebt, brülle ich in den Hörer, wo ich mich befinde und wohin ich will.

Als ich die Antwort bekomme, dass dies kein Problem sei, atme ich auf. Aber dann fügt die Stimme hinzu: »Die Wartezeit beträgt etwa drei Stunden.« Mein erleichtertes Ausatmen bleibt mir in der Kehle stecken.«

»Wie bitte? Drei Stunden? Warum so lange?« Ist das etwa ein Zeichen, ein schlechtes Omen, das ich nicht zu dieser Hochzeit fahren soll?

Hunter steht neben mir und sieht mich fragend an. Ich halte die Sprechmuschel zu und erkläre ihm, dass wir drei Stunden warten sollen.

Der pickelige Teenager scheint dies für einen guten Moment zu halten, sich einzumischen. »Das hätte ich Ihnen gleich sagen können. Dieses Wochenende findet alles Mögliche statt. Das Nussknacker-Ballett. Das Senioren-Picknick und das elfte jährliche Great-East-End-Community-Picnic …« Er zählt die Veranstaltungen an seinen Fingern ab, und ich bin kurz davor, ihn mit meinen Fingern zu erwürgen.

»Und das hättest du uns nicht früher sagen können? Vielleicht vor den fünfzig Dollar?«, zischt Hunter und beugt sich drohend nahe zu dem Jungen, der sich im gleichen Tempo nach hinten lehnt und dann unbeeindruckt mit den Schultern zuckt. »Das hätte ich tun können.«

Hunter packt den Burschen an seinem T-Shirt und zieht ihn zu sich. Ich knalle den Hörer auf die Gabel, um den Jungen aus Hunters Klaue zu befreien. Der Teenager jault, sobald er wieder frei ist. »Wie weit ist es von hier zum Hotel de L'Océan?«

»Ich … ähm … keine Ahnung.« Als er zögert, übernehme ich die Rolle des Angreifers und beuge mich über die Theke, packe ihn am T-Shirt und sage gefährlich leise: »Hör zu, du kleiner Vollidiot, falls du je in deinem Leben Sex haben willst, dann denkst du jetzt lange und gründlich nach, denn ich bin nur Sekunden davon entfernt, dir deinen Schwanz abzureißen und ihn als Türstopper zu verwenden!«

Hunter brüllt vor Lachen und schlägt begeistert auf die Theke, während ich den Jungen schüttle. »Man fährt vielleicht eine halbe Stunde«, winselt er und versucht, sich zu befreien.

»Bist du sicher?«

Als er wieder zögert, ziehe ich ihn näher, sodass wir Auge in Auge sind. Auf der Theke platzierte Gegenstände fallen zu Boden.

»Ja, ja!«, kreischt er. »Bitte, Sir, reißen Sie nicht meinen Schwanz ab, ich bin noch Jungfrau!«

Mittlerweile lacht Hunter so hemmungslos, dass er sich daran verschluckt. »Oh, Fuck! Das ist die fünfzig Dollar wert!«

Ich lasse den Jungen los, bin sicher, dass er die Wahrheit

sagt. Sofort rennt er ins Hinterzimmer und schließt sich ein. Ich komme mir vor wie ein Unmensch, aber verzweifelte Situationen erfordern verzweifelte Maßnahmen. »Also, er sagte, man fährt eine halbe Stunde. Wie viel ist das zu Fuß? Eine Stunde?«

Das lässt Hunter sofort verstummen. »Ich werde auf keinen Fall eine Stunde laufen. Diese Schuhe drücken.«

Ich schaue hinunter auf seine schwarzen Loafer und ziehe eine Schnute. »Hörst du dir eigentlich mal selbst zu, du Weichei?«

»Na schön, aber du trägst mich, wenn ich mir Blasen laufe.«

»Hör auf zu jammern, und lass uns gehen.«

Ich schnappe mir aus dem Metallständer einen Straßenplan, stürme aus dem Büro und hoffe, dass Prinzesschen mir folgt. Zum Glück tut er das, denn ich höre ihn murmeln, dass ich in unserer Beziehung die Hosen anhätte.

Ich falte die Karte auseinander und suche nach Orientierungspunkten. »Laut der Karte müssen wir …« Ich drehe die Karte auf den Kopf, dann wieder richtig herum. »Mist, die ist nicht maßstabsgetreu.« Ich bleibe stehen, um herauszufinden, in welche Richtung wir gehen müssen.

»Na super. Vermutlich werden wir unterwegs verhungern oder verdursten.«

»Sei nicht so melodramatisch. Es ist nur eine Stunde. Du hast schon länger gefickt und es auch irgendwie geschafft zu überleben.«

Meine Bemerkung beschleunigt seine Schritte, und er grinst. »Oh, Mann. Und ob ich das habe.«

Wir entscheiden uns für rechts, aus dem einfachen Grund,

weil wir von links gekommen sind. Zehn Minuten später jammert Hunter, dass er von der Seeluft krause Haare bekommt.

»Ich habe soeben das Rätsel gelöst, warum du Single bist.«

»Ach ja? Und das wäre?«, fragt er nach. Er trägt seine Anzugjacke mittlerweile wie ein Cape über dem Kopf, damit die Sonne seinem Teint nicht schadet.

»Weil du eine Frau bist.«

Er stützt die Hände in die Hüften und tut so, als würde er über meinen Witz lachen, während ich wirklich lache.

Aber ich höre sofort schuldbewusst auf, als er gerissenerweise erwidert: »*Ich* bin eine Frau? Ich bin nicht mit 180 Stundenkilometern über den Highway gebrettert, um die Hochzeit meiner Exfreundin platzen zu lassen. Mit der ich nicht mehr gesprochen habe, seit sie vor neun Monaten einen Abschiedsbrief zurückließ.«

Er hat völlig recht, also halte ich lieber die Klappe.

Während wir schweigend weitergehen, kreisen Hunters Worte in meinem Kopf. Natürlich ist mir dieser Gedanke auch schon gekommen, aber ich bereue meine Entscheidung nicht im Geringsten. Ich würde es jedoch bereuen, wenn ich tatenlos herumsitzen würde, während Madison einen anderen heiratet.

Und deshalb beabsichtige ich weiterzugehen.

»Was ist, wenn sie diesen Kerl liebt?«, spricht Hunter einen nicht unerheblichen Aspekt an.

»So weit habe ich noch nicht gedacht. Momentan besteht meine größte Sorge darin, pünktlich anzukommen.«

»Du liebst sie wirklich, oder?«

Allein über sie zu reden versetzt mir einen Stich. »Ja, Hunt, das tue ich. Ich brauchte diese Zeit ohne sie, um zu erkennen, wie sehr. Deshalb kann ich jetzt nur hoffen, dass sie genauso fühlt. Aber da sie jemand anderen heiraten will, sieht es nicht danach aus. Trotzdem muss ich das hier tun, sonst würde ich es mein Leben lang bereuen.«

»Was auch immer passiert, Mann, ich bin stolz auf dich, weil du es versucht hast. Dazu gehört Mumm.«

Ich wende ihm den Kopf zu und lächle. »Danke. Ich würde diesen Moment mit keinem anderen außer dir teilen wollen.«

Als er unerwartet stehen bleibt, spähe ich über die Schulter, um zu sehen, was er vorhat. Er öffnet tatsächlich seine Hose, weil er wohl mal pinkeln muss. Plötzlich höre ich hinter dem Hügel einen Wagen herannahen und stöhne, weil Hunter die Hose in den Kniekehlen hängen hat. »Zieh die Hose hoch, du Widerling. Da kommt ein Auto!«

Zum Glück tut er es und ist gerade wieder angezogen, als ein weißer Kleinbus in Sichtweite kommt.

»Ja, wir fahren per Anhalter mit dem Scooby Van!«, ruft er aufgeregt und klatscht in die Hände.

Wir halten die Daumen raus und hoffen, dass der Wagen anhält und kein Mitglied der Familie Manson hinterm Steuer sitzt. Der Wagen hält wirklich, und ich bin sicher, dass die Insassen so wenig von Serienmördern haben, wie es nur sein kann.

»Hallo, Jungs«, sagt der Fahrer. »Wo wollt ihr hin?«

Hunter schüttelt energisch den Kopf, um zu bekunden, dass er auf gar keinen Fall in diesen Wagen steigen wird. Aber da hat er Pech gehabt. Ich muss zu Madison, und zwar jetzt. »Wir wollen nach Westhampton Beach. Könnt ihr uns mitnehmen?«

»Aber klar. Wir fahren in die Richtung. Steigt ein.«

Hunter schüttelt immer noch den Kopf, während ich die Seitentür aufschiebe und ihm mit einer Kinnbewegung bedeute einzusteigen. »Nein«, presst er zwischen zusammengebissenen Zähnen hervor. Aber wir haben schon genug Zeit verschwendet.

Ich stelle mich hinter ihn und schubse ihn in den Wagen, der voll ist mit zehn … alten Damen. Ich weiß nicht, warum, aber diese Silberfüchse lieben Hunter. Das war schon immer so. Bedauerlicherweise sind diese Gefühle einseitig.

»Um Himmels willen, bitte nicht. Hör auf, Dixon!« Während ich seinen Oberkörper hineinschiebe, stemmt er die Füße auf die Straße und flüstert über die Schulter hinweg: »Da drin stinkt es nach Großmutter-Vagina.«

»Was hat er gesagt?«, ruft eine Dame mit lilastichigem Haar.

»Ich glaube, er hat gesagt, er sei Handtaschen-Designer«, antwortet die zu ihrer Linken genauso laut.

Sie nickt und ist nicht schlauer als zuvor. »Oh, wie nett.«

Hunter wehrt sich immer noch, aber mit einem heftigen Stoß befördere ich ihn hinein, und er landet auf der Rückenlehne eines Sitzes. Die Dame auf dem betreffenden Sitz dreht sich um und schenkt ihm ein Gebiss-Strahlen. »Hallo.«

Er schüttelt sich.

Ich springe hinter ihm in den Bus und ziehe die Tür zu.

»Ich bin Pearl. Wohin wollen Sie?«, fragt die Dame vor uns und lächelt Hunter an.

Er deutet mit dem Daumen auf mich. »Er will die Hochzeit der Frau verhindern, die er liebt.«

Sämtliche Businsassinnen gurren, während ich auf meine

Armbanduhr schaue. Noch genug Zeit. Mir bleiben fünf Stunden, um zu überlegen, was genau ich tun werde.

»Und was ist mit Ihnen, junger Mann? Lieben Sie auch jemanden?«, fragt Pearl.

Bevor Hunter etwas sagen kann, antworte ich für ihn. »Nein, er ist Single und noch auf der Suche, Ladies.« Ich zwinkere den Damen zu, während Hunter mir auf den Fuß tritt.

36

Finde dich in ihr

Dixon

»Du schuldest mir was«, knurrt Hunter, als wir den entzückenden Bewohnerinnen von Shady Pines zum Abschied winken.

»Ach, komm schon. Ich glaube, Pearl mochte dich.« Ich hebe die Hand, um ihm die Lippenstiftreste von der Wange zu wischen.

Er zieht den Kopf weg und reibt wie wild über die Stelle. »Wir werden darüber nie wieder ein Wort verlieren.« Damit hat er recht, denn da wir nun vor dem Hotel de L'Océan stehen, wird es langsam ernst.

Der Fahrer, Bob, war echt nett, konnte aber ums Verrecken nicht Auto fahren. Dank seines Schneckentempos haben wir anderthalb Stunden bis hierher gebraucht.

»Also, was ist der Plan?«, fragt Hunter, als wir den langen, gepflasterten Zufahrtsweg hinaufmarschieren. Der Rasen rechts und links vom Weg wirkt fehlplatziert, wenn man bedenkt, dass direkt hinter dem Hügel der Sandstrand anfängt.

»Ich dachte, wir hätten geklärt, dass es keinen Plan gibt«, erwidere ich gereizt, während wir uns dem wuchtigen Empfangszentrum nähern.

Rechts erstreckt sich ein nobles Hotel, in dem es zweifellos eine Hochzeitssuite gibt, mit Jacuzzi und herzförmigem

Bett. Ich beiße die Zähne zusammen und beschleunige meine Schritte.

Als ich gerade die Eingangstür aufstoßen will, packt mich Hunter am Arm und hält mich zurück. »Du willst also einfach reinmarschieren und sie dir über die Schulter werfen, während sie schreit und strampelt?«

»Ja! Und jetzt lass mich gehen.« Ich versuche seine Hand abzuschütteln, aber er lässt nicht los.

»Du musst das clever angehen, Dix. Wenn du wie ein Geisteskranker da reinstürmst, ist Madison vermutlich froh, dass sie dich in die Wüste geschickt hat. Sei klug. Ich weiß, dass du wütend bist, aber diese Barbarennummer wird nicht funktionieren. Ganz davon abgesehen, dass du vermutlich gleich vom Sicherheitsdienst an die frische Luft befördert wirst. Atme tief durch, denke an Regenbögen und Einhörner und an nackte Tussis, die auf den Einhörnern über diese Regenbögen reiten.«

Sein alberner Zuspruch funktioniert. Ich spüre, wie sich mein Herzschlag normalisiert, und das Bedürfnis, Alex zu ermorden, klingt ein bisschen ab.

»Na also. Wir brauchen einen Plan, richtig?«

Ich nicke, und er lässt mich los. »Du hast recht. Was schlägst du vor?« Zum ersten Mal scheint er der Vernünftigere von uns zu sein.

»Gelassen bleiben. Letztlich bist du eingeladen. Wir platzen nicht per se in die Hochzeit, wir wollen nur die Zeremonie platzen lassen.«

»Und Alex' Kopf«, zische ich und starre wütend auf die Glastür.

»Und schon sind die geblähten Nasenflügel und der irre

Blick wieder da.« Er packt mich fest an beiden Schultern. »Du willst Madison zurück? Dann musst du ihr zeigen, dass du dich geändert hast.«

Schon wieder hat er recht. Ich atme dreimal tief durch und nicke dann. »Ich habe mich im Griff. Und jetzt hör auf, mich anzutatschen.«

Lachend nimmt er seine Hände weg. »Lass uns das Mädchen holen.«

»*Mein* Mädchen«, korrigiere ich und stoße die Tür auf.

Sobald wir drinnen sind, kann ich nicht leugnen, dass es hier ziemlich elegant ist. Das Foyer ist festlich geschmückt, mit irgendwelchem Glitzerkram, aber ich weiß, dass Maddy diesen Kram ausgesucht hat – um ihren Tag so großartig werden zu lassen, wie sie es ist. Wir gehen durch die Doppeltür, die hinaus auf den Strand führt. Ein paar Meter weiter ist ein riesiges Festzelt aufgebaut, mit Stuhlreihen darin. Einige Dutzend Gäste befinden sich bereits dort.

Als ich nach links schaue, sehe ich einen roten Teppich, der bis zum Eingang eines Privatraums führt. Das muss Madisons Zimmer sein. Ich will losstürmen, aber wieder packt Hunter meinen Arm. »Was ist mit der Gelassenheit passiert?«

»Die kann mich mal. Madison ist in diesem Zimmer und macht sich bereit, um irgendein Arschloch zu heiraten. Ich muss da rein!«

Ein paar Gäste stehen in unserer Nähe und nippen Champagner. Sie wenden sich uns neugierig zu, aber ich spare mir die Mühe zu verbergen, dass ich jeden Moment ausflippe. Ich reiße mich von Hunter los und marschiere zu dem Zimmer, den Blick fest auf die Tür gerichtet.

Als ich fast dort bin, rieche ich sie plötzlich. Ihr leichter

Vanilleduft wird von der kühlen Brise herangetragen. »Madison«, flüstere ich und beginne zu rennen. Allerdings habe ich nicht damit gerechnet, mit Madison zusammenzustoßen … buchstäblich.

Ich kollidiere mit ihrer zarten Gestalt, was sie aufschreien und stolpern lässt. Mein Gehirn mag ja in einem chaotischen Zustand sein, aber mein Instinkt, sie zu beschützen, ist hellwach. Ich hechte vor, mein Körper jubiliert bei der Vorstellung, sie nach so vielen Monaten wieder zu berühren, aber dieses Glück verwandelt sich in Wut, als eine andere Hand schneller ist.

Ein Knurren entrinnt meiner Kehle, als ich nach links schaue und sehe, wie so ein Gnu Madisons Oberarm umklammert.

Ich … werde … ihn … umbringen.

Er hat sie vor einem Sturz bewahrt, aber jetzt ist es Zeit, dass er sie loslässt.

»Mistke…«

»Mein Pflaumenkuchen, Madison! Hi!«, fällt mir Hunter ins Wort und stellt sich vor mich.

»H-hi«, stottert sie. Dieses eine Wort lässt meinen Körper geifern.

Ich starre sie an, muss einfach alles aufnehmen, was ich seit fast dreihundert langen Tagen vermisst habe. Und als sich unsere Blicke treffen, weiß ich, dass ich nicht allein von hier fortgehen werde.

Sie wirkt reifer, klüger, aber die Unschuld, in die ich mich damals verliebt habe, ist immer noch da. Während sie an ihrem Mundwinkel nagt und mit dem Sand unter ihren nackten Zehen spielt, nehmen ihre Wangen einen hübschen zartrosa Ton an. Sie trägt ein silbernes Fußkettchen mit einem Sternenanhänger, in dem sich das Sonnenlicht fängt. Mein Blick wandert nach oben, und ich erinnere mich daran, wie kraftvoll diese Beine um meine Taille geschlungen waren, als sie mich geritten hat.

Sie trägt ein schlichtes weißes Seidenkleid, das ihr bis unter die Knie reicht, aber selbst darin sieht sie umwerfend aus. Ich kann einfach nicht anders, als meinen Blick für einen Moment auf ihren Brüsten ruhen zu lassen, die genauso verführerisch aussehen wie an jedem Tag, als ich sie zum ersten Mal gekostet habe. Das lange Haar fließt in weichen Wellen über ihre Schultern herab. Ich möchte es berühren, daran schnüffeln, um sicher zu gehen, dass sie real ist.

Sie ist kaum geschminkt, und sie braucht auch kein Make-up; ihre natürliche Schönheit macht sie zur attraktivsten Frau dieser Welt.

Meine Illusion zerplatzt jedoch, als mein Blick auf die Hand fällt, die immer noch ihren Arm umklammert. Ist das Alex? Ihr Verlobter? Der Gedanke lässt mich den Kopf heben und seinen wütenden Blick erwidern.

Nichts ist besser, als deine Ex zu sehen … mit jemandem, der hässlicher ist als du. Dieser Alex wirkt viel zu feminin! Maddy braucht einen richtigen Mann. Sie braucht mich. Ganz davon zu schweigen, dass er klein ist und sein Gesicht aussieht, als habe er zwei Runden mit der Bratpfanne hinter sich.

»Dixon.«

Ihre Stimme, ihre engelhafte Stimme weckt viele Erinnerungen, aber ich stehe das klaglos durch und denke daran, warum ich hergekommen bin. »Hi Madison.«

Es gibt nichts außer uns beiden, so wie es sein muss. So viel hat sich verändert, aber wenn ich in diese großen grünen Augen schaue, weiß ich, dass vieles geblieben ist. Sie fühlt es. Ich fühle es. Die elektrische Spannung zwischen uns ist immer noch so stark wie am ersten Tag.

Aber was bedeutet das?

Ich muss es wissen.

Eine große, widerliche Hand schiebt sich in mein Blickfeld und zerstört meinen Rausch im Nu.

»Hi, ich bin A…«

Ich falle dem Fickprügel ins Wort und richte meine Aufmerksamkeit auf Maddy.

»Können wir reden?«

Sie blinzelt. »Jetzt?«

Ich nicke. Als sie zögert, füge ich hinzu: »Bitte.«

A, das Arschloch, fasst offenbar den Entschluss, sich einzumischen. »Die Zeremonie beginnt bald, Maddy. Wir müssen gleich unsere Plätze einnehmen.«

Wenn Blicke töten könnten, wäre A auf der Stelle tot und begraben.

Maddy stimmt ihm zu, was mich noch wütender macht. »Er hat recht, Dixon. Ich muss hineingehen und mich fertig machen.«

So war das hier nicht gedacht. Ich akzeptiere kein Nein als Antwort, und das weiß sie auch. »Madison …«

»Okay, fünf Minuten.« Sie bedeutet mir mit der Hand, nicht weiterzureden.

Ich feiere innerlich.

Bevor sie Zeit hat, ihre Entscheidung zu überdenken, trete ich vor und fasse sie am Arm. Ich fühle ihre Haut und den

Schauer, der sie durchfährt, sobald ich sie berühre. Ich werfe A einen süffisanten Blick zu, der ihm sagt, dass er sich damit abfinden soll. Sie ist jedoch nicht beeindruckt von unserem Pisswettbewerb und schiebt meine Hand mit einer ruhigen Bewegung von ihrem Arm fort, bevor sie losgeht. Ich folge ihr wie ein verdammtes Schoßhündchen. Sie läuft an dem Zimmer vorbei, in dem ich sie ursprünglich vermutet habe, und bleibt stehen, sobald wir um eine Ecke gebogen sind. Vor uns erstreckt sich der – zum Glück menschenleere – Strand.

Sie lehnt sich gegen die Hausmauer und verschränkt die Arme vor der Brust. »Vier Minuten.«

Vier Minuten?

Wie soll ich alles, was ich zu sagen habe, in vier armselige Minuten packen?

»Dreieinhalb.«

Mist.

»Wie geht es dir?« Nervös fahre ich mir mit der Hand über das Gesicht. Ich verschwende kostbare Zeit mit diesem Geblubber. Jetzt zeig mal Rückgrat, Dixon, und sag ihr, was du fühlst. »Warum hast du mich eingeladen?«, platze ich heraus.

Sie zuckt mit den Schultern. »Ich dachte, du würdest gern dabei sein.«

»Und du bist nicht auf die Idee gekommen, dass das ein bisschen peinlich sein könnte?«

»Doch, natürlich. Aber ich dachte, wir könnten unsere Differenzen für einen Tag beilegen.«

»Für einen Tag? Und was ist mit morgen? Soll ich dann so tun, als habe es den heutigen Tag nie gegeben?«, frage ich und breite die Arme aus. Plötzlich werde ich wütend, was ich eigentlich vermeiden wollte.

Sie senkt den Blick. »Tut mir leid. Ich hätte dich nicht einladen sollen. Das ist für alle nur unangenehm.«

»Und ob es das ist. Hast du etwas anderes erwartet?«

Sie erwidert meinen wütenden Blick und schüttelt den Kopf. »Ich habe gehofft, wir könnten es hinter uns lassen.«

»Was hinter uns lassen, Madison?«

Sie seufzt. »Keine Ahnung.«

Dieses Gesprächs-Pingpong nervt. Und meine Zeit ist fast um. »Du hast mich verlassen, erinnerst du dich? Du bist diejenige, die sagte, ich solle verschwinden. Aber dann lädst du mich zu dieser Hochzeit ein und erwartest, dass ich damit kein Problem habe. Wie soll das möglich sein?«

Sie beißt sich auf die Unterlippe, versucht, die Tränen zurückzuhalten. »Es tut mir leid, ich habe nicht nachgedacht. Ich dachte … ich wollte …«

»Was wolltest du?«, frage ich und gehe einen Schritt auf sie zu.

»Ich … ich …« Ihre Brust hebt sich. »Ich dachte, dass ich damit klarkäme, aber das ist nicht so.«

»Womit kommst du nicht klar?« Ich mache einen weiteren Schritt auf sie zu.

Durch die Wand im Rücken ist sie gefangen, und ich habe nicht vor, sie gehen zu lassen. Ich stütze die Handflächen neben ihrem Kopf ab. Ihr warmer Atem streichelt meine Wangen, und ich schließe die Augen, sauge ihn ein.

»Ich dachte, dass alles nach dieser langen Zeit anders sein würde. Aber … ich habe mich getäuscht.« Ihr Geständnis verrät Kummer, aber auch Erleichterung.

Ich wusste, dass sie es auch gefühlt hat. Die Frage ist nur, was wir jetzt tun sollen.

Zum Teufel mit dem Geziere, sie muss einfach erfahren, was ich fühle. Sie muss erfahren, dass sie immer mein Mädchen sein wird.

»Madison …« Langsam öffne ich die Augen, ertrinke in ihr. »*Angelo*«, korrigiere ich, lehne meine Stirn gegen ihre, sodass unsere Lippen nur Zentimeter voneinander entfernt sind. »Noch immer lie…«

»Maddy?«

Dieser *Scheißkerl*.

Und einfach so ist der Moment vorbei. Schuldbewusst wendet sich Maddy diesem Arschloch zu, atmet erschrocken ein, als ihr bewusst wird, wie nahe wir beieinander stehen. Sie will mich behutsam wegschieben, aber ich weiche nicht von der Stelle.

»Lass sie gehen.« Ich bin nur Sekunden davon entfernt, diesem Bastard das Genick zu brechen.

Als ich mich wütend von der Wand abstoße, packt Maddy meinen Arm. »Nicht!«

»Nicht was?«, rufe ich und entziehe mich ihrem Griff. »Ich kann nicht glauben, dass du diesen Schwachkopf tatsächlich gern hast!«

»Schwachkopf? Ich muss schon bitten, schließlich bin ich eine voll qualifizierte Krankenschwester«, erwidert Arschloch süffisant. Will er mit dieser Bemerkung etwa seine Cleverness unter Beweis stellen? Aus meiner Sicht zementiert das nur, dass Maddy zu mir gehört.

»Eine Krankenschwester?« Ich kann das sarkastische Lachen, das aus meiner Brust dröhnt, nicht zurückhalten. »Er ist eine männliche Krankenschwester, in Gottes Namen, Madison!«

Arschloch tritt einen Schritt vor, Madison duckt sich zwischen uns, während ich immer noch über die Tatsache kichere, dass er sich gerade selbst als Krankenschwester bezeichnet hat. Ich weiß, dass ich unglaublich ungerecht bin, wenn man bedenkt, dass ich eine Menge über männliche Krankenschwestern weiß, aber die versuchen normalerweise auch nicht, die Liebe meines Lebens zu heiraten.

»Wie ich sehe, bist du immer noch ein arroganter Mistkerl«, fährt sie mich wütend an.

»Und du bist immer noch ein kleines Mädchen, das Spielchen spielt«, erwidere ich und bin dieses Theater hier leid. Erschrocken reißt sie den Mund auf. Aber was erwartet sie denn? Sie war kurz davor, mich zu küssen. Oder zumindest zuzugeben, dass sie immer noch etwas für mich empfindet. Jetzt ist ihre Mauer wieder da, und sie verteidigt ihren *Verlobten*, die männliche Krankenschwester.

Maddy stößt mich gegen die Brust. »Weißt du was …«

Ihr Satz wird unterbrochen von einer zarten Melodie, die plötzlich die Luft erfüllt, wo kurz zuvor nur Aggression war.

»Was?«, fordere ich sie heraus.

Aber sie schluckt ihren Zorn hinunter. »Vergiss es. Ich habe keine Zeit mehr für das hier.«

Ich kann nicht glauben, dass sie es ernst meint. Bedeute ich ihr denn gar nichts mehr?

»Du willst das wirklich tun?«

Ihr Blick flackert auch nicht für den Bruchteil einer Sekunde, als sie antwortet: »Ja.« Arschloch grinst blasiert und legt ihr den Arm um die Schultern.

Ich weiß nicht, was ich sagen soll. Zum hundertsten Mal ist mein Herz zerbrochen. Wie kann ich um jemanden kämpfen, der das nicht möchte? Sie hat entschieden, wen sie heiratet, und das bin nicht ich. So war das nicht geplant, aber es geschieht mir wohl recht.

»Ich sehe dich nachher«, hat sie die Frechheit zu sagen.

Ich mache mir nicht einmal die Mühe zu antworten.

Sie geht mit dem Kerl im Schlepptau davon, den ich noch fragen höre, ob es ihr gut geht.

Das ist ja wohl total dumm gelaufen, und ich bin ratlos, was ich jetzt machen soll. Ich muss auf irgendetwas einschlagen, und die einzigen Dinge in Reichweite sind die Hausmauer und Sand.

Zu viele Gefühle plagen mich. Ich liebe sie – nein, ich hasse sie. Ohne sie bin ich besser dran. Ich lege die Handflächen an den Kopf und stoße einen erstickten, frustrierten Schrei aus.

»Dix?«

»Ich brauche einen Scotch«, sage ich durch meine Hände.

»Was ist passiert?«, fragt Hunter, und seine Schritte rascheln im Sand.

»Das war die reinste Zeitverschwendung. Sie heiratet diesen Volltrottel. Und um das Ganze noch schlimmer zu machen, ist er eine verdammte Krankenschwester!«

Ich schaue hoch und begegne dem besorgten Blick meines Freundes. »Es ist keine Zeitverschwendung. Geh, und rede nochmal mit ihr.«

»Ich habe mit ihr geredet. Völlig umsonst. Ehrlich gesagt, bin ich sogar sicher, damit alles nur noch schlimmer gemacht zu haben. Lass uns einfach gehen.«

Ich versuche, mich an ihm vorbeizuschieben, aber er weicht nicht von der Stelle. »Das war es also? Du gibst auf?«

»Vielleicht hast du mich nicht richtig verstanden, aber sie heiratet diese Krankenschwester.«

»Hast du wirklich erwartet, es würde leicht werden? Ich meine, wann war die Lage zwischen dir und Madison denn jemals leicht?« Er zieht herausfordernd die Braue hoch.

»Es ist unmöglich«, widerspreche ich stur.

»Nichts ist unmöglich. Das weißt du. Du bist der beste Beweis. Nach Lily habe ich es für unmöglich gehalten, dass du jemals wieder solide wirst. Aber es passierte. Du hast jemand Besseren gefunden, weil du dich selbst in ihr gefunden hast. Lass dir diese Chance nicht entgehen, du sturer Wichser.« Er boxt mich freundschaftlich gegen den Arm, während ich meinen besten Freund anstarre und mich frage, was mit ihm passiert ist.

»Und was schlägst du vor? Durch den Mittelgang bis zum Altar zu marschieren und ihr meine unsterbliche Liebe zu verkünden?«, frage ich im Scherz.

Hunters ernstes Gesicht und seine Körperhaltung verraten, dass er genau das von mir erwartet. »Was hast du schließlich zu verlieren?«, fragt er achselzuckend.

»Mein Würde«, entgegne ich.

Er verzieht den Mund. »Da liegst du falsch. Mit dieser Aktion holst du sie dir zurück.«

Als die Musik lauter wird, weiß ich, dass Maddy nur noch Sekunden davon entfernt ist, den größten Fehler ihres Lebens zu begehen.

Ich bin über hundert Meilen weit gefahren, um sie zu sehen. Und ich habe ihr nicht einmal alles gesagt, weswegen ich hergekommen bin. Bevor ich das getan habe, kann ich nicht aufgeben. Ich habe es in ihren Augen gesehen, auf ihrer

Haut gefühlt, ihrem atemlosen Flüstern gehört. Sie liebt mich immer noch.

Und ich werde nicht gehen, bevor sie mich vom Gegenteil überzeugt.

Mein Vater hat keinen Feigling großgezogen. Und meine Mutter hat keinen Mistkerl aufgezogen. Sie haben mir beigebracht, für das zu kämpfen, was ich will, und ich will … ich wollte schon immer Madison Roberts.

»So gefällst du mir.« Hunter grinst und klopft mir auf den Rücken, als ich an ihm vorbeirenne und um die Ecke spurte.

Als ich Madison auf halbem Weg durch den Mittelgang sehe, bin ich plötzlich voll konzentriert. Es kümmert mich nicht, dass hundert Augenpaare auf mir ruhen, während ich auf den roten Teppich zusprinte. Mich interessiert nur …

»Madison!« Ich halte inne, habe plötzlich Angst, auch nur noch einen Schritt zu machen.

Sie bleibt abrupt stehen, ihre nackten Füße graben sich in den Teppich. Langsam wandert ihr Blick über die verwunderten Gäste, wissend, dass sie sich nicht verhört hat.

Dreh dich um, versuche ich sie mit meiner Willenskraft zu zwingen.

Und sie tut es.

Wie in Zeitlupe dreht sie sich um. Ihr Blick begegnet meinem, ein Ausdruck von Verwirrtheit, Verärgerung und ein Hauch von Erleichterung liegt darin. »Dixon … was?«

Aber ich erlaube ihr nicht, den Satz zu beenden. Sie hat genug geredet, und jetzt bin ich an der Reihe. Ich werde der ganzen Welt etwas sagen, das ich bereits in dem Moment hätte tun sollen, als sie mich verlassen hat.

»Ich erhebe Einspruch!«

37

Die beste Art von bescheuert

Dixon

Liebe lässt einen die bescheuertsten Dinge tun. Ich sollte es wissen. Ich habe im Laufe der Jahre meinen Anteil an Dummheiten beigetragen, aber Maddy auf dem Weg zum Altar aufzuhalten toppt alles. Das ist die beste Art von bescheuert.

Die Gäste wechseln erstaunte Blicke, fragen sich offenkundig, wogegen genau ich Einspruch erhebe. Aber Maddy und ich sehen uns unbeirrt an.

»Dixon …«

Ich stürme auf sie zu, gestatte ihr nicht, noch ein einziges Wort zu sagen. »Ich bin mit Reden an der Reihe.« Sie widerspricht nicht.

»Madison, ich …« Die Pianistin spielt immer noch so laut, dass mein Geständnis untergeht. Ich wende mich ihr zu. »Hör auf damit, Schwester!« Der letzte Ton klingt wie ein abgewürgter Hilferuf.

Alle richten ihre Aufmerksamkeit auf uns, aber das ist mir egal. Ich schäme mich meiner Gefühle nicht. »Madison, es tut mir leid. Vermutlich werde ich mich bis in alle Ewigkeit bei dir entschuldigen, weil ich einfach nicht perfekt bin. Ich bin impulsiv, stur, ungeduldig und meistens krankhaft eifersüchtig. Aber ich bin auch loyal, treu ergeben und ganz und gar … in dich verliebt.«

Die Gäste tuscheln leise, während Maddy feuchte Augen bekommt.

»Ich kann nicht garantieren, dass ich nicht noch einmal Fehler machen werde, aber ich garantiere dir, dass ich dich bis an mein Lebensende lieben und ehren werde. Die vergangenen neun Monate waren die Hölle, aber ich bin froh, dass es sie gegeben hat. Endlich bin ich zu dem Mann geworden, der ich immer sein wollte, und das verdanke ich dir.«

Ich öffne meine Fliege und den obersten Hemdknopf, greife hinein und ziehe die Kette heraus. »Ich habe die Reise gefunden, zu der ich aufbrechen möchte. Und zwar mit dir. Du sollst wissen, dass ich immer dein Zuhause sein werde. Wie weit du auch umherwanderst, ich werde immer da sein und darauf warten, dass du nach Hause kommst«, schließe ich und wiederhole damit die Worte, die ich auch in Rom zu ihr gesagt habe.

Sie schlägt die Hand vor den Mund, erstickt ihr Weinen, und ich kann nur hoffen, dass es Freudentränen sind, die ihr da über die Wangen laufen.

Aus unerfindlichen Gründen wählt Hunter diesen Moment, um sich einzumischen. »Äh, Dix, könnte ich kurz mit dir reden?«

Im Ernst? Er will *jetzt* mit mir reden? Ich ignoriere ihn und lasse Maddy nicht aus den Augen. »Ich liebe dich, Madison. Deshalb kann ich nicht einfach untätig danebenstehen, wenn du den größten Fehler deines Lebens machst.«

Schniefend reibt sie sich über die Augen. »Fehler?«

»Ja. Ich kann nicht …«

»Verdammt, Mann, wir müssen reden!«

»Nicht jetzt, Hunter!«, fauche ich und mache eine Drehung auf dem Absatz, um ihn anzusehen. »Ich muss Madison sagen, dass sie das hier nicht durchziehen kann.«

»Genau darüber will ich ja mit dir reden«, faucht er zurück. Dummerweise ignoriere ich ihn schon wieder.

»Was durchziehen?«, fragt Madison.

Als ich mich ihr wieder zuwende, sehe ich, dass sie aufgehört hat zu weinen und nur noch verwirrt wirkt.

»Damit!«, antworte ich und beschreibe mit der Hand einen Halbkreis, der das Zelt und alle Gäste mit einschließt.

»Dixon! Verdammt noch mal!«, stößt Hunter hervor, läuft um mich herum und stellt sich neben Madison. »Halt die Klappe.«

Ich starre ihn wütend an. Was ist nur los mit ihm?

»Nein, das tue ich nicht. Aus dem Grund sind wir ja hier. Ich kann nicht zulassen, dass Maddy dieses Arschloch heiratet!«

Madison schreckt zurück und zieht die Lippen kraus. »Welches Arschloch? Wovon redest du?«

Hunter schlägt sich mit der flachen Hand auf die Stirn und schüttelt den Kopf.

Man sollte meinen, dass mich seine Reaktion darauf bringt, dass irgendetwas nicht stimmt und ich tatsächlich die Klappe halten sollte. Tut es aber nicht.

»Ich bin hier, um deine Hochzeit mit diesem Alex zu verhindern. Ich protestiere, dass du irgendjemand anderen als mich heiratest!« So, jetzt habe ich es gesagt, und ich fühle mich verdammt gut.

Allerdings verblasst meine Hochstimmung sofort wieder, als Madison mich ansieht, als hätte ich den Verstand verloren. Und da ich merke, dass mich *alle* so ansehen, fällt der

Groschen, dass ich wohl irgendetwas nicht mitbekommen habe.

Maddy blinzelt. »Du protestierst *wogegen*?« Sie verstummt und muss offenbar erst verarbeiten, was ich gerade von mir gegeben habe. »Dixon …« Ein Hauch von Belustigung umspielt ihre Lippen. »Ich … heirate nicht.«

Ich runzle die Stirn. »Nicht?«

Sie schüttelt den Kopf.

Ich hatte also Erfolg. *Wow!*

Oder auch nicht.

»Nein, das hatte ich gar nicht vor.«

Mein Gehirn arbeitet auf Hochtouren. »Du hattest nie … Moment mal, was?« Ich hebe den Finger, brauche eine Minute.

»Wessen Hochzeit, glaubst du, ist das hier?«

Ich kratze mich am Kopf und sehe zu Hunter. Er winkt ab und gibt mir zu verstehen, dass ich von nun an auf mich gestellt bin. Er setzt sich hin und macht es sich bequem.

Ich versuche einen Schuss ins Blaue. »Die von dir und der männlichen Krankenschwester?«

Sie lacht ungläubig. »Ashley?«

»Wer zum Teufel ist Ashley?«, brause ich auf, denn sie kann ja wohl nicht *noch* einen Schönling an ihrer Seite haben.

»Ashley ist mein Freund und Kollege. Außerdem ist er ein ehemaliger Student von Dr. Wellington«, erklärt sie.

Ein Freund? So wie er sie begrapscht hat, schien er mehr zu sein als nur ein Freund. Und was hat Max damit zu tun? Ich verstehe gar nichts mehr.

Als ich mich jedoch umschaue, fällt mir auf, wie viele ältere Leute hier sind, Kollegen von Max und mir.

… Fuck.

Verzweifelt auf der Suche nach Hilfe schaue ich zu Hunter, der eine Hochzeitseinladung hochhält, auf der sich ein Foto von Max und Aiko befindet. Dann tippt er auf den Text unter dem Bild. In kursiven Lettern steht dort: *Wir wollen es immer noch.*

Ich brauche ganze zwei Sekunden, um zu kapieren, was hier los ist. Und als mir die Erkenntnis offenbar anzusehen ist, wirft Hunter vor Freude die Einladung in die Luft.

Trotzdem will ich mich vergewissern, dass ich jetzt auf dem richtigen Dampfer bin. »Du heiratest also *nicht* Alex?«

Madison schüttelt den Kopf.

»Aber die Einladung kam von dir und Alex.«

»Hast du sie geöffnet?«

Ich kratze mich am Hinterkopf. »Genau genommen, nein.«

»Öffne sie.«

»Das … ähm … kann ich nicht. Sie liegt auf dem Grund des Hudsons«, erkläre ich verlegen.

Sie kichert leise. »Alex, könntest du bitte mal winken?«

Auf ihre Aufforderung hin winkt eine mir bekannte Brünette, die bei dem Pfarrer steht, der die Trauung vollziehen wird.

»Hi, Alex«, sagt Maddy und winkt zurück.

»*Das* ist Alex?«, frage ich, und mir bleibt der Mund offen stehen.

»Ja, ich glaube, du bist ihr in Boston mal begegnet und hast sogar mit ihr geflirtet.« Sie neigt den Kopf zur Seite und sieht mich herausfordernd an.

Plötzlich fällt mir wieder ein, wo ich sie gesehen habe. Sie saß an jenem Morgen in Boston bei Max und Maddy am Frühstückstisch, als ich mich Maddy gegenüber wie der letzte Idiot benommen habe. Und es stimmt, ich habe mit Alex geflirtet. Aber nur, um Maddy eifersüchtig zu machen.

Als ich Alex jetzt betrachte, fällt mir auf, dass sie das gleiche Kleid trägt wie Maddy – ein Brautjungfernkleid. Sie ist … die Brautjungfer. Ich denke an das Telefongespräch mit Max, das ich völlig missverstanden habe, weil ich davon überzeugt war, dass Maddy heiraten würde. Mann, komme ich mir blöd vor!

»Aber warum organisierst du Max' Hochzeit? Oder die Erneuerung des Ehegelübdes oder worum auch immer es hier geht?«

Sie lächelt. »Weil Dr. Wellington nicht nur der beste Lehrer ist, den ich je hatte, sondern auch ein guter Freund geworden ist. Für uns alle«, fügt sie hinzu und schaut in die Runde. »Als ihm einmal herausgerutscht ist, dass er Aiko die Strandhochzeit schenken möchte, von der sie immer geträumt hat, haben wir dafür gesorgt, dass es Realität wird. Vermutlich hat er die rührselige Romantikerin in mir angesprochen.« Für den Bruchteil einer Sekunde senkt sie den Blick und fährt dann fort: »Außerdem ist es ein Grund zum Feiern, wenn man mehr als fünfzig Jahre verheiratet ist.«

Mein Mund könnte nicht noch weiter offen stehen. »Nun ja, das ist sehr großzügig.«

»Es ist das wenigste, was ich für ihn tun kann. Ohne ihn und sein Empfehlungsschreiben hätte ich nicht den Job im New York Presbyterian bekommen.«

Ich habe gerade gelogen. Denn erst jetzt berührt meine Kinnlade den Boden. »*Was?* Du gehst zurück nach New York?«

Sie nickt. »Ja.«

Ich muss mich setzen.

Ohne hinzugucken, lasse ich mich auf den nächstbesten Stuhl fallen und versuche, das alles zu verdauen. Wenn das Ganze ein Stück von Shakespeare wäre, würde ich mich jetzt dafür in den Hintern treten, das Gift vorschnell geschluckt zu haben. Aber wenn ich nicht hergekommen wäre, hätte ich nie die Wahrheit erfahren. Ich hätte bis in alle Ewigkeit gedacht, sie sei mit einem Typen namens Alex verheiratet, der in Wahrheit eine Frau und ihre Kommilitonin ist.

Ich habe keine Ahnung, warum Max sein Ehegelübde erneuert, und es ist mir auch egal. Mich interessiert nur, dass Maddy nicht diejenige ist, die heiratet.

»Dixon, mein Freund! Wie schön, dass Sie doch gekommen sind.« Ich schaue hoch und sehe Max neben mir stehen.

»Sie kennen mich doch«, erwidere ich selbstironisch. »Ich liebe Hochzeiten.«

Er lacht herzhaft und klopft mir auf den Rücken. »Nun, wenn das so ist, könnte ich dann vielleicht mit meiner weitermachen?« Er schaut mich vielsagend an und flüstert: »Die berechnen hier nach Minuten.«

Ich schüttle den Kopf und komme allmählich zurück auf die Erde. »Oh, natürlich. Tut mir leid, Max. Verzeihen Sie.« Ich stehe auf und stelle dankbar fest, dass meine Beine mich tatsächlich tragen.

»Ist schon in Ordnung. Ich bin froh, dass Sie hier sind.« Er schenkt mir ein wissendes Lächeln. Ahnte er etwa, dass es darauf hinausläuft, dass ich mich am Ende zum Idioten mache?

Er geht wieder durch den Mittelgang nach vorn, während

Maddy verlegen an ihrem Blumenstrauß herumspielt. »Ich höre jetzt lieber auf, einen Idioten aus mir zu machen, und lasse dich deinen Beitrag zu alledem hier leisten«, sage ich schließlich. Die Zeremonie habe ich wahrlich lange genug aufgehalten.

Sie nickt.

Ich wende mich zum Gehen, aber sie hält mich zurück, indem sie sagt: »Du hast keinen Idioten aus dir gemacht.«

Ich lächle als Antwort und gehe zu dem freien Platz neben Hunter.

Nachdem alle aufgehört haben, mich anzustarren und miteinander zu flüstern, setzt die Musik wieder ein. Mein Blick klebt an Maddy, die jetzt tief durchatmet und sich wieder nach vorn umdreht. Gleich darauf setzt sie ihren Weg durch den Mittelgang fort. Aiko folgt einen Augenblick später, während Max sie mit nichts als Liebe in den Augen anschaut.

Nachdem sich alle gesetzt haben, beginnt die Zeremonie. Hunter beugt sich zu mir und flüstert: »Und der Preis für den größten Trottel geht an …«

»Halt die Klappe«, murmele ich. »Und nebenbei bemerkt bist du der weltschlechteste Flügelmann. Wo warst du, bitte schön, als ich mich zum kompletten Idioten gemacht habe? Eine Vorwarnung wäre nett gewesen.«

Alle Schuld von sich weisend hebt er die Hände. »Hey, ich habe es versucht. Ist nicht meine Schuld, dass du an verbalem Durchfall leidest.«

Dazu fällt mir nichts ein.

Schweigend verfolgen wir die Zeremonie, und ich bin dankbar für die Ablenkung, denn ich habe keine Ahnung, wie es weitergehen soll.

»Du meinst also, ich sollte einfach rübergehen und etwas sagen wie ›Hey Madison … ich möchte wieder mit dir zusammen sein‹?«

Schweigen.

Ich blicke über meine Schulter, um zu sehen, warum Hunter abgelenkt ist, und erspähe einen ganz bestimmten Rotschopf. »Gib's auf, Mann. Ich bin ziemlich sicher, dass ihr dein Gestarre Angst macht.« Ich wedle mit der Hand vor seinem Gesicht herum, um mich zu vergewissern, ob er noch atmet.

Er weicht mit dem Kopf aus und fixiert weiterhin Mary. »Soll ich winken?«

»Klar, warum nicht.«

Aus den Augenwinkeln sehe ich, wie Hunter den Arm hochreißt und ein bisschen zu eifrig winkt. Er erregt die Aufmerksamkeit aller, was Mary wütend zu machen scheint. Als sie jedoch langsam die Hand hebt, ziehen sowohl Hunter als auch ich hörbar die Luft ein.

»Heilige Scheiße. Siehst du das, Dix?« Ich bin mir fast sicher, dass Hunter vor Aufregung jeden Moment wie eine Rakete aus seinem Stuhl hochschießt. »Soll ich rübergehen und mit ihr reden?«

Die Tatsache, dass sie ihn wiedererkennt, scheint vielversprechend, aber diese Hoffnung geht nur eine Sekunde später in einen Sturzflug über. Ich pruste los und wende mich dann meinem erschütterten Freund zu.

»Zumindest hat sie zurückgewunken«, bekundet er defensiv und greift nach seinem Bier.

»Ja … mit dem Mittelfinger. Gib es auf, Hunt. Sie ist nicht interessiert.«

Er lässt sich auf seinem Stuhl zurücksinken und nippt

frustriert an seinem Bier. »Ich begreife die Frauen einfach nicht«, murmelt er.

Ich lehne mich ebenfalls zurück. »Yepp. Du sprichst mir aus der Seele, mein Freund.« Wir stoßen auf unseren Kummer an und betrachten durch das Fenster die Brandung. Budweiser hat uns noch nie enttäuscht.

»Amüsiert ihr euch?« Max ist neben unserem Tisch stehen geblieben, ein Glas Mineralwasser in der Hand. Er wirkt überaus beschwingt, während ich mich frage, wie lange es wohl dauern würde, sich zu ertränken.

»Ich hole uns noch ein Bier.« Hunter steht auf und bietet Max seinen Platz an.

Sobald er sitzt, seufze ich, weil ich weiß, was jetzt kommt. »Sie haben es gewusst, nicht wahr?« Ich muss nicht einmal genauer ausführen, was ich eigentlich meine.

Er nickt.

»Warum haben Sie mich nicht aufgeklärt?«

Er stellt sein Mineralwasser auf den Tisch und zuckt gelassen mit den Schultern. »Weil wir manchmal glauben müssen, alles verloren zu haben, um das schätzen zu können, was wir hatten.«

Max und seine verdammten philosophischen Sprüche.

»Ich habe jedenfalls in aller Deutlichkeit kapiert, was für ein Idiot ich bin. Es tut mir unheimlich leid, Ihnen den Tag ruiniert zu haben.«

»Sie haben gar nichts ruiniert, Dix«, beeilt er sich zu versichern. »Sie haben lediglich bestätigt, worum es an diesem Tag geht.«

»Und das ist …?« Ich möchte, dass er es mir sagt. Wie üblich tut er das aber nicht.

Er steht auf, und seine alten Knochen knacken ein bisschen. »Das wissen Sie genau. Wir wissen beide, wie clever Sie sind.« Als er Aiko liebevoll zuwinkt, weiß ich, dass es am heutigen Tag darum geht, sich aufeinander einzulassen. Es geht darum, das fehlende Puzzlestück zu finden – die Liebe. Ich habe das viel zu lange aufgeschoben.

»Gratuliere, übrigens. Sie sind ein glücklicher Mann.« Ich stehe ebenfalls auf und halte Max die Hand hin.

Aber er überrascht mich damit, dass er mich umarmt. »Wir alle sind an dem einen oder anderen Punkt in unserem Leben blind, aber jetzt ist es an der Zeit, dass Sie losziehen und Ihr Licht finden.« Leise fügt er hinzu: »Ich habe sie vorhin am Strand sitzen sehen. Allein.«

Dann lösen wir uns voneinander, und der klügste Mann, den ich kenne, macht sich auf den Weg zu seinem Licht, während ich tatsächlich losziehe, um meines zu finden.

Hunter schwirrt in Marys Nähe herum, und ich bedeute ihm, dass ich einen Spaziergang mache. Er nickt und hebt ermutigend die Faust. Auch wenn wir vermutlich total albern dabei aussehen, erwidere ich diese Geste, und er versteht es sofort.

Ohne zu zögern, schiebe ich mich mit vielen Entschuldigungen durch das Meer der Gäste. Die meisten wenden sich ohnehin ab, wenn sie mich kommen sehen. Vermutlich haben sie Angst, dass ich wirr reden oder ihnen auf die Schuhe sabbern könnte. Sobald ich draußen bin, nutze ich die Hand als Schutz vor dem Sonnenlicht und werde wie immer geradezu magisch zu Madison hingezogen.

Sie sitzt am Sandstrand. Scheinbar gedankenverloren, blickt sie aufs Meer hinaus. Ich gönne mir einen Moment, um ihre Schönheit zu genießen, und bin dankbar für den Tag, an dem wir uns begegnet sind. Sogar nach allem, was wir miteinander durchgemacht haben, bedaure ich nichts, weder die guten noch die schlechten Tage.

Langsam, mit vor Nervosität feuchten Händen und bleischweren Beinen, gehe ich auf sie zu. Ich brauche sie. Diese unsichtbare, stets präsente Anziehungskraft ist wie ein Strudel der Gefühle, und als ich gerade mühsam schlucke, blickt sie über die Schulter und öffnet überrascht den Mund.

Sie erkennt meine Entschlossenheit, und das Zittern ihrer Finger, mit denen sie das Haar zurückstreicht, verrät mir, sie weiß, dass ich nicht gehen werde, bevor wir geredet haben. Ein paar Schritte vor ihr bleibe ich stehen, verschränke die Finger um Nacken, um meine Nervosität zu verbergen. Wir sehen uns an, wortlos. Wir müssen beide erst unsere Gedanken ordnen.

Sie bohrt ihre zarten Füße in den Sand und schaut wieder aufs Wasser, als wolle sie sich am liebsten einen Weg von hier weggraben.

»Madison …«, sage ich schließlich, doch meine Stimme klingt fremd. Sie sieht mich nicht an, aber das ist in Ordnung. Sie wird es tun, wenn sie so weit ist.

Da ich mir albern vorkomme, sie im Stehen zu überragen, setze ich mich, aber nicht zu dicht, um sie nicht zu bedrängen. »Ich weiß nicht, welchen Weg wir von hier aus nehmen werden, Maddy, aber jedes Wort, das ich gesagt habe, ist die reine Wahrheit. Ich liebe dich immer noch. Das hat nie aufgehört. Und die Vorstellung, ohne dich nach Hause zu gehen, ist trostlos.« Ich atme tief durch, schaue hinaus auf das klare Wasser und stütze mich nach hinten auf die Hände.

Da sie nicht antwortet, rede ich weiter. »Max hat gerade zu mir gesagt, dass wir erst glauben müssen, alles verloren zu haben, um das zu schätzen, was wir hatten. Und er hat recht. Aber meine Frage lautet: Habe ich das? Habe ich dich verloren … *angelo*?«

Ich habe zu viel Angst, sie anzusehen, zu große Angst vor ihrer Antwort, denn ehrlich gesagt weiß ich nicht, wie es weitergehen soll, wenn sie das bestätigt.

Als aus einer Minute zwei werden, ertrage ich das Schweigen nicht länger. Ich stoße mich mit den Händen ab, will aufstehen, bin bereit zu akzeptieren, dass dies wohl das Ende ist. Aber da wendet sich Madison mir endlich zu, und ich verharre mitten in der Bewegung. Ihre sanften Augen sind verquollen, und ihre Nase ist gerötet. Sie sieht genauso aus, wie ich mich fühle, unendlich traurig.

»Nein.«

Dieses einzelne Wort wiegt so schwer. Mühsam schlucke ich. »Nein?«, wiederhole ich, unsicher, was sie damit meint.

»Nein, Dixon, du hast mich nicht verloren.«

Obwohl diese Worte zarter sind als eine Feder, habe ich sie genau gehört. Ich habe das gehört, wovon ich träume, seit sie mich verlassen hat.

Ich brauche einen Moment, um das zu verarbeiten, denn noch hat sie nicht gesagt, dass sie zu mir zurückkehrt. Oder doch?

»Du fehlst mir so sehr«, gesteht sie in einem unterdrückten Schluchzen. »Ich begreife das nicht. Es wurde immer schlimmer statt besser. Durch die Entfernung habe ich dich nur noch mehr vermisst. Ich glaubte dich überall zu sehen.« Ihre Unterlippe zittert. »Du siehst aus wie der Verkäufer in meinem Gemüseladen, wie der Postbote und sogar wie mein verdammter Zahnarzt. Wo ich auch hinschaue, erkenne ich dich. Natürlich spielt mir meine Wahrnehmung nur einen Streich, aber es hat dennoch eine Bedeutung, oder?«

In dem Versuch, die Tränen zu stoppen, hält sie sich die Faust vor den Mund, aber ihr Weinen ist – auf bittersüße, verzweifelte Weise – Balsam für meine gequälte Seele.

Sie hat recht, es hat etwas zu bedeuten. Es bedeutet, dass sie sich genauso elend fühlt wie ich.

»Maddy, bitte komm nach Hause. Komm mit *mir* nach Hause. Ich weiß auch nicht, was passieren wird, aber lass es uns miteinander versuchen. Ich möchte nicht ohne dich leben. Das kann ich nicht. Ohne dich bekomme ich keine Luft, *angelo*. Bitte flöße mir neuen Lebensatem ein.«

Tränen laufen ihr über die Wangen. Ich möchte sie so gern trösten, wage es aber nicht.

»Liebst du mich noch, Maddy?«

Das ist eine einfache Frage, die jedoch darüber entscheidet, wie sich die folgenden dreißig Sekunden gestalten.

Ihr Zögern lässt mich die Luft anhalten. »Maddy … liebst du mich noch?«, wiederhole ich und starre sie eindringlich an.

»So einfach ist das nicht. Was zwischen uns passiert ist …« Sie beendet den Satz nicht.

»Ich weiß, und ich würde nie von dir erwarten, dass du das alles einfach vergisst. Aber ich muss wissen … ob du mich noch liebst.«

Sie schließt die Augen, senkt das Kinn auf die Brust.

Dass sie diese Frage nicht beantworten kann, bringt mich um. Das Geräusch der auf den Strand treffenden Wellen übertönt mein pochendes Herz. Wenn sie mir nicht bald antwortet, heißt das …

»Ja, Dixon«, flüstert sie und wendet mir endlich wieder den Kopf zu. »Ich liebe dich immer noch. Das hat nie aufgehört. Falls das überhaupt möglich ist, liebe ich dich noch mehr als am Tag unserer Trennung. Ich bin reifer geworden und habe mich verändert, und meine Liebe zu dir auch. Ohne dich bin ich so verloren.«

Ich … sie … sie liebt mich?

Das sind die schönsten Worte, die ich jemals hören kann, denn diese Worte sind voller Hoffnung – Hoffnung für unsere gemeinsame Zukunft.

Max hatte recht. Wir müssen erst glauben, alles verloren zu haben, um das zu schätzen, was wir hatten.

»Ich hätte wissen müssen, was heute passiert«, sagt sie.

»Wie meinst du das?«, frage ich, rücke ein Stück näher und bin dankbar, dass sie nicht zurückweicht.

»Ich hätte wissen müssen, dass sich zwischen uns nie etwas ändert. Wie viele Meilen auch zwischen uns liegen …« Sie umfasst meine Wange, und das Zittern ihrer Hand küsst mein Herz. »Nichts wird etwas daran ändern, dass ich für immer dir gehöre.«

Ich koste aus, wie sie fühlt, wie sie duftet. Wie ich sie vermisst habe. Wie ich all das vermisst habe. Aber vor allem uns.

Ich erwarte nicht, dass es sofort wieder so wird, wie es einmal war. Sie soll wissen, dass ich gern bereit bin, es langsam anzugehen. Davon abgesehen lernen wir uns neu kennen. »Madison Roberts, dürfte ich dich zum Essen ausführen?«

Sie streicht über meinen Nacken, verschluckt sich an dem unterdrückten Lachen. »Es gibt hier heute Abend ein Dinner.«

Lächelnd schmiege ich mich in ihre Hand wie ein gefügiges Kätzchen. »Es ist eine Blanko-Einladung. Sag mir einfach Bescheid, sei es morgen, nächste Woche, in einem Monat oder Jahr, ruf mich an. Du sollst einfach nur wissen, dass ich bereit bin zu warten.«

Zwar nicht sonderlich geduldig, aber ich werde mich bemühen.

Sie scheint über meinen Vorschlag nachzudenken. Wieder vergehen die Sekunden qualvoll langsam. Während sie offenbar hin- und hergerissen ist, bin ich ihrer Gnade völlig ausgeliefert und winde mich innerlich.

Schließlich umfasst sie zärtlich meine Wange und setzt sich dann plötzlich rittlings auf meinen Schoß.

Die Überraschung steht mir vermutlich ins Gesicht geschrieben, denn sie lächelt, reibt sich die Augen und sagt: »Wie wäre es, wenn du mich zum Dessert einlädst?«

Ihre Lippen, ihr Duft, ihre Wärme, ihr ganzes Wesen ist in Reichweite, aber ich kämpfe dagegen an, die Arme um sie zu schlingen und sie leidenschaftlich zu küssen.

»Gibt es heute Abend kein Dessert?«, frage ich, und mein Atem mischt sich mit ihrem.

»Doch. Aber ich könnte immer zwei essen.«

Ich kann nicht … das ist zu viel. Ich muss sie küssen. Nach dieser langen Zeit brauche ich einfach dieses Gefühl.

Sie spürt meinen inneren Kampf, nähert sich meinen Lippen Zentimeter für Zentimeter, bis unser Atem verschmilzt. Es gibt nur eines, das ich sagen kann, um meine Gefühle auf den Punkt zu bringen. Es ist etwas, das ich schon einmal zu ihr gesagt habe.

Ich fahre mit dem Daumen über ihre Unterlippe und sage

mit rauer Stimme: »Wenn du mich küsst, dann kannst du das nicht mehr zurücknehmen.«

Sie lächelt, und ich habe nie zuvor etwas Schöneres gesehen. »Ich will es gar nicht zurücknehmen.« Ihr warmer Atem streicht über meine Wangen, ihre Augen sind voller Verlangen.

»Gut«, sage ich mit tiefer Stimme, beuge mich vor und hole mir zurück, was einst meins gewesen ist. Sie stöhnt in meinen Mund, schlingt die Arme fest um mich, während ich sie an der Taille halte, in dem Gefühl bade, nach Hause zu kommen.

Dieser Kuss ist voller Gefühl, birgt die Monate der Sehnsucht, Verlorenheit und Verzweiflung, aber als sich ihre Zunge mit meiner duelliert und sie sich meinem leidenschaftlichen Tempo anpasst, fallen wir in den Gleichtakt, so wie es sein soll.

Sie drückt mich hinunter in den Sand und bedeckt mein Gesicht mit Küssen. Tränen benetzen meine Wangen, aber ich weiß, dass es Freudentränen sind.

Wir küssen uns wie ausgehungert, minuten-, vielleicht stundenlang. Und obwohl wir uns schon unzählige Male geküsst haben, werden das für immer meine Lieblingsküsse sein.

Epilog

»Kuckuck!«

Nicht in einer Million Jahre hätte ich gedacht, dass das hohe Quietschen eines sechs Monate alten, sabbernden Babys Musik für meine Ohren sein könnte, aber als ich den Bauch des kleinen Engels kitzele, weiß ich, dass ich bekehrt wurde.

Ich »verstecke« meine Augen hinter den Händen und blühe auf bei ihrem Glucksen, wenn ich zum x-ten Male »Kuckuck« rufe.

»Hier, Dix, willst du sie mal nehmen?«, fragt Finch und reicht mir seine kleine Tochter Simone. Ich nehme sie gern und lache, als sie mit ihren Patschhändchen nach meiner Brille greift.

»Wer ist denn da so schlecht gelaunt?«, frage ich und lasse das kleine Bündel des Glücks auf meinem Schoß auf und ab hüpfen. »Es ist dein Daddy, ja genau.« Meine hohe, verstellte Stimme klingt total albern und sollte eigentlich Omas und Gluckenmüttern vorbehalten sein, aber das ist nun mal mein neues Ich. Und ich schäme mich dessen nicht.

Diese verrückte Reise hat mich vieles gelehrt, aber das Wichtigste ist, ehrlich gegenüber dem Menschen zu sein, den du am meisten lieben solltest, und das bist du selbst. Wenn dir das gelingt, stehen die Chancen gut, dass deine Ehrlichkeit und dein Glück auf andere abfärben.

Andere wie Hunter.

»Es muss doch wohl eher heißen, wer ist ein stinkender

kleiner Scheißer?« Er rümpft die Nase und springt vom Sofa hoch, als stünde es in Flammen. Als mir ebenfalls ein vertrauter Geruch in die Nase steigt, reiche ich Simone mit ausgestreckten Armen wieder ihrem Daddy.

Mit ihr herumalbern kann ich, Windeln wechseln nicht. Wie Sie sehen, bin ich ehrlich.

Finch grinst kopfschüttelnd und schnappt sich die rosa gestreifte Wickeltasche. »Wer ist ein großes Weichei? Deine beiden Onkels«, flötet er mit süßer Stimme und trägt seine brabbelnde Tochter zum Badezimmer.

Es ist noch nicht lange her, da hätten Hunter und ich jetzt zwei Barflittchen abgeschleppt, während Finch zu Hause vermutlich gebetet hätte, dass wir endlich aufhören herumzuhuren und sesshaft werden. Aber diese Tage sind vorbei, für uns beide.

Obwohl Hunter immer noch Single ist, interessiert er sich nur noch für eine Lady, und die ist gerade mit meiner Lady oben, um sich für einen Abend in der Stadt fertig zu machen. Mir entgeht durchaus nicht die Ironie dieser Situation – die Jungs bleiben zu Hause, während die Mädels in der Stadt ein paar Cosmos trinken –, aber ich würde es nicht anders haben wollen.

Meine wilde Zeit ist vorbei, und jetzt bin ich nur noch der langweilige Dr. Dixon Mathews – Psychiater, Dozent und Liebender.

Nach jenem Tag am Strand hat sich zwischen Maddy und mir alles drastisch verändert. Wir kamen überein, die neue Situation langsam anzugehen, aber ich bin kein Heiliger und Maddy anscheinend auch nicht.

Einen Monat später zog sie zu mir und meinem Dad.

Ganz entspannt fanden wir schnell in unsere Routine. Sie liebt ihren Job im New York Presbyterian, und ich kann endlich sagen, dass ich der Psychiater bin, der es verdient, mit dem *Gerald Harriet Award* ausgezeichnet worden zu sein. Die Glasscheibe steht auf meinem Kaminsims, als Erinnerung daran, was ich beinahe verloren hätte.

Mein Leben hätte so anders verlaufen können, und obwohl ich einige verdammt harte Phasen nicht noch einmal durchstehen möchte, ist mir klar geworden, dass ich der Held dieser Geschichte und endlich ein guter Kerl bin – ich bin Madisons guter Kerl.

Wie es so schön heißt, steht hinter jedem Mann eine starke Frau oder, in Madisons Fall, die einzige Frau, die ich den Rest meines Lebens lieben werde.

»Oh, verdammt, Dix, ich kann deine Eier förmlich in Pflaumenkuchens Täschchen herumrollen hören«, zieht Hunter mich auf, während er am Kaminsims lehnt. Er weiß über meine sentimentalen Anwandlungen Bescheid, aber das juckt mich nicht.

»Sie kann mit meinen Eiern tun, was immer sie will«, erwidere ich augenzwinkernd. »Apropos ...«

Hunter hält sich sofort die Ohren zu und schreit: »Ich kann dich nicht hören!«

Seine Besessenheit von Mary, die ihn immer noch nicht ausstehen kann, hat ihn in einen Mönch verwandelt. Er wartet tapfer darauf, dass sie erkennt, was für ein wunderbarer Kerl er ist, und merkt, dass er sich verändert hat. Noch ist es nicht passiert, aber wenn Maddy etwas in mir gesehen hat, von dessen Existenz ich nichts wusste, dann besteht auch für meinen Freund Hoffnung.

Mein Vater, der vor dem Fernseher sitzt, schnaubt.

Maddys Italienisch hat sich rasend schnell verbessert, dank meines Dads und seines selektiven Hörvermögens. Manchmal reagiert er darauf, wenn sie Englisch mit ihm spricht, aber meistens tut er das erst, wenn sie ihr kleines Wörterbuch zückt und alles in seiner Muttersprache wiederholt. Die meiste Zeit schweigt er, schafft es aber sogar dann, seinen Senf abzugeben.

Finch kehrt mit einer frisch gewickelten Simone zurück, die an ihrer Flasche nuckelt. Das Vatersein steht ihm, und ich frage mich, ob das bei mir auch der Fall sein wird.

Als das fröhliche Lachen der Mädels die Treppe herunterdringt, setzt mein Herz einen Schlag lang aus. Heidi, Mary und Madison haben eine Dreiergruppe gebildet, so wie Finch, Hunter und ich. Wenn Mary Hunter mögen würde, könnten wir zu sechst ausgehen, aber momentan würde das damit enden, dass Hunter in der Notaufnahme landet. Allerdings lässt er sich von ihrer Ablehnung nicht einschüchtern, und als sie den Raum betritt, strahlt er und wischt sich die feuchten Hände an der Jeans ab. Ich kenne diesen Blick gut, denn ich gucke genauso.

Madison schaut mich von der anderen Seite des Zimmers aus an, lächelt schüchtern und streicht sich eine Haarsträhne hinters Ohr. Sie weiß, dass ich sie gerade im Kopf ausziehe und mich frage, was sie wohl unter dem engen schwarzen Kleid trägt. Zu meinem großen Glück habe ich vor, das heute Nacht noch in Erfahrung zu bringen.

Heidi scheucht Gabriella zu Finch, die ihren Daddy sofort drückt, während Hunter und ich wie zwei verliebte Trottel glotzen. Als Maddy auf mich zukommt, grinst sie selbstsicher, denn sie weiß genau, was ihre langen Beine und der Push-up-Bra bei mir anrichten.

Ihr Selbstvertrauen ist ansteckend. »Ein Cocktail, und dann kommst du nach Hause.« Als sie angesichts meines Befehlstons die Braue hochzieht, füge ich flüsternd hinzu: »Weil ich vorhabe, dir noch deinen ganz speziellen … Lustcocktail zuzubereiten.«

Sie hält den Atem an und nickt begierig. »Ich nehme dich beim Wort.« Ihr Kommentar lässt mich keuchen wie ein emphysematischer alter Mann. Gott, wie ich diese Frau liebe.

»Feierabend, ihr Turteltauben«, stöhnt Mary und hakt sich bei Maddy ein. »Schluss mit öffentlichen Liebesbekundungen.«

Ihre Bemerkung bestätigt mir mal wieder, wie gut sie zu Hunter passen würde.

»Hi, Mary«, sagt er nervös. »Du siehst hübsch aus.«

Ich beiße mir auf die Lippe, um nicht zu kichern.

Sie schenkt ihm ein steifes Lächeln, das aussieht wie »Fick dich«, aber Hunter ist überglücklich, überhaupt eine Reaktion bekommen zu haben.

»Also gut, Mädels, lasst uns gehen.« Mary zieht an Maddys Unterarm, aber ich halte sie fest und küsse sie rasch noch einmal.

Nun ja, es sollte nur ein schneller Kuss werden, aber kaum schmecke ich ihre Süßheit, da fällt es mir schwer, sie loszulassen. Erst als Mary sich laut räuspert, nage ich noch einmal kurz an Maddys Unterlippe und lasse sie dann los.

Madisons gerötete Wangen bringen mich auf den Gedanken, was genauso rosig aussieht, und als ihr Blick nach unten wandert, weiß ich, dass auch sie daran denkt.

Diese Frau macht mich unersättlich, und ich liebe sie. Ich liebe sie.

»Ich wünsche dir einen schönen Abend, *angelo*. Ich liebe dich«, sage ich und streiche von ihrer Wange hinunter bis über die Kette meiner Mutter, die sie nie ablegt.

Mit einem Schauern registriere ich die Gänsehaut, die meine Berührung verursacht.

»Ich liebe dich auch. *Go, Yankees!*«, ruft sie dann und wedelt mit unsichtbaren Pompons.

Mary, Heidi und Maddy wenden sich zum Gehen, während Hunter und ich wenig diskret auf ihre Ärsche starren. Manche Dinge ändern sich nie. Madison küsst meinen Vater auf den Scheitel und folgt dann den anderen fröhlich plappernd durch die Tür.

Hunter und ich marschieren zum Fenster. Ich ziehe die Gardine zurück, und wir schauen zu, wie Maddy glücklich lachend mit den beiden anderen zu meinem BMW geht. Sie hat einen langen Weg hinter sich und verdient das Glück, denn sie ist endlich zu der Frau herangewachsen, die sie immer sein wollte.

So gestalten sich also jetzt meine Freitagabende. Die Mädels gehen aus und amüsieren sich, während die Jungs zu Hause bleiben, auf die Kinder aufpassen und sich ein Spiel ansehen. Nichts hat sich je perfekter angefühlt.

Na ja, so ganz stimmt das nicht.

Verträumt spiele ich mit der kleinen Samtschatulle in meiner Hosentasche. Obwohl sie real nur ein paar Gramm wiegt, beträgt ihr symbolisches Gewicht ein paar Tausend Pfund.

»Du willst es also wirklich durchziehen?«, fragt Hunter

und löst den Blick nicht eine Sekunde von der Szene da draußen.

Stolz werfe ich mich in die Brust, denn ich bin wild entschlossen. »Ja, Mann, das will ich.«

Hunter lacht glücklich und boxt mich gegen den Arm. »Das heißt, ja, ich will.«

Erst als die Rücklichter meines Autos in der Nacht verschwinden, treten wir vom Fenster weg.

Während wir uns später das Spiel der Yankees anschauen, geht mir durch den Kopf, wie sehr sich mein Leben verändert hat. Es gab einmal einen egoistischen, einsamen Weiberheld, der sich um niemanden scherte als um sich selbst. Dieser Weiberheld ließ sich mit vielen Hexen ein und glaubte nicht an die wahre Liebe. Aber eines Tages, in einem Königreich weit von hier, begegnete er einer Prinzessin, die ihm zeigte, dass unter seinem garstigen Äußeren … letztlich doch ein Prinz steckte.

Ein Brief von Monica

Danke, *thank you, merci, toda, grazie, obrigado, salamat po* und *arigato*! In welcher Sprache auch immer, ich möchte euch danken, dass ihr dieses Buch gelesen habt.

Ich bin gesegnet, unglaubliche Leserinnen und Leser wie euch zu haben, die mich und meine Figuren in ihrem Herzen und Zuhause willkommen heißen. Das Schreiben beinhaltet viele wunderbare Bestandteile, und einer meiner Lieblingsteile ist zu lesen, was *du*, die Leserin oder der Leser, denkt. Ständig frage ich mich, ob du gelacht, geweint oder geschwärmt hast und, nicht zu vergessen, das Buch beinahe fallengelassen und geschrien hast »Nein, er wird doch nicht ...!«, wenn er es doch getan hat. Wenn du Dixon und seine sündige Bande ins Herz geschlossen hast, würde ich mich riesig freuen, von dir zu hören. Wer mitteilt, nimmt Anteil, wie es so schön heißt, deshalb wäre ich sehr dankbar, wenn ihr euch einen Moment Zeit nehmt und mir einen kurzen Kommentar schreibt. Und unter uns – Dr. Mathews würde das auch tun.

Wenn du über die neuesten Entwicklungen zu meinen Veröffentlichungen informiert sein und nichts verpassen möchtest, klicke auf den folgenden Link, um dich für meinen Newsletter zu registrieren.

www.bookouture.com/monica-james

Von ganzem Herzen

Monica James x

Danksagung

Während ich das hier schreibe, versuche ich mich verzweifelt an all die Menschen zu erinnern, die auf dieser verrückten Reise meine Hand gehalten haben. Falls ich jemanden vergesse, tut es mir leid! Ich bin umgeben von so vielen wunderbaren, unglaublichen Menschen.

Meine brillante Agentin, Madeleine Milburn. Du hast schon immer an mich geglaubt, und ich kann dir gar nicht genug für deine ständige Unterstützung, Beratung und Ermutigung danken. Du bist wirklich die beste Agentin ALLER ZEITEN.

Die Mädels bei Madeleine Milburn Literary, TV & Film Agency, Cara und Therese, ihr zwei seid einfach sagenhaft! Ich danke euch so sehr für die zahllosen Ratschläge und die unermüdliche Hilfe. Ich weiß das sehr zu schätzen.

Meine außergewöhnlich begabten und erstaunlichen Verleger bei Bookouture. Vielen Dank, dass ihr meine Hand gehalten habt. Oliver, danke für deine Bestärkung, Rhian, dein Lektorat ist der HAMMER, und Claire Bord, ich habe nie zuvor jemanden getroffen, der so nett, engagiert und verständnisvoll ist wie du. Danke, dass du an mich geglaubt hast, und danke, wie du mit meinen Launen und unablässigen Ticks umgegangen bist!

Kim Nash, du bist einfach wunderbar. Danke für deine endlose Unterstützung und dafür, dass du rund um die Uhr erreichbar bist! Bitte entschuldige die Nachrichten zu früher Morgenstunde!

Meine Mitautoren und Freunde bei Bookouture – es ist mir eine Ehre, Teil dieses Teams zu sein #teambookouture. Holly Martin – danke für dein Lachen, und dass du immer da warst.

Meine stets zuverlässige Redaktionsheldin, Toni Rakestraw – ich habe es einmal gesagt, aber ich tue es noch einmal, ICH LIEBE DICH! Nie ist dir etwas zu viel.

Tina Gephart – ohne dich, das kann ich mit Sicherheit sagen, steckte ich im totalen Chaos. Dein Rat, deine Bestärkung, und dass du einfach unglaublich bist, hat mich durch harte Zeiten gebracht. Ich bin so dankbar, dich in meinem Leben zu haben. Du bist eine wahre Freundin, und ich bewundere dich! Rachel Brookes – es gibt gar nicht genügend Wörter, um auszudrücken, wie sehr ich dich bewundere. In dieser Branche geht es einsam zu, aber mit dir an meiner Seite fühle ich mich nie allein. Deine Freundschaft bedeutet mir alles, und ich kann es gar nicht erwarten, bis es wieder heißt #ontheroadwithrachelandmonica.

Heidi McLaughlin – ich bin ziemlich sicher, dass es bei uns Liebe auf den ersten Blick war. LOL! Du verstehst mich, und dafür liebe ich dich wie verrückt! Unsere Gespräche bringen mich durch den Tag. Danke, dass du so eine wunderbare Freundin bist und mich zum Lachen bringst – täglich!

Kendall Ryan – ich liebe dich, Lady!

Meine Helikopterdrillinge – Rachel Brookes, Anna Smith und Kell Donaldson –, ich liebe euch Mädels! Danke für den Spaß und die heißen Gespräche über Jungs … Jared, Bradley und Henry!

Mein Mann Daniel – ich liebe dich so sehr. Danke, dass du

so geduldig mit mir bist. Und danke, dass du mich zu sämtlichen Signierstunden begleitest – du bist der beste Assistent (und Ehemann) aller Zeiten!

Fran – meine kleine emsige Ameise. Ich bewundere deine Stärke und Beharrlichkeit.

Louise Mercer – mein wunderschöner Engel und am meisten geschätzte Freundin. Wie haben so viel gemeinsam durchgestanden, und es war eine verrückte Reise. Danke, dass du meine Wegbegleiterin bist.

Gemma Cawley – meine beste Freundin für immer! Danke, dass du meine größte Motivatorin und Stütze bist. Ich kann es kaum erwarten, dass wir Cat Island erreichen! Alle, die mitgeholfen haben, das erste Buch dieser Reihe zu verbreiten: Natasha is a Book Junkie, Maryse's Book Blog, Aestas Book Blog, Angie's Dreamy Reads, TotallyBooked Blog, All Is Read, Talkbooks, Emm bei Emm Books, AC BookBlog, WickedGoodReads, Jo bei CometBabesBooks, Monique Tinline bei Hooked on Books, Lisa Pantano Kane bei Three Chicks and their Books, Jesey Newman bei Schmexy Girl Book Blog, Glass Paper Ink, Lisa Sleiman bei The Literary Gossip, Two Book Pushers, Maria's Book Blog, Lisa Edward, Penny Rudge, Erin Daniels, Ariana McWilliams, Marisa-Rose Shor, Ashley Martinez, Natasha Gentile, Christa Cervone, Jelena Bosh, Cristina Arpin, Kellie Harrower, Sonia Care, Nina Levine, Sandy Borrero, Steve Genis, Tania Cooper, Jacinta Maree, Sali Benbow-Powers, Kylie Scott, Jaz Menta, Tina Landrum, Amy, Lauren, Donna Cooksley Sanderson, Kathy-Jo Reinhart, Justine Elvira, CJ Roberts, Amanda Pacheco, Kirsty E Moseley, Bianca Smith, Tammy McGowan, Jay McLean, Catherine Brown, Karli Roderick, Yvonne Mc-

Broom, Vicki Ballantyne, Jane Ashton, Romance Writers of Australia, Bradley Cooper, Jared Leto, Zac Efron. Ich kann euch gar nicht genug für alles danken.

Meine wunderbare Familie – Mum, Papa, Fran, Matt, Samantha, Amelia, Gayle, Peter, Luke, Leah, Shirley, Michael, Rob, Elisa, Evan, Alex, Francesca und meine Tanten, Onkel, Cousins und Cousinen – ich bin der glücklichste Mensch auf Erden, dass ich euch alle kenne. Ihr bringt meine Welt auf eine Weise zum Leuchten, die ich nicht in Worte zu fassen vermag. Samantha und Amelia – ich liebe euch beide so sehr. Meine Fellbabys – Mama liebt euch so sehr! Buckwheat, RIP Gertrude. Hallo Adele. Dacca, ich werde dich immer vor dem großen bösen Bellie beschützen. Mitch, lies den Kommentar zu Dacca. Jag, du bist eine getarnte Beutelmaus. Bellie, du bist ein maskierter Teufel. Und Ninja, danke, dass du auf mich aufpasst.

Sollte ich jemanden vergessen haben, bitte entschuldigt! Es ist nicht mit Absicht geschehen! Als Wiedergutmachung ist der folgende Teil für dich! Bitte füge deinen Namen für eine persönliche Anerkennung ein. Monica James dankt ______________________________ sehr! Sie schuldet dir einen Kaffee und eine Million Umarmungen.

In Liebe M x

Zu guter Letzt möchte ich EUCH danken! Danke, dass ihr mich in eure Herzen und Heime aufgenommen habt. Meine Leser sind die BESTEN Leser im ganzen Universum! Ich liebe euch alle!